www.fontis-verlag.com

Für Terry.
Danke, dass du mir gezeigt hast,
dass es gut ist, ich selbst zu sein.

Sophia Nestvogel

Scherben

Roman

Bibliografische Information der Deutschen Nationalbibliothek
Die Deutsche Nationalbibliothek verzeichnet diese Publikation in der Deutschen Nationalbibliografie; detaillierte bibliografische Daten sind im Internet über www.dnb.de abrufbar.

Der Fontis-Verlag wird von 2021 bis 2024
vom Schweizer Bundesamt für Kultur unterstützt.

Umschlag: CaroGraphics, Carolin Horbank, Leipzig
Bild Mädchen: aleshin – stock.adobe.com
Bild Broken Glass: Marcel – stock.adobe.com
Satz: InnoSet AG, Justin Messmer, Basel

Gedruckt in der Tschechischen Republik

ISBN 978-3-03848-234-5

Inhalt

Milans Playlist

Open Wounds – Skillet
Monster – Skillet
So viel Leid – Lorenzo Di Matino
Keep me Breathing – Ashes Remain
Save me – Lorenzo Di Matino
Mirror Mirror – Random Hero
Right Here – Ashes Remain
Change My Life – Ashes Remain
Stars – Skillet
Everything Good – Ashes Remain
Victorious – Skillet
On Fire – Ashes Remain

Fionas Playlist

Hymn For The Missing – Red
Angst geht – ELI Worship, Leon Mann
Maybe It's Ok – We Are Messengers
All the People Said Amen – Matt Maher
Even When You're Broken – Julie Yardley
Broken Together – Casting Crowns
Give Me Faith – Elevation Worship
Forever Reign – Hillsong Worship
Always Loved Me – Iron Bell Music
Anchor – Skillet
Yes I Will – Vertical Worship

Fionas Tagebuch:

27. Juli – heute ist Michas erster Todestag. Seit einem Jahr ist er nicht mehr da. Ich kann nicht glauben, dass ich schon ein Jahr ohne ihn hinter mich gebracht habe. Aber noch weniger weiß ich, wie ich die nächsten *Jahre* (!!!) ohne ihn überleben soll.

Jeder Tag ist so schwer zu überstehen. Dabei wussten wir doch alle schon seit Jahren, was auf uns zukommt. Es hat sich immer so weit weg angefühlt, so surreal. Trotzdem ist es, als ob ich unvorbereitet ins kalte Wasser geworfen wurde.

Die Menschen um mich herum haben es irgendwie geschafft, aus der Kälte zu entfliehen und sich ans sichere Land zu retten, aber ich treibe immer noch taub vor mir selber her. Alle in diesem Haushalt reden über Gott und dass er Micha erlöst hat. Ich habe doch gebetet, jeden einzelnen Tag! In der Bibel steht: «Bittet, und euch wird gegeben.»

Ich habe Gott angefleht, immer und immer wieder. Ich habe gebetet, dass er Micha heilen wird, aber nichts ist geschehen. Kein Wunder ist passiert, Micha ist tot. Mausetot.

Ich wünschte, alle könnten aufhören, über Gott zu reden. Ich will nichts mehr hören von diesem ach so mächtigen Wesen.

Entweder existiert er überhaupt nicht, oder er ist unendlich grausam. Ich weiß nicht, welche Option schlimmer ist.

Aber ich weiß, dass ich nie wieder beten möchte.

Und am allerklarsten weiß ich, dass ich Micha vermisse. An jedem einzelnen Tag. Es stimmt nicht, was sie sagen: Nein, Zeit heilt die Wunden nicht. Sie macht es nur schlimmer, viel, viel schlimmer. Denn jeder Tag, der vorbeizieht, bedeutet, dass ich einen Tag weiter entfernt von Micha bin.

Kapitel 1
Katastrophen

Es war ein Sonntag, als sich Michas Todestag zum ersten Mal jährte. Ausgerechnet ein Sonntag. Mein Vater Marcus hielt die Predigt in der Kirche. Meine Mutter Anna-Lena, mein Bruder David und ich, Fiona, waren wie jeden Sonntag im Gottesdienst. Früher fühlte ich hier auf sonderbare Weise Trost dank der alten Mauern um mich herum. Vielleicht einfach nur, weil ich dieses Gemäuer kannte und hier quasi aufgewachsen war. Denn die Wahrheit ist: Den Glauben an den Gott, der hier angeblich wohnen soll, hatte ich schon lange verloren. Und heute war sogar das letzte bisschen Trost verschwunden. Die alten vertrauten Mauern hatten keine Wirkung mehr auf mich.

Jetzt fühlte es sich an, als seien alle Augen auf uns – Familie Albrecht – gerichtet. Dieses Gefühl schnürte mir den Hals zu. Aber ich würde mir nicht zugestehen, hier zu weinen. Sicher nicht!

David saß auf meinem Schoß und klatschte freudig in seine patschigen Hände. Sonst war er während der Predigt immer im Kindergottesdienst, aber heute hatte er sich partout geweigert, mit den anderen Kindern mitzugehen.

Vielleicht hatte er die angespannte, trauernde Stimmung im Haus gespürt und war nun ganz kindlich und unbewusst da, um mich zu trösten. Wie auch immer, leider wusste man nie so ganz, was in seinem kleinen Kopf vorging.

Meine Eltern hatten David als Pflegekind aufgenommen, als sie vom Jugendamt um Hilfe gebeten wurden. Er war von seiner Mutter nach der Geburt weggegeben worden, weil er Trisomie 21 hatte: Down-Syndrom. Mein Vater sagte immer wieder, unser Haus sei offen für alle, die Hilfe benötigten, und so war mein Zuhause nun seit vier Jahren das Zuhause von dem kleinen Mann, der auf meinem Schoß rumhampelte.

Den Namen durften Micha und ich bestimmen. Wir einigten uns auf David, da dieser Name für einen bedeutsamen König des Alten Testaments steht und zusätzlich die Bedeutung «geliebt» trägt. Und mir war klar, dass ich dieses kleine Bündel voller Freude einfach lieben *musste.* Seine Mutter hatte ihn weggegeben, weil er angeblich nicht *perfekt* war. Aber da hatte sie einen gewaltigen Fehler begangen. Denn jeder, der David nicht bei der ersten Begegnung ins Herz schloss, hatte schlichtweg keins.

Mein Vater zitierte vorne auf der Kanzel irgendeine Stelle aus der Bibel, während ich stumm den grauen Boden vor mir fixierte. Die Worte rauschten nur so an mir vorbei.

«Fiona?», flüsterte meine beste Freundin Amely, die auf dem Stuhl rechts von mir Platz genommen hatte. Innerlich starr und leer blickte ich auf. Amely tat nichts anderes, als ihre Hand auf meine Schulter zu legen. Allein ihre Hand dort zu spüren, tröstete mich mehr als jedes Wort der Kirchenmitglieder um mich herum, die probierten, meinen Schmerz zu verstehen und ihn mit leeren Worten zu verringern. Ich schloss die Augen, atmete tief ein und hoffte einfach, dass Micha jetzt an einem besseren Ort ist.

Wir mussten über Mittag nichts kochen, da uns einige Gemeindemitglieder Essen gemacht hatten, als Zeichen der Trauer und der Anteilnahme. Also aßen wir den Kartoffelauflauf von Beate Kellinger, während schweres Schweigen uns umhüllte. Nur David ließ sich nicht davon abhalten, Schmatzgeräusche von sich zu geben und freudig auf das Holz seines Kinderstuhles zu schlagen.

Schließlich räusperte sich mein Vater. «Wir haben euch etwas mitzuteilen, Kinder», fing er an. Seine Art war ruhig, seine Stimme leise, aber klar und bestimmt. Jedes Wort sprach er deutlich aus. Wenn er nachdenklich war, dann breitete sich jeweils eine tiefe Falte auf seiner Stirn aus. Man konnte fast sehen, wie sein Gehirn auf Hochtouren lief.

Genau diese besagte Falte erschien jetzt auf seinem Gesicht.

Mein Vater warf einen prüfenden Blick zu meiner Mutter hinüber, die ihm kaum merklich zunickte, dann erst fuhr er fort. «Ich habe immer gesagt, dass unser Haus für jeden offen ist, der unsere Hilfe benötigt, richtig?» Er sah mich an, erwartete jedoch keine Antwort.

Zahlreiche Bilder hüpften durch meinen Kopf: Freunde von mir, sie hatten hier Unterschlupf gesucht, als sie mit ihren Eltern Streit hatten. Oder Amely, die früher so oft hier war, dass sie quasi ein Familienmitglied wurde. Oder eine Horde Jungs, als wir anlässlich von Michas Geburtstag ein Sommerfest veranstaltet hatten. Jeder, der kommen wollte, war hier mit offenen Armen empfangen worden und wurde von meiner Mutter liebevoll versorgt. Jeder, egal wer.

Ich nickte meinem Vater stumm zu, mit den Gedanken ganz woanders.

«Nun haben wir uns dazu entschieden, wieder jemanden für längere Zeit bei uns im Haus aufzunehmen», erläuterte Vater weiter.

Langsam wurde ich hellhörig, die vielen kleinen Puzzleteilchen setzten sich in meinem Kopf zu einem Bild zusammen.

Mein Gehirn spülte kleine Erinnerungsfetzen an die Oberfläche und versuchte, die eben gehörten Worte damit in Einklang zu bringen. Ich erinnerte mich an die Gespräche, die mein Vater in den letzten Wochen hinter den geschlossenen Türen seines Büros geführt hatte, und an die Besuche von den fremden Menschen, die hier ein und aus gegangen waren und unser Haus ganz gründlich unter die Lupe genommen hatten.

Zuerst hatte ich nicht weiter nachgefragt, wer sie waren und was sie wollten, und hatte den Geschehnissen auch gar keinen tieferen Sinn gegeben. Mein Vater hatte öfters Besuch von Menschen, die ich nicht kannte. Das beunruhigte mich also nicht. Was mich komplett aus der Bahn geworfen hatte und rund um die Uhr beschäftigte, war ein ganz anderer Fakt:

Mein Bruder war gestorben.

Mir war der Boden unter den Füßen weggerissen worden, da interessierten mich die fremden Leute in unserem Haus nicht die Bohne. Aber das, was mein Vater jetzt von sich gab, war mir alles andere als egal. Denn plötzlich dämmerte mir, was die Bedeutung von alldem sein musste.

«Wir adoptieren wieder ein Kind?», fragte ich kritisch.

«Nicht direkt», schaltete sich meine Mutter ein. «Er wird nur für ein paar Monate bei uns wohnen, und dann wird das Jugendamt mit ihm über alles Weitere reden.»

Ein paar Monate? Jugendamt?

Ich warf fragende Blicke in die Runde, bis mein Vater endlich merkte, dass mir diese kargen Antworten noch lange nicht reichten.

«Er heißt Milan und ist siebzehn, also in deinem Alter. Deine Mutter und ich haben uns überlegt, dass es Zeit ist für einen Neuanfang. Für uns alle. Für deine Mutter, für David, für dich und mich, aber auch für Milan. Es ist für uns alle eine Chance, wieder nach vorne zu schauen.»

Das alles war mir egal. Es gab nur eine Sache, die für mich zählte: «Wo wird er schlafen?» Eigentlich kannte ich die Antwort schon, bevor ich die Frage laut ausgesprochen hatte. Trotzdem hielt das mein Herz nicht davon ab, wie wild zu pochen. Jede Zelle meines Körpers sträubte sich, als meine Eltern einen Blick tauschten und meine Annahme bestätigten.

Der neue Junge wird also in Michas Zimmer einziehen …

Es waren seit dieser Nachricht drei Wochen vergangen, und ich konnte nicht mehr aufhören, Angst zu verspüren. Sie machte sich in meiner Magengegend breit und fraß mich von innen auf.

Es war nicht so, dass ich dagegen war, neue Menschen – «Streuner», wie meine Mutter sie so manches Mal liebevoll zu nennen pflegte – in unserem Haus aufzunehmen. Nur war seit dem Tod meines kleinen Bruders kein neuer Streuner mehr in unserem Haus gewesen. Und das war gut so, weil wir alle Zeit und Ruhe zum Trauern gebraucht hatten.

Aber ich fürchtete mich davor, dass diese Zeit nun vorbei sein sollte. Denn ich wusste, dass meine Zeit des Trauerns noch lange nicht beendet war. Und war gleichzeitig unsicher, ob sie überhaupt irgendwann enden würde. Diesen fremden Jungen in Michas Zimmer zu lassen, fühlte sich viel zu sehr nach einem Schlussakkord an, so als würden wir versuchen, mit größtem Kraftaufwand Micha aus unserem Leben zu radieren, um ihn mit einer neuen Person und Aufgabe zu ersetzen.

Meine Mutter trat zu mir vor die Haustür, David an sich gedrückt. «Dein Vater hat eben angerufen. Sie werden gleich da sein.»

So standen wir einfach nur vor dem Haus und warteten darauf, dass unser Auto vorfuhr. Ich erstarrte fast zu Stein, während meine Mutter ihr Gewicht ungeduldig von dem einen auf den anderen Fuß verlagerte. In diesem Moment begriff ich, dass ich nicht die einzige Person in diesem Haushalt war, die Angst hatte. Angst vor dem, was auf uns zukommen würde; Angst, die Vergangenheit viel zu schnell hinter uns lassen zu wollen; Angst, dass sich mit der Ankunft dieses Fremden alles ändern würde.

«Komm, Mama, ich nehme dir David mal ab», sagte ich schließlich, als ich spürte, dass ihre Aufregung überhandnahm.

Dankbar lächelte sie mich an und drückte mir meinen kleinen Bruder in die Arme. In dem gleichen Augenblick fuhr der schäbige PKW vor. Ich versuchte, mein wild klopfendes Herz mit Davids süßem Gebrabbel abzulenken, als mein zukünftiger Mitbewohner auch schon mit missmutiger Miene die Autotür zuknallte.

Milan entsprach dem typischen Klischee, wie ich mir einen «Bad Boy» vorstellte. Er trug eine zerrissene ausgewaschene Jeans und ein weißes T-Shirt. Darüber eine abgewetzte Lederjacke, die eng anlag und seine breiten Schultern betonte. Sein Kiefer war angespannt, die dunkelblonden Haare lagen verstrubbelt auf seinem Kopf. Ein paar längere Strähnen fielen ihm auf die Stirn. Dazu hatte er diesen schneidenden, finsteren Blick, der die düstere Atmosphäre betonte, die ihn von der ersten Sekunde an umgab.

Er machte mir Angst. Ich versuchte, David noch enger an mich zu drücken, damit keiner merkte, wie mein Körper langsam aber sicher zu zittern begann.

Mit großen Schritten kamen die drei Männer, die gerade noch in dem Auto gesessen hatten, auf uns zu – mein Vater, Milan und noch ein weiterer Unbekannter, der sich sogleich pflichtbewusst vorstellte.

«Guten Tag, ich bin Thomas. Ich war für die letzten zwei Monate Milans Betreuer», begrüßte er uns höflich, aber betont sachlich. Ich konnte aus seinen Gesichtszügen keine Emotion herauslesen, genauso wenig wie aus Milans versteinerter Miene.

Thomas streckte meiner Mutter die Hand entgegen, mir warf er ein knappes Nicken zu. Ich war unendlich dankbar, dass meine Arme und Hände schon mit David beschäftigt waren. «Hallo», brummelte ich dem Anzugträger zu. Thomas wiederholte den Gruß, wobei ein sanftes Lächeln sein Gesicht streifte und ihn für eine Sekunde menschlicher erscheinen ließ.

Mit freudigen Worten begrüßte meine Mutter den Neuankömmling, der immer noch keinen Ton von sich gegeben hatte. «Hallo Milan! Ich freue mich sehr, dass du jetzt hier bist. Ich hoffe, du fühlst dich schnell zuhause in unseren vier Wänden.»

Auf dieser ganzen Welt gibt es niemanden, der so ein großes Herz hat wie meine Mutter. Jedem Menschen brachte sie so viel Liebe entgegen, ohne Ausnahme, und dafür bewunderte ich sie. Denn ich meinerseits schaffte es nicht einmal, diesem Milan zuzulächeln.

«Das sind unsere Kinder Fiona und David. Ihr werdet euch sicher gut verstehen», so wurde ich von ihr in Kurzform vorgestellt, was mir nur recht war. Ich weiß nicht, ob ich ohne Krächzen selber ein Wort rausgebracht hätte.

Von Milan bekam ich als Begrüßung nicht mehr als ein kleines, kaum merkliches Nicken.

Du meine Güte, das wird ja was werden! …

Kurz darauf löste sich unser kleines Begrüßungs-Komitee auf. Die Erwachsenen verschwanden mit Milan im Schlepptau im Haus, ich blieb vor der Tür mit David alleine.

Ich seufzte und gestand mir die bittere Wahrheit ein: Egal, wie schwer es für mich war, es musste einen Grund geben, warum Milan nicht mehr bei seiner Familie war. Ich wünschte ihm wirklich, dass er in unserem Haus Frieden finden würde – aber bitte so, dass mir meiner nicht genommen wurde.

«Wir haben einen neuen Bruder», flüsterte ich David gezwungen optimistisch ins Ohr.

Dieser klatschte begeistert in die Hände. «Neuer Bruder, neuer Bruder», echote er meine Worte. Tränen stiegen in meinen Augen auf.

Micha, ich vermisse dich wie verrückt.

Dem Sonntag folgte der Montag, der erste Montag nach den Ferien. Wochenlang hatte ich Panik gehabt, wenn ich nur an diesen Tag dachte.

Meine turbulenten Gedanken ließen mich schon zwanzig Minuten vor meinem Wecker wach werden, obwohl ich noch hundemüde war. Übelkeit machte sich erneut in meiner Magengegend breit, als ich mir vorstellte, durch die schmalen Schulgänge zu trotten und meinen Mitschülern gegenüberzustehen. Zu diesen würde auch Milan ab sofort gehören.

Ich sollte heute ein bisschen auf ihn aufpassen, ihn *unter meine Fittiche nehmen,* wie mein Vater es so schön ausgedrückt hatte. Dabei hatte ich nicht das Gefühl, dass Milan irgendwen brauchte. Besonders nicht mich.

Ich fühlte mich total durchschnittlich mit meinen schulterlangen nussbraunen Haaren und einer Größe von einem Meter einundsechzig. An mir war nichts Besonderes. Dazu hätte ich selbst mal jemanden gebraucht, der mich durch den Tag begleitete.

Ich drehte und wälzte mich in der Hoffnung, noch ein paar Minuten Schlaf zu finden. Aber es gab kein Erbarmen, mein Wecker schellte gnadenlos um halb sieben und quälte mich aus meinem bequemen Bett.

Verschlafen tapste ich in Richtung Bad, dabei realisierte ich nicht, dass ich seit ein paar Stunden nicht mehr alleine auf dieser Etage wohnte. Sonst hätte ich vielleicht ein wenig nachgedacht, bevor ich einfach so die Badezimmertür aufmachte. Ein sehr großer Fehler, wenn ich die Situation im Nachhinein betrachte.

Meine müden Augen machten Milan aus, er stand mit nacktem Oberkörper vor dem Spiegel. Ich konnte gar nicht anders, als seinen breiten, durchtrainierten Rücken zu erkennen. Aber da war *noch* etwas, das es unmöglich machte, wegzusehen.

Es dauerte einen Augenblick, bis ich klar erfassen konnte, was sich in langen Bahnen hässlich über seinen gesamten Rücken zog. Es war, als würde mein Herz stehen bleiben.

Narben.

Ein undefinierbares Geräusch entwich meinem Mund, fast wie ein Winseln. Schlagartig drehte Milan sich um, wie ein wütender Tiger starrte er mir entgegen.

«Raus!» war alles, was er mir entgegenbrüllte.

Aber ich konnte mich nicht bewegen. Wie gelähmt starrte ich ihn weiterhin an. Sollte ich etwas sagen, ihn in den Arm nehmen? Sollte ich weinen? Oder einfach alles ignorieren, was ich soeben gesehen hatte, und wegrennen? Mein Gehirn war definitiv überfordert mit der Verarbeitung der Informationen.

Meine Augen fixierten nur seine nackte Brust. Sogar hier machten die Narben keinen Halt. Sie schienen wie abstoßende kleine Monster zu sein, die mich gefährlich anlachten.

«Verschwinde, habe ich gesagt!», knurrte Milan erneut, und nur jemand, der äußerst lebensmüde ist, wäre bei dem Klang seiner Stimme noch stehen geblieben. Aber ich rührte mich noch immer nicht. Mein Kopf befahl meinen Muskeln, sich endlich in Bewegung zu setzen, doch auch meine Beine verweigerten den Befehl.

Na, komm schon, das kann doch nicht so schwer sein!

Doch alles innere Flehen half nichts. Mein Körper bewegte sich keinen Zentimeter von der Stelle, und so wurde ich Zeuge davon, wie Milans Wut überhandnahm. Schnaufend drehte er sich um, seine Hände fuhren wie Geschosse über den Waschbeckenrand, mit einem lauten Scheppern fielen Becher und Zahnbürsten auf den Boden. Aber das war Milan nicht genug. Sein blinder Zorn tobte weiter und weiter, bis seine Hände endlich fanden, wonach sie gesucht hatten.

Der Spiegel, der gerade noch stolz über dem Waschbecken an der Wand gehangen hatte, wurde mit einem lauten Knall auf die Fliesen des Badezimmerbodens geschmettert und verabschiedete sich in lauter Einzelteile.

Viele Tausende von kleinen funkelnden Scherben flogen um mich herum zu Boden und verursachten dabei einen höllischen Lärm. Fast sah es sogar schön aus, wie sich die Sonne, welche ihre Nase durch das Fenster streckte, in den kleinen Teilen widerspiegelte.

Eine Scherbe erwischte mich an meiner Wade und hinterließ einen Schnitt, der sofort zu bluten begann. Fast mechanisch bewegte ich meinen Kopf, um das Ausmaß der Verletzung zu betrachten, noch bevor ich den Schmerz spüren konnte.

Ich hatte die Situation immer noch nicht komplett begreifen können, als mein Vater mich zur Seite schob und sich durch die Scherben auf Milan zubewegte. Er legte seine Hände behutsam auf Milans Schultern, welcher sich keuchend am Waschbeckenrand festklammerte, mir wieder den Rücken zugewandt.

Ich konnte nicht hören, was Papa zu Milan sagte, und eigentlich wollte ich auch nicht länger zusehen. Dieser Moment war mir zu intim. Ich hatte weder das Recht noch das Interesse gehabt, Milans Narben zu sehen. Und ich wünschte mir inständig, dass ich diese Bilder aus meinem Kopf löschen könnte.

«Komm mit, Schatz, du blutest», vernahm ich die weiche Stimme meiner Mutter, die als Letzte im Raum auftauchte und mich sanft an den Schultern festhielt, während sie mich aus dem Zimmer führte.

Ich erhaschte einen letzten Blick auf Milan. Mein Vater hatte die Arme um ihn gelegt, während seine Schultern zuckten. Milan weinte.

Erst jetzt konnte ich das Gefühl in Worte fassen, das ich seit Milans Ankunft verspürte: Es fühlte sich an, als ob man mir etwas wegnehmen würde.

Pfarrer Marcus (Fionas Vater) beim Morgengebet:

«Herr, ich sehe, wie Fiona leidet, und ich habe das Gefühl, ich kann gar nichts tun. Ich bin verzweifelt und fühle mich so, als würde ich als Vater versagen. Aber noch schlimmer ist es, dass Fiona durch dieses Tal der Schmerzen gehen muss. Ich wünschte, ich könnte ihr ein Stück von dieser Last abnehmen.

Bitte zeige mir einen Weg, wie ich eine Hilfe für sie sein kann. Langsam weiß ich auch nicht mehr, was ich tun soll. Sie ist wie ein Eisklotz, und sie lässt mich nicht an sich heran. Zu Anna-Lena ist sie genauso. Was sollen wir denn noch tun, Herr?

Habe ich die richtige Entscheidung getroffen? Ist es dein Wille, dass Milan hier sein soll? Es scheint, als würde der Weg vor meinen Augen verschwimmen, und ich kann die Dinge nicht mehr klar sehen. Ich will das Beste für Milan, aber auch für meine über alles geliebte Tochter, und das weißt du. Denn die beiden sind auch *deine* über alles geliebten Kinder!

Ich bin der Kapitän, der Hirte dieser Familie. Ich muss sie führen und für sie der starke Fels sein. Aber wie geht das, wenn mir selbst die Richtung fehlt?

Herr, bei allem Leid und bei allem Klagen weiß ich dennoch, dass du über allem stehst und so viel größer bist als jede meiner Sorgen. Sei du bei mir in meinem Ringen nach Antworten und zeige mir den Weg. Gib mir Klarheit, was nun als nächster Schritt für mich und meine Familie ansteht.

Ich bitte dich aus vollem Herzen, dass du in Fionas Leben kommst und ihr den Schmerz wegnimmst, den sie jeden Tag fühlt. Sei du bei ihr und gib ihr Zuversicht.

In deine starken Hände begebe ich mich, egal, wie trostlos und ausweglos meine Lage in diesen Tagen und Wochen zu sein scheint.

Amen.»

Kapitel 2
Streuner

Dank meiner Mutter, die sich bereit erklärt hatte, uns zu fahren, kamen wir trotz der morgendlichen Verzögerung noch sieben Minuten vor Schulbeginn an. Es blieb uns also noch genügend Zeit, um durch die Gänge zu latschen, den Vertretungsplan zu scannen (in der Hoffnung, dass doch etwas ausfallen würde) und uns anschließend auf den letzten Drücker vor dem Klassenzimmer einzufinden.

Milans Anwesenheit wurde mir jetzt noch unangenehmer, als wir auf das Schulgebäude zuliefen. Am liebsten wäre ich zum Auto zurückgerannt und hätte meine Mutter angefleht, mitzukommen, um als Puffer zwischen mir und Milan zu fungieren. Doch leider war ich keine fünf mehr, sondern sechzehn – fast siebzehn –, und das hier war nicht meine Einschulung, sondern der erste Schultag in der zehnten Klasse und somit von meinem letzten Jahr an der Mittelstufe.

Deshalb beschloss ich, mich zusammenzureißen und das unbehagliche Gefühl zwischen mir und Milan einfach auszuhalten. Er sprach mich nicht darauf an, dass er für die schließlich recht große Wunde an meinem Bein verantwortlich war, und ich erwähnte mit keiner Silbe die unbegreiflich vielen Verletzungen, die seine nackte Haut zierten. Um ehrlich zu sein, ließ keiner von uns beiden auch nur ein Wort verlauten.

Milan war nicht freiwillig hier, und auch ich hatte nicht darum gebeten, den Babysitter für ihn zu spielen. Wir waren durch die Umstände zusammengeführt worden und mussten uns jetzt irgendwie damit arrangieren.

Ich hielt ihm die Tür auf, und er ging hinein; ohne jegliches Zeichen von Dankbarkeit. Aber ich hatte ja eigentlich auch keine Regung von ihm erwartet.

Wir passierten Schüler, die sich vor dem Unterricht noch mit ihren Freunden in den Gängen tummelten. Ohne dass ich es verhindern konnte, machte sich ein beklemmendes Gefühl in mir breit, und ein Gedanke wurde immer lauter in meinem Kopf: Auf *mich* wartete morgens in der Schule niemand; ich ging alleine durch die Gänge.

Ich schluckte und konzentrierte mich wieder auf Milan, indem ich ihm einen kontrollierenden Blick zuwarf. Aber falls Milan meinen Gedankengang in irgendeiner Weise an meinem Gesicht ablesen konnte, ließ er sich nichts anmerken.

Sein Ausdruck war nach wie vor eindimensional und düster. Wahrscheinlich hatte er mich nicht einmal angesehen, seitdem er mich im Bad angebrüllt hatte.

Wortkarg wies ich ihn kurz ein, wie unser Vertretungsplan funktionierte und wo die Toiletten lagen, auch wenn ihn das nicht wirklich zu interessieren schien. Dann ging ich in Richtung Klassenraum, Milan mir hinterher.

Auf dem Weg begegneten uns Luna und Ellen, welche uns – naja, wahrscheinlich eher Milan – neugierig beäugten. Ellen kicherte, stupste Luna in die Seite und zeigte äußerst auffällig auf Milan, als sie halblaut etwas zu ihrer Freundin sagte.

Dass sie die Aufmerksamkeit von Milan auf sich gezogen hatten, störte sie nicht im Geringsten, nein, vielmehr war das ihre Absicht gewesen. Schließlich schien der Kerl neben mir «der mysteriöse Neue» zu sein, und schon das machte ihn noch attraktiver.

Leider musste auch ich zugeben, dass Bad Boy Milan wirklich gut aussah. Groß gebaut, dazu muskulös, das Gesicht eines «Hollister»-Models und der passende durchdringende Blick.

Doch ich hatte gesehen, was sie nicht gesehen hatten: viele tiefe Narben. Und ich wusste, was sie nicht wussten: Er hatte eine schlimme Vergangenheit. Schließlich zählte er nicht ohne Grund seit Sonntag zu unseren neuen «Streunern».

Milan sah mechanisch zu den beiden rüber, was Ellen und Luna noch mehr zum Kichern brachte. Seine Miene blieb dabei jedoch ganz unbewegt. Nicht mal ein winziges Grinsen war auf seinem Gesicht zu erkennen, kein Zucken der Mundwinkel, nichts. Dabei war auch ich mittlerweile echt neugierig, wie Milan aussah, wenn er lächelte.

Kann der das überhaupt?

«Die beiden sind in meiner Klasse, also, ich meine, von jetzt an auch in deiner ... also unserer Klasse», versuchte ich ihm die Situation zu erklären. Doch es schien, als höre Milan gar nichts. Er blickte schweigsam und regungslos immer noch in die Richtung der beiden Mädchen, ohne auch nur ein Anzeichen zu geben, dass er mich überhaupt verstanden hatte. «Sie heißen Luna und Ellen», fügte ich leiser, fast für mich selbst hinzu. Dann folgte ich den beiden einfach – Mister Sprachlos in einigem Abstand hinter mir her.

Als der Bus nach dem ersten Schultag endlich vorfuhr, quetschten sich alle Schüler wie Ölsardinen hinein. Genau aus diesem Grund fuhr ich normalerweise mit dem Fahrrad, um das Gedränge zu vermeiden.

Aber meine Eltern hatten mir aufgetragen, Milan an seinem ersten Tag sicher nach Hause zu bringen, und der Bus war nun mal der schnellste Weg dafür. Ich sehnte mich nach dem Moment, an dem ich die Haustür aufschließen konnte und endlich wieder meine Ruhe hatte.

Denn Milan zeigte mit jeder Bewegung, dass er mich nicht ausstehen konnte. Und es hatte sich auch noch nichts daran geändert, dass er mir eindeutig Angst einjagte.

Meine Augen streiften durch die Reihen des Busses. Etwas weiter hinten machte ich Luna aus, die mit Ellen und ein paar weiteren Mädchen aus meinem Jahrgang zusammensaß. Sie lachten über irgendetwas, das Ellen gerade auf ihrem Handy rumgezeigt hatte.

«Hey, du religiöse Spinnerin!», rief Luna von hinten, als sie meinen Blick bemerkte.

Früher hatte sie mit dieser Bezeichnung sogar recht gehabt, aber heute konnte sie damit nicht weiter daneben liegen. Denn ich war sicher nicht mehr Feuer und Flamme für diesen Gott da oben. Wenn er denn überhaupt existieren sollte – was ja auch noch mal fraglich war. Dennoch lebte ich immer noch mit einem Pfarrer unter einem Dach und ging nach wie vor in die Kirche. Schweigend und verspannt zwar, aber ich ging mit. Somit hatte sich ihr Spitzname für mich festgesetzt.

Stumm hob ich den Kopf und blickte ihr fast furchtsam entgegen. Ich hasste mich selbst dafür, dass ich keine Kraft hatte, für mich selbst einzustehen, oder wenigstens so tun konnte, als seien mir ihre Worte egal.

Auch Milan, der mich zuvor eisern ignoriert hatte, drehte sich um, ganz langsam. Dabei zog er fast ein wenig fragend die Augenbraue in die Höhe. Dieses Mal lag keine Gleichgültigkeit auf seinem Gesicht. Erst sah er mich erstaunt an, dann blickte er in Richtung der Geräuschquelle.

«Deine Hose sieht scheiße aus. Wortwörtlich», fuhr Luna fort, gefolgt von einem Kichern. Die Mädchen um sie herum taten es ihr gleich und grinsten, als sie den roten Blutfleck an meinem Hosenbein ausmachten.

«Ich will ja nicht wissen, wo du da mal wieder hingefallen bist. Schon peinlich, dass du so rumläufst.»

Langsam ließ ich meinen Blick an meiner Jeans hinunterwandern. Der Verband hatte seinen Job an den Nagel gehängt, denn nun zeichnete sich wirklich ein Fleck an meinem Bein ab, der den Stoff meiner Hose durchweichte. Das geronnene Blut hatte in Kombination mit dem Jeansstoff eine bräunliche Farbe angenommen, der – wie Luna leider zurecht bemerkte – schon ein bisschen wie Hundekacke aussah.

Also presste ich nur die Lippen zusammen, drehte mich wieder nach vorne und hoffte, dass sie mich für den Rest der Fahrt einfach ignorieren würde.

Milan, der das Ganze wortlos beobachtet hatte, musterte mich von der Seite. Er sagte nichts, obwohl ich genau merkte, dass sein Blick nicht von meinem Gesicht glitt und er sich fragte: Warum wehrte ich mich nicht? Warum blieb ich stumm? Warum ließ ich diese Demütigung über mich ergehen?

Ganz kurz dachte ich, er würde etwas sagen. Zu mir. Oder zu Luna. Oder zu den anderen Mädchen, die hinter mir immer noch lachten. Doch dann erschien auf seinem Gesicht wieder dieser einsilbige Ausdruck von Gleichgültigkeit. Und für einen Moment – ja, für nur einen winzig kleinen Moment – hatte ich das Gefühl, dass er genau verstand, was ich spürte und warum ich mich nicht zur Wehr setzte.

Wir beide blieben stumm und steif stehen, bis wir zehn Minuten später an der richtigen Haltestelle angelangt waren und ich endlich aus diesem verfluchten Bus steigen konnte.

Der Nachmittag verging wie im Flug, und ich wusste gar nicht, wo meine ganze Zeit geblieben war. Denn ich hatte nicht wirklich etwas getan oder geleistet. Sogar die Tatsache, dass ich meine Zeit nicht mit Hausaufgaben totschlagen konnte, ärgerte mich. Die hätten mich doch wenigstens auf andere Gedanken bringen können!

Auch Amely war nicht vorbeigekommen, um mal wieder die Alleinunterhalterin für mich zu spielen. Leider hatte heute das Schuljahr gestartet, in dem wir *nicht* auf einer Schule sein würden. Während ich die letzten Jahre viel zu abgelenkt gewesen war wegen Micha, der im Krankenhaus vor sich hinvegetierte und tapfer eine Chemo nach der anderen hinter sich brachte, hatte Amely den Sprung geschafft und war in die Abschlussklasse versetzt worden. Ich hingegen hatte das neunte Schuljahr erneut antreten müssen. Und das …

… war der Startpunkt für die fiesen Kommentare meiner neuen Klasse gewesen.

Auf der anderen Seite musste ich zugeben, dass ich mich nicht gerade darum bemüht hatte, Freunde zu finden, und nun war dieser Zug schon abgefahren.

Jetzt, wo Amely und mich mehr als nur ein Klassenraum, sondern gleich eine ganze Schule trennte, hatte ich immer mehr das Gefühl, sie langsam aber sicher zu verlieren.

Sie schien mir unglaublich weit weg.

Als Panikreaktion versuchte ich sie gleich zweimal anzurufen. Doch es meldete sich lediglich die Mailbox. Also saß ich mit meinem verletzten Bein und meinem angeknacksten Selbstwertgefühl auf dem Bett und starrte an die Wand mir gegenüber.

Vielleicht war es das, was Milan fünf Schritte über den Flur in Michas Zimmer auch gerade tat, während er viel zu laut Rock-Musik hörte? Ich konzentrierte mich auf die raue Männerstimme des Sängers, die durch den Flur dröhnte.

« …I feel it deep within, it's just beneath the skin. I must confess that I feel like a monster. I hate what I've become, the nightmare's just begun. I must confess that I feel like a monster. I, I feel like a monster.»

«Ich fühle es tief im Inneren, es ist direkt unter meiner Haut. Ich muss zugeben, dass ich mich wie ein Monster fühle. Ich hasse, was aus mir geworden ist, die Albträume haben gerade erst begonnen. Ich fühle mich wie ein Monster», übersetzte ich flüsternd die gehörten Zeilen.

Monster, das schien zu Milan zu passen. Aber da war noch etwas an diesen Worten, das es unmöglich für mich machte, sauer auf ihn zu sein. Stattdessen kam Mitgefühl in mir hoch.

Die Albträume haben gerade erst begonnen.

Mit diesen Worten konnte ich definitiv etwas anfangen. Und ohne dass ich es verhindern konnte, kamen all die Gefühle, die ich in den Sommerferien so gut unterdrücken konnte, wieder an die Oberfläche.

Mein Blick schweifte durch den Raum und landete auf meiner Bibel. Ich gab einen Laut von mir, eine Mischung aus Schluchzen und abfälligem Lachen.

Ja, Gott, wo bist du? Wo bist du in meinem Leid?, schickte ich meine Gedanken grimmig hoch zum Himmel, nicht wissend, ob sie wirklich jemand hörte oder ob sie an der Zimmerdecke kleben blieben.

Leise begannen die Tränen über meine Wangen zu rollen. Doch der Schmerz konnte gar nicht in jede Faser meines Körpers eindringen, da just in diesem Moment mein Handy laut zu klingeln begann. Fast mechanisch wischte ich mir das Nass von den Wangen und sprintete zu meinem Telefon, das ich auf meinem Schreibtisch geparkt hatte. Amely rief mich endlich zurück, stellte ich nach einem raschen Blick auf das Display fest.

«Na du?», begrüßte sie mich.

«Hey», antwortete ich, fast schon ein bisschen allzu erleichtert.

«Du hast angerufen. Was gibt's?», fragte sie offen heraus. Vor meinem inneren Auge konnte ich sehen, wie sie das Handy zwischen der

Schulter und ihrem blonden Lockenkopf festgeklemmt hatte und sich auf ihrem Stuhl hin und her drehte, während sie gedankenverloren ihren Kater Gustav streichelte, der genauso weiß war wie das Leder des Schreibtischstuhls. Nur um die Nase und auf dem Kopf hatte er ein paar schwarze Flecken. Er war der süßeste, aber auch fetteste Kater, den ich jemals gesehen hatte.

«Ich wollte fragen, wie es dir am ersten Tag an deiner neuen Schule so ergangen ist. Das war sicher total aufregend heute, oder?», sagte ich, erleichtert über die willkommene Ablenkung.

Freudig begann sie, wie aus der Pistole geschossen zu erzählen. Wie immer einen Tick zu schnell und zu ausgelassen.

Zwischendurch gab es Minuten, in denen wir nur lachten, als sie zum Beispiel ganz detailliert den verrückten Physik-Tutor Herr Brand beschrieb: «Ganz im Ernst, Fiona, ich würd' den keine drei Jahre aushalten. Ich muss ja jetzt schon jedes Mal kichern, wenn ich ihm auf dem Flur begegne!» Und immer wieder betonte sie, wie froh sie war, dass sie Kunst und Englisch als Leistungsfächer gewählt hatte.

Ihre glückliche Art steckte mich an und ließ mich meine trübe Realität für einen Moment vergessen.

«Oh nein, ich bin so egoistisch!», unterbrach Amely sich nach einer Dreiviertelstunde schließlich selbst. «Warum stoppst du mich denn nicht? Du hast doch noch viel mehr zu erzählen als ich! Wie ist der neue Streuner so? Wie war euer gemeinsamer Tag in der Schule?»

Das war's dann also mit meiner Realitäts-Pause.

Ich erzählte ihr ausführlich von dem Vorfall im Badezimmer und meiner Verletzung. Auch Milans desinteressiertes Verhalten kam nicht zu kurz. Dafür ließ ich aber die Beleidigung von Luna weg, ebenso meinen emotionalen Ausbruch, der sich nur ein paar Sekunden vor dem Anruf ereignet hatte.

Denn das war die Sache: Amely wusste nichts davon. Sie wusste nichts von den fiesen Kommentaren, die ich in der Schule wegstecken musste, und wie sehr ich es hasste, da zu sein. Und das sollte auch so bleiben.

Meine beste Freundin ahnte nichts von den düsteren Gedanken in meinem Kopf. Gewissenhaft reagierte sie auf all meine Erzählungen. Gemeinsam stellten wir wilde Theorien auf für Milans komisches Verhalten. Unsere dominierende These war: von Aliens entführt und wieder zurückgeschickt.

Schließlich seufzte Amely am anderen Ende der Leitung. «Der Kerl kann einem eigentlich nur leidtun. Egal, welche Geschichte hinter seinen Narben steckt, der Junge muss unglaubliche Schmerzen erlitten haben. Kein Wunder, dass er da auch zwischenmenschlich ein paar Defizite aufweist.»

Ich stimmte ihr zu. Egal, wie ungeheuer Milan mir war: Er musste gelitten haben, und so etwas hat kein Mensch verdient.

Ich wollte gerade ansetzen und noch etwas dazu sagen, doch es klopfte an der Tür. Meine Mutter streckte den Kopf rein.

«Es gibt jetzt Essen, mein Schatz», sagte sie liebevoll zu mir, und ihre Mundwinkel zogen sich nach oben, als sie das Handy an meinem Ohr sah. «Mit wem telefonierst du?»

«Melly.»

Mit wem denn auch sonst?

Meine Mutter lächelte warm. «Sag ihr liebe Grüße von mir und komm dann runter.»

«Awww, wie lieb!», hörte ich Amely viel zu laut aus dem Hörer quietschen und hielt diesen augenblicklich ein Stück weiter von meinem Ohr entfernt. «Liebe Grüße zurück, Mama Albrecht!», ertönte ihre Stimme fröhlich aus meinen Handylautsprechern, was meine Mutter gar nicht mehr hörte, da die Tür bereits zugefallen war.

Schnell verabschiedete ich mich von Amely, und wir verabredeten uns vage für die nächste Woche. Es gab genügend Zeug, das wir noch zu besprechen hatten.

Noch bevor ich mein Zimmer verließ und mich auf den Weg zum Abendessen machen konnte, fiel mir meine Bibel wieder ins Auge. Entschlossen griff ich nach ihr und ließ sie unter einem Stapel von Zeitschriften auf meinem Nachttisch verschwinden.

Wenn Gott mich derart allein ließ, würde ich mir auch keine Mühe machen, ihn zu suchen.

Nachricht von Amely an Fiona:

Es gibt eine gute und eine schlechte Nachricht. Die Schlechte ist, dass die Schule wieder losgeht. Die Gute ist, dass du schon den ersten Tag überlebt hast. Hier noch ein superkitschiger Spruch, weil beste Freundinnen das eben so tun:

You don't have to be perfect to be amazing.

Kapitel 3
Narben

Es waren schon fünf Wochen vergangen, seitdem Milan bei uns wohnte. Monoton folgte ein Tag dem anderen. Fast hatte ich mich an meine neue Realität gewöhnt, die daraus bestand, Milan so gut wie möglich aus dem Weg zu gehen, während ich versuchte, meinen eigenen Alltag zu überstehen und zu guter Letzt hinter mich zu bringen.

Aber diese Zeit stellte sich als die Ruhe vor dem Sturm heraus. Es war Samstag, ein schöner Tag. Fast perfekt. So perfekt, wie ein Samstag in meinem neuen Leben ohne Micha und mit einem fremden Mitbewohner nur sein konnte.

Amely, meine Mutter, David und ich saßen am Küchentisch und bastelten Fensterbilder, um den anstehenden Herbst zu begrüßen. Es sollten kleine bunte Igelchen werden, die in der Mitte mit Transparentpapier überzogen waren. Meine Mutter hatte vor, diese im Kindergottesdienst zu basteln und damit die Fenster des Gemeindehauses zu schmücken. Und *wir* waren wie schon des Öfteren die Versuchskaninchen fürs Projekt geworden.

Ich zeigte David behutsam, wie er die Schere anfassen musste, damit sein Igel nicht zerschnitten wurde, und auch eine Einweisung in den Umgang mit dem Klebestift war vonnöten. Seine Augen leuchteten dabei vor Begeisterung. Immer wieder brabbelte er etwas, das mit «Guck mal wie schön!» gleichzustellen war.

Es war, als sei ich in einer Blase gefangen. Ich fühlte mich in diesen Momenten wirklich … glücklich. In dieser kurz anhaltenden Hochstimmung verdrängte mein Kopf die Tatsache, dass sich oben ein unheimlicher Junge mit vernarbtem Rücken und jeder Menge Aggressionspotenzial aufhielt. Auch hatte ich für einen Moment vergessen, dass in dieser fröhlichen Runde ein ganz besonderer Mensch fehlte: Micha.

Doch dieses Gefühl von Leichtigkeit sollte so schnell verschwunden sein, wie es gekommen war, denn in der einen Sekunde, in der ich mich noch in Frieden und Geborgenheit suhlte, ertönte ein *Rumms* aus dem oberen Stockwerk. Dann ein lauter wütender Schrei.

Milan.

Ich hielt die Luft an. Genauso hatte er gebrüllt, als er den Spiegel im Bad beherzt zu Boden geschmettert hatte. Ein weiterer Schrei folgte mit noch mehr Lärm, durchmischt von dem Geräusch von brechendem Holz.

Wir drei Frauen starrten uns für einen Moment an, überfordert mit der Situation. Keine von uns hatte mit so etwas gerechnet, nachdem sich die letzten Wochen doch recht friedlich zugetragen hatten.

Mein Vater war der Erste, der richtig schaltete. Die Tür von seinem Arbeitszimmer wurde aufgerissen, und er sprintete im Eiltempo die Treppen hoch. Das gab meiner Mutter und Amely das Signal, uns aus unserer Erstarrung zu lösen und dem Klirren und Schreien entgegenzurennen.

Nur *ich* brauchte noch einen Augenblick länger, um mich innerlich auf das vorzubereiten, was ich oben sehen würde. Wahrscheinlich, weil ich schon eine Vorahnung hatte, dass das, was sich dort gerade ereignete, mir nicht gefallen konnte.

Aber es war noch schlimmer.

Ich schnappte mir kurzerhand David, da ich ihn mit Kleber und Schere nicht alleine unten lassen wollte, und folgte den anderen mit etwas Verzögerung.

Dementsprechend erreichte ich erst einige Sekunden später das obere Stockwerk. Die Ruhe, die herrschte, schuf eine bedrückende Atmosphäre. Trotzdem zwang ich mich, Milan anzuschauen, welcher keuchend an der Wand lehnte. Seinen Gesichtsausdruck konnte ich nicht deuten. Er sah völlig benebelt aus, fast wie in Trance.

Ich trat einen Schritt weiter vor, nur um zu sehen, dass auch meine Eltern regungslos in der Gegend standen. Ihre Arme hingen schlapp herunter, als wäre alles Leben aus ihnen gezogen und als wüssten sie nicht, was sie jetzt mit dieser Szene anfangen sollten.

Amelys Mund stand halb offen, aus Schock, aus Verwunderung und wahrscheinlich auch aus Sprachlosigkeit – das musste etwas bedeuten, denn Amely hielt eigentlich nie den Mund. Es brauchte einiges, um sie sprachlos zu machen!

Ich folgte ihrem Blick und ahnte schon, was ich im nächsten Moment in der Ecke liegen sehen würde. Taubheit füllte meinen Körper, und alle Kraft schien aus mir zu weichen. Langsam setzte ich einen Fuß vor den anderen, bis ich sehen konnte, was dort zerstört auf dem Boden lag.

Bitte nicht, bitte nicht, bitte nicht …

Michas Modellflugzeug.

Meine Augen füllten sich automatisch mit Tränen, ich konnte rein gar nichts dagegen tun, auch wenn ich daran dachte, wie gut mein Tag heute doch zur Abwechslung mal gewesen war und dass alles bergauf ging. Aber das hier war ein herber Rückschlag. Das hier durfte nicht real sein.

Meine Unterlippe begann zu zittern.

Ich drückte meiner Mutter David in die Arme, denn sonst hätte ich ihn in den nächsten Sekunden sicher fallen lassen. Dann kniete ich mich vor die zerbrochenen Flugzeugelemente.

Eine angespannte, gespenstische Stille lastete über dem Flur. Meine Finger zitterten so stark, dass ich die kaputten Holzteile, die quer über die Dielen verstreut lagen, kaum hochheben konnte. Warme Tränen liefen mir die Wangen hinunter und fielen auf Reste des Modells.

Dieses Flugzeug war das, was mir von Micha geblieben war. Es hatte ihm die Welt bedeutet. Ich hatte mir geschworen, es so gut zu schützen, wie ich nur konnte. Ich hatte es ihm versprochen!

Mein Atem wurde immer schneller, bis er dann zu schnell war und ich zu röcheln begann. Die Tränen hörten gar nicht mehr auf, aus meinen Augen zu strömen. Ein kehliges Schluchzen entwich mir.

Schließlich hatte ich die Kraft, um aufzusehen und Milan in die Augen zu schauen. Der Tränenschleier vernebelte meine Sicht, sodass ich ihn nicht scharf ausmachen konnte. Für einen Augenblick sahen wir uns beide nur an. Trotz der verschwommenen Sicht konnte ich seine Augen erkennen, diesen blauen, unheimlichen und durchdringenden Blick, der mir schon von der ersten Sekunde an Angst eingejagt und jede Faser meines Körpers in Alarmbereitschaft gesetzt hatte.

Ach, ich hätte auf mein Bauchgefühl hören sollen, anstatt einfach darauf zu vertrauen, dass alles gut gehen würde. Natürlich ging nie alles gut.

Milan hätte ja alles zerstören können, wirklich alles, und mir wäre es egal gewesen. Von mir aus jeden einzelnen Spiegel, den wir in diesem Haus besaßen, jeden Stuhl, jeden Tisch, jedes einzelne Möbelstück, was auch immer. Bis auf das hier.

Bis auf Micha.

«Wie …», krächzte ich. Schloss für einen Moment meine Augen, um mich zu sammeln und nicht ganz so erbärmlich zu wirken, während ich nun heulend auf dem Boden kauerte und alle auf mich herunterstierten. «Wie kannst du nur?», flüsterte ich kaum hörbar.

Ich wusste nicht, was es war, aber etwas hatte sich in Milans Augen geregt. Aber ich war definitiv zu müde, um noch lange zu versuchen, ihn zu verstehen. Ich war zu erschöpft, um alles zu erdulden, was er tat. Ich wollte einfach nur …

… dass er endlich wieder verschwindet!

Immer noch zitternd, erhob ich mich. Ich stellte mich direkt vor Milan, was meinen Körper noch mehr zum Zittern brachte. Ich stand einfach nur da und blickte ihm in die Augen. Keiner sagte ein Wort.

Das Nächste, was ich mitbekam, war, dass Amely mich am Arm wegzog und in mein Zimmer führte. Während David die Stille im Flur auflöste, indem er lauthals anfing zu flennen, legte Amely einen Arm um meine Schulter, und so saßen wir da.

Ich weinte und weinte und weinte. Ich konnte es nicht stoppen. Denn es hörte nicht auf, unglaublich wehzutun. Wenn man nicht wüsste, wo in einem drin genau die Seele sitzt – in solchen Momenten weiß man es! … Es sticht, es schmerzt, es blutet …

Micha und alles, was ich noch von ihm besessen hatte, war fort, rücksichtslos zerstört von diesem Fremden, dem wir nichts anderes als Liebe entgegengebracht hatten in den letzten Wochen.

Amely streichelte mir über den Rücken, doch ihre Lippen blieben versiegelt. Sie wusste, dass es kein Wort, keinen Satz, keinen Zuspruch gab, die mich jetzt hätten trösten können.

Erst gegen Abend konnte ich Amely davon überzeugen, dass sie den Weg nach Hause antreten konnte. Pflichtschuldig fragte sie zentausendmal nach, ob sie mich in meinem *fragilen Zustand* – ihre Worte, nicht meine – wirklich alleine lassen konnte. Mit einem schwachen Lächeln scheuchte ich sie aus der Haustür.

Amely hatte nicht gefragt, ob ich okay war oder ob es mir gut ginge. Sie wusste, dass ich diese Frage unmöglich mit Ja beantworten konnte. Ich war froh, dass sie nicht nachbohrte und mich in keinster Weise nötigte, meine Gefühle zu schildern.

Besonders wenn es um Micha ging, fehlten mir einfach die Worte. Er war jetzt schon vor mehr als einem Jahr gestorben, und ja, gewiss, auch im Vorhinein war sein Tod abzusehen gewesen. Wir hatten alle seine Krankheit gekannt und gewusst, dass er das Erwachsenenalter nicht erreichen würde. Und trotzdem hatte mich sein Tod komplett unerwartet getroffen. Davor war es surreal gewesen und schien noch so weit weg. Bis es eben nicht mehr *weit weg* war. Bis er gestorben war …

Jetzt, nach mehr als einem Jahr, hatte ich alles schon gesagt, was gesagt werden konnte. Ich hatte meine Gefühle geäußert, ich hatte sogar eine Therapeutin gehabt, der ich meine ganze Gefühlswelt zu Füßen gelegt hatte.

Aber auch wenn alles schon bis zum Ende erzählt und erklärt worden war: Mein Schmerz, meine Rebellion und meine Trauer waren noch nicht vorüber. Doch ich wusste nicht, wie ich das irgendjemandem klarmachen konnte.

Mitten in meine Gedankengänge hinein klopfte es sachte an der Tür.

Ich lag zusammengerollt auf meinem Bett und starrte die gegenüberliegende Wand an. Das Licht war ausgeschaltet, doch meine Augen standen weit offen.

Ich sagte nichts.

Ich wollte mit niemandem reden, doch es klopfte erneut an der Tür. Die Stimme meines Vaters drang in den Raum.

«Fiona, darf ich bitte reinkommen? Ich möchte mit dir reden.» Das war ganz Papa, so wie wir ihn eben kannten: ruhig und besonnen. Kein einziger vorwurfsvoller Ton. Wenn ich nun gesagt hätte, er solle bitte gehen, dann hätte er es sofort getan.

Das war eine der Qualitäten, die ich so an ihm schätzte. Er drängte die Menschen nicht, sich ihm zu öffnen. Er hatte Verständnis für jeden, sogar für den verkorksten Milan.

Doch in diesem Moment gerade machte mich das wahnsinnig. Ich verstand nicht, wie er für so einen Typen Mitgefühl haben konnte. Micha war sein Sohn gewesen, und das da draußen waren die Reste von Michas Flugzeug. So standen die Dinge, und Punkt. Konnte er nicht einfach mal sauer sein?

Die Warmherzigkeit und Geduld meines Vaters erweichten mich schließlich doch. Ich gab nach und rief ihn rein.

Während er die Tür öffnete, richtete ich mich ein bisschen auf und knipste meine kleine Nachttischlampe an. Ich musste blinzeln, um mich an das sanfte Licht zu gewöhnen, das nun den Raum wieder mit Helligkeit füllte. Mein Vater blieb einfach nur im Türrahmen stehen.

Er hatte ein gütiges Gesicht, weich und warm. Seine Haare waren mittlerweile schon grau und standen, wie bei einem verrückten Physiker, in alle Richtungen ab, wobei sich auf der Mitte seines Hinterkopfes mittlerweile auch schon eine Dürre ankündigte, dazu hatte er blaugraue Augen, die fast immer mit Liebe gefüllt waren. So oft hatte ich mir gewünscht, *seine* Augenfarbe bekommen zu haben statt meines durchschnittlichen Brauntons.

Im Laufe der Jahre hatten sich um seine Augenpartie Lachfältchen gebildet, denn mein Vater war ein fröhlicher Mann, er lachte viel, und in jeder Situation versuchte er stets das Positive zu finden. Ich hatte aus diesem Grund schon das ein oder andere Mal angezweifelt, ob ich wirklich mit ihm verwandt war oder nicht doch nur als einer der üblichen Streuner bei ihm Unterschlupf gefunden hatte …

Sein spitzes Gesicht wurde durch ein ebenfalls graues Ziegenbärtchen abgerundet. Meine Mutter und ich hatten ihn schon oft dazu überreden wollen, es abzurasieren, doch er weigerte sich konsequent. «David liebt es, damit zu spielen», verteidigte er sich stets. Was leider stimmte.

Dieser Mann stand nun vor mir, und schon allein seine Anwesenheit vernichtete einen Teil der Unruhe im Raum.

«Darf ich mich zu dir setzen, Fiona?», fragte er ruhig, wohlwissend, dass ein Wort von mir reichte, um ihn fortzuschicken. Aber ich wollte nicht, dass er jetzt wieder ging. Dass er da war, hatte tatsächlich schon ein Stück meiner Wut beseitigt. Manchmal brauchen Töchter einfach ihre Väter, und das hier war genau ein solcher Moment.

Er ließ sich neben mir aufs Bett nieder, ich lehnte mich gegen seine Schulter. «Ich weiß, wie viel dir dieses Modellflugzeug bedeutet hat», fing er ruhig an.

Ich schluckte schwer und hoffte, diese Konversation ohne einen weiteren Tränenausbruch zu überstehen. Meine Augen schmerzten schon vom ganzen Weinen.

«Nicht mir, sondern Micha. Mir bedeutet es viel, weil es für Micha von unvorstellbarem Wert war.»

Er nickte. «Ich weiß. Aber Micha ist nicht mehr unter uns. Dafür ist es aber Milan.»

Das Vertrauen, das ich meinem Vater geschenkt hatte, war augenblicklich verflogen. Schlug er sich wirklich auf Milans Seite? Natürlich musste er Milan unterstützen, das verstand ich schon, aber dabei sollte Micha trotzdem immer noch die erste Priorität haben. Ob er nun tot war oder nicht.

«Warum verteidigst du Milan?», fragte ich fassungslos, während ich immer weiter von ihm wegrückte.

Mein Vater seufzte leise. «Ich verteidige ihn nicht. Ich möchte nur, dass du dich ein klein wenig in Milan hineinversetzen kannst. Jeder

Mensch handelt aufgrund seiner Vergangenheit. Ich finde, deshalb ist es Zeit, dass du ein Stück seiner Vergangenheit kennst.»

Sein Blick war weich und gütig, aber er wich nicht von meinem ab. Das hier schien Papa wichtig zu sein.

Ich räusperte mich.

«Du meinst … du erzählst mir, woher Milan diese Narben hat?»

«Ja.» Er nickte. «Wenn ich dir vertrauen kann, würde ich das gerne tun. Denn deshalb ist Milan hier. Er braucht ein stabiles Umfeld und Menschen, bei denen er sich sicher fühlen kann, damit nicht nur die äußeren, sondern auch die inneren Narben heilen können. Hast du das verstanden?»

Ich bejahte. Darauf hatte ich die ganze Zeit gewartet: auf irgendeinen Hinweis, damit ich diesen Kerl verstehen konnte, fassen konnte. Auf ein paar Antworten auf meine vielen Fragen. «Ich werde es für mich behalten», versicherte ich und wusste: Das bedeutete, dass ich noch nicht mal Amely davon erzählen konnte.

«Also gut», murmelte mein Vater. Er hatte sich vorgebeugt und massierte sich mit den Fingern der rechten Hand seine Stirn. «Du hast die Verletzungen gesehen, die dieser Junge auf seinem Körper trägt», begann er, und ich wagte kaum noch zu atmen.

«Die kommen nicht von Auseinandersetzungen mit Klassenkameraden oder wütenden Schlägereien auf der Straße, sondern aus seinem eigenen Elternhaus. Von seinem Vater, um genau zu sein.»

Ich schluckte. Der Ort, der für Kinder der sicherste Platz der Welt sein sollte, war für Milan also ein Ort der Angst und des Schmerzes geworden. Die Person, die ihn vor Verletzungen beschützen sollte, hatte ihm das wohl größte Leid seines bisherigen Lebens zugefügt.

«Milans Vater hat die Arbeit verloren, dann mit dem Trinken begonnen, bis er schließlich abhängig war. Der typische Teufelskreis. Er hat dann damit angefangen, seine Frau, also Milans Mutter, zu schlagen. Als Milan gesehen hat, dass sie das einfach nur still und weinend ertragen hat, ohne sich wehren zu können, ist er dazwischen gegangen.»

Mein Vater schluckte und blinzelte die aufkommende Rührung aus seinen Augen weg. Das zu erzählen und zu wissen, was Milan durchmachen musste, tat ihm in der Seele weh. Ich konnte nur erahnen, was Milan erleiden musste und was mein Vater mir alles an Einzelheiten verschwieg, um mich vor Albträumen zu bewahren.

«Das musste Milan für mehrere Jahre durchstehen, bis sich das Jugendamt eingeschaltet hat. Eine Nachbarin, die vermehrt Schreie aus der Wohnung vernommen hat, ist aktiv geworden und hat Milan aus seiner Situation gerettet. Somit ist er seit etwa einem halben Jahr endlich von seinem Vater getrennt.»

Ich schwieg und fühlte mich plötzlich unglaublich schuldig über jedes böse Wort und jeden fiesen Gedanken, den ich jemals über Milan gehabt hatte.

«Und seine Mutter?», flüsterte ich schwach.

«Sie ist in einer Klinik und erhält dort die Therapie, die für sie jetzt die beste ist. Milan selbst war kurze Zeit in einem Jugendheim. Doch das Amt hält es für besser, ihn in eine Familie einzugliedern, da keine Möglichkeit besteht, dass er wieder zu seinem Vater zurückkehren wird. Sobald die Volljährigkeit erreicht ist, ist es sowieso fraglich, ob er weiterhin bei uns bleiben wird.»

Betroffen nickte ich, unfähig, irgendetwas dazu zu sagen. Mein Kopf brauchte erst mal ein paar Stunden, wenn nicht sogar Tage, um das zu verarbeiten.

Ich hatte mich an die Wand hinter meinem Bett gelehnt, die Beine dicht an den Körper gezogen, mein Blick hing wieder gläsern an der gegenüberliegenden Wand. Aber er fand keinen Halt. Da war nichts außer Leere.

Mein Vater hingegen saß vorne auf der Bettkante. Als er mit mir geredet hatte, war sein Blick noch auf seine Füße gerichtet. Nun drehte er sich zu mir um. Ich löste meine Augen von der Wand und schaute ihn an.

«Ich habe versucht, dich aus dem Ganzen herauszuhalten. Ich wollte dich davor bewahren, dass du auch noch *dieses* Päckchen mit dir herumtragen musst.» Er lächelte schwach. «Aber die heutigen Ereignisse haben gezeigt, dass du eine Erklärung brauchst. Und auch verdienst.»

Ich dachte an das zerstörte Modellflugzeug und nickte leise. Die Wut auf Milan, die noch vor wenigen Minuten in meinem Bauch rumort hatte, war verflogen. Jetzt siegte die Trauer, dass ich etwas verloren hatte. Etwas total Wichtiges.

«Es soll keine Rechtfertigung für Milans Verhalten sein. Und du weißt besser als jeder andere, dass wir Gewalt in unserem Haushalt nicht dulden. Aber vielleicht hilft es dir, seine Situation zumindest nachvollziehen zu können und Gnade vor Recht walten zu lassen.»

Vaters Augen begannen zu leuchten, und ich wusste, dass er jetzt einen seiner Pfarrer-Sprüche zum Besten geben würde. Und so war's auch: «Jesus hat auch Gnade mit uns, Fiona. Er ist für jeden Fehler am Kreuz gestorben. Für dich, für mich, für Milan und sogar für dessen Vater. Wie es bereits im Epheserbrief geschrieben steht: Seid aber zueinander gütig, mitleidig und vergebt einander, so wie auch Gott in Christus euch vergeben hat.»

Ich schaute auf meine Finger. Mit diesem barmherzigen Gott, von dem mein Vater da sprach, konnte ich jetzt gerade nicht besonders viel anfangen. Eigentlich schon lange nicht mehr. Das wurde mir in diesem Moment erneut bewusst. Trotzdem wollte ich versuchen, Milan mit einer anderen Einstellung gegenüberzutreten. Gott hin oder her.

Jeder Mensch hat Narben. Die einen tragen sie innerlich mit sich rum, die anderen äußerlich. Und manche haben sie an ihrer Seele, ihrem Herz, ihrem Körper – einfach überall.

Ein Gespräch zwischen Milan und seiner Therapeutin:

Therapeutin: Wie geht es dir?
Milan: Gut.
Therapeutin: Gut?
Milan: Ja.
Therapeutin: Willst du mir nicht erzählen, warum du dieses Modellflugzeug zerstört hast?
Milan: Nein.

Therapeutin: Was hat dieses Flugzeug in dir ausgelöst?
Milan: Geht Sie das was an?
Therapeutin: Es wäre wichtig, dass du selber verstehen könntest, was dieses Flugzeug in dir ausgelöst hat. Was es mit dir gemacht hat. Es könnte dir helfen, Milan.
Milan: Ich brauche keine Hilfe.
Therapeutin: Schau mal, wir müssen beide hier sein. Diese Stunde ist unsere gemeinsame Stunde. Warum nutzen wir die Zeit nicht einfach sinnvoll? Sonst können wir auch einfach hier sitzen und uns anschweigen.
Milan: Hört sich gut an.
Therapeutin: Das würde ich so nicht sagen. Das bringt doch keinem von uns beiden was. Oder was denkst du?
Milan: Egal.
Therapeutin: Willst du nicht, dass es dir wieder besser geht? Dass du in solchen Ausnahmesituationen ruhiger reagieren kannst, überlegter? Dich im Griff hast?
Milan: Ich wüsste nicht, warum Reden da helfen sollte.
Therapeutin: Wenn du mir erlaubst, das zu betonen: Milan, ich bin auf deiner Seite. Nur wenn wir das Geschehene zusammen anschauen und ausleuchten können, kommen wir einer Verhaltensänderung einen Schritt näher. Wenn du dich da in den Griff kriegst, wird das für dein weiteres Leben extrem wichtig sein und dir zugute kommen. Und es gibt da ein schönes Sprichwort: «Wer nicht *darüber* sprechen kann, wird immer *darunter* bleiben.»
Milan: Hatten Sie einen Schläger-Vater?
Therapeutin: Nein.
Milan: Wissen Sie, wie weh drei gebrochene Rippen tun? Und wie es ist, wenn der eigene Vater dich verprügelt und völlig außer Kontrolle gerät? Wenn er fast so wird wie ein Tier?

Therapeutin seufzt.

Therapeutin: Nein.
Milan: Haben Sie je Ihre Mutter zerschlagen am Boden liegen sehen? Und vor Schmerzen wimmern hören? Und haben Sie sie je gegen den eigenen Vater verteidigen müssen?
Therapeutin: Nein.
Milan: Dann können Sie mir wohl auch nicht helfen.

Therapeutin lässt die folgende Stille zu.

Therapeutin: Ich gebe dir recht, Milan. Der Punkt geht an dich. Aber wenn ich an dieser Stelle kurz einhaken und etwas in den Raum legen darf: Du sagst, dein Vater war außer Kontrolle. Und du siehst das völlig richtig: außer Rand und Band. Aber wie würdest du dich selber sehen und selber bezeichnen in dem Moment, wo du das Modellflugzeug zerstört hast?
Milan: …

Kapitel 4
Meilenstein

Die ersten beiden Stunden meines nächsten Schultages begannen mit Sport. Wenn es eins gab, was noch unangenehmer war als Schule selbst, dann war es Schulsport.

Ich war nicht gerade dick, sicher nicht, aber ich hatte meine Figur definitiv den guten Genen meiner Mutter zu verdanken und nicht stundenlangen Trainings-Sessions. So verfärbte sich mein Gesicht schon nach ein paar Hundert Metern Jogging rot, und ich begann zu husten wie eine Kettenraucherin.

Anders war es in Mathe. Ich mochte Zahlen, und die Abläufe erschienen mir logisch. Beim Rechnen gab es einfach nur Richtig oder Falsch. Doch leider war das hier die Sportstunde, und die musste ich jetzt irgendwie durchstehen.

Ich trödelte in der Umkleide extra ein bisschen rum. Meistens war ich die Letzte, die in ihren Turnschuhen den Hallenboden betrat. So langsam wie möglich band ich meine Haare zu einem Pferdeschwanz zusammen. Und dann noch einmal. Und noch einmal. Doch nach dem siebten Versuch musste ich mir eingestehen, dass meine Haare nun nicht mehr besser aussehen würden. Also griff ich nach meiner Wasserflasche und trat mit leicht zittrigen Füßen zur Gruppe der anderen.

Das ist nur eine Sportstunde! Hör auf, dich da so reinzusteigern.

So meldete sich die mutigere Hälfte meines Bewusstseins zu Wort, die es völlig lächerlich fand, dass ich vor einer Sportstunde Panik schob. Und ja, sie hatte recht. Aber ich konnte das Zittern meiner Beine einfach nicht abstellen.

Meine restlichen Klassenkameraden saßen schon in einem Kreis beisammen. «Schön, dass du uns auch noch mit deiner Anwesenheit beehrst», merkte meine Sportlehrerin Frau Haas spitz an, als ich mich zu ihnen gesellte. Ein leises «Entschuldigung» kam über meine Lippen, während ich versuchte, die Lacher meiner Mitschülerinnen und Mitschüler auszublenden.

Als ich tapfer das Kinn hob, erblickte ich auf der gegenüberliegenden Seite des Kreises … Milan! In seinen Sportsachen sah er noch besser aus, als das sonst schon der Fall war … Sekunden später boxte ich mich innerlich dafür, dass ich in diesem Moment solche Überlegungen anstellte.

Milan trug eine kurze schwarze Sporthose, die über den Knien endete, und die grauen «Nike»-Schuhe sahen schon ziemlich abgelaufen aus. Ich wunderte mich, dass Frau Haas nicht anfing zu meckern mit ihren üblichen Worten: «Das sind aber keine Hallenschuhe!» oder «So wie die aussehen, wurden die bestimmt schon mal im Wald getragen!» Aber empörenderweise sah Frau Haas über die ollen Schuhe gnädig hinweg – ganz im Gegensatz zu meinen fünf Minuten Verspätung, die sie natürlich extrem gewichten musste.

Das graue Shirt, das Milan trug, war lang und reichte bis zu seinen Handgelenken. Ich war die einzige Person in diesem Raum, die wusste, *warum* er es trug. Ich wusste, was darunter zu sehen gewesen wäre: Narben.

In diesem Moment hob Milan seine Augen. Er hatte mich voll beim Starren beobachtet.

Mist.

Schnell senkte ich den Blick auf meine Füße hinunter und konzentrierte mich darauf, wie schön und neu und hallenfähig meine rosa Latschen doch waren. Denn wenn ich eins vermeiden wollte, dann war es eine weitere Auseinandersetzung mit meinem neuen Mitbewohner. Lieber schwieg ich ihn für den Rest meines Lebens an, als dass ich noch einmal so harsch von ihm angeschrien werden wollte.

Es hatte fraglos eine gewisse Ironie, dass wir beide unter demselben Dach schliefen, unsere erste Begegnung dann aber morgens in der Sporthalle war. Vielleicht war das aber auch einfach eines der Dinge, an die ich mich von nun an gewöhnen musste. Es war ganz offensichtlich ein neuer Teil meines neuen Lebens.

Eines Lebens ohne Micha.

Dafür mit Milan.

Tja, die Dinge änderten sich.

Und ich musste mich wohl oder übel daran anpassen.

In meine ziemlich dunklen Gedankengänge drangen Frau Haas' Pläne für die heutige Stunde: Erst Warmlaufen, dann ein Parcours, der Bockspringen, Hürdenlauf und Reckturnen beinhaltete.

Noch mehr Mist.

Im Kopf überschlug ich kurz, bei welcher Übung ich mich am wenigsten blamieren würde. Leider war eine schlimmer als die andere. Aber Frau Haas ließ mir gar nicht die Zeit, mir den Kopf über die bevorstehenden fünfundsiebzig Minuten zu zerbrechen, denn schon ertönte die schrille, gnadenlose Trillerpfeife als Zeichen dafür, dass wir anfangen sollten, unsere Runden zu drehen. Also setzten sich alle vierundzwanzig Schülerinnen und Schüler in Bewegung. Die einen schneller, die anderen – so wie ich – eher gemächlich.

Schon nach zwei Minuten spürte ich, wie mein Gesicht sich heiß wie Feuer anfühlte. Leider hatte ich mich die letzten Wochen dafür entschieden, mich in meinem Bett zusammenzurollen und doch lieber zu den Chips statt zum Apfel zu greifen. Dementsprechend war auch der Stand meiner Kondition, und mein Kopf begann noch schneller zu glühen als sonst schon.

Verstohlen warf ich einen Blick zu Milan hinüber. Er führte die Schlange dynamisch an, sodass kaum jemand mit ihm mithalten konnte. Dass er sportlich war, hatte ich schon die letzten Wochen festgestellt. Des Öfteren war Milan laufen gegangen oder hatte bei uns im Garten Sportübungen gemacht. Einmal hatte ich bei einem Blick aus dem Fenster ganz im Verborgenen mitgezählt, wie Milan fünfundzwanzig einwandfreie Liegestütze hinlegte. Ich hingegen schaffte noch nicht einmal zwei.

Dazu wurde unser Garten nun durch einen roten Boxsack zusätzlich geschmückt. Meine Eltern waren sehr froh, dass *dieser* nun dran glauben musste – besser als der nächste Spiegel im Haus.

Ich konnte mich dieser Erleichterung nur anschließen. Allerdings:

Die verschwitzten Klamotten, die im Anschluss an seine Power-Trainings das Bad vollstanken, erinnerten mich ständig daran, warum ich mir als kleines Mädchen immer eine Schwester gewünscht hatte. Leider war dieser Plan nicht so ganz aufgegangen, und ich teilte mir nun mit zwei Jungs das Haus.

Ich schreckte aus meinen Tagträumen auf, als ich eine Handvoll Mädchen hinter mir darüber tuscheln hörte, wie gut Milan doch aussah, besonders wenn er so verträumt vor allen herlief.

Verträumt? Hallo?

Irritiert folgte ich ihrem Blick. Milans Augen waren stur geradeaus gerichtet, dabei sah er jedoch alles andere als verträumt aus. «Verträumt» hörte sich für diesen Kerl doch viel zu liebevoll an. Dabei war ich mir ja noch nicht einmal im Klaren, ob er überhaupt etwas fühlen konnte. Wut ja, das wusste ich. Aber Träume? Nein, Milan sah eher konzentriert aus. Wahrscheinlich war das Milans Art, mit den Schmerzen umzugehen.

Ich biss mir auf die Lippe und versuchte einfach, das Getuschel hinter mir zu ignorieren.

Nachdem wir unsere Runden gelaufen waren, hatten wir uns eine kurze Trinkpause verdient. Ich stand abseits, trank gierig meine halbe Flasche leer und hoffte inständig, dass das kühle Nass meinem Gesicht wieder eine normale Farbe verleihen würde.

«Du hast da was im Gesicht», ließ Paul aber schon kurz nach diesem Gedanken todernst verlauten. Er stand direkt vor mir und wedelte mit seinem Finger in Kurzdistanz vor meiner Nase herum. Ellen, die dicht bei ihm stand, begann zu grinsen, was dazu führte, dass mein Gesicht vor Scham noch röter anlief. «Stimmt», schlug sich auch Ellen auf Pauls Seite. Sie hatte noch keinen einzigen Tropfen geschwitzt, ihr Haar lag perfekt an, und ihr Gesicht war immer noch gleichmäßig blass.

Wie ist das biologisch nur möglich?

«Du bist etwas rot.» Dann kicherte sie. «Aber macht ja nichts», schaltete sich Luna dazu, die sich gerade ihre Trinkflasche vom Boden angelte, sich dann von mir abwendete und zischend einen Halbsatz hinzufügte, der nur für Ellen und Paul bestimmt war. «Siehst ja sonst auch nicht besser aus.»

Aua, du blöde Kuh, das hab ich gehört.

Tränen brannten in meinen Augen, doch diese Genugtuung wollte ich ihnen nicht geben. Also schloss ich meine Lider für einen kurzen Augenblick und atmete tief durch. In meinem heißen Kopf erinnerte ich mich an die Beruhigungsmethoden, die meine ansonsten weitgehend nutzlose Therapeutin mir immer wieder eingehämmert hatte. Erstaunlicherweise hielt das die Tränen in diesem Moment sogar zurück – ein schwacher Erfolg. Denn die Stunde, sie wurde noch schlimmer.

Frau Haas bellte irgendwelche Wörter durch die Halle, dass wir gefälligst etwas aufzubauen hätten, aber ich nahm mir diese Sekunden raus, um mich zu sammeln.

Als ich meine Augen wieder öffnete, sah ich Milan. Dieses Mal hatte ich *ihn* beim Starren entdeckt. Sein Gesicht war nicht mehr von der sonst so gleichgültigen Mimik geprägt. Seine Lippen waren zu einem schmalen Strich zusammengepresst, und auch die Augen waren kaum merklich zusammengekniffen. Er musste die Szene von eben mitbekommen haben. Aber naja, sie war ja auch kaum zu übersehen gewesen.

Fast wirkte es so, als wolle Milan auf mich aufpassen und würde mich stumm fragen, ob alles okay sei mit mir.

Doch diesen Gedanken schüttelte ich schnell wieder ab. Denn ich meine: Hallo?! Wir sprachen hier schließlich immer noch von Milan!

Milan, der Gefühlslose.

Milan, der Spiegel-Zertrümmerer.

Milan, dem alles egal ist.

Milan, der Michas Flugzeug zu Schrott verwandelt hat.

Ich hätte noch ewig so weitermachen können mit meiner Liste, erinnerte mich aber daran, dass ich ihm ja so etwas wie eine neue Chance geben wollte. Also versuchte ich, all diese Vergleiche aus meinem Kopf zu schütteln.

Noch immer wollte er seinen Blick nicht von mir lassen. So lange nicht, bis ich ihm irgendein Signal gegeben hatte. Ich nickte ihm also kurz und knapp zu und machte mich dann daran, beim Aufbau dieses dämlichen Spungbocks zu helfen, um nicht weiterhin unbrauchbar in der Gegend herumzustehen.

Alles nur, um zehn Minuten später selbst dem Bock gegenüberzustehen – etwa so wie dem bösen *Endboss* in «Super Mario».

Meine Knie zitterten schon, als ich noch recht weit von ihm entfernt war. Nicht aus Angst, es nicht zu schaffen – ich würde es ja nicht hinkriegen, das stand außer Frage –, sondern aus Angst, dass alle sehen würden, dass ich es nicht schaffte. Diese Gedanken benebelten mein Gehirn. Ich fühlte mich schon dem Untergang geweiht, bevor ich es überhaupt versucht hatte.

«Und los!», gab Frau Haas das Signal, dass ich meine Füße in Bewegung setzen sollte. Doch sie fühlten sich taub an, und mein Körper schien mir nicht zu gehorchen. Trotzdem preschte ich mit dem Kopf voran in Richtung «Feind». Mit dem Resultat, dass ich den Absprung verpasste und unvollendeter Dinge vor dem Spungbock stehen blieb.

Enttäuscht ließ meine Lehrerin verlauten: «Das kannst du aber besser, Fiona. Noch mal!»

Ich brauchte einen Moment, bis die Nachricht auch bei meinen Füßen angekommen war.

«Na los, keine Wurzeln schlagen, wir sind hier im Sportunterricht!», setzte Frau Haas noch einen drauf, als ich mich immer noch nicht regte. Und welch riesengroße Überraschung: Schon zauberte sich auch die altbekannte Röte zurück auf meine Wangen.

Vielen Dank für die Unterstützung, dachte ich grimmig, als ich mich wieder als Erste an die Spitze der Schlange stellte.

«Das bekommt die doch eh nicht hin», raunte irgendjemand hinter mir und beraubte mich des letzten bisschen Selbstbewusstseins, das noch durch meine Adern floss.

«Go!», rief Frau Haas wieder. Ich nahm Anlauf und rannte los, fest entschlossen, dieses Mal alles richtig zu machen.

Denen werde ich es zeigen!

Jetzt verpasste ich den Absprung nicht, aber es blieb nicht viel Zeit für Triumph. Denn dafür hatte ich viel zu viel Schwung genommen, segelte mit einer mordsmäßigen Geschwindigkeit über den Bock hinweg und landete wenig elegant flach auf der Matte.

Ich hörte das unterdrückte Lachen meiner Mitschüler. «Na, na, das ist kein Grund zum Lachen!», rief Frau Haas und tat so, als stünde sie jetzt mit einem Mal auf meiner Seite.

Aber es war natürlich durchaus ein Grund, um zu lachen. Ich wusste es, und jeder andere auch. Wahrscheinlich hätte ich sogar selbst gelacht, wenn nicht *ich* es gewesen wäre, die gerade wie ein schwerer Kartoffelsack auf den Weichboden gedonnert wäre.

Ich versuchte mich halbwegs würdevoll wieder aufzurichten, als Milan wie aus dem Nichts neben der Matte auftauchte. «Alles okay bei dir?», fragte er mit seiner tiefen Stimme. Seine Augenbrauen waren zusammengezogen; kritisch scannte er mich von oben bis unten. Er machte sich allem Anschein nach tatsächlich Sorgen um mich.

Man mag es ja kaum für möglich halten.

«Ja, klar, die Matte ist ja weich», sagte ich verunsichert und setzte ein misslungenes Lachen hinter meine Aussage. Ich wollte vor Milan nicht erneut als Heulsuse dastehen; der Auftritt im Flur hatte mir gereicht.

Doch wir wussten beide, dass er nicht meinen körperlichen Zustand, sondern das seelische Befinden gemeint hatte, und das war schon lange in tausend Fetzen zerfasert. Trotzdem schien er sich mit dieser Antwort zufriedenzugeben, denn im nächsten Moment war er so plötzlich, wie er gekommen war, auch schon wieder verschwunden.

Was sich nach den ersten beiden Stunden in der Pause ereignete, setzte aber auf alle anderen merkwürdigen Geschehnisse noch die Krone obendrauf, und ich ernannte diesen Tag später offiziell zum bisher «absolut seltsamsten Tag meines Lebens».

«Du hältst dich wohl für besonders lustig, was?», waren die ersten Worte, die ich hörte, als ich wie gewohnt als Letzte die Kabine verließ. Sonst hatte ich eigentlich immer meine Ruhe, wenn ich in die Pause trödelte.

Jetzt machte ich Paul aus, der Milan gegenüberstand und fast ein Stückchen zurückwich, als er mit dessen wütendem Blick konfrontiert wurde. Ganz verständlich, schließlich hatte auch ich selbst schon genug Erfahrungen mit dem erbosten Milan gemacht. Eine hätte mir da auch völlig gereicht. Dazu kam, dass Milan mindestens ein Jahr älter sein musste als Paul und ihm auch körperlich einiges vorausgehatte.

«Was meinst du?», stammelte Paul und versuchte, dabei immer noch gelassen zu wirken – was ihm aber kläglich missriet.

«Was meine ich?», knurrte Milan, und auch ich hatte aus sicherer Entfernung schon Angst bei dem Klang seiner Stimme. «Dass du dir Späße erlaubst auf Kosten Schwächerer. Total billig!», gab er zurück. Seine Stimme triefte vor Abneigung.

«Du meinst, weil ich gelacht habe, als Fiona beim Bock verschissen hat?» Paul lachte nervös, aber wirkte nicht mal ansatzweise noch so cool wie eben in der Sporthalle, als er Publikum gehabt hatte.

«Und auch wenn. Lass sie in Ruhe und kümmere dich um dein eigenes armseliges Leben», gab Milan zurück. Wahrscheinlich war er kurz davor, Paul eine zu verpassen, doch dann wurden beide Jungs auf mich aufmerksam, wie ich ungelenk meinen Sportbeutel vor mir her kickte.

Paul war erleichtert über Milans kurze Ablenkung und nutzte diese Gelegenheit, um sich aus dem Staub zu machen. Ohne ein weiteres Wort von Milan abzuwarten, verschwand er aus dessen Reichweite.

Ich war zu geplättet, um auch nur ein Wort aus meinem Mund zu bekommen. Ich stand nur da, umklammerte verwirrt meinen Sportbeutel und guckte ratlos aus der Wäsche.

Was soll das? Warum hat Milan das getan?

Noch bevor ich etwas sagen konnte, hatte Milan schon ein «Keine Ursache» hervorgebracht. Und ich blieb mal wieder mit meinen Gedanken alleine.

Wie ich bereits befürchtet hatte, regnete es zum Ende des Unterrichts wie aus Eimern. Ich ließ mich kurzerhand im Foyer auf einer Bank nieder und starrte hinaus in den Regen. Ich fasste den Plan, dass ich einfach abwarten würde, bis der Regen nachgelassen hatte, bevor ich mich auf mein Fahrrad schwang. In meinem Kopf mussten ohnehin genügend wirre Gedanken wieder strukturiert und geordnet werden.

«Darf ich mich zu dir setzen?», brummte eine mir mittlerweile bekannte Stimme.

Ich zuckte leicht zusammen, überrascht, hier gestört zu werden. «Ja, natürlich», antwortete ich leise.

Milan ließ sich mit einem Schnaufen neben mich auf die Bank plumpsen.

«Ganz schön beschissenes Wetter, was?», sagte er. Wie immer war sein Gesichtsausdruck äußerst düster.

Ich nickte, ohne die Miene zu verziehen. Dieser Satz hörte sich viel zu oberflächlich für Milan an.

Was will er wirklich?

Ich musste nicht lange auf eine Antwort warten, denn er legte kurz danach schon los. «Hör zu. Es tut mir leid, dass ich dieses Flugzeug zerstört habe. Ich hab nicht daran gedacht, dass es irgendjemandem etwas bedeuten könnte. Für mich war das nur ein Haufen Holz. War nicht gerade meine schlauste Aktion.»

Ich hätte mit vielem gerechnet, aber nicht mit einer Entschuldigung von Mister Sprachlos. Da hatte sich anscheinend nicht nur bei mir was getan, sondern auch bei ihm.

«Ist schon okay», presste ich zwischen meinen Zähnen hervor. Natürlich war es *nicht* okay, dass dieser wichtige Teil von Michas Leben zerstört worden war, aber nun kannte ich wenigstens Milans Hintergründe, und in Anbetracht dessen war es dann doch irgendwie wieder okay.

«Nein, ist es nicht. Ich weiß nicht, was daran so besonders ist, aber dein Dad hat mir gesagt, dass es für dich einen großen Wert hatte. Also hätte ich's nicht tun sollen.»

Ich nickte. Und merkte, wie aufrichtig Milan jedes Wort meinte, das er sagte. In meinem Kopf schaffte ich es endlich, ihn menschlicher zu betrachten. Er bestand aus mehr als nur diesen schrecklichen Wutanfällen. Milan war kein Monster, so wie ich es mir die ersten fünf Wochen eingeredet hatte.

Und da ich nun seinen Background kannte, fand ich, dass er es auch verdient hatte, etwas von meiner Situation zu erfahren. Da wir nun wohl oder übel unter demselben Dach wohnten, wäre es sowieso das Beste, wenn wir nicht mehr jede Woche aneinander rasseln würden.

«Das Flugzeug hat meinem kleinen Bruder gehört. Es hat ihm viel bedeutet – und mir deshalb auch. Wir haben es zusammen gebaut, und damit ist es eines der Dinge, die mir von ihm geblieben sind», murmelte ich leise.

Es war ungewohnt, so mit Milan zu reden. Ich wusste nicht, wie er reagieren würde. Und ob er es überhaupt wissen wollte. Trotzdem fühlte es sich richtig an, ihm das zu erzählen.

«Er ist gestorben, stimmt's?», fragte Milan ziemlich direkt.

Die Füße hatte ich auf die Bank hochgezogen, sie dienten quasi als Schutzwall, der vor meinem Körper aufgebaut war. Milans Anwesenheit verunsicherte mich noch immer, wenn auch dieses Mal auf eine andere Weise. Ich konnte inzwischen ein Stück von ihm verstehen. Nun wollte ich, dass er auch diesen Teil von mir verstand.

Ich nickte auf seine Frage hin, was Milan dazu veranlasste, sich nach vorne zu beugen, mit einer Hand durch seine Haare zu fahren und «Shit» zu brummen. «Ihr standet euch nahe?»

Ich nickte, und ein trauriges Lächeln huschte zitternd über meine Lippen. «Sehr.»

Amely und Micha, diese zwei waren immer in meinem engen Kreis gewesen, und das hatte mir gereicht.

Milan erwiderte mein Lächeln und überraschte mich damit ein weiteres Mal an diesem Tag.

«Er wollte immer schon Pilot werden», fuhr ich fort. «Dabei wusste jeder, dass er nie das Alter erreichen würde, um überhaupt sein Abitur zu beenden. Aber wenn er über Flugzeuge sprach, haben seine Augen geleuchtet wie an Geburtstag und Weihnachten zugleich. Keiner hat es übers Herz gebracht, ihm diesen Traum auszureden. Das Modell haben wir zusammen aufgebaut, und auch wenn ich es furchtbar langweilig fand, hat es mich so glücklich gemacht, weil er eine solch große Freude daran hatte. Das habe ich immer vor meinem inneren Auge gehabt, wenn ich dieses Flugzeug angeschaut habe: meinen kleinen Bruder, der strahlt vor Freude.»

Während seiner langen Krankenhaus-Aufenthalte oder seiner Arzt-Termine hatte ich mich oft in sein Zimmer gestohlen, und dieser simple kleine Holzhaufen hatte mich mehr als einmal vor dem Zusammenbrechen bewahrt.

Auch als Micha gestorben war, hatte es mir geholfen, ihn nicht mit all den Schläuchen und dem schmerzverzerrten Gesicht in Erinnerung zu behalten, sondern lachend und voller Lebensfreude.

Milan schluckte, zog tief Luft in seine Lungen, schwieg einen Moment. Dann sah er mir wieder in die Augen. «Es tut mir wirklich leid, Fiona. Ich war ein Arsch. Sorry, wirklich!»

«Entschuldigung angekommen», überwand ich mich, eine entsprechende Antwort über die Lippen zu bringen.

Jetzt war es wirklich okay. Dieses Flugzeug war nicht alles, was mir von Micha geblieben war. Die Erinnerungen an diesen Tag, an dem wir es zusammengeklebt hatten, die konnte mir keiner mehr nehmen. Und am Ende des Tages war es nur Holz. Micha lebte nicht darin, und er war auch nicht wegen der Zerstörung des Flugzeugs gestorben. Micha war schon lange tot, und vielleicht konnte ich das hiermit endlich akzeptieren. Aber da war noch eine Frage, die mir auf dem Herzen lag.

«Warum hast du es eigentlich getan?», fragte ich offen heraus. Ich wusste nicht, ob ich ihn damit verjagen würde, aber ich musste einfach nachfragen. Wer weiß, wann Milan und ich sonst das nächste Mal miteinander reden würden.

Er seufzte und blies dann in einem lauten Stoß die Luft aus.

Plötzlich kam ich mir dann doch ein wenig dreist vor. «Du musst darauf nicht reagieren, wenn dir die Frage zu privat ist», setzte ich von neuem an.

«Nein, nein …», unterbrach mich Milan langsam. «Du verdienst eine Antwort.»

Er neigte den Kopf zu mir und lächelte gequält, als würde dadurch alles ein wenig besser werden.

«Dieses Zimmer … dieses Haus …, ihr alle … in euch lebt er noch. Ich fühle mich wie ein Fremder dort. Geduldet, aber nicht zuhause.»

Bei dem Wort *zuhause* musste er kurz eine Pause machen, um sich wieder zu fangen.

«Und dann stehen da in diesem Raum diese ganzen Sachen; Dinge, die nicht mir gehören. Und … irgendwie ist dann eine Sicherung bei mir durchgebrannt. Dieses Holzmodell musste einfach weg. Ich war plötzlich blind vor Wut und … und hab's einfach kaputtgeschlagen.»

Ich ließ die Worte auf mich wirken und begann langsam, die Zusammenhänge zu verstehen.

Er hat ja recht!

Das Zimmer stand seit einem Jahr leer, Michas Sachen wurden kaum angerührt aus Angst, Erinnerungen an ihn zu löschen. Aber jetzt war Milan hier. Er musste sich vorkommen, als lebe er in dem Schrein eines toten Jungen, den er noch nicht einmal gekannt hatte. Kein Wunder, dass er ausgetickt war.

«Okay», ich nickte und merkte, wie in meinem Inneren ein bisschen mehr Ruhe aufkam. «Das kann ich nachvollziehen. Das leuchtet ein.»

Milan warf mir einen unsicheren Blick zu. «Ich werd' versuchen, nicht mehr so'n Arsch zu sein. Versprochen.»

Dann hielt er mir die Faust hin. Fast gegen meinen Willen schlug ich schmunzelnd meine geballte Faust gegen die seine.

Warum lächle ich?

«Und ich werde Michas Sachen aus dem Zimmer räumen. Du verdienst dein eigenes Zimmer.»

«Du musst nicht …», setzte Milan an.

«Doch, ich muss. Es ist langsam Zeit dafür», sagte ich bestimmt und war mir sicher, dass ich recht hatte. Das war der nächste Schritt, den ich tun musste, um Micha gehen zu lassen, ihn loszulassen. Auch wenn nur ganz langsam.

Es entstand eine längere Pause.

«Danke, Fiona», sagte Milan. Seine Stimme wirkte aufrichtig, und seine Worte machten, dass es mir warm ums Herz wurde.

«Der nächste Bus kommt gleich. Fährst du mit? Oder nimmst du bei diesem Sauwetter wirklich das Fahrrad?»

Der Regen hatte nachgelassen, dennoch würde ich komplett durchnässt sein, sobald ich zu Hause angekommen war. Außerdem war der Bus jetzt so leer, dass mein Fahrrad ohne Probleme hineinpasste.

«Ich fahre mit», antwortete ich.

An diesem Tag fuhren wir das erste Mal wieder gemeinsam zurück. Aber es fühlte sich besser an als nur das. Ich brauchte eine Weile, bis ich verstand, warum.

Ich hatte an diesem Tag einiges geschafft. Ich hatte mit Milan geredet. Und als ich über Micha gesprochen hatte, hatte ich doch tatsächlich gelächelt.

Für die meisten Menschen hört sich das wie nichts an, nicht der Rede wert. Aber für mich war es ein Meilenstein.

Seid aber zueinander gütig, mitleidig und vergebt einander,
so wie auch Gott in Christus euch vergeben hat!

Epheser 4, Vers 32

Kapitel 5
Airliner

Ich hielt mein Versprechen. In der nächsten Woche machte ich mich daran, die alten Sachen meines Bruders aus Milans Zimmer zu räumen, auch wenn es furchtbar wehtat.

Nun war es endgültig. Solange Michas Sachen noch da waren, konnte ich mir einreden, dass er irgendwann wieder zurückkommt. Aber seine Besitztümer nun in Kisten zu verstauen, ließ mich schmerzlich erkennen, was ich schon längst wusste: Micha war tot, er war nicht mehr hier.

Doch je mehr Dinge ich beiseite räumte, desto mehr Momente mit ihm wurden wieder an die Oberfläche meines Bewusstseins gespült. Es war, als würde sich die Kiste mit Erinnerungen an ihn ständig weiter auffüllen. Diese Erkenntnis ließ ein Lächeln durch den Tränenschleier zu.

Pünktlich zum Wochenende hatte ich es dann geschafft, in Milans Zimmer eine Micha-freie-Zone herzustellen. Nach getaner Arbeit stand ich noch einen Moment regungslos in dem wie neu wirkenden Zimmer. Was sollte ich mir noch vormachen? Das hier war nicht mehr Micha.

Nichts von ihm war mehr hier, und es fühlte sich auch nicht mehr so an, als stünde ich in dem Raum meines toten Bruders. Die Wände waren nackig, die Schränke leer, auch die hölzernen Kindermöbel, die einfach zu Micha gehört hatten, waren nach einem lange überfälligen Besuch in einem Einrichtungshaus ausgetauscht worden.

Wenn ich jetzt durch diese Tür hinausgehen werde, wird dieses Zimmer ganz offiziell nicht mehr Micha, sondern Milan gehören!

Ich ließ die Atmosphäre ein paar Minuten auf mich wirken, schloss die Augen und versuchte, Michas Lebensfreude noch einmal zu verspüren. Nach etlichen Minuten gab ich mir schließlich einen Ruck und kommandierte meine Beine zum Aufbruch.

Als ich den Raum verließ, rannte ich fast in Milan hinein, der geduldig im Flur stand.

«Oh!», rief ich überrascht und leicht panisch aus. «Hast du hier gewartet?», doppelte ich verwundert nach.

Milan war ruhig und in sich gekehrt, wie man es von ihm kannte. Wahrscheinlich war er auch in seiner eigenen Gedankenwelt versunken gewesen. Ich fühlte meinen Schmerz. Und er seinen. Und das konnte ich verstehen.

Milan räusperte sich leicht verlegen. Er war nicht gerade ein Ass darin, sich verbal auszudrücken, das hatte ich schon des Öfteren mitbekommen. «Du warst noch drinnen, und ich wollte dir die Zeit geben, die du brauchst.»

Ich nickte, und mein Herz begann zu lächeln. Das war ... nett. Nicht in hundert Jahren hätte ich damit gerechnet, dass je so etwas Liebes über seine Lippen kommt.

«Ich hatte nun wirklich genug Zeit. Der Raum gehört ab jetzt dir, und zwar nur dir.»

Milan steckte die Hände links und rechts in die Taschen seiner Jeans, überlegte, neigte den Kopf minimal zur Seite. Seine Augen sagten Danke, doch seine Lippen blieben stumm.

Vielleicht sprach er es nicht aus, weil er wusste, dass ich ihn auch ohne viele Worte verstand. Vielleicht war er auch einfach zu stolz, es zu sagen. Womöglich war es auch etwas völlig anderes. Wie auch immer, in diesem Moment war es okay.

Denn ich war die Person, die sich bedanken wollte.

«Danke, Milan.»

Er runzelte die Stirn. «Wofür?»

Ich sagte nichts und sah ihn einfach nur an.

Wie soll ich das in Worte fassen?

Danke, dass du mich daran erinnert hast, dass ich nicht die einzige Person auf dieser verdammten Welt bin, die leidet. Danke, dass ich dir von Micha erzählen konnte und du einfach zugehört hast. Danke, dass ich anfangen konnte, Micha ein Stückchen, wenn auch nur ein klitzekleines Stückchen, gehen zu lassen.

Alles, was mir einfiel und was ich hätte sagen können, hörte sich irgendwie geschwollen und fremd an.

Ich blickte Milan einfach an, hoffte, dass er mich verstand. Und das tat er.

Er wusste, was ich meinte.

Ich kaute auf meiner Lippe rum und nickte leicht.

«Danke», wiederholte ich, dann verschwand ich in meinem Zimmer.

Für die Überraschung des kommenden Sonntags sorgte niemand Geringeres als Milan, der tatsächlich frisch geduscht ins Esszimmer hopste und verkündete, dass er uns diesen Morgen in den Gottesdienst begleiten würde.

Meine Eltern wechselten über den gedeckten Frühstückstisch hinweg einen erstaunten Blick, ganz im Gegensatz zu David, der sich lautstark freute, dass wir beim Essen Gesellschaft bekamen.

Amelys Reaktion ähnelte auch eher der meines kleinen Bruders. Sie bekam sich vor Aufregung gar nicht mehr ein, als ich ihr steckte, dass Familie Albrecht heute in kompletter Besetzung *plus one* in der Kirche erscheinen würde.

«Das ist ja ein Wunder», murmelte sie immer wieder vor sich hin, und ich hatte einige Mühe, sie wieder ein wenig zu beruhigen. Denn so weit, dass man Milans plötzlichen Sinneswandel ein «Wunder» nannte, wollte ich jetzt doch nicht gehen.

Aber vielleicht hätte sich Milan doch einen anderen Tag aussuchen sollen, um uns in den Gottesdienst zu begleiten, denn das Thema der Predigt ließ auch mich leer schlucken:

Gott vertrauen.

Auch wenn mein Vater eine Vorahnung hatte, was in Milan vorging, ließ er sich nichts anmerken. Unbeirrt und souverän sprach er vorne auf der Kanzel, so wie jeden Sonntag.

«Wir werden geliebt, meine lieben Geschwister im Glauben», sagte mein Vater. «Geliebt von einem Gott, der unseren Lebensweg kennt. Der *uns* kennt und der sagt: ‹Schau her: Ich habe einen Plan für dich, vertraust du mir? Vertraust du mir, dass ich dich bewahren werde? Dass ich nur das Beste für dich will?›»

Meine persönliche Antwort darauf lautete klar und deutlich:

Nein.

Etwas unsicher sah ich nach links. Amely schien konzentriert und kaute an ihrem Kuli rum, dann kritzelte sie etwas in das Notizheft auf ihrem Schoß. Milan auf der anderen Seite sah so aus, als hätte man ihn in die Magengrube getreten. Mit dieser Reaktion konnte ich mich um einiges besser identifizieren.

«Wir lesen in der Bibel von Menschen, die ihr ganzes Vertrauen in den Herrn Jesus Christus setzen. Ein tolles Beispiel, finde ich, ist die blutflüssige Frau, von der Lukas berichtet. Sie war ausgeschlossen aus der Gesellschaft. Frauen, die bluteten, galten als unrein. Zwölf Jahre lang litt sie schon unter dieser Krankheit. Diese Frau war bei unzähligen Ärzten. Sie hat ihren ganzen Besitz aufgegeben, damit sie die Ärzte bezahlen konnte. Doch keiner konnte ihr helfen.»

Mein Vater machte eine Pause und ließ seinen Blick durch die Reihen schweifen. Für einen Moment länger als gewöhnlich blieb sein Blick in unserer Richtung hängen. Es kam mir fast so vor, als würde er Milan ansehen.

«Ich lese Lukas 8, Vers 44», fuhr er fort. «‹Die Frau trat von hinten an ihn›, also an Jesus, ‹heran und berührte den Saum seines Gewandes; und sogleich hörte ihr Blutfluss auf.› Jesus spürt diese Berührung, er spürt dieses Vertrauen, das die Frau in ihn setzt, und er sagt in Vers 48: ‹Meine Tochter, dein Glaube hat dich gerettet. Geh hin in Frieden.› Nicht einer dieser Ärzte konnte ihr helfen; nein, erst das Vertrauen, das sie in Jesus setzt, macht sie wieder gesund. Es gibt so viele Beispiele davon in der Bibel. Wenn ich sie euch alle aufzählen soll, stehe ich noch ganz schön lange hier oben auf der Kanzel.»

Ein Gelächter ging durch die Reihen.

Ich blieb stumm.

Milan auch.

Amely kicherte leise.

«Das heißt nicht, dass wir keinem Arzt mehr vertrauen können und aufhören sollten, unsere Medikamente zu nehmen. Aber Gott sollte in unserem Leben immer noch die oberste Instanz sein dürfen. Wenn alles schiefgeht und keiner mehr weiterweiß, dann kann ich die Antwort ganz sicher bei Gott finden. Die Frage ist doch: Warum können wir diesem großen Gott nicht die Führung überlassen? Was hindert uns? Warum können wir ihm nicht vertrauen, dass er besser weiß, was in unserem Leben dran ist, als wir selbst?»

Weil er doch nicht eingreift!, rief ich verzweifelt in meinem Kopf, aber mein Mund blieb verschlossen.

Jetzt spürte ich auch, wie Milan sich neben mir regte. Die Worte stellten etwas mit ihm an, das konnte ich sehen; genauso, wie für mich das Ganze langsam too much wurde. Nur allzu gerne wollte ich die Worte meines Vaters an mir vorbeirauschen lassen, doch sie wühlten mich zu sehr auf.

«Wir vertrauen Gott nur so viel an, wie wir auch alleine schaffen würden», setzte mein Vater noch eins obendrauf.

Es folgte Ruhe.

«Meine Lieben, wie oft nehmen wir die Dinge selbst in die Hand, anstatt Gott einzubeziehen! Wir wollen unsere Probleme selbst lösen, anstatt zu sagen: ‹Hey, Gott, ich kann nicht mehr. Übernimm du die Führung.› Wir sind zu stolz, um zuzugeben, dass wir in unserem Leben einen Gott brauchen, der uns hilft. Denn manchmal kommen wir nicht weiter. Unser Können ist begrenzt. Aber nicht das Können unseres Gottes.»

Wie soll ich diesem Gott vertrauen, der es allem Anschein nach nicht gut mit mir meint? Ich bin bis jetzt ein braves Kind gewesen, bin immer zur Kirche gegangen – okay, ich bin vielleicht nicht perfekt und habe auch mal den einen oder anderen Fehler gemacht, aber das ist doch normal, oder?

Warum lässt Gott dann dieses Leid zu? Warum musste Micha sterben? Gott hat doch schon nachhaltig bewiesen, dass er sich einen feuchten Dreck um mein Leben schert! So schaut's doch aus!

Mein Vater leitete zum Gebet über, und ich kniff die Augen zusammen, um meine wütenden Gedanken zu verdrängen. Bis ich neben mir eine Bewegung bemerkte ... Ich blinzelte, dann öffnete ich die Augen ganz, nur um festzustellen, dass der Platz neben mir leer war. Als ich den Raum weiter absuchte, merkte ich, dass Milan sich auf den Weg nach draußen gemacht hatte. Ich dachte nicht groß nach, sondern erhob mich ebenfalls und folgte ihm spontan.

Milan tigerte vor den Türen der Kirche auf und ab. Er war wohl nicht verwundert, als er mich sah, schien aber viel zu sehr in Rage zu sein, um überhaupt irgendetwas anderes vertieft wahrzunehmen. Ich lehnte mich in einigem Abstand von ihm gegen die Mauern des alten Gebäudes und wartete darauf, dass er sprach.

Es war ein idyllischer Tag. Die Sonne schickte ihre warmen Strahlen auf die Erde herunter, die Vögel zwitscherten in den umliegenden Bäumen, das kunterbunte Blumenbeet vor dem Eingang blühte in seiner vollen Pracht. Von außen sah die Kirche wie der friedlichste Ort auf Erden aus, doch in meinem Inneren herrschte das reinste Chaos.

«Welchen Müll erzählt dein Dad denn da?», brauste Milan auch schon los, sobald er mich richtig bemerkt hatte. «Wie kann er behaupten, dass da ein Gott wäre? Er hat das Leid selbst gesehen. Sein eigener Sohn ist vor seinen Augen abgenippelt! Wie kann er dann noch denken, dass es einen Gott gibt, der einen Plan mit seinem Leben hat? Falls er es tatsächlich tut, dann glaubt er doch an einen fürchterlich grausamen Gott, dem es Spaß macht, Menschen zu quälen!» Aggressiv kickte er einen kleinen Stein beiseite, der im hohen Bogen im Gebüsch landete.

Milan ließ mir gar keinen Raum, um zu antworten, sondern polterte gleich weiter: «Glaubst du auch daran? Nach allem, was in deinem Leben schiefgelaufen ist?»

Milan blickte mir direkt in die Augen und suchte nach meiner Antwort. Er war fassungslos angesichts der Worte, die er gerade gehört hatte. Ich wünschte mir sehnlichst, ihm in diesen Momenten die Antworten vermitteln zu können, die eine echte Christin jetzt bestimmt von sich gegeben hätte. Ich wünschte mir, ihm alles erklären zu können.

Aber wie sollte ich das tun, wo ich selbst doch so viele offene Fragen hatte?

Und überhaupt: Ging es hier noch um mich, oder ging es um ihn und seine verkorkste Vergangenheit? Ich war ratlos …

«Ehrlich gesagt weiß ich selber nicht wirklich, was ich glauben soll», gestand ich ihm nach einer kurzen Stille offen und ehrlich.

Das schien ihm kurz den Wind aus den Segeln zu nehmen. Er blieb stehen und musterte mich. Das war jetzt offenkundig nicht ganz die Antwort, die er erwartet hatte.

Ich nutzte die Chance und setzte mich auf die Treppenstufen. Nach einigem Zögern ließ sich Milan neben mir nieder.

«Die Pfarrerstochter glaubt also nicht an Gott!» Er lachte leise. «Hat schon eine gewisse Ironie, findest du nicht?»

Ja, da hast du recht. Total. Mein ganzes Leben ist ja eigentlich ein einziger Witz.

Ich atmete aus und überlegte genau, wie ich jetzt reagieren sollte. «Es ist nicht so, dass ich nicht glauben will. Nur kann ich es im Moment einfach nicht. Es geht nicht. Es funktioniert nicht.» Betreten sah ich erst auf den Boden und dann zu Milan hoch.

Alles Schelmische war aus seinen Augen verschwunden. Jetzt fand ich in seiner ganzen Mimik so etwas wie Mitgefühl und Verständnis.

«Nachdem Micha gestorben ist, ist mein ganzes Leben auseinandergebrochen. Wie soll ich daran festhalten, dass dieser Gott es gut mit mir meint? Und mit unserer Familie?»

Milan nickte. Ich hatte den Nagel auf den Kopf getroffen, denn ihm ging es genauso. Also fasste ich Mut, noch mehr preiszugeben.

«Ich würde an nichts lieber glauben als daran, dass sich da jemand um mich sorgt, der wissen will, wie es mir geht, und um mein Wohlergehen bemüht ist. Ich will, dass da ein Gott ist, dem ich ohne zu zögern vertrauen kann. Aber ich spüre diese Liebe nicht. Da ist nur eine schwarze Leere, die schreit: ‹Dein Bruder ist tot, und den da oben juckt es nicht.›»

«Ich bin in die Kirche mitgekommen, weil ich deine Eltern verstehen wollte.» Etwas betreten kratzte Milan an seinen Fingern rum. «Seit ich bei euch bin, haben sie mir nichts als Liebe entgegengebracht. Obwohl ich ihre Tochter verletzt, ihre Einrichtung zerstört und das wichtigste Andenken, das ihnen von ihrem Sohn noch geblieben ist, zertrümmert habe. Ich war … wie kann ich das in Worte fassen? … ich war ignorant und habe ihnen die kalte Schulter gezeigt. Trotzdem geben sie mich nicht auf und haben Geduld mit mir. Wie kann ein Mensch das schaffen?»

Diese Frage kam aus tiefsten Herzen.

Und erst jetzt wurde mir klar, dass nicht nur ich, sondern auch Milan auf der Suche nach stabilem Boden war.

«Ich wünschte, ich könnte das beantworten», rückte ich mit der traurigen Wahrheit raus und ließ ein enttäuschtes Seufzen verlauten. «Mein Vater würde wahrscheinlich sagen, dass es die Liebe Christi ist, die in ihnen beiden wirkt.»

«Glaubst du daran?», fragte Milan, fast ein wenig angeekelt.

Ich ließ mir Zeit mit meiner Reaktion, bewegte meine eigene Aussage im Kopf hin und her, bis ich schließlich nickte. «Ja, das tue ich. All diese Liebe und diese unvorstellbare Güte, die kann ein Mensch ja nicht von alleine aufbringen. Da muss irgendetwas sein, das meinen Eltern die Kraft dazu gibt. Auch wenn es nur der Glaube an einen Phantom-Gott ist. Ich wünschte nur, ich könnte so glauben wie sie.»

Milan ließ das so stehen. Auch wenn noch so viele Fragen unbeantwortet waren, reichte ihm das fürs Erste. So wirkte es jedenfalls auf mich.

Das Gespräch mit Milan ließ mich später einfach nicht mehr los. Den ganzen Nachmittag drehten sich meine Gedanken immer und immer wieder um seine Worte. Nachdem Amely nach Hause gegangen war, verschanzte ich mich ohne weitere Erklärung in meinem Zimmer und schickte meine Gedanken auf Reisen.

Doch auch hier kam ich nicht weit mit meinen Überlegungen und Tagträumereien, denn es klopfte überraschenderweise an die Tür. «Ist offen!», bat ich die Person herein.

Es war Milan. Sofort erhob ich mich von meinem Bett und machte ein paar Schritte auf ihn zu. Ich hätte mit allem gerechnet, aber nicht mit ihm. Plötzliche Verunsicherung überkam mich. «Hey!», ließ ich überrascht verlauten.

«Hi», murmelte er und sah mir dann in die Augen. «Ich weiß zwar nicht, wie das hier bei euch abläuft, aber ich möchte versuchen, es irgendwie zu verstehen. Und ich glaube, das hier ist ein guter Anfang dafür.»

Hinter seinem Rücken zog er das Modellflugzeug hervor, aber es war nun nicht mehr der lose Splitterhaufen. Milan hatte die ganzen vielen zerborstenen Teilchen wieder zusammengeklebt. Man sah noch deutlich, wo er die Heißklebepistole angesetzt hatte, aber immerhin: Es schien zu halten.

Leicht fassungslos starrte ich erst das Flugzeug an, dann wieder ihn, dann wieder das Flugzeug.

«Ich weiß, es ist nicht mehr das Gleiche, und ich kann das auch nicht wiedergutmachen, was ich zerstört ha…»

«Milan, Stopp!», unterbrach ich ihn unsanft, immer noch völlig überfordert von seiner Geste. Ich streckte die Hände aus und nahm das frisch zusammengeklebte Modell an mich.

«Das ist großartig. Danke!», murmelte ich gerührt.

Milan lächelte. Es war kein kleines, schüchternes oder gestelltes Lächeln. Es war echt. Das echteste, das Milan auf Lager hatte. Es war das erste *wahre* Lächeln, das ich je auf seinen Lippen gesehen hatte.

Aber so schnell es gekommen war, so schnell war es auch wieder verschwunden. Milan legte nur kurz den Finger an seine Stirn; er hatte es plötzlich eilig, wieder in sein Zimmer zu gelangen. «Gute Nacht, Fiona», sagte er dann, und schon war er weg.

«Nacht», flüsterte ich mehr zu mir selbst, meine Augen immer noch auf den von Milan neu verleimten Holz-Airliner in meinen Händen gerichtet.

An diesem Abend ging ich zum ersten Mal seit langem mit einem richtig guten Gefühl ins Bett.

*«Ich gebe ihnen das ewige Leben,
und sie werden nimmermehr umkommen,
und niemand wird sie aus meiner Hand reißen.
Mein Vater, der sie mir gegeben hat, ist größer als alles,
und niemand kann sie aus meines Vaters Hand reißen.»*

Johannes 10,28–29

Kapitel 6
Monsterwellen

Trotz des schönen Sonntags, der einen Haufen von Überraschungen mit sich gebracht hatte, und meiner neu errungenen positiven Einstellung siegte nachts ein Albtraum über meinen Schlaf. Schweißgebadet schoss ich aus meinem Bett hoch.

Schnell fanden meine Finger den Lichtschalter der Nachttischlampe. Es galt, die Dunkelheit aus meinem Zimmer und gleichzeitig aus meinem Kopf zu vertreiben. Weiterhin keuchend und völlig in Panik versuchte ich mich mit vernünftigen Gedanken zu beruhigen.

Ich hatte von Micha geträumt.

Die Bilder seines schwachen sterbenden Körpers hatten sich klar und deutlich in meinen Kopf eingebrannt. Immer wenn ich die Augen schloss, sah ich ihn vor meinem inneren Auge mit seiner blassen Haut im Krankenbett liegen, sich windend vor Schmerzen.

Er hatte geschrien, *mich* angeschrien. Aber ich hatte nichts getan, als einfach nur reglos dazustehen. Ich hätte irgendetwas tun, mich bewegen, mich zu ihm ans Bett setzen sollen – aber seine Worte kamen nicht bei mir an.

Das Schlimmste war, dass es mir immer mehr dämmerte, wie dieser Traum erneut die Schatten der Realität aufflackern ließ. Micha hatte gelitten, er hatte so schwach und hilflos ausgesehen. Ich wünschte, ich hätte etwas tun können, anstatt nur dazustehen.

Er ist schon lange tot. Seine Schmerzen sind vorbei.

So sprach ich mir selbst gut zu, meine Schuldgefühle wollten aber einfach nicht verschwinden. Ein paar Minuten saß ich noch steif und fast regungslos auf meinem Bett, bis ich die Kraft gefasst hatte, die Decke zur Seite zu schlagen und mich aus der Wärme und Geborgenheit meines Bettes hinauszuwagen. Wobei: Von «Geborgenheit» konnte keine Rede sein …

An der Bettkante angelangt, brauchte ich erneut ein paar Minuten, damit das Zittern meiner Füße endlich nachließ und ich die Gewissheit hatte, dass ich nicht gleich wieder in mich zusammenfallen würde, sobald ich eine Sohle auf den Boden setzte.

Schließlich schaffte ich es von meinem Zimmer zum Bad, vom Bad unter die Dusche. Das heiße Wasser beruhigte meinen verspannten Körper. Es war erst Viertel vor sechs. *Ich kann mir Zeit lassen,* erinnerte ich mich selbst und ließ das Wasser weiter und weiter laufen, bis das Fenster von einer feinen Dampfschicht überzogen war. Das regelmäßige Prasseln brachte meinen Herzschlag wieder in Takt, aber meine Gedankenwelt blieb genauso aufgewühlt wie noch direkt nach dem Aufwachen.

Als ich fertig geduscht hatte, saß ich wieder ein paar Minuten reglos auf dem Klodeckel, mein Handtuch fest um meinen Körper gewickelt. Mit aller Kraft drückte ich meine Augen zusammen, so als könne ich auf diese Weise die Bilder aus meinem Gedächtnis löschen.

Warum kann der Schmerz nicht einfach nachlassen?

Ein paar Tränen rollten über meine Wange, dann hatte ich mich endlich wieder gefangen. *So kann ich nicht in meinen Tag starten. Wie war das noch mal mit den positiveren Gedanken?* Beherzt wischte ich die Tränen mit der rechten Hand weg, trocknete mich ab und schlüpfte in meine Klamotten. Eine dunkelblaue Jeans und ein pastellgelbes T-Shirt. Eigentlich war ich ganz zufrieden mit der Kombination, doch als ich mein Spiegelbild betrachtete, bekam ich es selbst mit der Angst zu tun. Meine Haut sah blass und fahl aus, und die Augenringe schienen sich über die Hälfte meines Gesichts zu erstrecken.

Ich schmierte Concealer drüber und tuschte meine Wimpern, in der Hoffnung, dass es etwas bringen würde, doch das dunkle Blau schimmerte sogar noch durch drei Schichten Make-up hindurch. Nach einigen Minuten kapitulierte ich und akzeptierte, dass ich genauso aussah, wie ich mich fühlte.

Obwohl ich das Gefühl hatte, dass ich meinen Mageninhalt bald begrüßen konnte, sobald ich etwas aß, zwang ich mich, eine kleine Portion

Müsli hinunterzuwürgen. Nur in ganz kleinen Bissen. *Ganz langsam!*, ermutigte ich mich.

Ich musste wirklich lange gebraucht haben, denn nach einer gewissen Zeit trampelte Milan, der sonst eine ganze Weile nach mir aufstand, die Treppe herunter.

Erst war er verwundert, dann änderte sich sein Gesichtsausdruck in Beunruhigung, als er mich sah. Wahrscheinlich sollte seine erste Frage «Was machst du noch hier?» lauten, doch als er mich genauer betrachtete, kam nur noch das Offensichtliche zur Sprache: «Du siehst furchtbar aus.»

Ja, danke aber auch. Da wäre ich jetzt nicht von selbst draufgekommen. Wirklich nicht! …

Ich antwortete nicht, sondern warf ihm nur einen apathischen Blick zu und rührte anschließend weiter in meinem mittlerweile matschig gewordenen Frühstück rum.

«Du bist weiß wie Schnee. Was ist passiert?», fragte Milan. Er hatte sich mir mit einer Portion Müsli gegenübergesetzt, die fünfmal so groß war wie meine. Im Unterschied zu mir schaufelte er sich Löffel für Löffel in den Mund.

Ich sah nicht lange auf, sondern befasste mich weiter mit meinem Essen, als sei es die interessanteste Sache, die ich je gesehen hatte.

«Schlecht geträumt, nichts weiter», murrte ich vor mich hin.

«Aha.»

Endlich hob ich meinen Blick, nur um zu merken, dass Milan mich die ganze Zeit beobachtete, die Stirn mal wieder in Falten gelegt. Wahrscheinlich war das seine Art, um mich aufzufordern, dass ich mit ihm reden sollte.

«Es ging um Micha, und nun fühle ich mich beschissen», fügte ich dann noch leise an, versuchte meine Ausführungen aber so kurz und sachlich wie möglich zu halten.

«Mhm. Und jetzt?»

Ich warf einen Blick auf die Uhr. «Den Bus nehmen, weil ich schon viel zu lange getrödelt habe, um jetzt noch das Fahrrad zu nehmen», stellte ich nüchtern fest.

Milan stöhnte auf und verdrehte genervt die Augen. «Jetzt vergiss doch mal für einen Moment diese blöde Schule. Das bockt doch da eh keinen, wenn du mal einen Tag nicht da bist.»

Diese plötzliche Willenskraft, die in ihm steckte, überraschte mich und pustete mich wach. Alarmiert guckte ich nun richtig rüber. Hallo, wo war der Junge geblieben, dem alles gleichgültig war?!

«Was willst du wirklich tun, Fiona?», fragte er. Seine Worte waren scharf und eindringlich und brachten mich zum Nachdenken.

Ja, was will ich eigentlich?

Ich ließ den Löffel sinken und schaute Milan einfach nur lange in die blauen Augen, als läge die Antwort in ihnen verborgen.

«Können wir Micha besuchen?»

Das war es also: Es war Montagmorgen, und ich schwänzte den Unterricht, um mit Milan auf den Friedhof zu fahren.

Kann man das überhaupt als Schwänzen bezeichnen?

«Wo lang?», fragte Milan, fest entschlossen, das hier durchzuziehen. Ich war mir dagegen nicht ganz so sicher bei alledem.

Wir waren schon zehn Minuten gelaufen, ohne dass einer von uns beiden ein Wort gesagt hatte. Trotzdem war die Stille nicht unangenehm. Sie war heilsam.

«Rechts, und dann sind wir auch schon gleich da», piepste ich. Schon lange war ich nicht mehr an Michas Grab gewesen. Ehrlich gesagt war die letzte Begegnung mit der Ruhestätte seine Beerdigung gewesen, und je näher wir dem Friedhof kamen, desto mehr schämte ich mich dafür.

Ich wollte einfach nie vor seinem Grabstein stehen und das dann so «abspeichern» in mir. Micha lebte in meinem Kopf, in meinen Erinnerungen und den Dingen, die ich noch von ihm hatte, aber dieser graue Stein ließ alles rund um ihn kalt erscheinen und verdrängte den lebensfrohen Micha aus meinen Gedanken.

Ihn unter der Erde zu wissen, seinen kleinen zerbrechlichen Körper in einem genauso kleinen Sarg … das war mir nicht geheuer. Wie auch?! Dennoch wurde ich immer zuversichtlicher, dass ich an diesem

Tag hier sein musste. Also setzte ich einen Fuß vor den anderen und biss die Zähne zusammen, nur für diese paar Stunden.

Milan folgte mir. Es war nicht so, dass wir uns von dem einen auf den anderen Moment unfassbar nahestanden, aber er gab mir aus irgendeinem verrückten Grund diese Sicherheit, die ich in mir selbst nicht finden konnte. Er hatte nicht das durchlebt, was ich durchgemacht hatte, und ich hatte nicht das gespürt und erlitten, was sein Leben gekennzeichnet hatte, trotzdem schienen wir uns auf sonderbare Weise zu verstehen.

Zwei Menschen.

Zwei Schicksalsschläge.

Zwei Vergangenheiten.

Zwei verlorene Seelen.

Zwei. Aber eins …

… auf der Suche nach Antworten.

Ja, genau das waren wir.

«Da vorne ist es», sagte ich und blieb in sicherer Entfernung stehen. Vielleicht hatte ich meinen Plan ja doch nicht so recht zu Ende gedacht, also konnte ich jetzt immer noch umdrehen. Ich meine, es war ja trotzdem schon ein Erfolg, dass ich hier war. So nah war ich dem grauen Stein in dem ganzen letzten Jahr nicht gekommen. Vielleicht würde ich einfach ein anderes Mal herkommen und dann eventuell einen Schritt weiter gehen.

Milan folgte der Richtung meines Fingers.

«Willst du allein sein?»

Er wartete auf meine Wünsche und Anweisungen.

«Nein-nein», rutschte es mir eine Spur zu schnell heraus. Egal, Milan durfte jetzt auf keinen Fall gehen. Denn allein schaffte ich das nie. Ich brauchte jemanden, der mich antrieb, sonst wäre ich nämlich ganz schnell wieder weg.

«Können wir einfach noch einen Moment hier stehen und warten?», bat ich leise, um einen Kompromiss mit meinem Kopf zu schließen, der sich schon wieder meldete und mich anflehte, endlich zurückgehen zu dürfen.

«Sicher.» Das war alles, was Milan von sich gab, so als sei das hier reinstes Business. So als stünde er öfter vor Gräbern von Leuten, die er nie zuvor getroffen hatte. Jemand anders hätte mir wahrscheinlich den Vogel gezeigt. Aber nicht er. Er war hier und zog das Ganze mit mir durch.

Also standen wir ein paar weitere Minuten schweigend da. Es schien um uns herum heller zu werden, denn die Sonne erkämpfte sich immer mehr Wege durch die Wolkendecke und kündigte einen weiteren Spätsommertag an. Nachdem die Sonnenstrahlen meine Nase gekitzelt hatten und mir so ein wenig Kraft verliehen, fühlte ich mich einigermaßen gewappnet, um endlich vorwärtszugehen. Milan folgte als meine stumme Rückendeckung.

Doch der große Kino-Moment blieb aus. Alles in allem war es unspektakulärer, als ich es mir vorgestellt hatte. Das Blumenbeet war gepflegt, eine einsame Amsel zwitscherte vor sich hin, alles wirkte ruhig und voller Frieden. Warum stand dieses tröstliche Grab so im Kontrast zu meinem aufgelösten Inneren?

Ich ließ mich davor auf die Knie sinken und betrachtete die Inschrift.

Micha Gabriel Albrecht.
Zehn wunderbare Jahre und fast zwei Monate, so lange durften wir Dich unter uns haben …
«Ich gebe ihnen das ewige Leben,
und sie werden nimmermehr umkommen,
und niemand wird sie aus meiner Hand reißen.»
Johannes 10,28

«Geht's dir jetzt besser?», wollte Milan nach einiger Zeit etwas arg dreist wissen. Ich lernte ihn zwar gerade erst so richtig kennen, aber mit jedem Satz, den er sprach, wurde mir mehr und mehr klar: Sensibilität gehörte vermutlich nicht zu seinen ganz großen Stärken.

Er saß ein paar Meter hinter mir auf einer Bank, hatte das linke

Bein über das andere gelegt, und seine Arme hingen gelassen über der Lehne.

«Verblüffenderweise schon», entgegnete ich ehrlich, während ich langsam aufstand, ein paar Schritte zurückmachte und mich neben ihn auf die Bank setzte. Dabei ließ ich aber für keinen Moment das Grab aus den Augen. «In meinem bedrückenden Traum, da habe ich ihn leiden gesehen. Aber jetzt ... Ich weiß, dass das vorbei ist. Er hat keine Schmerzen mehr. Er hat's geschafft.»

«Und? Hat er?»

«Was jetzt?»

«Hat er gelitten?»

Ich sah auf meine Hände, die ich einfach nicht stillhalten konnte. Nervös rieb ich sie aneinander, presste sie zusammen, nur um sie Sekunden später wieder auseinander zu reißen. Stumm sah ich mir selbst eine Weile dabei zu, dann drückte ich die Lippen gegeneinander und nickte.

«Ja. Die letzten Wochen seines Lebens bestanden nur noch aus Schmerzen, Krankenhausbesuchen und noch mehr Schmerzen. Es war furchtbar, das mitansehen zu müssen.»

Ich atmete kurz aus und schloss die Augen, damit die Tränen nicht die Oberhand gewinnen konnten – das hatte ich mir doch am Morgen im Bad vorgenommen.

«Aber ich bin hier, und ich stelle mich meinen Schmerzen. Das ist doch schon mal was, oder?» Ich lachte etwas gekünstelt und versuchte, einen auf *Ich bin stark und stecke das alles super weg* zu machen.

Milans Gesichtsausdruck zufolge gelang mir das aber nicht so gut. «Den Scheiß musst du nicht vor mir abziehen. Du hast was Beschissenes erlebt. Ich kann's nicht nachvollziehen, aber es ist okay, sich mies zu fühlen. Es ist okay, dass es dir nicht gut geht. Tu nicht so, als wär's nicht so. Nicht bei mir.»

Seine Worte nahmen mir eine ungeheuer große Last von den Schultern. Zum ersten Mal fühlte es sich stimmig an, dass ich alle Schleusen öffnete und hemmungslos weinte. Warme Tränen sammelten sich in meinen Augen, bis sie langsam über meine Wangen liefen. Sie wurden immer mehr, bis ich die Kontrolle verlor. Aber das war okay. Milan hatte mir die Erlaubnis gegeben, die Kontrolle zu verlieren, also ließ ich es zu.

«Ich wünschte nur, ich hätte irgendetwas tun können, ihm irgendwie die Schmerzen nehmen können, irgendwas. Ich konnte nur daneben sitzen und sehen, wie … wie er …»

Der Rest des Satzes ging im Schluchzen unter.

Milan zögerte kurz.

Dann legte er einen Arm um meine Schultern.

«Du warst da. Du hast ihn nicht alleingelassen. Und du hast ihn geliebt. Das hat ihm wahrscheinlich mehr geholfen als tausend dieser leeren Worte», sagte er ernst und fast mit ein wenig Gefühl in der Stimme.

Also doch eine Spur sensibel?

Mich hatte all meine Kraft verlassen. Also tat ich einfach das, wonach mich mein Körper anflehte: der Seele ihren Freiraum geben, die Ankerketten hochziehen, mich nicht mehr am Riemen reißen und der aufgewühlten See in meinen Tiefen und Untiefen ihre Monsterwellen zu gestatten.

Ich lehnte mich nach rechts, bis mein Kopf an Milans Schulter lag, schloss die Augen, und dann ließ ich alles zu: den Schmerz, die Gefühle, die ganzen Tränen, die in Bächen den Weg über mein Gesicht fanden. Und ich ließ zum ersten Mal nach Michas Tod zu, dass mich jemand tröstete.

Bevor ich an diesem Abend mein Handy ausschalten konnte, flatterte noch eine Nachricht von Amely hinein. Sie hatte mir von dem Lied «Angst geht» erzählt, das sie im Hauskreis zusammen gesungen hatten, und flehte mich förmlich an, es mir endlich anzuhören.

Ich zögerte kurz. Von christlichen Songs, die mir versicherten, dass mein Leben wieder Tuttifrutti werden würde, hatte ich eigentlich genug, aber sich das mal anzuhören, konnte ja nicht schaden. Ich ließ das Handy neben mir liegen, während die ersten Worte den Weg in meine Ohren fanden.

Gott allmächtig
Heilig, heilig bist Du
Du liebst beständig
Was Du gibst ist genug
Gott der Gnade
Heilig, heilig bist Du
Mein Schild, Du schützt mich
Egal was kommt, Du bist gut

Der Text entsprach nicht dem, was ich hören wollte. Bei weitem nicht. Aber irgendetwas hielt mich davon ab, den Song abzuschalten.

Angst geht
Kraft kommt
Der Feind weicht
Weil mein Gott hier ist

Die schlichten Worte der Bridge brannten sich in meinen Kopf. Sie hörten sich zu gut an, um wahr zu sein, trotzdem wollte ich blöd genug sein, um sie zu glauben. Auch wenn es meinen Schmerz nur für ein paar Minuten lindern würde.

Liebe regiert
Das Kreuz triumphiert
Wunder geschehn
Weil mein Gott hier ist

Amely hatte recht: Die Musik ließ mich ruhig werden, und für einen Moment hörte ich auf, gegen Gott und die Welt zu rebellieren. Ich genoss einfach dieses Gefühl, das ich seit über einem Jahr nicht mehr empfunden hatte.

Geborgenheit.

Rückblende Fiona – Gewitternacht beim kleinen Micha:

Ein lauter Donner ließ mich aus meinen unruhigen Träumen erwachen. Wie vom Blitz getroffen schoss ich hoch. Ich fasste mir an die Schläfe, um die Übelkeit zurückzudrängen, die sich aufgrund der reflexartigen Bewegung ihren Weg durch meinen ganzen Körper bahnte.

Ein Blitz schlug ein. Ich sah zuerst den hellen Schein durch meine Vorhänge, dann folgte der unheilbringende Donner. Laut und gefährlich drang er in jede Faser meines Körpers und jagte einen Schauer über meinen Rücken. Jedes Härchen auf meinem Unterarm stellte sich auf.

Ich erlaubte mir einen Blick auf meinen Wecker, nur um zu merken, dass es noch mitten in der Nacht war. Drei Uhr siebenundvierzig.

Ist jemand wach?

Fürchtet sich jemand genau so stark wie ich?

Micha!

Micha war bestimmt wach. Er hatte einen genauso leichten Schlaf wie ich. Was musste er denn jetzt für wahnsinnige Angst haben!

Für einen Moment war meine Panik komplett verschwunden, selbst als der Wind mit Schwung den Regen gegen die Scheibe knallte.

Mit nackten Füßen tapste ich über den Flur, und schon nach wenigen Momenten fühlten sich diese eiskalt an. Einen Augenblick verharrte ich vor Michas Tür und lauschte, ob ich aus seinem Zimmer ein Geräusch vernahm. Denn wenn er jetzt noch schlief, wollte ich ihn ganz sicher nicht aus seinen Träumen reißen und in diesen Albtraum zerren.

Ganz sachte strich ich mit meinen Fingern über das weiße Holz. «Micha», wisperte ich leise. Ich war mir noch nicht einmal sicher, ob man meine Worte durch die Tür hören konnte, selbst wenn er wach wäre.

Aber doch! Ich hörte etwas.

Die Holzdielen knarzten leise, und wenig später wurde die Tür einen Spalt geöffnet. Noch halb versteckt, machte ich Michas kleines Gesicht aus, das mir bange entgegenblickte. Er und ich hatten die gleichen Augen. *Rehbraun.*

Der Flur wurde durch einen neuen Blitzschlag erhellt, und ich erkannte die Tränen, die in Michas Augen funkelten und seine Wangen patschnass gemacht hatten.

«Fio?», fragte er. Mehr bekam er nicht heraus, weil er so stark schluchzte. Und ich konnte sehen, wie sehr seine kleinen dünnen Beinchen schlackerten.

Behutsam öffnete er die Tür so weit, dass ich eintreten konnte. Dann kniete ich mich zu ihm hinunter und schloss meine Arme wie einen Schutzwall um seinen Körper. «Hey, hey, alles gut», flüsterte ich ihm ins Ohr. «Ich bin doch jetzt da.»

Die Erleichterung trieb ihm neue Tränen in die Augen, und ich wartete geduldig, bis er sich ein wenig beruhigt hatte. Dabei spürte ich, wie auch in meinem eigenen Körper die Anspannung nachließ.

«Kannst du heute bei mir schlafen, Fio?», druckste Micha ein wenig verlegen herum.

«Aber natürlich!», hauchte ich. Dann verfrachtete ich uns beide in sein Bett.

Als meine unterkühlten Füße seine Beine streiften, lachte er sogar wieder leise auf. «Ihhh, das ist ja so kalt! Jetzt erfriere ich!», alberte er herum.

«Das ist kein Witz. Noch einen Moment länger, und ich wäre wirklich erfroren», scherzte ich, obwohl meine Füße das komplett ernst meinten. Leider hatte ich den eher fragilen Kreislauf meiner Mutter geerbt, der mir solche Probleme wie eisige Füße bescherte.

Zufrieden in seine Decke eingewickelt, kuschelte sich Micha an meinen Körper. Ich hörte, wie sein Atem gleichmäßiger wurde, und spürte, wie sein Herzschlag wieder seinen normalen Rhythmus fand.

Erst als Micha leise schnarchte und ich sicher war, dass er wirklich wieder schlief, kam auch mein Herz zur Ruhe.

Kapitel 7
Annäherungen

Der Wind peitschte den Regen in Böen gegen meine Fenster, sodass das ganze Haus zu knarzen schien. Durch einen Spalt zwischen den Vorhängen erhaschte ich einen Blick nach draußen. Im Licht der Straßenlaterne konnte man erkennen, wie sich die großen Tannen hinter dem Haus gefährlich von der einen zur anderen Seite beugten. Es sah fast so aus, als würden sie jeden Moment aus ihrem Wurzelreich gerissen und umgeworfen werden.

Schreckliche Angst krabbelte meine Beine hoch und setzte sich in meiner Brust fest. Ich versuchte, meinen Kopf unter einem Haufen von Kissen auf meinem Bett zu verbergen, aber immer noch hörte ich den heftigen Regen an den Fenstern und das Jaulen des Windes.

Es gab nur eine Sache, die mich jetzt beruhigen konnte. Ich schob die Bettdecke zur Seite, setzte einen Fuß vor den anderen, bis ich an der Tür angelangt war. Meine Knie waren weich. Mein Atem ging viel zu schnell.

Ein Blitz schlug ganz in der Nähe ein und erleuchtete für einen winzigen Augenblick den Flur, danach machte sich erneut die Finsternis breit. In die Dunkelheit hinein grollte der Donner, und ein Schauer lief meinen Rücken hinunter.

Wie automatisch fanden meine Füße den Weg zu Michas Zimmer, in dem jetzt Milan schlief. Früher war ich immer, wenn es gestürmt hatte, zu Micha gegangen. Es hatte ihm Sicherheit gegeben, weil ich da war. Denn er hatte mindestens so große Panik vor Unwettern wie ich. Dabei wusste Micha gar nicht, dass *er* in jenen Stunden die Person war, die *mich* stark machte. Nicht ich ihn – er mich!

Wenn ich früher zaghaft an seine Zimmertür klopfte und er die Tür öffnete, sahen seine rehbraunen Augen mir schon furchtsam und nassgeweint entgegen. Ich hatte sein kleines Herz wie wild klopfen gespürt, als er sich in seinem Bett an mich kuschelte. Ich hatte gefühlt, wie der

Schlag seines Herzens immer langsamer wurde, bis es endlich wieder im gleichmäßigen normalen Takt gegen seine Brust klopfte.

Ich hatte nie viel für meinen Bruder tun können. Seit der Diagnose Krebs hatte ich zusehen müssen, wie er einfach immer schwächer wurde. Ich hatte meinem kleinen Bruder beim Sterben zusehen müssen, ohne ihm auf irgendeine Weise helfen zu können.

Aber in diesen Unwetter-Nächten hatte ich die Kraft, etwas zu bewirken. In diesen kurzen Augenblicken – manchmal waren es auch ein paar Minuten –, ja, da konnte ich ihn beschützen. Ich konnte dafür sorgen, dass er sich sicher fühlte und dass es ihm gut ging. Und diese Erkenntnis hatte mein Herz immer wieder beruhigt. So unterstützten wir uns gegenseitig, wobei ich mir sicher war, dass er mir so viel mehr Halt und Sicherheit gab, als ich es jemals für ihn tun konnte. Warum es so war, konnte ich nicht erklären.

Doch jetzt … war Micha nicht mehr da. Er stand nicht mehr hinter dieser Tür und wartete auf mich. Ich stand allein in diesem Flur und hatte Panik vor jedem Knirschen, das ich hörte. Es machte mir so schreckliche Angst, dass Micha nicht mehr Teil meines Lebens war.

Ich bräuchte ihn jetzt doch!

Am liebsten wäre ich einfach auf der Stelle niedergesunken und hätte aus Leibeskräften geschrien, so als würde ihn das zurückbringen. Ich war auch wirklich kurz davor, doch meine Gedanken sprangen schlagartig wieder in die Wirklichkeit zurück, als ich hinter Milans Zimmertür Geräusche vernahm.

Ich brauchte eine Weile, bis ich einordnen konnte, was ich hörte.

Milan wimmerte.

Ich war drauf und dran, mich umzudrehen und zurück in mein Zimmer zu rennen. Ich durfte nicht hier sein, es fühlte sich an wie ein unverzeihbarer Eingriff in seine Privatsphäre. Bestimmt würde er mich anfahren, dass ich ihn gefälligst in Ruhe zu lassen hatte, wenn er davon Wind bekam. Doch dann verstand ich, was Milan murmelte.

«Bitte hör auf … Sie kann nichts dafür … Was habe ich dir getan? Schlag nicht … Es tut mir leid …»

Wieder folgte ein Winseln.

Zwischen den zusammenhanglosen Wortfetzen, die aus seinem Mund kamen, zog Milan mühsam die Luft ein.

Ich schluckte. Milan musste von einem furchtbaren Albtraum geplagt werden. Anscheinend war ich nicht die einzige Person in diesem Haushalt, die von ihrer Vergangenheit eingeholt wurde.

Meine Finger schlossen sich um den Türgriff. Ich wusste, dass ich damit einen gehörigen Schritt in Milans Privatsphäre wagte, aber irgendetwas in mir sagte, dass ich jetzt für ihn da sein musste, so wie er es am Tag zuvor für mich gewesen war. Ich konnte Milan in diesem Albtraum nicht allein lassen, zumal ich selbst doch genau wusste, wie grauenvoll sich so etwas anfühlt.

Micha konnte ich nicht mehr helfen.

Aber dafür vielleicht Milan …

Dieser Gedankengang überzeugte mich, und ehe ich mich versah, hatte ich die Klinke runtergedrückt und war eingetreten. Behutsam schloss ich die Tür hinter mir, damit Milans Gemurmel und Gestöhne nicht noch lauter durch den Flur hallte.

Milan bewegte sich in seinem Bett hin und her, während er immer weiter vor sich hin nuschelte. Auf Zehenspitzen schlich ich durch den Raum und knipste das kleine Lämpchen an, das neben dem Bett stand. Und jetzt sah ich, seine Haare waren verstrubbelt, und sein graues Shirt war vom Schwitzen nass.

Milan stöhnte weiter vor sich hin, dann entwich ihm ein herzzerreißender Schrei. Ich konnte nicht mehr länger zusehen. Ohne noch zu überlegen, hielt ich ihn an beiden Schultern fest und begann ihn wachzurütteln.

«Du bist hier, Milan! Du bist sicher», flüsterte ich. Mehr kam nicht über meine Lippen.

Er versuchte sich zu wehren, meinem Zugriff zu entkommen. Mit beiden Händen schlug er um sich. Ich kassierte einen heftigen Schlag: Seine rechte Hand traf mich am Ohr, seine Fingernägel gruben sich anschließend in die Haut meiner Wangen.

Doch obwohl der Schlag und die Kratzer mir wehtaten, hielt ich ihn weiterhin fest.

«Lass mich los, Dad!», schrie er, jetzt noch panischer.

Ich sammelte all meine Kraft, um gegen ihn anzukommen und seinen Oberkörper zu schütteln.

«Du bist nicht mehr bei ihm! Er ist nicht hier. Du bist in Sicherheit», sagte ich nun lauter.

Erleichtert merkte ich, wie er langsam wach wurde und die Geschehnisse aus dem Traum hinter sich lassen konnte. Seine Augen blinzelten mir entgegen. Er sah so schön und so verletzlich aus. Seine dunklen Wimpern, die von Tränen und vom Schlaf verklebt waren, warfen kleine feine Schatten auf seine Wangen. Gegen jegliches Vernunftgebot in meinen Hirnwindungen konnte ich den Gedanken nicht mehr abschütteln, wie schön er war.

Seine Augen fanden die meinen. Selbst im schummrigen Licht waren sie immer noch so stechend blau wie am Tag der Anreise. Aber in diesem Moment blieb die Angst weg, die ich am Anfang stets verspürt hatte. Ich hatte keine Angst vor ihm. Nicht mehr.

«Du bist in Sicherheit», wiederholte ich leise das Mantra dieses Moments. «Ganz ruhig …» Meine Stimme klang brüchig. Es machte mich nervös, wenn er mich anschaute. Ich konnte seine Angst fühlen, wie aufgewühlt und irritiert er war, und zum ersten Mal seit Michas Tod fühlte ich mich nicht schwach und gebrechlich. Denn ich war hier und jetzt für diesen Jungen da.

Ich dachte nicht mehr nach.

Und das kannte ich so noch nicht von mir.

Ich fühlte nur noch.

Und handelte nach dem Gefühl.

Das ist aber ganz was Neues!

Und es fühlt sich richtig an!

Also kniete ich mich vor Milans Bett hin und legte meine Arme um seinen halb aufgerichteten Oberkörper. Ich roch seinen Schweiß, fühlte seine Wärme, hörte sein leises Schluchzen. Gegen alle Vermutungen gab Milan ansonsten gar keinen Laut von sich.

Er schrie mich nicht an.

Er sagte nicht, dass ich gehen solle.

Nein, dieser starke Junge begann in meinen Armen zu weinen.

Ich spürte, wie die Umarmung kräftiger wurde, wie er mich fest an seinen Körper drückte. Seinen Kopf hatte Milan an meinen Hals gedrückt, seine Tränen machten meine Haut nass. Mit den Händen strich ich über seinen Rücken, um ihn zu beruhigen, dann glitt ich mit meinen Fingern unter sein Shirt, erst vorsichtig, dann immer bestimmter.

Er protestierte nicht, also machte ich weiter. Ich ertastete seine Narben und strich behutsam über sie. Nicht, um ihn an seine Schmerzen zu erinnern, sondern um ihm zu zeigen, dass ich seine Narben kannte und mich nicht umdrehte und wegrannte. Ganz und gar nicht.

Der Regen schlug weiter gegen die Fenster, brachte die Wände zum Knirschen und Knarren, aber es störte mich nicht mehr. Ja, ich bemerkte es eigentlich kaum noch, denn – auch ich war in Sicherheit!

Ich hielt Milan.

Er hielt mich.

Ich machte ihn stark.

Und er mich.

Wie früher bei Micha!

Eine Melodie setzte sich in meinem Kopf fest, zuerst ganz hinten in der letzten Eckregion meines Schädels, bis sie immer weiter vordrang und ich mich daran erinnerte, woher ich sie kannte. Es war das Lied, das Amely mir am Tag zuvor geschickt hatte.

Ich konnte mir nicht erklären, warum ich den Text so präsent hatte in mir und den Drang verspürte, das Lied zu singen. Außerdem konnte ich gerade nur ganz, ganz wenig anfangen mit diesem Gott. Es war jetzt also ziemlich unpassend. Einerseits.

Aber andererseits hatte ich in dem Moment, wo ich den Song gehört hatte, eine dermaßen intensive Ruhe verspürt – und ja, ich wünschte mir so sehr, dass Milan diese Ruhe jetzt auch fühlen konnte.

Leise begann ich nun die Zeilen zu singen, die ich vor dem Schlafengehen gehört hatte.

«Gott allmächtig, heilig, heilig bist du, liebst beständig, und was du gibst, ist genug …»

Ich merkte, wie Milans Körper sich erst anspannte und wie er gegen diese Worte zu rebellieren schien. Doch ich hielt ihn einfach noch ein bisschen fester, bis er ruhig wurde.

«Du mein Schild, du schützt mich. Egal, was kommt, du bist gut …»

Das Schluchzen ließ nach.

Sein Atem wurde gleichmäßiger.

Und ich hörte nicht auf zu singen.

Ich rede und singe ja schon ganz wie mein Papa! Dieses Pfarrhaus färbt mächtig ab! Einmal Pfarrerstochter, immer Pfarrerstochter?

Mit jedem gesungenen Wort merkte ich, wie die Angst aus Milans Knochen wich, wie die Tränen weniger wurden und er sich entspannte.

Leise sang ich weiter, obwohl meine Stimme eher einem Flüstern glich. *«Angst geht, Kraft kommt, der Feind weicht, weil mein Gott hier ist.»* Das waren die letzten Liedzeilen, die über meine Lippen kamen. Dann wurde auch ich wieder still.

Ich wartete auf Milans Regung, irgendeinen Satz oder ein Zeichen, dass ich endlich verschwinden solle. Doch Milan rührte sich nicht.

Vielleicht war er ja auch schon wieder eingeschlafen. Also knipste ich vorsichtig das Licht aus und wollte mich aus der Umarmung lösen, aber Milan ließ mich nicht gehen. Fast verzweifelt drückte er mich noch näher an sich heran und machte es mir unmöglich, das Zimmer zu verlassen.

«Bleib hier.»

Er war nicht mehr der starke, arrogante Kerl, der mich abschätzig musterte und jedes Mal die Stirn in Falten legte, wenn er mich von oben bis unten scannte. Jetzt war er ein Mensch, der fühlte und der Gefühle zuließ; einer, der verletzt war und jetzt bloß eines nicht wollte: nämlich allein sein.

Und wenn ich ehrlich war: Ich auch nicht.

Dieser Raum hier war von Geborgenheit und Sicherheit durchdrungen. Drüben in meinem Zimmer erwartete mich nur Kälte. Und vielleicht auch der nächste Albtraum.

Ich wollte nicht alleine sein. Nie mehr.

Milan sagte nichts. Er nahm ganz sanft meine Hand in die seine und umarmte mich. Ich folgte seinen Bewegungen, ohne dass ich das, was wir gerade taten, auch nur eine Sekunde hinterfragte. Verwundert blickte ich im schwachen Schein der Straßenlaterne, die durch einen Spalt der Vorhänge drang, auf unsere Finger, die sich berührten und viel zu selbstverständlich ineinander verschlangen.

Milan schlug die Decke beiseite, damit ich darunter kriechen konnte. Wieder gehorchte ich der stummen Aufforderung. Eine wohlige Wärme empfing mich, und sofort wurde ich wieder schläfrig.

Ich suchte Milans Blick. Und merkte: Keine Sekunde hatte er aufgehört, mein Gesicht anzuschauen.

Langsam glitt Milans Hand zu meiner Taille. Sein Blick prüfte, ob diese Berührung okay war. Stumm nickte ich, fast ehrfürchtig angesichts der Nähe, die jetzt zwischen uns herrschte. Dann zog er mich noch näher an sich heran. Wir lagen so nah beieinander, dass zwischen uns kein Platz mehr war.

Kein Platz mehr für Angst.

Kein Platz mehr für Tränen.

Kein Platz mehr für Trauer.

Da waren nur wir beide.

Und der Rest der Welt stand still.

Und das fühlte sich unglaublich gut an.

«Ich sollte nicht hier sein», hauchte ich zaghaft, nachdem sich die rationale Seite meines Gehirns wieder den Weg an die Oberfläche erkämpft hatte. Ich machte jedoch keine Anstalten, mich zu bewegen. Denn wie jeder weiß, sind *Sollen* und *Wollen* zwei völlig unterschiedliche Dinge.

Milans Augen waren geschlossen. Seine Hand ruhte immer noch auf meiner Taille, seine Atmung ging ruhig. Ohne sich zu regen, sagte er:

«Du bist genau da, wo du sein sollst.»

Seine Worte hallten in meinem Kopf nach. Und noch bevor mich die Müdigkeit wieder in den Schlaf zurückreißen konnte, wusste ich, gegen alle Gründe der Logik, dass es wohl stimmte:

Ich bin genau da, wo ich sein sollte.

Milans Gedanken nach der Gewitternacht:

Viel zu penetrant bahnte sich der schrille Ton des Weckers seinen Weg bis zu meinen Ohren. Schon beim Aufwachen kündigten sich Kopfschmerzen an; ich fühlte mich, als wäre ich von einem Lastwagen überfahren worden.

«Halt doch die Fresse», grummelte ich meinen Wecker an, als ich meine Hand mit voller Wucht auf den Ausschaltknopf donnern ließ.

Stöhnend hielt ich mir meinen Unterarm über die Augen, rollte mich auf den Rücken, blieb nochmals ein paar Sekunden liegen, dann erst öffnete ich wieder meine Augen und drehte mich zum Aufstehen rüber.

Aber warte mal …

… hier war etwas anders als sonst!

Erst hatte ich es wegen meiner Müdigkeit gar nicht wahrgenommen, aber auf meiner rechten Seite war die Matratze niedergedrückt und die Stelle noch leicht warm. Und da war ein Geruch, und … meiner war es nicht! …

«Ach du meine Güte!», stieß ich hervor, als mir bruchhaft wieder einfiel, was in der Nacht passiert war. «Dieses grässliche Gewitter», murmelte ich hinterher, setzte mich benommen auf die Bettkante und vergrub mein Gesicht in meinen Händen.

Je wacher ich wurde, desto mehr Bilder der vergangenen Nacht blitzten vor meinen Augen auf. Ich hatte diesen saumäßigen Albtraum von meinem Dad gehabt.

Ich hasste mich selbst dafür, dass diese Träume selbst nach Jahren und Monaten noch nicht aufhörten. Der Pisser war nicht mehr hier. Warum also fand er dann immer wieder einen Weg in meinen Kopf?

Und dann war Fiona plötzlich bei mir im Zimmer gewesen. Sie hat mich in ihre Arme gezogen, und ich habe es zugelassen. Warum in aller Welt habe ich das zugelassen?

Weil es sich gut angefühlt hat, flüsterte eine leise Stimme aus meinem Unterbewusstsein, die ich sofort wieder zum Schweigen brachte. Ich wollte nicht, dass irgendjemand in meinem Leben und in meiner Vergangenheit herumschnüffelt.

Wenn ich nur daran denke, wie Fiona mich mit ihren großen braunen Augen mitleidig ansah, wird mir schlecht. Die ist doch eh schon immer so emotional. Da kann ich es garantiert nicht gebrauchen, dass sie mich nun auch noch als ihr Sozial-Projekt sieht und sich zum Ziel setzt, mich reparieren zu wollen.

Frauen wollen immer über Gefühle reden und den ganzen Kack, und das will ich ganz sicher nicht. Niemanden geht die Beziehung zwischen mir und meinem Vater etwas an. Und die zwischen Mum und Dad auch nicht.

Es ist die eine Sache, dass ich Fiona am Grab ihres toten Bruders getröstet hatte. Die ganze Situation ist ja auch wahnsinnig traurig. Aber das heißt jetzt nicht, dass auch ich mich öffnen muss. Das kann niemand von mir verlangen!

Ich stieß mich vom Bett ab und zog lustlos ein frisches T-Shirt und neue Jeans aus dem Kleiderschrank. Auf dem Weg ins Bad fasste ich einen Entschluss: Ich muss zu Fiona Abstand halten.

Nie wieder wird so etwas wie gestern passieren. Ab jetzt ist das mit dem Händchenhalten vorbei. Fiona weiß eh schon zu viel über mich. Je weniger sie weiß, desto besser. Denn sonst wird mein Leben hier noch ziemlich anstrengend und kompliziert werden.

Kapitel 8
Coolman

Am nächsten Morgen brauchte ich einige Minuten, um zu realisieren, wo ich war. Zuvor war ich noch nie in den Armen eines Jungen eingeschlafen und wieder aufgewacht. Mal abgesehen vom kleinen Micha.

Geschweige denn hatte ich irgendwelche Erfahrungen, was Jungs anging. Alles, was man unter Romantik verbuchen konnte, waren ein Kuss in der dritten Klasse und ein Liebesbrief an Valentinstag, als ich zwölf war. Lieber ging ich in Büchern verloren und träumte mir den großen starken Prinzen einfach zusammen.

Aber jetzt träumte ich nicht mehr, ich lag tatsächlich neben Milan, der noch friedlich vor sich hinschlummerte. Von den nächtlichen Panikattacken war nichts mehr zu sehen. Wir waren am Morgen nicht mehr so eng umschlungen wie noch in der Nacht. Milan lag auf der Seite, doch sein Arm umfasste immer noch meine Hüfte.

Erst huschte ein leichtes Lächeln über meine Lippen. Ich wollte einfach wieder die Augen schließen und mich schlafend stellen, wollte noch näher an ihn heranrücken und auch diesen friedlichen Ausdruck in mich aufnehmen, der Milans Gesicht zierte.

Doch dann kam mit Schwung die Realität zurück und zwang mich dazu, meine Handlungen noch mal gehörig zu überdenken.

Denn es brauchte nicht viel, und meine Eltern könnten ihren Kopf durch die Tür strecken. Ich wollte gar nicht darüber nachdenken, was das für Konsequenzen haben würde. Und Milan … was würde er sagen, wenn er die Augen aufschlug? Was waren die passenden Worte, wenn ich ihm am Morgen etwas erzählen wollte?

Auf einmal fühlte ich mich unglaublich nackt in meiner kurzen Pyjama-Hose und meinem hochgerutschten Top. Ein Teil meines Bauches lag frei, und Milans Finger ruhten direkt auf meiner unbedeckten Haut.

Die Berührung, die sich gestern Nacht noch so tröstlich und so richtig angefühlt hatte, wurde mir mit einem Schlag unangenehm.

Vorsichtig wischte ich seine Hand von meinem Körper und stand auf. Das Bett knarzte leise, und ich betete zu dem lieben Gott – obwohl ich ja weitestgehend davon ausging, dass er weder lieb war noch überhaupt existierte –, dass er Milan nicht aufwachen ließ.

Die letzte Nacht schien nicht mir passiert zu sein, sondern einem anderen Mädchen. Dieses Mädchen hatte Selbstbewusstsein und wusste genau, was sie tat. Aber als ich an dem Morgen aufgewacht war, war ich wieder *ich* – meilenweit von selbstsicher entfernt.

Nun stand ich vor diesem Bett, starrte auf diesen Kerl hinunter, den ich in der Nacht noch in den Armen gehalten hatte, und wusste nicht, was zu tun war. Milan kam mir schon so vertraut vor, aber in Wahrheit kannte ich ihn doch überhaupt nicht. In der Nacht war alles so klar gewesen, aber jetzt, wo die Sonne sich schon den Weg durch die Vorhänge bahnte, sah ich die Situation in einem ganz anderen Licht.

Ein Geräusch schrillte laut und deutlich durch den Flur und riss mich abrupt aus meinen sich überschlagenden Gedanken. Mein ganzer Körper zuckte schlagartig zusammen.

Es war ein Wecker …

Warte mal …

Es war *mein* Wecker!

Er klingelte unbarmherzig aus meinem Zimmer bis hierher und wartete darauf, dass ich ihn ausschaltete.

Milan drehte sich genau in diesem Moment im Bett um und murmelte etwas vor sich hin. Ich hatte schreckliche Angst, dass er aufwachte.

Ich entschied mich kurzerhand zur Flucht.

Ich wollte angezogen und gewaschen sein, wenn ich Milan das nächste Mal gegenüberstand. In den Filmen lassen sie den morgendlichen Mundgeruch und die verstrubbelten Haare fast immer weg, aber das hier war kein Drehbuch und kein Kino, sondern das wahre Leben: Ich musste wirklich wie eine Vogelscheuche aussehen.

Außerdem wollte ich mir überlegt haben, was ich sagen würde, und mir – was noch viel wichtiger war – darüber klarwerden, was ich wirklich fühlte. Denn im Moment war da nur ein gigantischer Knoten in meinem Kopf.

Also huschte ich schnell aus dem Zimmer, trippelte über den Flur – wo ich noch links und rechts prüfte, ob ich freie Bahn hatte –, gelangte wieder in mein eigenes Zimmer und schaltete den penetranten Wecker energisch auf «Off». Dann schnappte ich mir meine Klamotten und verschwand im Bad.

Ich entschied mich dazu, zur ganz normalen Tagesordnung überzugehen, bis ich einen besseren Plan gefunden hatte. Alles in Höchstgeschwindigkeit, damit ich Milan nicht aus Versehen in Bad, Flur oder Küche antraf.

Aber da war noch eine andere Stimme in mir, die gegen solche Angst anschrie. Es war dieser andere Teil von mir, der sich in der Herzgegend bemerkbar machte und jetzt einfach nur Milan sehen wollte.

Mir war fürchterlich schlecht, als wir gemeinsam als Familie abends zum Essen am Tisch saßen. So schlecht, dass ich wortwörtlich Angst hatte, auf meinen Teller zu kotzen. Sogar meine Mutter hatte schon angemerkt, dass ich um die Nase ein wenig grün aussah.

David, der neben mir saß, klaute mir mit einem frechen Kichern eine Gurkenscheibe nach der anderen, aber ich nahm es gar nicht richtig wahr. Außerdem war ich mir sicher, dass mein Magen rebellieren würde, sobald ich auch nur einen Bissen runterwürgte.

Milan und ich hatten seit der vergangenen Nacht nicht ein Wort miteinander gesprochen. Er war mir in der Schule ziemlich offensichtlich aus dem Weg gegangen, und ich war den ganzen Tag über viel zu verwirrt gewesen, um ihn darauf anzusprechen.

Er hatte mich nicht einmal angesehen, als ich vergeblich versuchte, seine Mimik zu deuten. Das Einzige, das ich erkennen konnte, waren die in Falten gelegte Stirn und die zusammengezogenen Augenbrauen. Ich weiß gar nicht, auf was ich gehofft hatte, aber wenigstens irgendeine Geste, ein Zeichen, ein Signal hätte es schon sein dürfen. Alles, was mehr war als nichts, hätte mir schon gereicht.

Doch Milan war nach dem Unterricht an mir vorbei in den Bus gestürmt, obwohl ich mir sicher war, dass er mich gesehen haben musste. Ich glaube, ich hatte ihn noch selten derart zielstrebig laufen gesehen. Nun musste ich der nüchternen Wahrheit in die Augen schauen: Er wollte nicht mit mir reden.

Die Übelkeit wurde immer schlimmer, wenn ich daran dachte, was ich in der Nacht alles gesagt, gedacht, gefühlt und getan hatte.

Ich knabberte an meinem Brot herum und versuchte mich damit zu beruhigen. Immer wieder dieses Bedürfnis, Milans Blick einzufangen, aber er schaute entweder auf seinen Teller oder zu dem Fenster hinter mir; Hauptsache, nicht in meine Augen.

Fieberhaft versuchte ich zu verstehen, was ich falsch gemacht hatte. Wie war's denn wirklich gewesen?

Milan hatte *mich* gebeten, bei ihm zu bleiben.

Und nicht andersherum.

Er hatte *mich* zu sich herangezogen.

Und nicht andersherum

Je länger ich nachdachte, desto lauter wurde ein Gedanke in meinem Kopf, der sich siedend heiß in meinem ganzen Körper verbreitete:

Er bereut es.

Ich musste *sooo* dringend mit ihm reden …

«Hey Fiona, Amely hat uns von ihrem Hauskreis erzählt. Möchtest du da mal hingehen?»

Entgeistert sah ich hoch. Ich hatte nur mit halbem Ohr zugehört.

«Wie?»

Ich hätte genau so dämlich laut *«Hä?!»* schreien können, das hätte meinen Zustand situativ ziemlich gut beschrieben. Denn mein komplettes Leben schien gerade ein einziges großes Fragezeichen zu sein. Ein einziges großes *«Hä?!» eben.*

Meine Mutter lächelte mir quer über den Tisch zu. «Der Hauskreis von Amely», half sie mir auf die Sprünge. «Du warst jetzt ja auch lange nicht mehr in einer Bibelstunde. Denkst du nicht, dass das vielleicht eine schöne Idee wäre?»

Es war echt rührend mitanzusehen, wie meine Eltern versuchten, Freunde für mich zu finden. Aber ich hatte kein Interesse daran. Es hatte seinen Grund, warum ich mich aus der Gemeinschaft anderer Menschen zurückgezogen hatte, besonders von denen, die was mit Glauben am Hut hatten. Ich fühlte mich eindeutig nicht bereit, mich *den Gläubigen* zu stellen. Die hatten alle so das volle Programm: Gottvertrauen, Zuversicht, Hoffnung. Man konnte nicht weiter davon entfernt sein, als ich es war.

Mein Vater warf einen warmherzigen Blick zu meiner Mutter hinüber, dass einem das Herz in der Brust zerspringen konnte. «Deine Mutter und ich haben uns früher in einem Hauskreis kennengelernt», sagte er und sah dabei wirklich so aus wie eine dieser Cartoon-Figuren, aus deren Augen die Herzchen nur so geflogen kamen. *Zing! Zong!* Wenn ich mir das so ansah, flammte ja meine Hoffnung für den Prinzen in schillernder Rüstung schon fast wieder auf!

Ich schielte möglichst unauffällig zu Milan hinüber, aber der sah absichtlich nicht hin. Demonstrativ starrte er auf die zwei Krümel auf seinem Teller. Egal, welche Typen bei Amely auf mich warteten, ich war noch viel zu verwirrt wegen diesem Kerl, der gerade vor mir saß und einen auf cool und unnahbar machte.

Meine Mutter hatte eine Hand auf die meines Vaters gelegt und sah mit ihrer geduldigen Miene lächelnd zu mir herüber. Sie merkte offensichtlich, dass ich nicht weiter darüber reden wollte, deshalb ließ sie das Thema endlich auslaufen. Sie fügte noch hinzu: «Alles, was wir damit sagen wollen, ist, dass es eine schöne Gelegenheit für dich wäre, mein Schatz. Also lass es dir noch mal durch den Kopf gehen.»

Ich war damit aus dem Schneider, und sie wandte sich an Milan: «Und vielleicht willst du dann auch mal mitkommen. Du könntest ein paar neue Leute kennenlernen.»

Milan hob den Kopf, sichtlich schockiert, dass das Gesprächsthema so plötzlich auf ihn übergegangen war. Er war es gewohnt, dass er schweigen durfte und alle anfingen, vor Freude zu strahlen, sobald er auch nur nach dem Wasser fragte. Aber meine Eltern erwarteten gar keine Antwort, und damit plätscherte das Abendessen so vor sich hin. Milan und ich in Schweigen gehüllt.

Nach dem Abendbrot stieg Milan mit so raschen Schritten die Treppen hoch, als würde ein Raubtier hinter ihm herjagen. Dabei war *ich* es, die keuchend versuchte, mit ihm Schritt zu halten.

Vielen Dank dafür, Idiot. Kannst ruhig mal etwas langsamer machen. Du bemerkst mich doch!

Die Tür zu seinem Zimmer war schon zugeknallt, noch ehe ich den obersten Treppenabsatz erreicht hatte. Vorsichtig und immer noch heftig schnaufend klopfte ich. Gleichzeitig versuchte ich, meinen Atem und mein viel zu schnell hämmerndes Herz wieder unter Kontrolle zu bringen.

Dann wartete ich.

Aber es tat sich nichts.

Ich klopfte noch mal.

«Was denn?!», hörte ich Milan genervt stöhnen, dann riss er die Tür mit viel zu viel Schwung auf. Eingeschüchtert wich ich ein Stück zurück; ich fühlte mich sofort zehn Zentimeter kleiner. Wo war der Milan von vergangener Nacht nur hin? Und wo war der Milan, der am Grab so fürsorglich für mich da gewesen war?

Könnte ich den bitte wiederhaben?

Es war, als erkenne ich die Person, die vor mir stand, gar nicht wieder. Der Milan, der sich mir hier präsentierte, glich eher dem *Spiegelbrecher-Monstrum,* wie Amely sagen würde.

«Ich wollte dich nur fragen, ob du mich vielleicht zu diesem Hauskreis begleiten würdest?»

Ich wollte ja eigentlich gar nicht zu diesem Bibel-Zeug, aber ich brauchte irgendeinen Grund, um ein Gespräch mit ihm zu beginnen. So waren die Worte aus meinem Mund gepurzelt, ohne dass ich richtig mitbekam, was ich da gerade von mir gab.

«So als Verbündeter, quasi», fügte ich noch hinzu, als Milan immer noch nicht reagierte.

Den ganzen Tag lang hatte ich überlegt, wie ich Milan wieder begegnen sollte. Ich hatte sogar sechs Listen angefertigt, auf denen ich die verschiedensten Szenarien und Optionen zu Papier brachte: *distanziert, freundlich, offen, liebevoll, abwartend, abweisend.* Auf keinem dieser Blätter hatte ich aber *möglichst dämlich anstellen* aufgeschrieben. Aber ich konnte gar nicht verhindern, dass dieser ganze Quatsch nur so aus meinem Mund purzelte.

Milans Gesichtszüge spannten sich an. Etwas Böses, Wütendes, Wegweisendes war wieder in seine Augen zurückgekehrt. Die Kälte, die ich in ihnen sah, jagte mir einen kleinen Schauer über den Rücken.

«Wann raffst du's endlich?! Ich will nichts mit diesem Kack-Glauben zu tun haben», zischte er aufgebracht.

«Tut mir leid. Ich dachte ... wir ...»

«Was?», fuhr Milan mich zornig an. «Was dachtest du? Nur weil ich dir ein bisschen zugehört habe, als du geheult hast, und du gestern bei mir warst, heißt das nicht, dass wir was sind.»

Für einen Moment starrte er einfach nur wutentbrannt in meine Augen. Dann fügte er noch hinzu, als sei diese Tirade nicht schon genug gewesen: «Das gestern war nichts Besonderes. Und jetzt verzieh dich endlich.»

Ich spürte, wie irgendetwas in meinem Inneren zerbrach, und fragte mich, wie vielen Mädchen er das schon gesagt hatte, nachdem sie neben ihm aufgewacht waren.

Völlig unangebrachter Gedanke, Fiona!

Er wollte schon die Tür zuknallen, aber ich stellte meinen Fuß in den Weg. Ich wollte wissen, wo der Milan hin war, den ich in den letzten Wochen kennengelernt hatte, und wer dieses cholerische Monster war, das hier gerade vor mir stand.

«Ist es wegen deinem Vater?», rutschte es mir heraus. Noch im gleichen Moment, wo die Worte über meine Lippen gekommen waren, wusste ich schon, dass das ein gewaltiger Fehler war.

Die Fassungslosigkeit stand Milan ins Gesicht geschrieben. Für einen klitzekleinen Moment war ihm der Wind aus den Segeln genommen, doch jetzt ging's erst richtig los mit dem Gepolter.

«Ich rede mit *nie-man-dem* über meinen Vater. Mit niemandem! Ist das klar?», zischte er so gefährlich, dass ich am liebsten angefangen hätte zu flennen wie ein kleines Baby. Noch bevor ich antworten konnte, hatte er die Tür schon mit einem gewaltigen Schlag ins Schloss geschmettert.

Wenig später saß ich bei Amely auf dem Bett, zusammengerollt in ihre Kuscheldecke und umgeben von einem Berg Kissen. Ich hatte alles stehen und liegen lassen und war kurzerhand in den Bus gestiegen und zu ihr rübergefahren. Mit Milan im gleichen Haus zu sein, ging einfach nicht mehr. Ich hatte den dringenden Rat meiner besten Freundin nötig; es brannten zu viele Fragen unter meinen Fingernägeln, die darauf warteten, zumindest eine Zweitmeinung zu kriegen.

Amely zog geistesgegenwärtig noch eine große Tafel Schokolade aus einer Schublade, während ich meinen Blick durch ihr Zimmer schweifen ließ. Obwohl ich es schon so gut kannte, konnte ich mich nie sattsehen an den hohen, cremig-weißen Wänden, dem Massivholzboden, der immer so schön knarzte, wenn man darauf lief, und den tiefen Fenstern, die das letzte Licht des Tages einfingen und in den Raum scheinen ließen.

Amelys Eltern hatten eindeutig genug Geld, was man an dem unglaublich geschmackvollen und großen Altbauhaus sehen konnte, in dem sie zu dritt wohnten. Diesen Raum hier mochte ich am allermeisten, vielleicht auch, weil ich mit ihm die vielen Lachanfälle, tiefgründigen Gespräche und Übernachtungspartys verband, die Amely und ich in den Jahren erlebt hatten.

«So», unterbrach sie meine Tagträume, als sie die Schokolade aufs Bett fallen ließ und sich hinterher. «Was ist denn so wichtig, dass du hier abends noch aufkreuzt, anstatt einfach anzurufen?» Sie schien überrascht zu sein, denn normalerweise hätte ich tatsächlich einfach zum Handy gegriffen und ihre Nummer gewählt. Aber nichts an den vergangenen zwei Tagen war normal gewesen.

Ich seufzte laut und kuschelte mich noch ein Stück tiefer in ihre Kissen. «Ich hab so viel zu erzählen, ich weiß gar nicht, wo ich anfangen soll.»

Amely stöhnte nur genervt auf. «Jetzt fang einfach irgendwo an, anstatt mich hier so auf die Folter zu spannen», jammerte sie und schob sich gleich zwei Stückchen Schokolade in den Mund.

Schnell fokussierte ich meine Gedanken auf die Ereignisse mit Milan und überlegte fieberhaft, wo ich anfangen sollte. Ich holte weit aus und erzählte, was alles geschehen war, und das alles in nur gerade zwei Tagen. Ich redete davon, dass Milan mich zu Michas Grab begleitet und dort getröstet hatte. Dann ging ich über zur Gewitternacht: Ich redete davon, wie wir uns berührt hatten und dass ich Milan festgehalten hatte, während er weinte. Und ich erzählte davon, dass ich in seinen Armen eingeschlafen war und er die Worte gesagt hatte, die sich in mein Herz eingebrannt hatten: *Du bist genau da, wo du sein sollst.*

Und dann erzählte ich von dem unschönen Teil: dem Morgen danach.

Wie Milan zuerst so tat, als sei das alles gar nicht geschehen, und wie er dann – jedenfalls aus meiner Sicht – sehr deutlich zeigte, dass er sein Verhalten und einfach alles, was sich zwischen uns ereignet hatte, total bereute. Die Flur-Szene thematisierte ich ebenfalls ziemlich detailreich, besonders da sich seine gemeinen Worte in meinem Kopf festgesetzt hatten und ich sie da einfach nicht mehr rausbekam.

«Ich bin einfach nur furchtbar enttäuscht. Wir sind uns so nahegekommen die letzten Wochen, und er hat sich als mitfühlender Mensch offenbart. Und nun macht er wieder einen Schritt zurück zum Arschloch. Ich wüsste so gerne, was geschehen ist», so beendete ich einigermaßen verzweifelt meine Aufzählung der Geschehnisse.

Amely hatte mich zwischenzeitlich dutzendmal unterbrochen, um weitere Fragen zu stellen, mich gestenreich und theatralisch anzusehen, als sei ich wahnsinnig geworden – da war es wieder, dieses *«Hä?!»* –, oder um einfach nur einen dummen Spruch dazwischen zu schieben.

Jetzt legte sie beide Hände auf ihr Gesicht und murmelte etwas Unverständliches. Dann sah sie mir direkt in die Augen:

«Was tust du nur, my dear Fiona, wenn ich mal einen Tag lang nicht da bin?»

Sie suchte kurz nach den richtigen Worten. Fast schien sie sprachlos, und das kam äußerst selten vor. «Das ist … das ist einfach nur irre. Besonders für dich! Seit wann schläfst du neben irgendwelchen Kerlen ein?», fragte sie entgeistert.

Aber ich wusste genau:

Milan ist nicht irgendein Kerl. Er ist anders.

Amely schien meinen Gesichtsausdruck lesen zu können, denn sofort sprudelten die nächsten Worte über ihre Lippen.

«Nein, nein, nein, nein, nein!», wiederholte sie ganz schnell, noch bevor ich irgendetwas zu meiner Verteidigung äußern konnte. «Nein! Interpretiere das Ganze jetzt nicht als ‹*Ooch, ich bin so besonders für ihn, er wird sich für mich ändern*›*!* Das ist die völlig falsche Richtung, Fiona!»

«Aber er ist doch nicht immer so arschig», verteidigte ich ihn, fast ein wenig trotzig. «Ich dachte, dass es vielleicht ...»

Ich stoppte und erinnerte mich daran, dass ich Amely ja nichts über Milans Vater erzählen durfte.

« ... also, ich dachte dass es vielleicht an seiner beschissenen Vergangenheit hängen könnte ...»

Harsch wurde ich von Amely unterbrochen. «Natürlich hängt das mit den Narben zusammen, Fiona. Der Kerl ist gebrochen und verkorkst. Das Leben muss den Kerl fertiggemacht haben, aber hör auf, Ausreden für ihn zu suchen. Das ist höchstens eine Erklärung für sein Verhalten, aber keine Entschuldigung. Der Typ ist alt genug, um seine eigenen Entscheidungen zu treffen. Und wenn er sich entschieden hat, ein Arschloch zu sein, dann ist das eben so.»

Sie hatte recht. Ich wusste, wie sehr Amely recht hatte, auch wenn ich es kein bisschen wahrhaben wollte. Dennoch startete ich einen letzten Versuch, um Milan zu verteidigen.

«Aber die letzten Tage ... wir hatten so viele Momente zusammen, er war so anders», flüsterte ich fassungslos vor mich hin.

Amely warf mir einen mitfühlenden Blick zu.

«Hör auf, ihn verstehen zu wollen, Süße. Milan versteht sich wahrscheinlich selbst nicht. Er hat einen guten Kern, aber da ist zu viel Scheiß, den er durchmachen musste in seinem Leben. Und solange er diese Punkte nicht angeht und sich seiner Vergangenheit nicht stellt, wird diese Seite immer wieder hochkommen. Willst du das?»

Ich sah geknickt zu ihr rüber. Leider haben beste Freunde manchmal diesen unbeliebten Job: die Wahrheit zu sagen, genau dann, wenn sie am meisten wehtut.

Amely wollte zu ihren nächsten Überlegungen ansetzen, wurde aber von dem Schrillen meines Handys unterbrochen. Elegant angelte sie es von ihrem Schreibtisch und warf neugierig einen Blick aufs Display. «Deine Mum», sagte sie und reichte das Telefon rüber.

«Hallo?», meldete ich mich mit einem Anflug von minimal schlechtem Gewissen.

«Mein Kind, wo steckst du?», fragte sie aufgeregt, aber trotzdem erleichtert, mich wohlbehalten am anderen Ende der Leitung zu wissen. «Morgen ist Schule, du kannst doch nicht einfach so fortgehen!», schob sie entrüstet hinterher.

Okay, ich hätte ihr vielleicht Bescheid geben sollen, anstatt einfach aus dem Haus zu stürmen, das stimmt. Doch nachdem Milan die Tür so herzlos direkt vor meiner Nase zugeschlagen hatte, wollte ich einfach nur noch eines: nämlich weg.

«Es tut mir leid, Mama», gab ich kleinlaut von mir. «Ich bin bei Amely, du brauchst dir keine Sorgen zu machen.»

Meine Mutter atmete ein weiteres Mal erleichtert aus. «Also gut», sagte sie dann und schluckte das Aufgebracht-Sein hinunter. «Ich bin nicht sauer. Nicht mehr. Aber ich werde jetzt vorbeifahren und dich abholen, okay?»

Auch wenn es noch nicht allzu spät war, war es meiner Mutter nicht geheuer, wenn ich mich jetzt noch in einen Bus setzte. Sie war schon immer recht ängstlich gewesen, doch seit Michas Tod hatte sich das noch mal verstärkt. Sie wollte nicht noch ein Kind verlieren, und auch wenn es tierisch nervig war, konnte ich sie verstehen. Ich stimmte zu und entschuldigte mich noch einmal, bevor ich das Gespräch beendete.

«Können wir uns morgen wiedersehen?», fragte ich fast schon flehend zu Amely, als meine Mutter vor der Tür stand und es Zeit wurde zu gehen. Es gab noch so viel, das ich loswerden musste.

«Ich hab morgen Hauskreis, Fiona», sagte Amely und grinste mich schief an. «Aber wenn du mitkommst, kannst du vorher gern noch für eine Stunde vorbeikommen. Dann quatschen wir und gehen dann zusammen hin.»

Meine beste Freundin war echt gerissen. Sie wusste genau, wie sie mich locken konnte. Aber was soll's? Hatte ich was anderes zu tun, außer mir zu Hause den Kopf über Milan und sein Verhalten zu zerbrechen?

«Meinetwegen», gab ich mich schließlich geschlagen, und Amely begann glücklich zu quietschen. «Supiiii», ertönte ihre Stimme. Dann wurde sie wieder ernst, stand auf, griff nach meinen Händen und zog mich aus dem viel zu gemütlichen Kissenhaufen. «Und jetzt raus hier, bevor deine Mutter dir verbietet, jemals wieder herzukommen», ordnete sie an.

Woher nahm dieses Mädchen nur seine Lebenskraft? Wie auch immer, ich wollte unbedingt etwas davon abbekommen.

Ich ließ mich auf den Beifahrersitz plumpsen, meine Mutter startete den Motor. Plötzlich merkte ich, wie erschöpft sie war. Und mir wurde klar: Die Umstände waren nicht nur anstrengend für mich. Auch *sie* hatte ja einen neuen Streuner im Haus, um den sie sich kümmern musste, und Milan war ja bekanntlich nicht der pflegeleichteste Zeitgenosse. Aber besonders machte sie sich immer noch Sorgen um mich, das merkte ich an ihren nächsten Worten.

«Ich denke wirklich, dass dir das mit dem Hauskreis guttun würde, Fiona. Du hast viel durchgemacht im letzten Jahr, das weiß ich, aber nun ist es wieder an der Zeit, um anzufangen zu leben. Dich die ganze Zeit in deinem Zimmer zu verschanzen, bringt doch nichts.»

Sie erwähnte Micha mit keiner Silbe.

Aber trotzdem ging es um ihn.

Es ging immer um ihn.

Sie wollte, dass ich seinen Tod hinter mir ließ. Sie wollte, dass ich glücklich und lebendig war. Doch wie sollte ich das anstellen? Ich wollte nicht glücklich sein, wenn Micha tot war. Denn das würde heißen, dass er immer weiter in Vergessenheit gerät. Der Schmerz hingegen erinnerte mich an ihn. So blieb er in irgendeiner Form bei mir.

«Ich brauche keinen Kontakt. Ich habe euch und Amely», erwiderte ich und versuchte, dabei gelassen zu wirken. Doch die Wahrheit ging anders: So oft fühlte ich mich allein, aber ich wollte niemand anderen an mein zertrümmertes Herz heranlassen. Wie sollte jemand wissen, wie es mir geht, wenn diese Person nie jemanden verloren hatte? Wie sollte ich mich gegenüber Menschen öffnen, die den Schmerz, der mein Leben bestimmte, nicht begreifen konnten?

Meine Mutter reagierte mit einem leisen, warmen Lachen. «Jeder von uns ist angewiesen darauf, Freunde und Menschen in seinem Leben zu haben, die auf einen aufpassen. Und ich weiß, dass du viele Menschen von dir weggedrückt hast, und das war ja auch okay, weil du deine Zeit brauchtest. Aber irgendwann sollte die Zeit des Trauerns auch wieder vorbei sein, und ich möchte nicht, dass du allein bist, sobald das geschieht.»

Sie ließ ihre Worte einen Moment wirken. Noch vor einem Jahr hatte mein Freundeskreis aus mehr Leuten als nur aus Amely bestanden. Die ersten Monate hatten sie noch angerufen und Nachrichten geschickt. Ich hatte auf nichts geantwortet. Manchmal war jemand vorbeigekommen, aber ich war desinteressiert, ich geb's zu, es war mir nicht nach Reden zumute. Nach einer gewissen Zeit hörten dann die Anrufe und Nachrichten auf, es war mir nur noch Amely geblieben. Und jetzt, wo meine ehemaligen Freunde auf einer neuen Schule waren, hatten wir völlig den Kontakt verloren.

Die Worte meiner Mutter erstaunten mich, ließen mich sogar ein wenig den Kopf schütteln. Ich verstand, dass sie mir helfen wollte. Aber ich verstand nicht, wie diese Sätze so einfach über ihre Lippen kommen konnten. Sie hatte doch genau das Gleiche erlebt wie ich!

«Ich werde niemals aufhören, um Micha zu trauern», sagte ich, felsenfest überzeugt, dass ich recht hatte mit meiner Aussage.

«Oh mein Schatz», sagte sie leise, den Blick kurz zu mir gerichtet, bevor sie ihre Augen wieder auf die Straße richtete. Sie war so eine schöne Frau. Nach allem, was sie durchlebt und auch durchlitten hatte, hat sie doch nie ihre Freundlichkeit und Güte verloren.

«Nur weil du aufhörst zu trauern, heißt das nicht, dass du Micha vergisst oder ihn nicht genug geliebt hast. Es heißt nur, dass du akzeptierst, dass dieser geliebte Mensch nun nicht mehr länger unter uns ist.»

Ein abendliches Gebet von Anna-Lena, Fionas Mutter:

«Herr, ich weiß nicht mehr weiter. Ich sehe jeden Tag, wie meine Tochter noch immer leidet. Und ich weiß natürlich, wie sehr sie sich gerade von dir entfernt. Warum lässt du das zu?

Mein Sohn ist schon gestorben, bitte lass Fiona nicht auch noch aus deiner Hand gleiten. Ich vertraue dir, Herr, aber es ist gerade so schwer. In Zeiten wie jetzt, in denen ich nur Schmerzen spüre, ist es so schwer, deine Herrlichkeit und deine Güte in allem zu sehen. Wo ist dein großartiger Plan, Gott?

Ich habe langsam das Gefühl, dass ich nicht mehr länger durchhalten kann. Du hast diese Stärke in mich gelegt, also lass mich auch weiterhin stark sein – und führe du mich durch jeden einzelnen Tag, der noch vor mir liegt.

Und bitte tue das Gleiche mit meiner geliebten Tochter Fiona. Sie ist jung, und sie ist verletzt. Sie leidet. Ich weiß ja nur zu gut, wie es sich für sie anfühlt. Nimm ihr etwas von diesem Leid ab und trete wieder in ihr Leben. Denn ich kann und darf da gerade nicht sein. Sie schließt mich aus ihren Gefühlen und Problemen aus. Das ist so schrecklich für mich, auch wenn ich ihre Trauer und ihr Bedürfnis nach Distanz verstehe.

Ich vermisse Micha selbst jeden Tag. Aber ich weiß, dass er jetzt bei dir ist, Herr, und dass er nicht mehr leiden muss.

Und du weißt auch um Milan, den Streuner, den wir in unseren vier Wänden aufgenommen haben. Gib mir die richtigen Worte und die Geduld, die es braucht, um auch sein Herz zu berühren. Es bricht mein Herz, wenn ich daran denke, was es da draußen in der Welt für unkontrollierbare, lieblose, sogar bösartige Menschen gibt, die ihren eigenen Kindern so etwas antun, wie Milans Vater es getan hat. Ich kann es gar nicht in Worte fassen, Vater im Himmel.

Du hast mich vor diese neue Herausforderung gestellt, also zeige du mir den Weg. Ich kann nur dein Wort, deine Liebe und deine Güte aussähen, aber du musst die Herzen berühren und die Saat aufgehen lassen. Und das gilt sowohl für Milan als auch für Fiona.

Aber egal, was der morgige Tag bringen mag: Lass mich weiterhin in deinem Willen leben, selbst wenn ich nicht weiß, wohin du mich führen wirst.

Amen.»

Kapitel 9
Glaubensdinge

Etwas verspannt und auch ziemlich nervös stand ich mit Amely zusammen bei einem gewissen Jacob vor der Tür, bei dem der besagte Hauskreis stattfand. «Du wirst den Kerl mögen. Wir nennen ihn übrigens alle Jake. Er ist echt sympathisch, und seine Mutter ist auch extrem nett, fast so übernatürlich freundlich wie deine Mum», brabbelte Amely vor sich hin. Sie schien sich echt zu freuen, während ich mich einfach nur wegwünschte. Warum genau hatte ich noch mal zugestimmt, hierher mitzukommen?

Was mache ich hier? Was werden die über mich denken?

Gleich würde ich auf sechs mir völlig fremde Menschen treffen. Zuvor hatte ich mich seit Monaten nicht aus meiner kleinen komfortablen Blase herausgetraut. Warum sollte es dann heute eine gute Idee sein?

Wie sagte Milan doch? Kack-Hauskreis. Genau …

Innerlich versuchte ich, mich an die Namen dieser sechs zu erinnern, die Amely mir als Vorbereitung vorhin gewissenhaft genannt hatte. Aber leider war nur dieser eine Name in Erinnerung geblieben. Jake.

Die Vermutung, dass meine beste Freundin mich bestimmt schon lautstark angekündigt hatte, ließ meine Nervosität noch mehr steigen. Denn jetzt erwarteten alle sicher eine aufgeschlossene, freudige und lustige Person, die sich perfekt in den Rest der Gruppe eingliederte. Also ganz so, wie Amely eben war. Aber dieser Mensch war ich ganz sicher nicht und würde es auch nie werden.

«Hey, Fiona, bist du noch da?», fragte Amely und wedelte wie verrückt mit der Hand vor meiner Nase rum.

«Mmh? Was denn?!», fragte ich, etwas benebelt von meinen ganzen Gedanken.

«Bist du ready, dass wir da reingehen, hab ich gefragt», wiederholte sie etwas quengelig ihre Worte.

Nein. Auf keinen Fall.

Stattdessen kam ein «Ja, klar, lass uns gehen» aus meinem Mund.

Sofort drückte Amely auf ein Klingelschild, das den Namen *D'Amato* trug.

«Ein Italiener?», fragte ich überrascht.

Ein freches Grinsen huschte über das Gesicht meiner besten Freundin. «Ja, aber was für einer!», gab sie lachend von sich. Dann meldete sich eine Stimme über die Gegensprechanlage:

«Buongiorno. Chi parla?»

«Ciao Antonia», sagte Amely. «Hier sind Amely und Fiona. Würdest du uns hochlassen?»

«Ma certo, Süße, die anderen warten schon auf euch.»

Natürlich taten sie das, mit Amely kam man ja nie rechtzeitig. Eigentlich dachte ich, dass wir es an diesem Tag fast schaffen würden, aber dann fing Amely noch eine hitzige Diskussion mit ihrer Mutter an, sodass wir am Ende doch den Bus verpassten. Ich hatte mich wohl zu früh gefreut.

Antonia, Jakes Mutter, stand schon im Türrahmen, als wir in der obersten Etage ankamen. Freudig drückte sie Amely erst rechts, dann links einen Schmatzer auf die Wangen. «Schön, dass du da bist!»

Antonia war eine kurvige Frau, und ihre dunkelbraunen Augen strahlten unglaublich viel Liebe aus. Dazu hatte sie sehr lange schwarze Haare und ein freundliches Gesicht. Ihr Lächeln war einfach ansteckend.

«Und du musst Fiona sein, Amely erzählt doch immer so viel von dir.»

Amely schaute verlegen zur Seite und wich meinem Blick aus. Ich wunderte mich. Seit wann war ihr irgendetwas peinlich? Doch bevor ich etwas sagen konnte, hatte Antonia auch mich mit einem Kuss rechts und einem Kuss links begrüßt.

«Ich wünsche euch eine ganz tolle Zeit», rief Antonia noch, während sie von einem Ohr zum anderen grinste. Dann war sie auch schon verschwunden.

Leise flüsterte Amely mir zu: «Sie ist wirklich unfassbar süß, oder?»

Ich nickte etwas perplex, bevor ich in den nächsten Raum gezogen wurde.

«Halli-hallo!», johlte Amely, als sie mit mir im Schlepptau ins Wohnzimmer eintrat. Wie auf Kommando drehten sich alle sechs Köpfe zu uns. Pudelwohl ging Amely dazu über, jeden einzeln zu begrüßen. Ich stand als Anhang daneben, bis Amely mich schließlich vorstellte.

«Das hier ist meine wunderbare bessere Hälfte, la bella Fiona», scherzte sie und knuffte mich fürsorglich in die Seite.

«Hi», murmelte ich schüchtern in die Runde.

Mit einem neugierigen Lächeln stellten sich mir die sechs neuen Köpfe vor. Vor mir saßen zwei Mädchen: Helen, die von allen nur Hedwig genannt wurde, weil sie ein entschiedener Harry-Potter-Fan war, und Lorena, die mir wegen ihrer schwarzen Locken sofort auffiel und sich als Schwester von Jake entpuppte.

Dann waren da noch vier Jungs übrig.

Jake, Luis, Benny und Theo.

Ich nickte nur kurz, wohlwissend, dass ich sowieso jeden noch fünfmal nach seinem Namen fragen musste, bis ich sie mir vielleicht ansatzweise merken konnte. Denn ich war mit der Situation komplett überfordert.

Was mach ich nur?

Antonia hatte Gebäck und Obst auf den Tisch gestellt, und alle griffen herzhaft zu. Allen voran Amely, die sich hier völlig zuhause fühlte und mit vollem Mund losplapperte, wie sehr ihre Mutter sie wieder auf die Palme gebracht hatte. Dabei geriet sie so sehr in Rage, dass sie sich an dem Stück Apfel verschluckte, das sie sich gerade in den Mund geschoben hatte.

Amely hatte sich auf dem Sofa neben Lorena niedergelassen, und die beiden redeten je wie ein Wasserfall – gleichzeitig. Wie das kommunikationstechnisch funktionieren kann, war mir ein Rätsel.

Ich hingegen hoffte sehr, dass mir keiner ansah, wie unwohl ich mich hier fühlte, während ich neben den beiden Mädchen auf der vordersten Kante der Couch saß und gestellt lächelte.

Mein Blick schweifte ab, und ich ging dazu über, mir das Zimmer genauer anzuschauen. Schräg und kreuzweise gestelltes Holzwerk zog sich durch das ganze Wohnzimmer, und mit der orangen Tapete wirkte der Raum warm und kuschelig, für mich sogar fast ein wenig heimisch.

In das allgemeine Chaos hinein spielte Jake ein paar Akkorde auf der Gitarre, und der Rest der Gruppe wurde so ein bisschen ruhiger. Außer Amely, die ungerührt und ungeniert weiterhin Lorena volltextete. Erst als ihre Gesprächspartnerin ihr zwei Mal lachend gegen den Oberschenkel geboxt hatte, wurde auch sie still.

«Was wollen wir singen?», fragte Jake in die Runde und leitete einen Lobpreisteil ein. Ich kannte das Prozedere natürlich schon von früher her. Benny bewarf auf Jakes Kommando alle mit Liederheften, Theo rief etwas, das ich nicht verstand, dann quietschten Lorena und Amely gleichzeitig einen Liedtitel, den ich noch nie gehört hatte.

«Bin ich dabei», bestätigte Jake mit einem derart breiten Lächeln, dass ich fast befürchtete, dass es sein Gesicht auseinanderreißen würde.

Voller Inbrunst stiegen die anderen in die Musik mit ein, während ich leicht verunsichert den Stimmen um mich her lauschte und auf das Liederheft mit dem mir fremden Text starrte. Ich hoffte, dass niemand mich darauf ansprechen würde, dass meine Lippen als die einzigen in der Runde verschlossen blieben.

Nach dem dritten Lied hielt ich es nicht mehr aus und verließ den Raum unter dem gemurmelten Vorwand, aufs Klo zu müssen. Ich schloss mich in dem kleinen Badezimmer ein, um ein wenig Ruhe zu tanken, bevor ich mich wieder ins «Menschengetümmel» warf. Ich stützte mich auf das Waschbecken und riskierte einen Blick in den Spiegel.

Augenblicklich musste ich an den Spiegel denken, den Milan mir um die Ohren und Beine gepfeffert hatte. Genau gleich wie die vielen Teile auf dem Badezimmerboden fühlte sich mein Leben gerade an.

Zerstört. Kaputt. In Scherben …

Und irgendwie wollten sich die vielen kleinen Bruchstücke nicht wieder zusammensetzen. Weder von selbst noch mit Hilfe von außen, geschweige denn mit eigener Anstrengung.

Außer dort bei Milan.

In Milans Armen hatte ich mich *ganz* gefühlt. Geborgen. Ich hatte alle meine zerbrochenen Teile vergessen und hatte einfach gewusst: Ich bin gehalten.

Ach, Mist.

Warum dachte ich schon wieder an diesen Kerl? Warum konnte ich nicht einfach dieses Treffen bei Amelys Freunden genießen, ohne an Milan zu denken? Er war ein Idiot.

Doch alles in mir, jeder Gedanke, jeder Atemzug, schien mich immer wieder zu ihm zu führen. Noch bevor ich mich in dieser Gedankenspirale weiterdrehen konnte, hatte ich mir eine kalte Ladung Wasser ins Gesicht geschüttet. Von mir selbst überrascht, schnaufte ich für einen Moment leise auf.

Die Kälte des Wassers schien meine überhitzten Gedanken wieder zu ordnen und mich daran zu erinnern, wo ich war. Ich sollte wieder in den Raum zu diesen viel zu glücklichen Menschen gehen, bevor irgendjemand etwas bemerkte.

Meine Gedanken wirbelten wild durch meinen Kopf, als ich mich abends allein auf den Heimweg machte. So gerne wäre ich ein Teil dieser Gruppe gewesen, so wie Amely es war. Ich wünschte, ich hätte Micha nie verloren, hätte niemals aufgehört zu glauben und könnte genauso glücklich und sorglos sein wie die Menschen, die ich an diesem Tag kennengelernt hatte.

Auch wenn das mit Gott alles gar nicht stimmte: Es war mir lieber als die graue, triste Realität, in der ich gerade lebte.

Ich schloss die Haustür auf, begrüßte meine Mutter und kämpfte mich die Treppe hoch. Im Flur kam mir Milan entgegen.

Wie in einem Kitsch-Film! Das kann nicht wahr sein!

Völlig unvorbereitet auf diese Begegnung, stolperte ich ihm entgegen. Mein Herz klopfte viel zu schnell, meine Knie wurden weich. Innerlich ermahnte ich mich, dass er doof war und dass ich mich gefälligst wie ein normaler Mensch verhalten sollte.

Milan kam gerade aus der Dusche. So gerne wäre ich einfach auf ihn zugelaufen und hätte die nassen Haarsträhnen aus seinem Gesicht gewischt. Doch was mich noch mehr aus der Bahn warf, war, dass er mal wieder kein Shirt trug. Zu wissen, dass ich an dieser Brust gelegen und ihm beim Atmen zugehört hatte, schien auf einmal so präsent – und doch so schrecklich weit weg.

«Hey», sagte er ruhig.

Ich war äußerst erstaunt, dass er überhaupt mit mir redete.

«Hi», gab ich schließlich zögerlich zurück.

Ich wollte ja nichts Falsches sagen.

«Hattest du einen schönen Abend?», fragte er. Ich konnte es nicht fassen, dass er jetzt für dämlichen Smalltalk aufgelegt war!

Für einen Moment musste man die Verwunderung in meinem Gesicht sehen, doch dann hatte ich mich wieder unter Kontrolle. «Ja, es hat mir gut gefallen», brachte ich die Halbwahrheit heraus. Die Tatsache, dass ich mich in der neuen Gruppe völlig überfordert gefühlt hatte, ließ ich weg. Auch sprach ich den nächsten Satz, der mir durch die Gedanken hüpfte, nicht laut aus:

Es wäre so viel schöner gewesen …

… wenn du dabei gewesen wärst!

In der Tat, einen weiteren Neuen in der Gruppe zu haben, dem das ganze Glaubens-Ding nicht ganz geheuer war, wäre echt von Vorteil gewesen. Aber Milan und ich waren ja keine Verbündeten mehr. Wir waren gar nichts, und gemäß seiner Aussage waren wir es auch nie gewesen.

Er nickte knapp.

«Hör zu, ich wollte dich nicht so anfahren», begann er nun ganz sachlich. «Ich will nur mit keinem über meinen Vater reden. Und auch nicht über diese Sache mit Gott und Glauben und so. Ich kann das nicht.»

Ich verstand ihn. Auch wenn er mir so fürchterlich wehgetan hatte.

«Ich wollte nicht, dass du dich unwohl fühlst», sagte ich leise und hoffte, dass es nicht wieder zu viel war. Ich wollte ihm keinen neuen Grund geben, um mir aus dem Weg zu gehen. Egal, wie wenig es war, ich wollte mit Milan reden können.

«Können wir das mit der Gewitternacht einfach vergessen?», brachte Milan dann ein wenig verlegen heraus. «Du hättest nicht bei mir sein sollen. Und ich hätte dich nicht bitten sollen, bei mir zu bleiben.»

Aua.

Das tat weh. Mein Herz tat weh. Aber er hatte wahrscheinlich recht. Irgendwie waren wir Mitbewohner geworden in diesem Haus. Und Mitbewohner sollten keine großen Gefühle haben füreinander. Er war nur einer unserer Streuner, und wer wusste schon, wie lange er bleiben würde? Wer konnte Milan, den Jungen, der sich weigerte, Gefühle zu haben, schon festhalten?

Also entgegnete ich: «Klar, du hast recht. Schon vergessen.» Gequält zwang ich mir ein Lächeln auf die Lippen und versuchte, möglichst locker zu bleiben.

Milan lächelte kurz. «Also wieder alles cool zwischen uns?»

«Alles cool», echote ich hohl, fragte mich jedoch in diesem Moment, ob wir jemals wirklich *cool* gewesen waren.

Dann standen wir uns für einen Moment einfach regungslos gegenüber. Ich wollte nichts sagen. Ich wollte nicht gehen. Egal, wie müde ich war, ich hätte hier noch die ganze Nacht stehen und ihn einfach nur ansehen können.

Milan war es mal wieder, der die Verbindung zwischen uns beendete.

«Also dann … Gute Nacht, Fiona.»

Mit der letzten Willenskraft, die sich irgendwo noch in meinen Knochen versteckt haben musste, schaffte ich es, mich innerlich von ihm loszureißen.

«Schlaf gut, Milan.»

In meinem Zimmer ließ ich den Abend Revue passieren. Jake, Helen aka Hedwig, Lorena, Benny, Theo, Luis, Amely, sie alle waren so … so überzeugt von dem, was sie glaubten. Auch wenn ich es mir nicht eingestehen wollte, ihre Begeisterung nagte an meinem Unterbewusstsein.

Woher diese Sicherheit? Mir ist das fremd.

Ich überlegte fieberhaft, wann ich das letzte Mal gebetet hatte. Nicht dieses Standardgebet in der Kirche, das alle kennen und aufsagen, sondern wo ich so richtig persönlich mit Gott geredet und meine ganz eigenen Worte verwendet hatte.

Ich brauchte einen Moment, bis es mir einfiel. Es musste in jenen Tagen gewesen sein, als Micha im Krankenhaus war. Ich hatte andauernd dafür gebetet, dass seine Schmerzen aufhören sollten und dass ein Wunder geschehe. Und dass er wieder gesund würde. Jede noch so kleine Verbesserung hätte mich aus lauter Dankbarkeit zum Himmel jauchzen lassen.

Seine Schmerzen hatten ein paar Wochen danach sogar aufgehört. Aber nicht, weil er gesund geworden war. Sondern weil der Krebs über ihn gesiegt hatte. Seither war ich der Überzeugung, dass Gebet nichts bringt.

Weniger als nichts.

Zögernd schloss ich die Augen und flüsterte ein paar leise Worte in den leeren Raum: «Wenn es dich wirklich gibt, Gott, dann zeig es mir. Zeig mir, dass du es gut meinst mit mir und dass du einen Plan hast mit mir und meinem Leben. Hilf mir, irgendwie zu begreifen, wie deine Liebe und Fürsorge sich mit Michas Tod vereinbaren lässt. Bitte lass mich es verstehen.»

Jetzt war Gott an der Reihe.

Nun konnte er zeigen, was er auf dem Kasten hatte.

Deal!

Telefonat zwischen Milan und Amely:

Milan: Hallo?
Amely: Ich kenn dich nicht.
Milan: Hier ist Milan. Du weißt schon, der Neue bei Pfarrer Albrecht.
Amely: Ah, genau. Warte mal … woher hast du meine Nummer?
Milan: Fionas Mum.
Amely: Oh, okay. Was verschafft mir die Ehre?
Milan: Fiona hat bald Geburtstag.
Amely: Ja, das weiß ich natürlich.

Milan verdreht die Augen.

Milan: Deshalb rufe ich ja an.

Amely: Jetzt lass dir doch nicht alles aus der Nase ziehen, Mann! Du bist ja fast genauso schlimm wie Fio.

Milan: Also gut, ich habe mir gedacht, dass wir ihr eine schöne Feier organisieren könnten. Ich weiß, dass hier im Haus in letzter Zeit eher tote Hose war. Und auch Fiona spielt ihren Geburtstag die ganze Zeit runter. Sie war doch bei diesem Hauskreis. In letzter Zeit sind da auch ein paar Leute vorbeigekommen. Kann man da nicht was Kleines planen?

Amely: Du willst eine Überraschungsparty schmeißen?

Milan: Hab ich doch grad gesagt, oder nicht?

Amely: Ah, ich hör schon, du sprühst ja förmlich vor Begeisterung.

Milan greift sich an den Kopf.

Milan: Also, bist du jetzt dabei, oder wie?

Amely: Aber so was von! Super Idee von dir! Aber hey, Fiona ist immerhin immer noch meine beste Freundin. Denk ja nicht dran, mir diesen Platz streitig zu machen!

Milan: Keine Sorge, hatte ich nicht vor. Will eh nicht, dass sie erfährt, dass ich dahinterstecke.

Amely: Huh? Was ist denn mit dir los? Auf einmal so schüchtern?

Milan: Will einfach nur, dass sie einen schönen Tag hat. Das ist alles. Ist es da wichtig, dass die Idee auf meinem Mist gewachsen ist?

Amely: Du bist schon ein komischer Kauz. Mein lieber Schwan! Da soll noch einer klug werden draus …

Pause.

Milan: Ich hab auch lange keinen Geburtstag mehr gefeiert. Ich will aber, dass Fiona das hat. Sie hat es verdient.

Amely: Das definitiv. Ihr Leben ist ja sowieso gerade nur grau – durchgängig Regenwetter. Da tut's nicht weh, auch mal ein bisschen Spaß zu haben, stimmt's?

Pause.

Amely: Das ist echt … *nett* von dir. Habe mit allem gerechnet, aber nicht mit dem. Danke, Mister Sprachlos!

Milan: Wie?

Amely: Ach, vergiss es einfach. Ich überleg mir was, und dann klingle ich die nächsten Tage noch mal durch. Diese Party wird legendär!

Milan: Einverstanden. Bis dann.

Amely: Ciao!

Kapitel 10
Siebzehn

Die nächsten paar Wochen verstrichen, und ich ging im Alltagsstress fast unter. Jeden Tag Schule, einen Haufen Hausaufgaben, zu Hause begrüßte mich das Lernen und zwischendrin schaffte ich es noch, mich mit Amely zu treffen und ab und an beim Hauskreis vorbeizuschneien.

Milan und ich bekamen es sogar hin, wieder zur «Normalität» zurückzukehren. Was so viel bedeutete wie jeden Tag im Durchschnitt sieben Minuten miteinander zu sprechen und sich in der Schule einen Tisch zu teilen. Keins unserer Gespräche hatte irgendwelche Tiefe. Das höchste der Gefühle war «Gib mal die Marmelade» oder «Ey, kann ich Mathe-Hausis abschreiben?» (Beides beantwortete ich mit einem Lächeln und den Worten «Ja, klar.»)

Ich begann es langsam zu akzeptieren. Nicht, weil das, was auch immer zwischen mir und Milan gewesen war, in seiner Wirkung auf mich nachgelassen hatte, sondern schlichtweg, weil ich diese Distanziertheit nicht ändern konnte.

Dafür hatte mich erstaunlicherweise der Hauskreis auf andere Gedanken gebracht.

Es war schön, mal wieder Zeit mit anderen Menschen zu verbringen und über so dumme Sachen zu lachen wie zum Beispiel, dass Benny Apfelschorle aus der Nase sprudelte.

Aber lange Rede, kurzer Sinn: Ich hatte es endlich in die Herbstferien geschafft, und somit stand am vierten Oktober auch endlich mein Geburtstag vor der Tür. Ich hatte ja nicht zu träumen gewagt, was mich da alles erwarten würde.

Gemütlich schlummerte ich in den Tag hinein und drehte mich dösend von der einen Seite auf die andere, bis ich entschied, dass ich wach genug war, um die Augen zu öffnen. Ein Blick auf die Uhr verriet mir, dass es kurz vor zehn war, und auch mein Magen meldete sich, der darauf wartete, mit einem ausladenden Geburtstagsfrühstück gefüllt zu werden.

Nie hatte ich ein großes Tamtam um meinen Geburtstag gemacht, aber seit eigentlich immer schon war es Tradition, dass an Geburtstagen die ganze Familie zusammensaß und sich den Bauch vollfutterte.

Letztes Jahr war das ins Wasser gefallen, weil ich mich in meinem Bett verkrochen hatte und keinen Bissen hätte runterwürgen können. Dies hier war nun der erste richtige Geburtstag, seit Micha tot war, und ich fühlte mich bereit, wieder richtig reinzuhauen.

Einen Moment saß ich einfach nur auf meinem Bett, dann streckte ich mich ausgiebig und beschloss, mich im Bad zurechtzumachen. Doch als ich die Tür öffnete, sprang mir schon David entgegen, der auf der Lauer gelegen hatte. So laut er konnte, schrie er «Fiona wach!» durchs ganze Haus, so als wäre es ein Schwerverbrechen, dass ich aufgestanden war.

Etwas irritiert starrte ich David an, dann hörte ich auch schon Gepolter von unten.

David sah sich im Flur kurz panisch um, doch als er meine Mutter erblickte, die mit einem Schoko-Muffin, in dem eine kleine Kerze steckte, auf uns zugeschritten kam, entspannte er sich wieder. Er lief voller Schwung auf mich zu und drückte mich einmal fest. Glücklich brabbelte er mir Geburtstags-Glückwünsche in die Ohren. Und urplötzlich befand ich mich in der Mitte meiner Familie – eingeklemmt zwischen meinen beiden Eltern – und wurde halb zu Tode gequetscht.

«Happy Birthday, meine Große! Gottes Segen und Bewahrung in deinem neuen Lebensjahr!», verkündete mein Vater feierlich in die Umarmungen hinein. Ich lachte und bedankte mich.

«Ich zieh mich kurz an, und dann komm ich runter, ja?», sagte ich, um den Pulk aufzulösen, aber da schrie David wieder viel zu laut «Nein!», sodass ich leicht zusammenzuckte.

«Wir müssen dich noch für einen kurzen Augenblick in deinem Zimmer einsperren», murmelte meine Mutter geheimnisvoll, und ich meinte schon, mich verhört zu haben. Das war mir in meinem ganzen siebzehnjährigen Leben ja noch nicht untergekommen.

«Okay», erwiderte ich gedehnt. Etwas verwirrt wollte ich dennoch meine Reise zum Badezimmer fortsetzen, was wieder unter Protest von David endete.

«Darf ich mich noch nicht mal anziehen?», fragte ich lachend. Er überlegte für einen Moment, bis er sich großzügigerweise dazu entschied, dass ich es doch tun durfte.

Meine Eltern beobachteten die ganze Situation mit einem stummen Grinsen. «Ich hole dich dann gleich, ja?», teilte meine Mutter mit.

Ich nickte eifrig. «Das will ich ja wohl hoffen!»

Im Bad angelangt, hatte ich mich von der skurrilen Szene im Flur immer noch nicht erholt. Dennoch machte ich mich daran, die verschlafene Fiona mit ihren verfilzten Haaren (aahh, nicht jeder Mensch hat das Privileg, wie ein Supermodel aufzuwachen!) zu der Geburtstags-Fiona umzuzaubern. Schließlich war das hier mein besonderer Tag, also gab ich mir ein bisschen mehr Mühe als sonst. Ich wollte gut aussehen – einfach nur für mich selbst.

Über die hellblaue Jeans zog ich mir eine weiße Bluse an, deren rote Längsstreifen meine Haare perfekt betonten. Auch legte ich zur Feier des Tages ein wenig Make-up auf. Mit dem Puderpinsel fegte ich einmal über meine Haut, mit Concealer deckte ich unreine Stellen ab, und meine Wimpern wurden dunkel getuscht. Ich lächelte mein Spiegelbild an. Ich war zufrieden mit dem Resultat.

Siebzehn steht mir gut.

Als ich in mein Zimmer zurückwanderte, sah ich Milan im Rahmen seiner Tür lehnen. Hatte er auf mich gewartet? Er konnte schlecht behaupten, dass er Davids Schrei-Attacke nicht mitbekommen hatte. Warum war er bei der Quetscherei nicht dabei, und warum hatte er mir noch nicht gratuliert?

«Alles Gute», murmelte er nur schlicht.

Ich wollte etwas möglichst Cooles erwidern, aber David hatte mich schon an meiner Hand gepackt und in mein Zimmer zurückgezogen. «Du musst hier warten!», ordnete er an. Man musste ihm ja lassen, dass er seinen Job als Fiona-Bewacher sehr ernst nahm.

«Tu lieber, was er sagt!», mischte sich Milan mit einem Grinsen ein. Egal ob Bad-Boy oder große Schwester: David verzauberte allen das Herz. Er war einfach unendlich putzig, sogar jetzt, wo er hartnäckig seine Befehle herumbellte.

Ich konnte Milan nur noch kurz zulächeln, bevor auch schon die Tür vor meiner Nase zufiel.

Um sage und schreibe zwanzig vor elf wurde ich dann aus meiner Zimmer-Quarantäne entlassen. Egal, wie oft ich David angefleht hatte, dass wir jetzt doch bitte einfach essen könnten: Er blieb standhaft. Lediglich der kleine Muffin wurde mir als Snack gegönnt.

Schließlich erlöste mich meine Mutter mit einem Klopfen und holte mich ab mit den Worten: «Na, dann komm mal mit, meine Große.»

Ich wusste nicht, was mich unten erwarten würde, aber ich war definitiv gespannt. So ein großes Theater war um meinen Geburtstag noch nie veranstaltet worden.

«ÜBERRASCHUNG!», schrien mir sieben strahlende Gesichter entgegen, als ich ins Wohnzimmer trat. Der ganze Hauskreis war gekommen!

Kein Wunder, dass sie mich so lange in meinem Zimmer gefangen halten mussten: Der ganze Raum war umdekoriert worden! Meine Freunde hatten sogar heliumgefüllte Ballons besorgt, einen in Form einer Eins und einen mit einer Sieben. Dazu prangte mir ein buntes Banner entgegen, welches den Schriftzug *«Alles Gute zum Geburtstag, Fio!»* trug.

«Alle anderen meinten, das wäre ein bisschen viel, aber ich hab ihnen versichert, dass es dir gefällt. Also lass mich nicht hängen», brabbelte Amely los, als ich das Banner mit meinem kritischen Blick scannte.

«Du hast dir die Mühe gemacht, das ganze Ding selbst zu gestalten?», fragte ich perplex. Ihr schien das als Antwort zu reichen.

«Ich sagte doch, sie mag es!», rief Amely stolz in die Runde. Dann kam sie auf mich zu und erdrückte mich fast. «Ganz viel Segen, Fiona, meine Süße!»

Ich bekam mich vor Lachen kaum noch ein. Ich hatte ja mit vielem gerechnet, aber nicht damit. Als Amely endlich ihren Klammergriff gelöst hatte, wurde ich von weiteren strahlenden Gesichtern angeschaut. Danach wurde ich von allen herzlich in die Arme geschlossen.

In diesem Moment vergaß ich, dass es so viele Sachen gab, die mich traurig machten. Denn jetzt schien das alles so weit weg zu sein, und für eine kurze Weile war die Welt perfekt. Ich lachte über mein ganzes Gesicht, bis ich es auch klar und deutlich in mir drin verspürte:

Das Lachen hat mein Herz erreicht.

«Okay, okay», rief Amely laut in das Chaos hinein und klatschte in ihre Hände, obwohl ich mir sicher war, dass sie in diesem ganzen Trubel die Unruhestifterin Nummer eins war. «Das waren jetzt genug rührende Worte fürs Erste», löste sie die allgemeine Umarmungsrunde auf.

Ich wischte mir lachend die ersten Tränen weg, die sich schon in meinen Augenwinkeln angesammelt hatten. «Dann setzt euch doch mal alle an die reich gedeckte Tafel. Wir haben das arme Mädchen ja schon lange genug in ihrem Zimmer eingesperrt», dirigierte Amely alle zum Tisch.

Als mein Blick das volle Büffet erreichte, das auf unserem Esstisch errichtet worden war, klappte mir erneut die Kinnlade runter. Entgeistert schüttelte ich den Kopf. «Ihr seid doch verrückt, Leute», krächzte ich, während ich mir einen Überblick über die ganzen Leckereien verschaffte.

Das Buffet reichte von Himbeer-Muffins über die obligatorische Schokotorte bis hin zu Käse-Sandwiches, Brötchen und einer riesigen Obstplatte.

«Wer soll das denn alles essen?», rief ich fröhlich in die Runde.

Lorena schob sich in den Vordergrund: «Machst du Witze? Wir haben Theo und Benny dabei. Die Jungs könnten das alles alleine verdrücken», gab sie lachend von sich.

«Wo sie recht hat», warf Benny grinsend ein, und Theo nickte bestätigend: «Ich kann hochoffiziell melden: Heißhunger ist vorhanden!»

«Dann setzt euch doch mal», forderte meine Mutter uns auf, stoppte aber keine Sekunde damit, jede Szene mit ihrer Handykamera aus den besten Winkeln einzufangen. Erst jetzt bemerkte ich, dass die Sorgenfalte, die sie seit Michas Tod immer auf der Stirn getragen hatte, verschwunden war. Sie sah völlig unbeschwert aus, so als habe ihr jemand eine riesige Last von den Schultern genommen.

Ein schlechtes Gewissen machte sich in mir breit, als ich mir bewusst wurde, dass diese Falte nicht nur mit Micha zusammenhing, sondern ich auch gehörig dazu beitrug. Am liebsten wäre ich aufgesprungen und hätte ihr versichert, dass alles in Ordnung war mit mir, zumindest in diesem Augenblick.

Aber Amely durchkreuzte meine Pläne und drückte mich auf meinen Platz, der sich in der Mitte der Tafel befand. Bunte Girlanden waren an meinem Stuhl befestigt, und kaum hatte ich mich hingesetzt, wurde mir auch schon eine Papierkrone auf den Kopf gedrückt. *Frisur ade.*

Erst jetzt fiel mir auf, dass eine Person in dieser Runde fehlte.

«Wo ist Milan?», fragte ich verwundert, nachdem meine Familie und meine Freunde alle ausnahmslos am Tisch saßen, aber ein Platz leer blieb.

«Er kann leider nicht hier sein», sagte meine Mutter ohne eine weitere Erklärung, aber in meinem Kopf bahnte sich die Frage an: *Konnte nicht? Oder wollte nicht?*

Meine Mutter lächelte mich jedoch entschuldigend an, so als wäre es ihre Schuld, dass er nicht gekommen war, bevor sie dazu überging, Tee und Kaffee zu servieren.

Ich gab mir alle Mühe, meine Enttäuschung zu verbergen. Die einzigen Termine, die Milan hatte, waren die bei seiner Therapeutin und die Schule. Da wir Ferien hatten, fiel Letzteres weg. Was darauf schließen ließ, dass er einfach nicht hier sein wollte.

«Fiona, willst du auch von der Torte?», fragte meine Mutter, die gerade die Stückchen verteilte.

«Was ist das denn für eine Frage? Natürlich!», entgegnete ich und wischte die dunklen Gedanken fort.

«Jawohl!», rief Amely rein. «Das ist meine Fiona.»

An dem Tag ging es um mich, und ich wollte mich wohlfühlen in meiner rosa Blase. Wenn Milan nicht hier sein wollte, dann war das eben so. Das war *seine* Entscheidung. Aber ich würde mir ganz sicher nicht von seiner Sprunghaftigkeit meinen Geburtstag versauen lassen, den ich mit meinen tollen neuen und alten Freunden feiern durfte, die für mich so einiges auf die Beine gestellt hatten.

Beherzt schob ich mir eine Gabel Kuchen zwischen die Zähne. Der himmlisch schokoladige Geschmack breitete sich in meinem Mund aus.

Wenn das mal nicht ein gelungener Start in den Tag ist!

Ich konnte das Glück förmlich spüren, welches durch meine Adern floss. Und das, obwohl außer Milan noch eine andere Person am Tisch fehlte. Aber ich spürte endlich etwas anderes als den penetranten stumpfen Schmerz.

Die Feier dauerte noch bis in den Abend herein, bis zu guter Letzt nur noch Amely übrigblieb. Wir kugelten uns auf dem Boden und versuchten, uns ständig von unseren immer neuen Lachanfällen zu erholen. So viel wie an dem Tag hatte ich im ganzen letzten Jahr nicht gelacht.

Ein paar Minuten später lag ich schnaufend auf dem Rücken. «Amely», begann ich schließlich ernst.

«Ja?»

«Das war echt Wahnsinn. Vielen Dank, dass du das alles in die Wege geleitet hast! Ich wusste ja, dass du irre bist, aber gleich so?»

Mit einem Ruck saß sie aufrecht auf der Couch. «Ich ernte ja echt gerne die Lorbeeren, aber die Initiative ging nicht von mir aus.»

Ich runzelte die Stirn und richtete mich dann auf. «Wer war's dann?»

Ein wissendes Grinsen glitt über Amelys Lippen. «Der Kerl mit den vielen Namen», erwiderte sie mysteriös.

«Milan?», fragte ich ungläubig.

«So ist es.»

«Aber …das macht doch überhaupt keinen Sinn.»

Sie zuckte mit den Schultern und ließ sich ins Polster fallen. «Wenn du mich fragst, ist der Kerl wie 'ne Walnuss.»

«Eine Walnuss?», kicherte ich, immer noch völlig überfordert mit dieser Erkenntnis.

Amy doppelte nach. «Ja, du weißt schon: harte Schale, weicher Kern und so. Ich muss leider zugeben, dass die ganze Idee von ihm kam. Er hat mich angerufen, und zusammen haben wir überlegt, wie wir's anstellen. Aber ihm war's echt wichtig, dass du 'nen schönen Tag hast.»

Nun ließ auch ich mich in die weichen Kissen fallen. Mein Blick wanderte in die Ferne. Nichts machte mehr Sinn; man brachte diese Dinge nicht zusammen. Wie auch?

«Er will's nicht zeigen, aber er ist unglaublich fürsorglich. Er mag dich, Fiona – in welchem Ausmaß, das konnte ich leider noch nicht abklopfen. Aber er hat sich echt Mühe gegeben.»

Ich ließ die Worte sacken, bis mein Hirn verstanden hatte, was Amely da gerade gesagt hatte.

«Aber warum war er dann nicht hier?»

«Was weiß ich?», murmelte Amely, die Augen geschlossen. «Ich hab den Kerl nur ein paar Stunden während der Vorbereitungen kennengelernt. Du lebst mit ihm unter einem Dach und kannst ihn immer noch nicht lesen und durchschauen. Aber was soll's? Ich glaub, Milan checkt man einfach nie.»

Das ließ sie einfach so im Raum stehen. Für sie war das Thema damit abgehakt.

Nachdem Amely gegangen war, machte ich noch einen Abstecher in der Küche und lud mir ein Stück Torte auf den Teller, auch wenn ich schon aus alles Nähten zu platzen drohte. Dieser Kuchen war einfach zu gut, außerdem war an Schlaf noch lange nicht zu denken.

Damit verkrümelte ich mich nach draußen und ließ mich auf der Bank vor dem Haus nieder. Der Sommer hatte dem Herbst Platz gemacht, es war kühl geworden. Deshalb streifte ich einen dicken Pulli über die Bluse, zog die Beine an den Körper und ließ meinen Blick zum Himmel schweifen. Die Nacht war klar, und ich konnte die Sterne sehen. Es wirkte wie ein persönliches Geburtstagsgeschenk an mich. War das Gottes Art, mir zu sagen: *«Guck mal, ich bin doch hier»?*

Was auch immer Gott damit zu tun hatte, mir gefiel der Gedanke, dass Micha da oben war und auf mich herabsah. So war er doch irgendwie Teil von meinem Geburtstag.

Nach einigen Minuten nahm ich eine Gestalt wahr, die durch unseren Vorgarten tigerte. Erst wollte ich schreiend aufspringen, aber im nächsten Moment sah ich, wer da so herzlos durch Mamas liebevoll gepflegte Blumenbeete trampelte.

Milan.

«Da ist ja der Ausreißer!», versuchte ich einigermaßen humorvoll und möglichst ohne jeden Vorwurf in der Stimme zu sagen.

Milan trat in den Lichtschein der Lampe, die an der Hauswand befestigt war. Erst jetzt konnte ich seine Gesichtszüge erkennen. Verwunderung spiegelte sich in ihnen.

«Du bist noch wach?»

«So sieht's aus.»

Eine kurze Pause folgte.

«Willst du noch? Ist echt gut», fragte ich und hielt ihm den letzten Rest hin, der noch von der Schokotorte übriggeblieben war. Er schüttelte den Kopf, ließ sich neben mir auf der Bank nieder und versenkte die Hände in den Taschen seiner Sweatshirt-Jacke. Milan sagte nichts, sondern setzte sich einfach, während sein Blick in die Ferne ging.

«Wo kommst du her?», hakte ich nach, jetzt doch in leicht vorwurfsvollem Ton.

Milan kratzte sich am Hinterkopf und verzog den Mund. «Musste noch mal raus. Frische Luft und so.»

Ich nickte möglichst verständnisvoll, obwohl Milan noch nicht mal hinsah. «Und wo warst du heute Nachmittag?», fragte ich piepsend. Konnte er nicht einfach sagen, dass er nicht da sein wollte? Ich musste alles in meinem Kopf zusammenfügen, es sollte einfach Sinn ergeben.

«Ich war hier. Oben, um genau zu sein», sagte er so neutral wie irgend möglich. Ich hatte gar nicht die Chance, ihn anzufahren und zu fragen, warum er bei meiner Feier, die wohlgemerkt *er* in die Wege geleitet hatte, nicht Teil der Runde gewesen war, denn er stellte schon die Gegenfrage:

«Hattest du einen schönen Tag?»

«Ja, es war echt toll», gestand ich überrumpelt. Dann nahm ich all meinen Mut zusammen und sprach das aus, was auf meinem Herzen lag. «Nur schade, dass du nicht da warst.»

«Ich wollte nicht stören, heute an deinem besonderen Tag», nuschelte Milan dann. Irrte ich mich, oder war er sogar ein wenig verlegen?

Ich überlegte laut: «Mhm, komisch, nachdem ich erfahren hab, dass der ganze Kram doch auf deinem Mist gewachsen ist.»

Milan legte die Stirn in Falten und drehte dann den Kopf zu mir.

Mann, habe ich diesen Blick vermisst.

«Ich hatte Amely extra gesagt, dass sie nichts verraten soll», stöhnte er leise und kratzte sich am Ohr. Meinem Blick wich er wieder aus.

«Da kennst du sie aber schlecht. Amely ist das größte Plappermaul, das du auf der ganzen Welt finden wirst!», eröffnete ich ihm mit belustigtem Unterton.

«Sieht so aus. Werd' wohl aus meinen Fehlern lernen müssen», entgegnete er, und der Anflug eines leichten Grinsens umspielte seine Lippen.

Ich hatte mir endlich den Rest des Kuchens in den Mund geschoben und stellte den Teller auf die Stelle der Bank, die zwischen uns noch frei geblieben war.

«Hier, damit ich's nicht vergesse.» Milan zog ein kleines Päckchen aus seiner Tasche und drückte es mir in die Hand. Fast so, als sei es unwichtig. Dabei merkte ich an seinem Blick, wie sehr er darauf brannte, dass ich es öffnete.

Verwundert drehte ich das in buntes Geschenkpapier eingewickelte Schächtelchen hin und her. Milan sollte zum Thema Einpacken vielleicht noch mal einen Crash-Kurs bei meiner Mutter besuchen, aber allein schon, dass er sich die Mühe gemacht hatte, erstaunte mich doch sehr. Das Päckchen fühlte sich viel zu besonders an, um es einfach zu öffnen. Erst wollte ich es von allen Seiten betrachten, bevor ich das Papier löste. Was gar nicht so einfach war, da Milan für das kleine Geschenk eine ganze Rolle Tesafilm verwendet haben musste.

«An Geburtstagen schenkt man sich doch was, oder? Macht ihr das nicht so?», scherzte er rum, um die Aufregung zu verbergen.

Dass ich so was noch erleben darf.

Ich löste den Blick nicht von seinen Augen, ich wollte eine gewisse Spannung aufbauen und seine Reaktion provozieren. «Nun pack schon aus», gab sich mein Gegenüber schließlich geschlagen, und ich machte mich mit einem leichten Lachen endlich daran, es zu öffnen.

Eine schwarze Schmucktruhe kam zum Vorschein. Ich öffnete sie, während Milan, der die Stille anscheinend nicht aushalten konnte, zu reden begann. «Ich weiß nicht, ob sie dir gefällt. Ich weiß ja noch nicht mal, ob du gerne Schmuck trägst …»

Ich ließ ihn einfach weiterreden, während ich voller Ehrfurcht mein Geschenk bestaunte. Vor mir lag eine feine silberne Kette mit einem Anhänger in der Form eines Flugzeugs.

Er schluckte und meinte dann: «Jetzt kannst du vielleicht an was Positives denken, wenn du dieses dämliche Flugzeug siehst.»

«Sie ist perfekt», wisperte ich, als ich meine Stimme wiedergefunden hatte.

Erleichtert lächelte Milan. Auch wenn nur ganz leicht, aber für ihn war das ein Strahlen.

«Kannst du mir helfen, sie anzulegen?», fragte ich vorsichtig.

«Sicher», brummte Milan.

Ich drehte ihm den Rücken zu, damit er den Verschluss hinter meinem Hals befestigen konnte. Für nur einen ganz kurzen Moment berührten seine Finger meinen Nacken, und meine Haut begann am ganzen Körper zu kribbeln. Schon komisch, wir waren Arm in Arm eingeschlafen, aber trotzdem brachte diese kleine Berührung meinen gesamten Körper zum Eskalieren.

Als ich mich ihm wieder zuwandte, trafen sich unsere Blicke. Für einen Moment sahen wir einander einfach nur an, dann räusperte sich Milan, und der Zauber war gebrochen.

«Ich werd' dann mal reingehen. Ist ja schon spät.»

«Dankeschön. Für einfach alles», sagte ich zu ihm, als er sich schon erhoben hatte. «Ich hätte dich gerne heute dabeigehabt», fügte ich anschließend hinzu.

Milans Gesicht blieb unverändert, als er kommentarlos nickte, dann war er auch schon im Haus verschwunden.

«Wenn du in Not bist, rufe mich an!
Dann will ich dich retten – und du wirst mich ehren.»

Psalm 50, Vers 15

Kapitel 11
Wehrlos

Der Schulbeginn verlief gut, fast einwandfrei – geradezu friedlich. Doch meine kleine heile Welt hatte nur bis zur ersten Pause Bestand. Als es gongte, begann der ganze Tag aus dem Ruder zu laufen. Sogar das Wetter hatte sich diesem Mist-Tag angepasst. Draußen regnete es wie aus Kübeln, dicke Regentropfen schlugen gegen die Scheibe, der Wind fegte in Böen über den kahlen grauen Pausenhof.

Ich ging den Tag im Nachhinein in Gedanken immer wieder durch und versuchte, den Fehler zu finden. Vielleicht konnten wir einfach dem Regen die Schuld geben.

Durch das Unwetter vor der Tür mussten alle die Pause im Gebäude verbringen, die Vorlage für reinstes Chaos. Schüler sprangen auf den Tischen herum, jagten sich die Flure rauf und runter und schrien lautstark durch die Gänge. Unsere Mathelehrerin hatte bereits kapituliert, den Raum verlassen und mit genervtem Unterton angekündigt, dass sie Aufsicht habe und wir gefälligst keinen Ärger machen sollten.

Denkt sie echt, dass wir uns daran halten?

Ich jedenfalls hatte mir schon vorbildlich die Hausaufgaben vorgeknöpft und blendete Milan völlig aus, der im Unterricht noch nörgelnd neben mir saß und mich andauernd anflehte, ihm *den ganzen Scheiß* doch zu erklären.

Ich merkte erst, dass er nicht mehr neben mir saß, als eine andere Person in mein Sichtfeld trat. Betont lässig schnipste Paul meinen Bleistift vom Tisch.

Ich fuhr aus meinen Gedanken hoch, als mein Stift den Boden erreicht hatte und ich das Klacken wahrnahm. Meine Augen wandten sich von meinem Aufgabenblatt ab, als Paul zu reden begann.

«Du hast 'ne neue Kette?», fragte er scheinheilig. Fast hätte ich gedacht, dass er wirklich interessiert war. Aber ich wusste es besser, und auch mein Bauchgefühl unterstützte mich in meiner Vorsichts-Haltung, indem mein Magen heftig zu rebellieren begann.

Ich nickte taub. Sofort legten sich meine Finger schützend um den Anhänger, mit dem ich schon den ganzen Morgen herumgespielt hatte.

Unruhe machte sich in meinem ganzen Körper breit. Ich wollte seine nächsten Worte nicht hören, er sollte einfach weggehen und jemand anderem auf den Senkel gehen. Ich hatte viel zu gute Laune, um mich von ihm fertig machen zu lassen. Denn diese Kette schien mir Superkräfte zu verleihen; es fühlte sich so an, als könnte ich Micha damit ein Stück von meinem Leben zeigen. Ich wollte nicht, dass Paul mir dieses Gefühl zerstörte.

Bitte geh einfach.

Bitte geh.

Geh!

Meine Finger trommelten auf den Tisch. Ich war nicht gut darin, meine Nervosität zu verstecken.

«Oh ja», ertönte da Lunas Stimme von hinten. «Das hässliche Ding hab ich auch schon gesehen», kicherte sie leise.

Ich fixierte Paul und hoffte inständig, dass die Situation einfach schnell ein Ende haben würde.

Ich wusste, dass es bei jedem anderen Menschen in diesem Raum egal war, was er oder sie trug, und wahrscheinlich wäre es Paul nicht mal aufgefallen. Er war nur ausgerechnet zu mir gekommen, weil er den Streit suchte. Er brauchte einen Grund, um mich schlechtzumachen. Und an diesem Tag hätte ich das vielleicht sogar ausgehalten. Er hätte sich alles aussuchen können. Nur nicht die Kette. Warum musste er ausgerechnet Milans Kette wählen?

Milan.

Ja, wo war der gerade? Wo steckte er, wenn man ihn brauchte? Vor Milan würde Paul sich das niemals trauen!

Auch wenn ich immer noch überzeugt davon war, dass Gott mich verstoßen hatte, oder so was in der Art, sandte ich ein Stoßgebet zum Himmel. Es konnte ja immerhin nicht schaden: *Bitte lass den Typen weggehen. Oder schenk, dass Milan kommt. Oder einfach gleich beides!*

Ich schaute Paul weiterhin in die Augen und versuchte, nicht wie ein verschrecktes Kaninchen auszusehen. Ich war mir aber ziemlich sicher, dass ich dabei gerade auf ganzer Linie versagte.

Vielleicht würde er jetzt einfach verschwinden, wenn ich keinen Ton von mir gab. Aber ich kannte ihn schon mehr als ein Jahr. Ich wusste, dass Paul sich so etwas niemals entgehen lassen würde. Und prompt stieß er hervor:

«Stimmt, das Ding ist schon peinlich. Hat dein kleiner Bruder nicht immer so hässliche Modellflugzeug-Dinger gebaut?»

Mein ganzer Körper versteifte sich. Es war die eine Sache, dass er mich bloßstellte; aber es war eine ganz andere Sache, dass er Micha mit hineinzog.

Ich wollte aufspringen, mich zur Wehr setzen und ihm offen und ehrlich sagen, was ich von ihm hielt, aber meine Lippen blieben versiegelt. Das gleiche Gefühl, das ich am ersten Schultag nach den Sommerferien im Bus verspürt hatte, überrollte mich wieder. Ich konnte einfach nicht anders, als stumm dazusitzen, komplett wehrlos.

«Hat dein dämlicher Bruder dir die geschenkt?», höhnte er weiter. «Der behinderte, sabbernde Kerl, der nicht einmal bis drei zählen kann? Wie heißt der noch gleich?»

«David», antwortete ich wie benebelt. Es war, als habe mein Kopf auf einmal verlernt zu denken. Denn hätte ich nachgedacht, hätte ich all meinen Mut zusammenlegen können, um für David einzustehen. Aber die Angst lähmte mich.

«Ich denke mal, dass der Pfarrer solche Missgeburten unter allen Umständen aufnehmen muss. Wegen Gottes Nächstenliebe und so. Aber mal ganz im Ernst …», fuhr Paul fort.

«Die Kette war ein Geschenk von *mir!*»

Mechanisch drehte ich meinen Kopf in die Richtung, aus der das Geräusch kam. Milans Stimme klang noch einschüchternder, als sie es sonst schon tat. Er lehnte im Türrahmen, fast lässig, aber sein Gesichtsausdruck sagte etwas anderes. Die Arme waren verschränkt, jeder Muskel seines

Körpers war angespannt. Die Augen hatte er zu schmalen Schlitzen zusammengepresst. In ihnen konnte ich das Bedrohliche finden, das mir am Tag der Anreise einen Schauer über den Rücken gejagt hatte.

Wie lange stand er schon da, ohne einzugreifen? Wie viel hatte er von Pauls grundlosen Sticheleien mitgehört, ohne sich zu regen?

Sehnlichst hoffte ich, dass Milans Anwesenheit die ganze Situation deeskalieren würde. Aber schon nach wenigen Sekunden wurde mir klar, dass das Gegenteil der Fall war.

Übermütig machte Paul einen Schritt von mir weg und stattdessen auf Milan zu. Langsam und deutlich formte er seine nächsten Worte:

«Fionas Vati, der gute Pfarrer, nimmt wohl jeden Loser auf. Da passt du ja bestens rein.»

Ich presste die Lippen zusammen. Die Taten meiner Eltern waren in unserer Kleinstadt kein Geheimnis. Nie hätte ich es zu träumen gewagt, dass ihre Liebe und Selbstlosigkeit jemanden dazu bringen würde, sie derart zu verhöhnen.

Nun war auch bei Milan das Fass übergelaufen. Beherzt stieß er sich von der Tür ab und stapfte zielsicher in unsere Richtung. Alles Rationale in meinem Kopf schrie mich an, dass ich mich endlich regen sollte. Denn ich wusste, dass man Milan nicht stoppen konnte, sobald er einmal in Rage war. Aber ich war immer noch wie versteinert.

Milan hielt erst an, als sein Gesicht nur noch wenige Zentimeter von dem von Paul entfernt war. Erst jetzt konnte ich die Furcht erkennen, die Paul schon bei ihrem letzten Konflikt vor der Turnhalle gezeigt hatte. Aber Paul schreckte nicht zurück, denn wenn eine Sache über der Angst stand, dann war es sein Stolz.

«Was hast du gesagt?», zischte Milan. Ich merkte, wie sehr er sich bemühte, nicht die Kontrolle zu verlieren.

Paul lachte betont lässig, um sich möglichst nichts von seiner Verunsicherung anmerken zu lassen, was herrlich nach hinten losging:

«Du passt perfekt in diese erbärmliche Versager-Familie, du Penner!», sagte er und schubste Milan ein wenig zurück, was im Gegensatz zu dessen kräftiger Statur fast lächerlich erschien, denn Milan regte sich kaum. Nur seine Faust zuckte gefährlich.

«Was hast du über Fiona gesagt?»

«Fiona ist eine Missgeburt, genauso wie …»

Weiter kam Paul nicht mehr, weil da schon Milans Faust mit voller Wucht in seinem Gesicht landete und ein schrecklich unangenehmes Geräusch verursachte, als seine Knochen mit Pauls Nase kollidierten.

Paul taumelte gegen das Pult, stützte sich mit der einen Hand ab, die andere tastete vorsichtig seine Nase ab. Eine gespenstische Ruhe kehrte im Klassenraum ein, alle Gespräche hörten schlagartig auf, als uns bewusst wurde, dass das hier kein normaler Streit mehr war.

Milan ließ sich davon nicht beirren. Der zweite Fausthieb zwang Paul in die Knie. Wie ein schwerer Sack Kartoffeln fiel er zu Boden.

Milan kniete sich über Paul, dessen Nase stark blutete. Das Grinsen war aus Pauls Gesicht verschwunden und war von blanker Angst überlagert worden. Denn erst jetzt wurde ihm klar, dass er keine Ahnung hatte, wie weit Milan gehen würde. Wahrscheinlich hatte er nicht damit gerechnet, dass Milan imstande war, ihm eine zu verpassen. Doch jetzt, wo Milan so mächtig überlegen über ihm thronte, wurde Paul umso mehr bewusst, wie gewaltig er sich geirrt hatte.

Schlagartig wurde auch mir bewusst, dass ich keine Ahnung hatte, was Milan als Nächstes tun würde. Er hatte daheim einen prügelnden Vater gehabt, er konnte also noch viel weiter gehen, wenn er das wollte. Er war sich Gewalt gewohnt, und er hatte eindeutig die Kraft für so einen Fight.

Kurz bevor Milan weiter zuschlagen konnte, quietschte ich schrill:

«Stopp!»

Meine Stimme zitterte so stark, dass man mich kaum verstehen konnte. Hätte ich mich nur einen Moment später gerührt, wäre es zu spät gewesen.

«Bitte tu das nicht!», setzte ich hinterher, als meine Stimme nun ein Fitzelchen ihrer Kraft wiedergefunden hatte. Nur wenige Zentimeter über Pauls Gesicht stoppte Milans vor Wut bebende Faust. Es kostete ihn das letzte bisschen Selbstdisziplin, seine Faust sinken zu lassen.

Ich wünschte mir so sehr, dass Milan die Augen heben und mich anschauen würde. Stattdessen drückte Milan mit seinen Händen die

Arme des immer noch zitternden Paul fest auf den Boden, ohne den Blick von ihm abzuwenden.

«Alles klar. Du hörst mir jetzt mal zu, du blöder Wichser», zischte Milan bedrohlich. Pauls Lider zuckten, fürchtend, dass noch ein weiterer Schlag in seinem Gesicht landen würde. Das Blut aus seiner Nase lief ihm über die Wangen und tropfte auf den Boden, aber das berührte Milan nicht im Geringsten.

Er hat bestimmt schon Schlimmeres erlebt, fuhr es mir durch den Kopf.

«Wenn hier irgendwer absolut behindert ist, dann bist du das. Sich über Kranke und Schwache lustig machen? Armselig. Und das habe ich dir auch schon einmal etwas netter klarzumachen versucht, erinnerst du dich?»

Milan rückte noch etwas näher an Paul heran, sodass sich ihre Nasen fast berührten.

«Ehrlich gesagt weiß ich auch nicht, welches Problem du mit Fiona, ihrem kleinen Bruder oder ihrer ganzen Familie haben solltest, aber damit du Bescheid weißt: Wenn du ein Problem mit ihr hast, dann wirst du auch mit mir eins haben.» Er betonte jedes Wort klar und deutlich. Und jede Silbe ließ mir einen Schauer über den Rücken laufen. «Diese Menschen, egal ob behindert oder nicht, sind besser, als du und ich es jemals sein werden. Sind wir uns da einig?»

Milan hielt dem Blick von Paul problemlos stand, der unter ihm lag wie ein verschrecktes Meerschweinchen. Als Paul nicht antwortete, schüttelte Milan dessen Schultern, sodass sein Kopf auf dem Boden aufschlug. «Hast du das verstanden?», fragte Milan nun eine Spur lauter.

«J…ja», brachte Paul gequält heraus. Doch Milan ließ nicht von ihm ab. Er starrte ihm grimmig weiter in die Augen, nicht willig und nicht fähig, ihn loszulassen.

«Milan Koopmann!», ertönte eine Stimme von der Tür. Erst jetzt merkte ich, dass ich aufgesprungen war. Mein ganzer Körper bebte so stark, dass ich mich an der Tischkante festklammern musste. Im Türrahmen stand Herr Mendels, der Sportlehrer, daneben eine Aushilfslehrkraft, die ebenso bleich aussah wie die dicht dahinter hervorlugende

Luna. Ihr sonst so hochnäsiges Gesicht war jetzt kreidebleich. Ich hatte gar nicht mitbekommen, dass sie den Raum verlassen hatte, um Hilfe zu holen, als die Situation zu eskalieren begann.

«Milan Koopmann, steig auf der Stelle von deinem Mitschüler runter!» Die Stimme von Herrn Mendels war klar, aber trotzdem ruhig.

«Mit Vergnügen», sagte Milan abfällig. Trotz seiner Wut hatte er sich jetzt wieder unter Kontrolle. «Wir sind hier sowieso fertig.»

Dann stand er auf und ließ Paul winselnd und elendig auf dem Boden liegen. Sein Blick streifte den meinen nur kurz. Doch als sich unsere Augen begegneten, sah er schnell zur Seite; eine Art Schuldgefühl breitete sich über seinen Gesichtszügen aus.

Totenstille hatte sich über den Klassenraum gelegt. Einzig und allein Milans Schritte waren hörbar, als er sich aus dem Raum bewegte. Ohne Herrn Mendels auch nur eines Blickes zu würdigen, marschierte er an ihm vorbei. Wie ein Gefangener, der nun seiner Strafe entgegensieht.

Die Aufsicht hingegen kümmerte sich um Paul, der wenig später aufstand und sich dabei eine Hand über die immer noch blutende Nase hielt. Die Stelle, an der ihn Milans erster Faustschlag erwischt hatte, begann bereits anzuschwellen. Mit leicht humpelndem Gang und von der Lehrerin gestützt, verließ auch er das Klassenzimmer.

Wie paralysiert blieben meine Augen an der Blutpfütze hängen. Sie war der Beweis, dass ich gerade nicht geträumt hatte.

Der tiefe Gong, der das Ende der Pause markierte, ertönte aus den Lautsprechern. In Windeseile packte ich meine Sachen zusammen. Es kümmerte mich noch nicht einmal, dass dabei mein Block zerknickt wurde und mein halb geöffnetes Mäppchen seinen Inhalt im Ranzen verlor. Es war mir so was von egal.

Ich muss hier raus!

Als ich mich in Richtung Ausgang kämpfte, schob ich mich panisch gegen den Strom der Schüler, die zu ihren Räumen wuselten. Ich nahm die Schultern, die gegen die meinen stießen, fast nicht wahr, und auch die empörten Rufe kamen nur gedämpft bei mir an. Mein Tunnelblick war starr nach vorne gerichtet.

Ich musste aus diesem verfluchten Gebäude, dieser verfluchten Schule raus. Außerdem brauchte ich Luft, viel Luft. Ich hatte das Gefühl, als könnte ich nicht mehr atmen. Kleine Sternchen tauchten vor meinen Augen auf. Ich schaffte es gerade noch rechtzeitig nach draußen, dann erbrach ich mein Frühstück in eines der dürftig gepflegten Blumenbeete.

Aber auch zuhause empfing mich nicht die erhoffte Erleichterung. Nachdem ich meine Mutter hochemotional angerufen hatte, war sie sofort nach Hause gekommen. Sie hatte mit ihren Worten Wunder vollbracht und mich wieder einigermaßen beruhigt, nachdem ich ihr stammelnd und viel zu schnell erzählt hatte, was in der Schule vorgefallen war.

Doch als Milan einige Stunden nach mir, gefolgt von meinem Vater und dem Fremden vom Jugendamt, nach Hause gekommen war, war ich schlagartig wieder aufgelöst.

Verzweifelt starrte ich jetzt schon seit geraumer Zeit auf die verschlossene Arbeitszimmertür, hinter der nun Milan saß. Nach einigen Stunden hatte sich David dazu entschlossen, mir Gesellschaft zu leisten. «Du okay?», fragte er sorgenvoll. Davids weit aufgerissene Augen zu sehen, die mich von oben bis unten scannten, beruhigte mich ein wenig. Plötzlich fühlte ich mich nicht mehr so alleine.

«Kannst du einfach ein bisschen bei mir bleiben?»

David nickte. Ohne weitere Aufforderung kuschelte er sich neben mich, griff nach meiner schweißig kalten Hand und drückte sie in einigen Abständen immer wieder.

Die Stufen der Treppe waren hart und kalt, und das passte zu meiner Situation: Ich fühlte mich unfähig, mich aus dem Flur in mein Zimmer zu bewegen. Erfolglos versuchte ich, die Worte der Männer zu verstehen, die gedämpft durch die Tür sickerten. Nur Milans Stimme konnte ich nicht erkennen, denn er sagte offenkundig kein Wort.

Bitte sag was, verteidige dich!, forderte ich ihn stumm auf, auch wenn ich wusste, dass es sinnlos war. Milan konnte sich nicht wehren, er würde jede Bestrafung entgegennehmen.

Er war es gewohnt, alles zu schlucken, was das Leben ihm vor die Füße spuckte. In so einem Augenblick war er genauso regungslos und wehrlos, wie ich es gegenüber Paul gewesen war.

Ich wollte so sehnlichst in diesen Raum rennen, Milans Hände in die meinen nehmen und ihm versichern, wie stark er war. Ich wollte ihm in die Augen sehen und sagen, dass nichts von dem, was sein Vater ihm angetan hatte, seine Schuld war. Ich wollte ihm seinen Schmerz nehmen, genauso, wie er das bei mir getan hatte.

Ich hörte das Knarzen der Treppe und blickte für einen Moment von der Tür des Arbeitszimmers weg. Meine Mutter lächelte entschuldigend und kauerte sich neben mich und David auf die Stufen. In ihren Händen hielt sie zwei Tassen mit warmem Tee, die sie mir und danach David in die Hand drückte.

Ich musste meine Mutter in helle Panik versetzt haben, als ich sie an diesem Vormittag tränenüberflutet angerufen hatte. Aber jetzt hatte sie sich, ganz im Gegensatz zu mir, wieder völlig unter Kontrolle.

«Trink was», forderte sie mich liebevoll, aber bestimmt auf. Ich nahm dankbar den Becher entgegen, blieb aber stumm. «Lässt du Fiona und die Mama für einen Moment alleine?», sagte sie nun zu David gewandt.

Erst blickte er meiner Mutter ein wenig beleidigt entgegen, dann wanderten seine Augen wieder zu mir.

«Danke, Großer, für die Unterstützung», lächelte ich David müde entgegen.

«Immer», nuschelte er zurück und versuchte zu verstecken, wie stolz ihn doch meine Worte gerade gemacht hatten. Zögerlich entfernte er sich mit seiner Tasse in der Hand und stapfte die Treppen hoch. Vorher ließ er sich aber nicht die Möglichkeit entgehen, mir noch einen nassen Schmatzer auf die Wange zu drücken.

«Sei schön vorsichtig», rief meine Mutter David noch hinterher.

«Immer», schallte seine Antwort zurück, und ein mildes Lächeln schaffte es für ein paar Sekunden wieder auf meine Lippen.

Meine Mutter schwieg einige Momente, bis wir den Flur wieder für uns alleine hatten. Erst dann begann sie zu reden.

«Es tut mir leid, dass du das heute miterleben musstest», sagte sie.

Ich nickte nur vage, meinen Blick auf den warmen Becher in meinen Händen gerichtet.

«Ich weiß, dass du in letzter Zeit viel durchmachen musstest, Fiona. Milan bei uns zuhause aufzunehmen war sicherlich eine große Umstellung für dich …»

Ja, das war es. Aber jetzt konnte ich mir nicht mehr vorstellen, dass er geht. Unser Zuhause schien nicht mehr unser Zuhause zu sein, wenn Milan nicht mehr da war.

« … und dein Vater und ich denken nach wie vor, dass es die richtige Sache und vor allem Gottes Wille ist, dass Milan bei uns wohnen bleibt, aber …»

Meine Mutter atmete hart aus. Ihr fiel es unglaublich schwer, diese Worte über ihre Lippen zu bringen.

« … aber wenn du dich nicht sicher fühlst und Angst vor ihm hast, dann verstehen wir, wenn du möchtest, dass Milan geht.»

Ich schreckte von meinem Becher hoch und sah sie mit großen Augen an. «Mama …, fragst du mich gerade, ob ich Milan wegschicken will?»

«Ja», erwiderte sie erschöpft.

Energisch schüttelte ich den Kopf, sodass ein bisschen Tee überschwappte und mir über die Hände lief. Sofort stellte ich den Becher auf die Stufe, bevor ich aufbrausend antwortete:

«Milan hat mich verteidigt! Seine Strategie war nicht ganz die richtige, aber ich habe auf keinen Fall Angst vor ihm! Er würde mir niemals etwas antun! Paul hat es drauf angelegt, Milan zum Ausrasten zu bringen.»

Ich raufte mir die Haare. Sie konnten Milan nicht wegbringen. Ich hatte doch gerade angefangen, ihn zu mögen. Wie würde mein Leben denn aussehen, wenn er nicht mehr Teil unserer Familie war?

Was mache ich, wenn Milan nicht mehr bei mir ist?

In diesem Moment wurde mir klar, was ich fühlte. Mein Herz war nicht mehr länger verwirrt. Mein Herz wusste jetzt ziemlich genau, was es wollte. Und das war eindeutig Milan.

Was für ein Mist aber auch.

Erleichterung zierte die Züge meiner Mutter. Zum Glück sah sie nicht, welcher Stein in meinem Kopf gerade ins Rollen geraten war. Denn da wäre sie sicher nicht mehr so beruhigt gewesen.

«Wenn das so ist, werden wir einen Weg finden, dass Milan hierbleiben kann», sagte sie und küsste mich auf die Stirn, als sie sich von der Treppe erhob.

«Aber wie?», ließ ich kläglich verlauten.

«Fiona, wir haben jemanden auf unserer Seite, der so viel stärker ist als jede irdische Macht. Denk immer daran: Gott kämpft mit uns.»

Gott. Hm.

Da war er ja wieder. Der hatte sich an diesem Tag auch kein Stückchen blicken lassen. Jetzt konnte er endlich beweisen, dass er auf meiner Seite war.

Halbwegs geduldig wartete ich auf den kalten Stufen, bis endlich die Tür des Arbeitszimmers geöffnet wurde und Bewegung in den Flur kam. In Windeseile stand ich auf und hechtete die Treppe hinunter, wie ein kleines Kind klammerte ich mich am Geländer fest, während ich auf dem letzten Absatz stehen blieb.

Mit großen Augen und schuldigem Blick schaute ich auf das Männertrio und hoffte, dass endlich jemand mit mir reden würde. Milan wich meinem Blick aus und starrte auf den Boden.

Kann jetzt mal endlich jemand mit mir sprechen?

Ich stand da und flehte alle mit meinem gewiss mitleiderregenden Blick stumm an, doch sie gingen nur an mir vorbei in Richtung Haustür. Mein Vater öffnete diese und murmelte etwas, das ich nicht mehr verstand.

Ich glotzte Milan hinterher und klammerte mich umso fester ans Treppengeländer. Sonst wäre ich wahrscheinlich kraftlos auf die Stufen gesunken.

Ich mag dich, du Idiot. Kannst du mich bitte mal ansehen? Wenigstens das?

Aber Milan ging wortlos durch die Tür, ohne sich auch nur einmal umzudrehen. Ich spürte ein feines Ziehen in meiner Brust. Ich konnte ja selbst nicht richtig erklären, warum er mir inzwischen so unglaublich wichtig geworden war. Ich wusste nur, dass es mir eine Heidenangst einjagte, ihn weggehen zu sehen und nicht zu wissen, wann er wiederkommen würde.

Ich konnte nur regungslos dastehen, meine Augen fixiert auf den Ort, an dem Milan noch vor zwanzig Sekunden gestanden hatte. Wäre Amely nicht durch die noch nicht ganz ins Schloss gefallene Tür gestürmt, wäre ich einfach so stehen geblieben.

Aber nun stand meine beste Freundin vor mir, die Haare verstrubbelt, die Augenpartie mit Mascara verschmiert. Ihre Worte schockten mich und holten mich brutal ins echte Leben zurück.

«Warum, Fiona?», flüsterte sie fassungslos.

Gespräch im Büro der Schulleitung:

Anwesend sind: Pfarrer Albrecht und Milan, der Schuldirektor, Paul und seine Mutter.

Schuldirektor: Guten Tag, alle miteinander. Ich weiß, es sind unschöne Ereignisse, die uns hier zusammenführen. Aber ich bin mir sicher, dass wir es schaffen werden, diese Problematik zu erörtern und beiseitezulegen.

Frau Lepel: Beiseitezulegen? Denken Sie, ich bin blöd? Sehen Sie meinen Sohn doch an. Diese hübsche Nase musste gerichtet werden! Dieser kranke Junge wird definitiv angezeigt!

Frau Lepel zeigt auf Milan.
Milan schweigt. Sieht düster zu Frau Lepel.
Paul schaut betreten in die Runde.

Frau Lepel: Und dabei ist dieser Mann, der sorgeberechtigt für ihn ist, auch noch Pfarrer! Dass ich da mal nicht lache!

Pfarrer Albrecht: Ich kann Ihren Aufruhr verstehen, Frau Lepel. Und ich möchte auch, dass Sie wissen, dass ich und meine Frau Milans Verhalten auf keinen Fall als richtig bewerten. Ich bin strikt gegen jede Einsetzung von Gewalt. Dennoch bitte ich Sie, dass Sie von einer Anzeige absehen.
Frau Lepel: Ach ja? Und warum sollte ich? Dieser Kerl ist gefährlich. Wer weiß, was er sonst noch anderen Menschen antun kann!
Pfarrer Albrecht: Eine Anzeige würde nur unnötige Probleme mit dem Jugendamt verursachen und Milan vielleicht sogar den sicheren Ort eines Zuhauses wegnehmen. Das möchten wir doch nicht riskieren.
Schuldirektor: Sehr geehrte Frau Lepel, ich bin mir sicher, dass wir das auch schulintern klären können. Wir haben eine Schulsozialarbeit, die sich gerne um solche Probleme kümmert.

Frau Lepel zieht die Augen zu Schlitzen zusammen.

Frau Lepel: Probleme? Wenn hier jemand ein Problem hat, dann ja nur er.

Zeigt abschätzig auf Milan.
Schuldirektor räuspert sich.

Schuldirektor: Frau Lepel, sind Sie sich darüber im Klaren, was Ihr Sohn getan hat? Dieses Verhalten wird als schweres Mobbing eingestuft. Ich kann ihm dafür einen Schulverweis erteilen.

Paul schweigt.
Milan schweigt.
Frau Lepel schnappt nach Luft.

Schuldirektor: Dazu muss es aber nicht kommen. Also lasst uns alle einen kühlen Kopf bewahren und dieses Ereignis möglichst sachlich behandeln.
Frau Lepel: Dieser Bengel ist kriminell. Warum sieht das denn keiner hier?

Frau Lepel wirkt verzweifelt.

Milan: Man kann das wirklich nicht als kriminell bezeichnen. Das waren nur zwei Schläge, und besonders hart waren die auch nicht.
Frau Lepel: Da! Da sehen Sie's! Er bezeugt es sogar selbst.
Milan: Ich verstehe schon, dass ich Ihrem kleinen Milchbübchen nicht das hübsche Gesicht hätte polieren sollen. Aber Sie können meinen Schlag nicht mit einer richtigen Prügelei vergleichen. Das geht definitiv noch schlimmer.

Frau Lepel schnappt erneut nach Luft.
Pfarrer Albrecht legt Milan eine Hand auf die Schulter.

Pfarrer Albrecht: Milan hat es nicht immer einfach gehabt in seinem bisherigen Leben. Ich denke, aufgrund dieser Tatsache kann man über den einmaligen Vorfall, der natürlich in dieser Form auch nie wieder passieren darf, nochmals hinwegsehen.
Frau Lepel: Nichts könnte dieses Verhalten entschuldigen!

Milan fällt ihr ins Wort.

Milan: Ich wurde früher regelmäßig von meinem Vater verkloppt, und da sah ich um einiges schlimmer aus als Ihr Sohn jetzt. Ich wäre äußerst dankbar gewesen, wenn ich bloß eine gebrochene Nase gehabt hätte.

Paul wird bleich.
Frau Lepel verstummt.
Pfarrer Albrecht blickt besorgt in die Runde.
Milan starrt grimmig Frau Lepel an.
Der Schuldirektor schweigt betreten.

Paul: Ist okay, Mama …

Paul stockt.

Paul: Ich glaub, die Schulsozialarbeit reicht.

Frau Lepel nickt geschockt.
Stille.

Schuldirektor: Gut. Ich werde alles Weitere in die Wege leiten. Vielen Dank für Ihre Kooperation.

Kapitel 12
Vorhaltungen

Noch völlig überwältigt von allem, was an dem Tag geschehen war, stand ich auf den Stufen, als Amely mir vorwurfsvoll gegenüberstand. Ich fühlte mich ganz kurz wie in einem Parallel-Universum. So, als würde ich über meinem Körper schweben und mich nur gedämpft und aus der Ferne wahrnehmen.

Doch der Ausdruck in Amelys Augen holte mich sofort zurück in die Realität. Sie war nicht direkt aggressiv oder wütend. Ihr Blick spiegelte eher Trauer, Verzweiflung und Enttäuschung wider.

Ihr Blick tut mir weh.

Dieses Gefühl drang durch alle Schichten meines Körpers, und sofort wusste ich, dass ich einen gewaltigen Fehler begangen hatte. Ich versuchte zu begreifen, was es war, doch da, wo eigentlich mein Gehirn sein sollte, schien nun nur noch ein großes schwarzes Loch zu sein.

Ich riss mich gedanklich von Milan los. Aber selbst Amely, der Mensch, der mir sonst immer so nahe war, schien nun so unendlich weit weg zu sein.

«Du glaubst gar nicht, was heute alles passiert ist», sagte ich brüchig. Ein kläglicher Versuch, um die Nähe zwischen uns wiederherzustellen. Wenn ich so tat, als wäre alles so wie immer, vielleicht würde dann auch alles wie durch ein Wunder wieder normal werden. Ich sehnte mich so sehr nach *normal.* Der ganze Tag war schon alles andere als normal gewesen.

Es fühlte sich fremd an, sich wieder zu bewegen und zu reden. Den ganzen Tag war ich nur stumme Zuschauerin des Geschehens gewesen, aber jetzt gerade musste ich mich wieder daran erinnern, dass ich sprechen sollte, anstatt nur sprachlos neben mir selbst zu stehen. Mein ganzer Körper schien eingeschlafen zu sein. Alles an mir war taub. Außer meinem Herz.

Mein Herz tut schon den ganzen Tag weh.

«Ich kann nicht glauben, was im letzten Jahr alles geschehen ist», brachte Amely abschätzig heraus. Mit aller Macht versuchte sie, die Wut dominieren zu lassen, aber je länger ich sie ansah, desto mehr spürte ich, dass es Enttäuschung war, die aus ihrem Innersten sprach.

Tränen sammelten sich in ihren Augen, aber Amely blinzelte sie schnell wieder weg. Ich wusste, wie sehr sie es hasste zu weinen, besonders vor anderen Menschen. Auch wenn dieser Mensch ihre beste Freundin war. Es war ein Zeichen von Schwäche, und Amely wollte immer stark sein, in jeder Situation.

Diese so plötzliche Distanz zwischen uns ließ mich noch mehr in Panik verfallen. «Ich verstehe nicht …», murmelte ich. Ich ging einen Schritt auf Amely zu, aber sie wich zurück. So weit, bis sie mit dem Rücken an der Haustür lehnte.

Dieser dämliche Flur!

Ich stand zwischen Tür und Treppe. Meine Arme hingen schlaff herunter. Alle Kraft war aus meinem Körper gewichen. Weder emotional noch körperlich war ich gerade bereit für dieses Gespräch. Ich wollte alles richtig machen, ich wollte ihr die Aufmerksamkeit geben, die sie verdiente. Und das konnte ich gerade nicht.

«Können wir bitte zu einem anderen Zeitpunkt reden, Amy?», brachte ich dann heiser hervor. «Der Tag war echt verrückt, und Milan ist gerade …»

Weiter kam ich nicht, weil Amely mich unterbrach. «Ja, genau, Milan. Plötzlich geht alles nur noch um Milan. Milan, dein Retter. Milan, der tolle Kerl. Milan, der dein Leben verändert und dich so gut versteht wie sonst niemand anders auf der Welt!»

Ich hatte Amely noch nie so verächtlich reden gehört. Was hatte ich getan? Ich musste irgendetwas getan haben, dass Amely derart aufgebracht war, aber ich konnte es nicht begreifen. Ich versuchte, mein Gehirn zu durchsuchen, doch da war nach wie vor diese vollkommene Leere.

Amely wartete einen Moment, vielleicht weil sie darauf hoffte, dass ich es von selbst begriff. Die Tatsache, dass ich es nicht tat, machte alles noch schlimmer.

«Immer geht es nur um dich, und alles in deinem Leben dreht sich nur noch um Milan. Checkst du eigentlich noch, dass um dich herum noch andere Leute existieren?», sagte sie leise. Trotzdem schien es, als würde sie schreien. Die Worte hallten in meinem Kopf nach.

«Amely, es tut mir leid, wenn …», doch weiter kam ich nicht, weil ich erneut unterbrochen wurde.

«Was tut dir leid, Fiona?», fragte sie. Ihre Stimme war jetzt plötzlich so ruhig, dass es schon fast unheimlich war. Sie hatte Temperament. Immer. Sie war unaufhaltsam, besonders wenn sie in Rage war. Diese plötzliche Beherrschung war fürchterlich. «Du merkst doch gar nicht mehr, was um dich herum passiert.»

Jetzt stiegen *mir* die Tränen in die Augen. Wie konnte sie das sagen?

Egal, was ich getan oder gesagt hatte, ich wollte es wiedergutmachen, aber ich begriff nicht, was Amely so verletzt hatte.

«Willst du reinkommen, und dann reden wir in Ruhe über alles?», wisperte ich leise und zeigte in Richtung Wohnzimmer. Aber Amely schüttelte den Kopf.

«Eigentlich will ich gleich wieder gehen.»

Ich schwieg.

Sie schwieg.

Es gab so viel zu reden, und da war so viel, was ich sie fragen wollte. Aber ich traute mich nicht, jetzt die Person zu sein, die die Stille durchbrach.

«Du hast mir nie erzählt, was bei dir in der Schule los ist. Nie hast du erwähnt, dass deine Klassenkameraden so scheiße zu dir sind», sagte sie dann nach einer Zeit der Stille. «Ich hab's nur über deine Mutter erfahren, die mich gerade verzweifelt angerufen hat, um zu wissen, was da eigentlich abgeht.»

Ich wusste nicht, was ich dazu sagen sollte. In welche Richtung lief dieses Gespräch?

«Warum hast du es mir nicht erzählt, Fiona?», hakte sie nach. «Ich bin deine beste Freundin, ich war immer für dich da, selbst als alles schiefgelaufen ist und du jeden Menschen von dir weggedrückt hast. Ich bin geblieben! Und auf einmal kommt Milan des Weges, der Kerl, den du kaum kennst und der ein riesiges Arschloch ist, und du vertraust ihm alles an. Ja, du vertraust ihm sogar noch mehr als mir. Warum tust du mir das an?»

Ich schwieg weiterhin. Alles, was ich jetzt sagen würde, hörte sich sowieso falsch an.

Als Micha tot war, schien mir mein Leben sinnlos. Der Schmerz war immer da. Ich hatte es nicht verdient gehabt, ein schönes Leben zu führen. Ich hatte keinen um Hilfe gebeten, weil ich keine Hilfe wollte. Mein Leben sollte elendig sein, denn nur so machte alles einen Sinn. Nur so passte das Bild, das ich in meinem Kopf von diesem furchtbaren und lieblosen Gott abgespeichert hatte.

Amely stand da und sah so unendlich traurig aus. Es brach mir das Herz, sie so zu sehen. Ich kannte sie nicht traurig. Sie war immer der Sonnenschein höchstpersönlich. Amely war immer positiv und gut gelaunt, während ich das Gegenteil davon war.

Mein Gegenüber hielt dem Blick stand, als sie weiterredete. «Ich war immer für dich da. Egal, was es war, ich war deine Schulter zum Ausheulen. Ich weiß, wie sehr du unter Michas Tod gelitten hast, und natürlich kann ich das verstehen! Aber wo war deine Schulter für *mich,* wenn ich wen gebraucht habe? Wo war sie, Fiona? Wo warst du für mich da?»

Ich wusste die Antwort auf diese Frage. Denn ich war nie für sie da gewesen. Wirklich: nie. Ich hatte noch nicht einmal mitbekommen, wie es ihr ging.

Wir hatten uns nie gegenseitig gestützt. Amely war *meine* Stütze gewesen, aber sie musste alleine klarkommen. Ich hatte nur auf mich und meine kleine Welt geachtet.

«Ich habe alles für dich aufgegeben. Ich habe meine anderen Freunde vernachlässigt, weil ich wusste, dass du mich brauchst, ich habe dich vor allen anderen verteidigt, die deine Trauer nicht verstanden haben. Ich habe diese ganze Traurigkeit von dir aufgesaugt, die mich so verdammt runtergezogen hat! Und plötzlich stand ich dann auch fast alleine da. Jeder hat mir gesagt, wie dumm das ist, aber ich konnte dich doch nicht alleine lassen. Du bist doch meine beste Freundin! Aber ich habe nichts von dir zurückbekommen. Weißt du eigentlich, wie einsam ich war?»

Ich schluckte.

Ich hatte nichts davon gemerkt. Hatte gar nicht daran gedacht, dass es Amely schlechtgehen könnte. Viel zu sehr war ich mit meinem eigenen Leid und meinen eigenen Problemen beschäftigt gewesen.

«Die Leute, die mich in all dem Chaos verstanden haben, das sind die Leute vom Hauskreis. Sie haben mir gezeigt, was Freundschaft bedeutet, während du nur egoistisch um dich selbst gekreist bist. Und für 'ne Zeitlang war das auch okay, aber du hast ja gar nicht vor, damit aufzuhören.»

Ich musste etwas sagen, ich musste Amely irgendwie daran hindern, dass sie sich jetzt umdrehen und das Haus verlassen würde. Denn ich wusste nicht, ob sie dann jemals wieder zurückkommen würde.

«Ich wollte nicht, dass du dich so fühlst. Ich habe das nicht gewusst. Bitte, Amely, du musst verstehen … ich hab das nicht so gemeint … ich …»

Mir fehlten die Worte. Alles, was aus meinem Mund kam, schienen leere Floskeln zu sein; sie konnten den Schmerz in Amelys Augen nicht stoppen.

Sie lächelte traurig. «Ich weiß. Du hast es nicht gemerkt, weil du nicht auf mich geachtet hast. Seit Micha tot ist, kreist dein ganzes Leben nur noch um dich. Nur noch um deinen Schmerz, dein beschissenes Leben und alles, was du verloren hast. Du nimmst die Welt um dich herum doch gar nicht mehr wahr. Aber es gibt einen Weg, um diesen Schmerz zu lindern. Gott ist da, und er will dir helfen; er reicht dir seine Hand, aber du greifst nicht zu. Du lässt diesen Frieden nicht in dein Leben, den du so sehr nötig hast. Du tust mir so leid, Fiona.»

Amely wischte sich energisch die Tränen aus den Augen, sie war jetzt nicht mehr so beherrscht wie zuvor. «Wach endlich auf aus deinem bescheuerten Selbstmitleid, sonst verlierst du am Ende auch die paar Menschen, die du jetzt noch hast.»

Die Tränen rannen so schnell über ihre Wangen, dass es nun unmöglich war, sie alle aufzuhalten. Ohne ein weiteres Wort zu sagen, drehte

Amely sich von mir weg und ging mit eiligen Schritten aus der Tür. Ich fror am ganzen Körper, als der kalte Wind in den Flur zog.

Ich hätte Amely nachlaufen sollen. Ich hätte irgendetwas tun sollen, anstatt nur starr dazustehen, hätte sie in den Arm nehmen und so fest drücken sollen, dass es für sie unmöglich war, von mir wegzugehen. Doch ich tat nichts von alledem.

Ich stand nur da und realisierte, dass sie recht hatte. Mit jedem einzelnen Wort.

Irgendwie schaffte ich es, mich die Treppe hochzuquälen. Ich rollte mich in meinem Bett zusammen und ging den Tag in Gedanken immer wieder durch.

Amelys Worte hallten in mir nach: *Es gibt einen Weg, um diesen Schmerz zu lindern. Gott ist da, und er will dir helfen; er reicht dir seine Hand, aber du greifst nicht zu. Du lässt diesen Frieden nicht in dein Leben, den du so sehr nötig hast.*

Das war das, was uns beide unterschied. Das war der Grund, warum meine Eltern es schafften, ihr Leben weiter zu leben. Sie hatten eine Entscheidung getroffen. Sie hatten Gottes Hand angenommen und sich helfen lassen. Sie hatten sich geöffnet und um Hilfe gebeten.

Ich wollte das auch so sehr.

Ich wollte – nein, ich brauchte – diesen Frieden in meinem Leben. Denn ich war zu erschöpft, um weiterhin gegen Gott und die Welt anzukämpfen und zu rebellieren.

Doch wie konnte ich diesen Punkt erreichen? Wie war es möglich, dass ich von meiner Vergangenheit lassen konnte? Wenn Gott wirklich da war: Wie konnte ich darauf vertrauen, dass er die Beziehung zu mir suchte, wenn er mich so leiden ließ?

Zittrig erhob ich mich von meinem Bett. Ich würde die Antworten nicht in mir finden, das war mir bewusst. Ich drehte mich immer weiter im Kreis. Ich brauchte jemanden, von dem ich mir die richtigen Antworten erhoffen konnte.

Bevor ich richtig nachdenken konnte über das, was ich tat, hatte ich schon die Bibel unter dem Stapel von Zeitschriften hervorgekramt.

Wenn ich glauben sollte, dass Gott real ist, dann sollte ich hier eine Antwort finden. Und wenn nicht, dann würde dieses Buch auch ganz schnell wieder unter dem Stapel von Heften verschwinden.

Auf gut Glück schlug ich die Bibel auf, dabei fiel mir ein kleines Kärtchen entgegen. Ich betrachtete die Karte in meinen Händen, bis mir wieder bewusst wurde, woher ich sie hatte. Es war vier Jahre zuvor die Jahreslosung gewesen. Jeder bei uns in der Kirche hatte solch eine Karte bekommen. Ich musste sie irgendwann zwischen die dünnen Seiten der Bibel geschoben haben. Dort war der Vers sehr schnell in Vergessenheit geraten.

Meine müden Augen betrachteten die Karte lange und eindringlich. Es waren zwei Personen darauf abgebildet. Eine kleinere, die sich in den Armen der größeren sichtlich geborgen fühlte. Das Bild gefiel mir, es ließ eine sonderbare Form von Trost in mir wachsen, die mich überraschte.

Gott spricht: «Ich will euch trösten, wie einen seine Mutter tröstet.»

Tränen rollten wieder über meine Wangen. Ich wollte diesen Gott finden, der mir diesen Frieden geben konnte, der mir anbot, mich zu halten und mir meine Schmerzen zu nehmen.

Im nächsten Augenblick tat ich das, was ich noch ein Jahr zuvor als Schwachsinn abgetan hatte. Ich schloss die mit Tränen gefüllten Augen und faltete die zittrigen Hände. Dieses Mal betete ich nicht skeptisch oder weil alle um mich herum es taten. Ich konnte nicht mehr; ich hatte aufgehört zu kämpfen. Mir blieb nichts anderes mehr.

Ich begann mit gebrochener Stimme zu reden: «Ich verstehe dich nicht, Gott. Ich weiß noch nicht einmal, ob du da bist, denn warum solltest du all das Schlechte auf der Welt zulassen? Und noch viel mehr: Warum lässt du zu, dass deine eigenen Kinder sich quälen müssen? Bevor Micha tot war, war ich eine gute Christin, oder? Ich habe jeden Tag gebetet, habe in der Bibel gelesen, habe dir vertraut. Aber wofür? Du hast dennoch zugelassen, dass Micha stirbt. Und ich kann nicht begreifen, wieso. Du hast versprochen, mich zu trösten, aber warum tust du es dann nicht? Lass es mich verstehen.»

Ich konnte keine Ruhe finden. Ich wälzte mich in meinem Bett hin und her, aber ich war innerlich viel zu aufgewühlt.

Abends streckte meine Mutter ihren Kopf in mein Zimmer. Erst vorsichtig, doch als sie das Licht der Nachttischlampe sah, wusste sie, dass ich noch wach war.

«Na, Maus?», fragte sie. «Willst du ein bisschen Gesellschaft, oder soll ich dich alleine lassen?»

«Gesellschaft», nuschelte ich halb in mein Kissen hinein. Für einen kurzen Augenblick schien sie überrascht. Ich hatte nicht oft zugelassen, dass meine Mutter mich tröstete. Ich hatte sie meistens von mir ferngehalten. Doch jetzt, wo mein ganzes Leben in Scherben vor mir zu liegen schien, brauchte ich sie. Mehr als je zuvor.

Langsam trat meine Mama ins Zimmer und ließ sich auf der Bettkante nieder. Ich schaute sie nicht an, sondern fixierte die gegenüberliegende Wand. Ich wusste selbst nicht so recht, worüber wir reden sollten. Das Einzige, was zählte, war, dass sie jetzt da war.

Nach einigem Zögern streichelte sie vorsichtig über meine zerzausten Haare. «Nervenaufreibender Tag, was?», murmelte sie sanft.

«Mhm», brummte ich leise. «Amely war vorhin auch da», sagte ich dann wie aus dem Nichts. «Wir haben uns gestritten. Ich habe Mist gebaut.»

Die Streichelbewegungen meiner Mutter stoppten, trotzdem ließ sie die Hand auf meinem Kopf ruhen. «Das tut mir sehr leid für euch», sagte meine Mutter leise. Doch bei ihr waren es keine leeren Worte; ich spürte, dass sie aus dem tiefsten Herzen kamen.

«Wenn du ihr sagst, was du falsch gemacht hast und dass es dir leidtut, wird Amely dir sicher vergeben können. Ihr kennt euch doch schon so lange, und eure Freundschaft hat schon einige Hochs und Tiefs überwunden, oder?»

Ich lächelte meine Mutter traurig an. «Da wäre ich mir nicht so sicher.»

Sie beugte sich zu mir hinunter und drückte mir einen Kuss auf die Schläfe. «Fehler machen gehört zum Menschsein dazu. Und genauso gehört es dazu, immer wieder um Vergebung zu bitten. Wir alle leben nur aus Gnade.»

Ich antwortete nicht darauf, denn mehr konnte ich gerade nicht reden. Mein Hals war wie zugeschnürt und erlaubte nicht, dass ein neues Wort über meine Lippen kam.

Ich war so unglaublich dankbar dafür, dass meine Mutter nicht darauf pochte, dass ich ihr erzählte, was genau geschehen war. Sie wusste, dass ich es laut aussprechen würde, sobald ich dafür bereit war. Und alles, was sie jetzt tun musste, war: einfach nur da zu sein.

«Gott hat gesagt, dass er uns trösten will wie eine Mutter», sprach ich dann das aus, was ich seit Stunden in meinem Kopf von rechts nach links und von oben nach unten schob. Und alles wieder zurück, und alles im Kreis.

«Ja, das stimmt», entgegnete sie irritiert. Es war lange her, dass ich mit ihr über Gott geredet hatte.

«Glaubst du, dass es wahr ist? Ich meine, spürst du das in deinem Leben?», wollte ich wissen. Dieser Vers schien einfach zu gut, um wahr zu sein. Zu simpel war die Aussage.

«Ja, Fiona, das habe ich schon oft gespürt. Auch wenn es schwer ist, jemanden in den Schmerz mit hineinzunehmen. Manchmal habe ich mich auch schon dagegen gewehrt, von Gott getröstet zu werden. Doch sobald ich es zulassen konnte, habe ich immer Trost von ihm empfangen.»

Ich nickte leicht. «Ich will das auch spüren», murmelte ich in die entstandene Stille hinein.

Den Gesichtsausdruck meiner Mutter konnte ich nicht sehen, doch ich wusste trotzdem, dass ein leichtes, friedliches Lächeln ihre Mundwinkel umspielte, so wie ich es von ihr kannte. «Das wirst du», gab sie voller Überzeugung von sich. Ihre Worte waren so bestimmt, dass sie keinen Platz für Zweifel ließen.

Dann begann sie leise zu beten. Ich ließ zu, dass die Nähe zu meiner Mutter mich tröstete. Ich vermisste Milan und hatte zugleich eine riesige Angst um ihn. Auch fürchtete ich mich davor, dass Amely nie wieder ein Wort mit mir wechseln würde; dennoch brachten mich die Worte zur Ruhe. Auch wenn es nur für einen Moment war. Ich wollte einfach nur noch einschlafen und hoffen, dass der kommende Tag ein neuer und unendlich viel besserer sein würde.

Ich schloss die Augen und erlaubte schließlich auch meiner aufgewühlten Seele, sich zu beruhigen. Es war, als fände ich einen neuen Muskel in meiner Brust, von dem ich erst jetzt merkte, wie angespannt er war und wie gut es wäre, wenn er langsam gelöst und gelockert werden könnte.

Noch hatte ich Gott nicht die völlige Kontrolle überlassen, hatte ihm auch nicht die Erlaubnis gegeben, mich zu trösten. Dafür hatte ich es aber bei meiner Mutter getan. Das war ja immerhin schon mal ein Anfang.

Amelys Perspektive:

Regen wehte um meine Nase, aber ich spürte die Kälte nicht mehr. Immer wieder wischte ich mir genervt und mit Schwung die nassen Strähnen von meiner Stirn und den Wangen.

Welcher Idiot hatte sich denn ausgedacht, dass Frauen lange Haare haben sollten? Das musste ein kompletter Frauenhasser gewesen sein!

Ich spielte für einen Moment wirklich mit dem Gedanken, meine Haare bis auf den Ansatz abzurasieren. Die konnten mich alle mal!

Nur leider hatte ich keine Schere zur Hand. Ich hatte gar nichts außer meinem zerknüllten Busticket, meinem Handy und dem Haustürschlüssel.

Aber unser Zuhause war gerade der letzte Ort, wo ich jetzt hinwollte. Denn dort würde ich sicher nicht mit ein paar netten Worten und einem warmen Kakao begrüßt, sondern nur mit so etwas wie: *«Iihh, Amely. Was hast du denn angestellt? Geh dich sofort umziehen, du machst das ganze Haus dreckig!»*

Das konnte ich jetzt echt nicht verkraften. Ich war heute mit meinen Nerven auch so schon am Ende.

Bei Mama Albrecht wäre ich liebevoll empfangen worden. Anna-Lena hätte nie auch nur einen Moment gezögert, um mir einen heißen Tee aufzusetzen und mich in eine kuschelige Decke einzuwickeln. Die

Reaktion unterschied sich himmelweit von der meiner eigenen Mutter. Denn Anna-Lena würde bestimmt so etwas sagen wie: *«Du liebes Kind, du bist ja völlig nass. Komm sofort ins warme Haus. Ich mach dir was zum Aufwärmen! Ach, ist doch völlig egal, ob du hier alles dreckig machst. Das ist in zwei Minuten wieder weggewischt!»*

Aber da konnte ich gerade auch nicht hin.

Denn ich war ja soeben von Fiona weggerannt. So ein Scheiß aber auch.

Tränen verschleierten mir die Sicht, und ich hielt an, um mir erneut die nervigen Haare und die Tränen wegzuwischen.

Das war doch alles völliger Quatsch!

Dann schoss es mir durch den Kopf: Die D'Amatos!

In meinem Inneren hörte ich schon die herzliche Stimme von Lorenas Mutter, die mich herzlichst aufnehmen und mich tröstend in eine enge Umarmung ziehen würde. Genau da musste ich jetzt hin!

Ohne weiter nachzudenken, begann ich einfach zu rennen. Meine nasse Kleidung, die tränenverschmierten Augen und meine Haare, die überall klebten, machten das alles nur noch viel schwieriger. Und so wunderte es mich nicht wirklich, dass ich wenig später an einer rutschigen Stelle hinfiel und meine Hosen in einer Sekunde mit Dreck und Bodenmatsch verschmiert und versaut waren.

Na großartig. Konnte dieser Tag eigentlich noch schlimmer werden?

Als ich in den Bus einstieg, lagen mindestens fünf Augenpaare auf mir, die von geschockt bis zu belustigt, von vorwurfsvoll bis zu verängstigt so etwa alles spiegelten, was es an Reaktionen nur geben konnte.

Jetzt brannte bei mir eine Sicherung durch.

«Ich hatte einen beschissenen Tag, okay? Und ja, es schüttet draußen, deshalb bin ich nass. Und an meinem Bein klebt Matsch, das sehe ich selber, okay, darf man nicht mal einfach ausrutschen?», fauchte ich alle Anwesenden in diesem Bus an.

Sofort wandten sich die Gesichter den Fenstern zu. Die Herrschaften spielten nun die ganz Unbeteiligten. Ich nahm es ihnen nicht übel. Ich musste schon wie eine Wahnsinnige aussehen mit den unappetitlichen Klamotten, den verheulten roten Augen und den Resten meiner schwarzen Mascara, die jetzt überall verteilt lag, nur nicht dort, wo sie hingehörte.

Dazu flossen die Tränen ohne Ende. Wozu genau waren die noch mal gut? Um wie ein völliger Idiot auszusehen vielleicht?

Immer wieder schniefte ich und zog energisch den Rotz hoch, der schleimig aus meiner Nase herausquoll.

«Hier, bitteschön, junge Dame», drehte sich eine ältere Frau auf dem Sitz vor mir um. Sie hielt mir ein Taschentuch entgegen und wirkte fast ein wenig ängstlich.

Die Tatsache, dass ich gerade einem alten Omchen den Schock ihres Lebens eingebrockt hatte, während sie immer noch unheimlich lieb zu mir war, brachte mich noch mehr zum Flennen.

«Dankeschön», presste ich durch meinen Tränenschleier hervor und schnäuzte erleichtert in das Taschentuch hinein.

Ich kam mir so elend vor, als ich endlich bei Familie D'Amato auf das Klingelschild drückte. Erkannten sie mich überhaupt noch? Oder würden sie mich für eine Obdachlose halten?

«Hallo?», fragte Lorena.

«Hier …hier … hier ist Amely», schluchzte ich kläglich. Ich war angeekelt von meiner eigenen Stimme.

«Dio mio, Amy, was ist passiert? Oder warte, egal, komm schnell hoch!», antwortete sie völlig durcheinander.

Als sie oben ihre Arme um mich schloss, schien mir ein Stein vom Herzen zu fallen. Ich fühlte mich, als hätte ich eine Pilgerreise hinter mir. Lorena war es komplett egal, dass ich nass und matschig war. Sie streichelte mir geduldig über den Rücken.

Ohne weitere Fragen zu stellen, bot sie mir frische Kleider und eine warme Dusche an, während sie mir tatsächlich einen heißen Kakao machte.

Danach kuschelten wir uns in ihr Bett. Ich erzählte ihr – unterbrochen von dämlichen Heulkrämpfen –, was passiert war. Lorena hörte mir einfach nur zu. Ich hätte nie gedacht, dass Reden so tröstlich sein kann.

Irgendwann rollte ich mich einfach nur in Embryonal-Stellung unter der warmen Decke zusammen. Und schlief ein.

Kapitel 13
Enttäuschung

Die nächsten Tage setzte ich nicht einmal den kleinen Zeh vor die Haustür. Ich weigerte mich, zur Schule zu gehen; noch viel zu frisch war die Aufregung der letzten Tage.

Zum Glück stieß ich bei meinen Eltern auf Verständnis. Meine Mutter ordnete lediglich an, dass ich auf David aufpassen sollte. Die Gemeinschaft mit meinem kleinen Bruder lenkte mich heilsam von der Sorge um Milan ab, welcher zusammen mit meinem Vater immer noch nicht nach Hause gekommen war.

David und ich saßen im Wohnzimmer auf dem Boden und spielten «Memory», als es an der Tür klingelte. Irritiert warf ich einen Blick zu David, der laut «Klingel!» rief, während seine Augen begeistert leuchteten. Für ihn bedeutete dieser Ton, dass wir Besuch bekamen. Er liebte es, neue Menschen kennenzulernen.

Manchmal wünschte ich mir, ein wenig mehr wie er sein zu können und mich über solch kleine Dinge wie das Läuten an der Haustür zu freuen, denn mir war es äußerst unbehaglich, dass ich nun nachsehen musste, wer um elf Uhr vormittags an unserer Tür klingelte. Besonders, weil ich alleine mit David im Haus war und meine Mutter mir nicht Bescheid gesagt hatte, dass wir Besuch erwarteten.

Zögerlich richtete ich mich auf, reichte David die Hand und zog ihn auf die Füße.

«Wollen wir nachsehen, wer da ist?», fragte ich den kleinen Mann vor mir, der begeistert nickte und dann an mir vorbei zur Haustür sprintete. Schnell eilte ich ihm nach, bevor David einem völlig Fremden die Tür vor der Nase aufreißen würde. Als ich ihn eingeholt hatte, stand sie aber schon sperrangelweit offen, und die kalte Oktoberluft zog durch die Haustür hinein in den Flur und erzeugte eine Gänsehaut auf meinen Armen.

Aber es erwartete auch mich eine neue Überraschung, denn dort stand kein Fremder, sondern ein mir allzu bekanntes Gesicht. In einer dicken Jacke und einem flauschigen Schal, etwas unsicher grinsend, stand da – Jake. Über seiner Schulter hing ein Rucksack.

Er sieht gut aus.

Ich hingegen hatte meine graue Jogginghose an, die schon seit über drei Wochen keine Waschmaschine mehr zu Gesicht bekommen hatte, dazu ein schwarzes Top, auf dem Nutella-Flecken vom Frühstück zu erkennen waren, und eine zu große Strickjacke von meiner Oma Martha. Die Krönung waren allerdings meine roten Socken, auf denen Weihnachtsmänner gestrickt waren.

Instinktiv zog ich die Jacke enger um mich, zum einen, um die Kälte abzuhalten, zum anderen, da mir gerade bewusst wurde, dass ich keinen BH trug.

«Ich kenne dich», sagte David frei heraus und voller Neugierde. «Du warst bei Fionas Geburtstag!», stellte er dann fachmännisch fest.

Unsicher lächelte Jake mich an, bevor er David antwortete. «Ja, genau, ich bin ein Freund von deiner Schwester.» Er warf mir einen kurzen Blick zu und kniete sich dann runter zu David. «Und ich habe Kekse dabei, um sie ein bisschen aufzuheitern», flüsterte er David ins Ohr, wie um ihm ein Geheimnis anzuvertrauen – was David natürlich in Aufregung versetzte. Er liebte es, wenn die ganze Aufmerksamkeit auf ihm lag.

David drehte sich schnell um und klammerte sich an mein Hosenbein. «Bitteeee, Fioooo, darf er ins Haus?», quietschte er. «Er hat Kekse! Gute Menschen haben Kekse!»

Ich stieß einen Lacher aus. Und das fühlte sich nach den letzten Tagen neu und eigenartig an auf meinen Lippen.

Ich konnte gar nicht anders, als Ja zu sagen, auch wenn ich eigentlich niemanden sehen wollte. Aber nicht nur David, auch ich war neugierig, was Jake hier zu suchen hatte.

Sind normale Jugendliche zu dieser Zeit nicht in der Schule?

«Also gut. Komm rein, Fremder», erwiderte ich an Jake gerichtet, welcher erleichtert grinste. Etwas verunsichert trat er in den Flur, streifte sich die Schuhe von den Füßen und die Jacke von den Schultern. Fragend sah er mich an. «Ich nehme das schon, kein Problem», murmelte ich.

Jake war so vollkommen anders als Milan. Er war höflich und freundlich, und seine Anwesenheit machte mich nicht nervös, sondern brachte mir Ruhe und ein Lächeln auf die Lippen – und sie unterbrach mein ständiges Kopfzerbrechen. Milan hätte niemals danach gefragt, wo er die Jacke oder die Schuhe hinräumen sollte; er hätte sie einfach in eine Ecke geschmissen, ohne ein weiteres Wort zu verlieren.

Doch so widersprüchlich es auch klingen mag: In diesem Moment vermisste ich Milan noch ein kleines Stückchen mehr.

Als ich Jakes Jacke entgegennahm, stieg mir sein sauberer Geruch in die Nase und erinnerte mich daran, dass meine fettigen Haare notdürftig hochgebunden waren und ich an dem Tag erst ein einziges Mal das Badezimmer besucht hatte.

Ich muss dringend aus dieser Jogginghose raus!

«Ja, also danke, dass du hier bist», sagte ich etwas wortkarg. Sowas sagt man in solchen Situationen doch, oder?

Jake lachte leise. «Danke, dass du mich reingelassen hast.» Ich reagierte mit einem hoffentlich höflichen Lächeln, dann entstand eine kurze peinliche Stille zwischen uns.

David rettete die Situation mal wieder gekonnt. «Guck mal!», sagte er zu Jake und hielt ihm stolz sein Spielzeug-Rennauto unter die Nase. Jake bestaunte es, was David noch glücklicher machte.

Der kleine Racker zerrte an Jakes Hand und wollte ihn mit ins Wohnzimmer schleifen, doch bevor Jake sich mitreißen ließ, warf er mir einen prüfenden Blick zu. Es lag eine stumme Frage in seinem Blick.

«Macht's dir was aus, wenn ich mir vorher noch was anderes anziehe?», sagte ich.

Und mir eventuell die Zähne putze und das Gesicht wasche, fügte ich in Gedanken hinzu.

Mein Besuch schüttelte den Kopf. «Ich glaube, ich werde hier in der Zwischenzeit bestens unterhalten», erwiderte er und entließ mich mit einem Zwinkern.

Und so kam es, dass wir erst Jakes mitgebrachte Kekse verdrückten und uns dann, eingepackt in unsere Jacken, auf den Weg zum Spielplatz machten. David hatte eindeutig zu viel Zucker getankt, und auch ich sehnte mich nach Tagen der Isolation nach ein bisschen frischer Luft.

Mit Sandförmchen in der einen und einer Schaufel in der anderen Hand preschte David vor, und Jake und ich hatten ganz schön Mühe, Schritt zu halten.

Wir kamen gar nicht dazu, uns in ein Gespräch zu vertiefen, denn kaum hatten wir unser Ziel erreicht, nahm David unsere volle Aufmerksamkeit in Anspruch. «Ihr müsst mit mir eine Sandburg bauen!», ordnete er an mit einer Stimme, die keinen Widerspruch duldete.

«Aber klar, du bekommst die schönste und größte von allen!», antwortete ich meinem kleinen Bruder und folgte ihm bis zum Sandkasten.

Dort hatte er schon damit begonnen, den Sand anzuhäufen. Jake und ich ließen uns von ihm Anweisungen geben. David gefiel es mächtig, dass wir ihm beide unsere ungeteilte Aufmerksamkeit schenkten und ihn beim Bau unterstützten. Sein Kopf brodelte nur so vor Ideen, und ich war mal wieder aufs Neue überwältigt davon, wie kreativ er doch war. David wandte sich an Jake und begann zu erzählen.

«Da war ein König in der Bibel, der hatte meinen Namen, und der hatte ein riesiges Schloss. Da waren ganz viele Menschen drinne. Das hat mein Papa gesagt», erzählte er Jake ernst. Er und ich wechselten einen Blick. Aber David war noch lange nicht fertig mit Reden, er hatte gerade erst begonnen. «Gott hat auch gesagt, dass im Himmel ganz viel Platz ist. Jeder kann kommen. Das ist wichtig; weißt du, warum?»

Jake beugte sich näher an meinen kleinen Bruder heran. «Nein, das weiß ich nicht.»

«Mein Bruder ist tot.»

Ich hielt inne.

«Er ist gestorben, und Mama und Papa und Fiona sind ganz dolle traurig, und ich vermisse ihn auch. Aber er ist in diesem Schloss bei Gott – in einem großen Zimmer. Und Fiona muss gar nicht traurig sein. Weil wenn wir tot sind, dann sind wir auch da. Dann haben wir unser eigenes großes Zimmer und können ihn dann besuchen.»

Noch nie zuvor hatte ich David über Micha reden gehört, seit er gestorben war. Ich hatte nicht einmal gewusst, ob er seinen Tod überhaupt so richtig wahrnehmen konnte. Aber das hatte er. Noch mehr sogar, David hatte es verarbeitet. Mein kleiner Bruder mit Down-Syndrom ging mit Michas Tod erwachsener um, als ich es tat.

Meine Mutter musste uns schon gesehen haben, wie wir zu dritt nebeneinander die Straße hinuntergelaufen kamen, denn sie hatte die Tür aufgerissen, als wir vor dem Haus standen. «Da seid ihr ja, ihr Süßen. Ich wusste gar nicht, dass Fiona Besuch bekommt.»

Sie strahlte übers ganze Gesicht. Natürlich, denn für sie musste es so aussehen, als sei das hier ein Date oder so was in der Art. Schließlich stand da der gutaussehende Jake neben mir, der David auf dem Weg nach Hause bereitwillig huckepack getragen hatte.

«Wusste ich auch nicht», verteidigte ich mich schließlich, bevor meine Mutter noch etwas Peinliches sagen konnte.

«Hallo, ich würde Ihnen ja gerne die Hand geben, aber leider werden die schon anderweitig benötigt», scherzte Jake und schenkte meiner Mutter ein Lächeln, das jedes Mutterherz hätte höher schlagen lassen.

«Ach ja, richtig! Warte, ich nehm' dir den Kleinen mal ab», grinste meine Mama zurück.

Sie pflückte David von Jakes Rücken, welcher daraufhin kurz zu murren begann, als wollte er sich beschweren, dass wir sein Nickerchen gestört hatten.

«Da gibt's nichts zu meckern, mein Lieber. Du musst jetzt eh erst mal wach werden und was essen», murmelte sie liebevoll in sein Ohr. David schien das inzwischen aber gar nicht weiter zu stören. Er presste seine Nase in Mamas Pulli und versuchte, einfach wieder einzuschlafen. «Vielen Dank, Frau Albrecht», erwiderte Jake, sobald David sicher in den Armen meiner Mutter angekommen war.

Ihre Aufmerksamkeit kehrte zu Jake zurück. «Ach Quatsch, für dich bin ich Anna-Lena. Und ihr beide kennt euch aus dem Hauskreis?»

«Yep», sagte ich möglichst locker und hoffte, dass meine Mutter das nicht weiter kommentieren würde. Ich kassierte fürs Erste bloß einen Blick von ihr, der zu sagen schien: *Hab ich's dir nicht gesagt?* An Jake gewandt sagte sie zum Glück nur: «Ich hatte früher auch gute Freundschaften aus meinem Hauskreis. Ist schon eine schöne Sache. Wenn du willst, kannst du gerne noch mit zu uns reinkommen, ich habe gerade Essen gemacht.»

Ich hielt die Luft an. Ein Mittagessen mit Jake und meiner Mutter war mir dann doch zu viel, besonders da sie nicht aufhören wollte, mir diese Blicke zuzuwerfen.

Aber zum Glück lehnte Jake höflich ab: «Das ist ein sehr nettes Angebot, aber ich glaube, ich muss langsam auch mal wieder nach Hause.»

«Selbstverständlich», erwiderte meine Mama. «Aber wenn du noch mal vorbeikommen willst, bist du hier immer willkommen. Unsere Tür ist für Gäste immer offen.»

Ganz nach dem Streuner-Motto.

Kaum war die Tür zugefallen, drehte sich meine Mutter zu mir um. «Er ist ein netter Junge.»

«Ja, stimmt», erwiderte ich knapp.

«Ist der Schal neu?», fragte sie nach, als ich dabei war, mir Schuhe und Jacke abzustreifen.

Ich hatte völlig vergessen, Jake seinen Schal wiederzugeben, den er mir in seiner zuvorkommenden Art geliehen hatte, als ich zum Eisklotz zu erstarren drohte.

«Oh, Mist, der ist von Jake.»

Ich sah erst gar nicht zu meiner Mutter, da ich den Blick nicht sehen wollte, den sie mir wahrscheinlich gerade zuwarf. Ich wollte einfach nur meinen Bauch mit einem warmen Mittagessen füllen und über die Banalitäten ihres Morgens reden. Aber im Wohnzimmer wartete nicht nur ein Mittagessen, sondern auch noch eine weitere Überraschung auf mich.

«Milan!»

Er saß mit meinem Vater schweigend am Tisch, seine Miene war versteinert, wie man das von ihm gewöhnt war. Ich wickelte Jakes Schal noch enger um mich; ich fröstelte immer noch ein wenig, außerdem mochte ich den Geruch der weichen Wolle.

Milan zeigte keine Reaktion auf mich. Ich weiß nicht, wie ich mir unser Wiedersehen vorgestellt hatte, aber eindeutig hatte ich mir mehr erhofft als nur Schweigen.

Er hatte jemanden für mich verprügelt, wegen mir war er in Schwierigkeiten geraten. Ganze vier Tage war er nicht zuhause gewesen. Wie konnte er so ruhig bleiben und nicht die kleinste Freude oder sonst irgendeine Regung zeigen?

«Du bist wieder da! Was … was ist passiert?» Ich versuchte möglichst neutral zu klingen. So wie Mitbewohner, die sich umeinander kümmern.

Milan wirkte nicht so, als wolle er antworten. Er stand nicht einmal vom Stuhl auf, um mich zu begrüßen. «Alles ist bestens», das war alles, was er sagte.

«Wir hatten einige Gespräche, aber Milan hat recht, alles ist in Ordnung. Er darf hierbleiben, und das ist, was zählt», antwortete mein Vater etwas ausführlicher. Dabei streifte sein Blick mich nur flüchtig, dann fokussierte er Milan und nickte ihm leicht zu, so als würde er ihm Mut zusprechen und versichern, dass seine Worte stimmten.

Milan schien sich zu entspannen, so als habe er die Zustimmung meines Vaters noch mal gebraucht. Seine grimmige Miene heiterte sich jedoch nicht auf.

Damit war das Thema vom Tisch.

Langsam ließ ich mich auf meinen Platz sinken. Immer wieder sah ich zu Milan hinüber, doch der regte sich kein bisschen. Auch als meine Mutter sagte: «Es freut mich sehr, dass die Familie nun wieder vollständig ist», und die lecker duftende Lasagne auf den Tisch stellte, blieb er wie versteinert.

Ein einziges Mal blickte Milan zu mir, doch ich konnte nicht erkennen, was in ihm vor sich ging. Er ließ nicht zu, dass ich ihn verstehen konnte.

Enttäuschung machte sich in mir breit. Wir waren also wieder am

Anfang unserer Beziehung angelangt. Ich versuchte, das köstliche Essen zu genießen und das Pochen meines Herzens einfach zu ignorieren.

Wenn du nicht damit aufhörst, diesen gefühlskalten Kerl zu mögen, dann wird dir das bald noch leidtun, drohte ich mir selbst, aber auch das stoppte mein dummes Herz nicht.

Denn im Haus meines Vaters gibt es viele Wohnungen.
Sonst hätte ich euch nicht gesagt:
Ich gehe hin, um dort alles für euch vorzubereiten.

Johannes 14,2

Kapitel 14
Fassadenfall

Abends vor dem Schlafengehen kuschelte ich mich noch zu David unter die Bettdecke. Ich wollte jetzt nicht alleine sein, und David stellte keine nervigen Fragen, blickte mich auch nicht sorgenvoll an. Ich fühlte mich wohl hier zwischen den bunten Legosteinchen und den Kuscheltieren.

Die Wände waren grün gestrichen und mit niedlichen Leoparden als Aufklebemotiv veredelt worden. Ich hatte mich auf den Bauch gerollt und las David eine Gute-Nacht-Geschichte vor.

Er hing gebannt an meinen Lippen. Er liebte Geschichten und sog jedes einzelne Wort förmlich auf. Ich hatte schon zwei Kapitel gelesen, anstelle des obligatorischen einen, und wollte gerade mit dem dritten loslegen, denn auch ich konnte von der Geschichte nicht genug bekommen. Doch meine Mutter streckte ihren Kopf ins Zimmer.

«Fiona, der kleine Mann muss schlafen», flüsterte sie ermahnend.

«Die Geschichte ist gerade so spannend!», versuchte ich den Moment hinauszuzögern.

«Dann könnt ihr euch ja auf morgen Abend freuen», flötete sie.

Eltern können solche Spielverderber sein!

«Weiterlesen!», protestierte David, als ich seufzend das Buch beiseitelegte. Er wollte sich nicht so schnell geschlagen geben und sich folglich frech über die Anweisung meiner Mutter hinwegsetzen. Aber ich wusste, dass sie recht hatte. David war wirklich reif fürs Bettchen.

«Leider nicht, Mama hat ein Machtwort gesprochen», erklärte ich ihm seufzend.

«Will nicht!», moserte er weiter. Sein Trotz brachte mich zum Lachen. Es war so süß, wenn er trotzig war.

«Ich weiß, aber so sind die Regeln», entgegnete ich und bemühte mich sehr, dabei ernst zu bleiben. Von David kam nur noch Gebrummel zurück. Er hatte eingesehen, dass wir gegen Mama verloren hatten.

«Na, komm mal her», murmelte ich dann und kuschelte mich noch enger an meinen kleinen Bruder heran.

«Uff», entgegnete dieser nur, aber ich sah es überhaupt nicht ein, ihn loszulassen. «Du bist ein ganz besonderer Mensch, David. Und ich hab dich ganz doll lieb.»

«Du erdrückst mich!», sagte er und versuchte sich aus meiner Umarmung zu lösen. «Sag, dass du mich auch lieb hast!», forderte ich ihn auf, und David kicherte.

«Hab dich auch sehr lieb», sagte er dann und streichelte mit seinen Patschefingern über meine Wange.

«Du bist die beste große Schwester, die man sich wünschen kann.»

Mein Herz machte einen Satz.

Was stellen die Kerle nur ständig mit mir an?

«Und du bist der beste Bruder», flüsterte ich und gab ihm ein Küsschen auf die Nasenspitze. «Der beste kleine Bruder, der jetzt schlafen geht.»

David gab sich mit einem Seufzer geschlagen. «Oke.»

«Gute Nacht.»

«Nacht.»

Ich rollte mich von dem Bett hoch, schaltete das Licht aus und ging aus dem Zimmer. Ich sagte Menschen, die ich liebte, viel zu selten, was ich fühlte. Amely hatte recht: Ich musste es den Menschen, die mir etwas bedeuten, öfter zeigen.

Damit sprangen meine Gedanken zurück zu Milan. Nun hielt ich es nicht mehr aus. So viele Fragen brannten mir unter den Nägeln. Ich musste mit Milan reden oder ihn einfach nur anschauen. Egal was, ich wollte irgendeine Reaktion. Ich brauchte mehr als nur dieses nervige Schweigen.

Bevor ich weiter nachdenken konnte, stand ich vor Milans Tür, meine Beine zitterten leicht. Ich hoffte sehr, dass wieder der liebe Milan hinter dieser Tür steckte.

Merkst du nicht, dass ich dich brauche, du Idiot?

Gerade als ich den Mut zusammengesammelt hatte, um gegen das Holz zu klopfen, wurde die Tür von innen geöffnet. Erschrocken taumelte ich einen Schritt nach hinten. Meine ganze schöne seelische Vorbereitung war in sich zusammengefallen. Milan hingegen hielt inne und zog überrascht seine Augenbrauen in die Höhe. Ein leises Grinsen schmückte seine Mundwinkel.

Na toll, jetzt seh ich aus wie der Volldepp, der vor seiner Tür lauert.

«Wie lange … stehst du da schon?», fragte er. Es wirkte so, als würde die Situation ihn amüsieren.

«Ich wollte gerade klopfen», murmelte ich wahrheitsgemäß. Trotzdem sprach mein verlegen zu Boden gesenkter Blick bestimmt Bände. Aber ich zwang mich jetzt dazu, ihm ins Gesicht zu schauen, obwohl meine Wangen rot glühten. Denn ein Grinsen in Milans Gesicht kam nicht allzu oft vor. Ich wollte ihn möglichst lange ansehen und diesen Anblick in mir abspeichern. Daran würde ich mich dann erinnern, sobald er wieder seine düstere Miene aufsetzte.

Milan lehnte sich gegen den Türrahmen und beobachtete mich ebenfalls für einen Moment. Da war eine angenehme Ruhe zwischen uns.

«Was gibt's denn?», brach Milan als Erster die Stille. Er sah nicht mehr mich an, sondern hatte seinen Blick auf die Füße gerichtet. Keine Spur mehr vor dem süßen Grinsen, welches noch vor Sekunden auf seinem Gesicht zu sehen gewesen war. Ich hätte mir gewünscht, ich würde verstehen, was in seinem Kopf vor sich ging.

«Ich wollte einfach mit dir reden. Ich … du warst so abweisend heute Mittag, aber ich brauch' den Austausch mit dir, den Konta…», stammelte ich.

«Wir müssen nicht reden, wirklich, es ist alles okay. Du hast nichts falsch gemacht, Fiona, du brauchst kein schlechtes Gewissen zu haben.»

«Ich will mich nicht entschuldigen», ich schüttelte den Kopf. Verstand er nicht, dass es mir nicht um Absolution ging?

Es ging mir um ihn. Ich wollte bei ihm sein, für ihn da sein, so wie wir es füreinander schon am Grab oder beim Gewitter gewesen waren. Von mir aus konnten wir an dem Abend auch die ganze Zeit nur über süße kleine Hundebabys reden. Es war mir sowas von egal. Hauptsache, er würde mit mir reden, mich ansehen und mir wieder einen kleinen Einblick in seine Welt gewähren.

«Ich will nur mit dir reden», wiederholte ich fast flehend. «Ich wär so froh …»

Da war wieder dieser durchdringende Blick von ihm. Er dachte nach, scannte die Situation, ging in seinem Kopf die Optionen durch, aber nichts davon ließ er nach außen dringen.

Ich wusste nicht, ob es mein mitleiderregender Blick war oder die Vernunft, die ihn schließlich zu einer Entscheidung brachte. «Also gut, komm rein.»

Sein Zimmer sah mittlerweile aus wie *sein* Zimmer und nicht mehr wie das von Micha. Jedes kleine Detail, das mich an Micha erinnert hatte, war verschwunden. Ich lächelte leise in mich hinein, denn das war ein gutes Zeichen. Ich war bereit dafür, neue Erinnerungen zu kreieren, ohne Micha, aber dafür mit Milan.

Die Wände, an denen früher noch Poster von Flugzeugen und Fußball-Stars gehangen hatten, waren nun kahl, die blassgelbe Tapete kam zum Vorschein. Es hing einzig und allein eine einsame Karte an der Wand, welche provisorisch mit Tesafilm festgeklebt worden war. Ich näherte mich ein paar Schritte und las die Worte, die darauf standen:

Denn ich weiß wohl, was ich für Gedanken über euch habe, spricht der Herr: Gedanken des Friedens und nicht des Leidens, dass ich euch gebe Zukunft und Hoffnung.

Milan, der bemerkte, dass ich die Karte anstarrte, räusperte sich. «Die hab ich von deinem Vater. Das war das Erste, was er mir gegeben hat, als ich in sein Auto gestiegen bin, auf dem Weg hierher. Ich hab eine Weile gebraucht, um es aufzuhängen.» Er lachte kurz auf und fixierte verlegen seine Hände. «Wahrscheinlich hab ich sie nur nicht gleich in die Tonne gehauen, weil sie von deinem Dad kam.»

Ich nickte leicht und ließ mich anschließend auf Milans Matratze sinken. Er tat es mir gleich. Als er näher kam, bemerkte er, dass ich fröstelte. «Dir ist kalt?», fragte er, die Augenbraue wieder in die Höhe gezogen. Ich bejahte. Ohne weitere Worte legte er mir seine Bettdecke um die Schultern.

«Mach's dir gemütlich», forderte Milan mich auf, während er es sich selbst auf seinem Bett bequem machte und mit dem Rücken gegen die Wand rutschte. Er trug eine Jogginghose und ein weißes T-Shirt, trotzdem schien ihm nicht kalt zu sein. Das ist so eine Sache an Kerlen … haben die überhaupt ein Sensorium für Körpertemperatur?

Ich folgte seinem Beispiel und rutschte an die Wand zurück, während ich mich tiefer in die warme Decke einkuschelte. Sie roch so gut nach ihm, und für einen Moment erlaubte ich es mir, verträumt die Augen zu schließen.

«Also, du wolltest reden», sagte Milan, der etwa einen halben Meter von mir entfernt saß. Er wirkte so gefasst, so als wäre überhaupt nichts geschehen. Nie.

«Ich habe noch ein paar Fragen wegen … du weißt schon, wegen dem, was passiert ist. Darf ich ehrlich sein, oder willst du nicht darüber reden?»

«Du meinst über meinen Ausraster im Klassenzimmer?»

«Ich hätte es zwar nicht so genannt, aber ja», gab ich zu.

Milan zuckte mit den Schultern. «Fang an, jetzt wo du schon mal hier bist. Darüber wolltest du doch quatschen.»

Ich sah zu ihm hinüber, wollte ihm mit meinem Blick zu verstehen geben, dass er die Ereignisse nicht herunterspielen solle. Aber Milan starrte seine ineinander verschränkten Finger an. Wem machte er hier eigentlich was vor: mir? Oder sich selbst?

Seine Haare waren verwuschelt, und das warme Licht der Nachttischlampe ließ ihn jung, fast kindlich erscheinen. Ich mochte die gefühlvolle Version von Milan. Diese Version von ihm hielt mich, wenn ich weinte, und hörte mir zu, wenn ich redete. Diesen Menschen hatte ich ins Herz geschlossen.

«Ich verstehe nicht, warum du es getan hast. Paul hat schon oft solche Sachen zu mir gesagt. Warum hat es dich so überkochen lassen?»

Milan lachte leise, aber jetzt war es ein etwas irritiertes Lachen. Kurz wandte er den Blick zu mir, nur um danach wieder nachdenklich sein

Laken zu betrachten. «Tut mir leid, wenn ich dir Angst gemacht habe, Fiona. Diese Seite von mir solltest du eigentlich nie mehr sehen. Hatte mir fest vorgenommen, dass das ganze Drama mit dem Spiegel genug gewesen sein soll.»

«Du machst mir keine Angst, Milan», erwiderte ich ernst. Den Milan, der mir bei der Anreise einen Schauer über den Rücken laufen ließ, gab es schon lange nicht mehr. «Ich will nur wissen, was in dir vorgeht, weil du mir wichtig bist. Weil ich dich kennenlernen möchte», setzte ich im Flüsterton hinterher.

Das ist ja ein guter Anfang für deine neu entdeckte «Ich erzähle Leuten offen, was ich von ihnen denke»-Nummer. Weiter so!, feuerte ich mich selber an.

Milan räusperte sich, zuckte mit den Schultern und versuchte nicht zu zeigen, dass meine Worte ihn bewegt hatten. Aber ich wusste intuitiv, dass sie ihm etwas bedeuteten.

«Was gibt's da nicht zu verstehen? Ich bin ein gewaltbereiter Kerl, der sich nicht unter Kontrolle hat, und das war's auch schon.»

Genervt atmete ich aus. Ich stieß mich von der Wand ab und rückte näher an Milan heran. Die Decke rutschte leicht von meinen Schultern. «Milan», murmelte ich sanft. Ich schaute ihn so lange an, bis er endlich meinen Blick erwiderte, dann fuhr ich fort:

«Wir wissen beide, dass das nicht stimmt.»

Etwas regte sich in Milans Augen, und auf seinem Gesicht spiegelte sich so etwas wie Rührung. Ich spürte förmlich, wie er drauf und dran war, Stein für Stein seiner Mauer abzubauen, und ich schaffte es endlich, einen Blick darauf zu erhaschen, was sich dahinter verbarg. Ich hatte es hingekriegt, dass Milan mir vertraute und sich mir öffnete, auch wenn es nur für einen klitzekleinen Moment war.

«Sorry, Fiona, ich habe mir angewöhnt, das zu sagen, was die Menschen von mir hören wollen. Habe vergessen, dass du anders bist.»

Anders.

Ist das jetzt gut oder schlecht?

«Egal, was ich mir wünsche, sag mir immer, was du wirklich denkst. Ich will nicht den perfekten Milan sehen, sondern den echten.»

Für einen Augenblick überlegte er, ob er meinen Worten Glauben schenken konnte, dann entschied er sich, einen weiteren Stein der Fassade fallen zu lassen.

«Wie hätte ich es zulassen können, dass der Arsch so über dich, David und deinen Dad herzieht? Seit ich hier bin, ist mir mehr Gutes zugestoßen, als ich eigentlich verdient habe. Und dein Vater ist mit Abstand der beste Mann, den ich kenne. Ich hab in meinem Leben so viel Mist gebaut, ich hab kein Recht, hier zu sein. Aber er hat von Anfang an das Gute in mir gesehen und mich nicht aufgegeben. Selbst da, wo ich sogar selbst vergessen hatte, an mich zu glauben. Weißt du, wie lange es her ist, dass jemand an mich geglaubt hat?»

Er stoppte kurz, um sich wieder zu fassen. Und ich war kurz davor, seine Hand zu ergreifen, weil mein Herz dabei war, jeden Moment zu zerspringen.

Milan fuhr mit zusammengepressten Zähnen fort: «Wenn irgendjemand auch nur wagt, diesem Mann Schlechtes unterzuschieben, dann … dann passiert das, was passiert ist.»

Er machte wieder eine kurze Pause. «Und David ist keine Missgeburt. Wenn es mehr Menschen geben würde wie ihn, dann sähe die Welt ganz anders aus, definitiv besser. Er ist wie ein Bruder für mich, und ich muss ihn beschützen, weil er das selbst nicht kann.»

Milan stockte. Dieses Mal hob er den Blick und sah mir direkt in die Augen.

«Und du … bevor ich dich gekannt habe, wusste ich nicht, wie es sich anfühlt, wenn man einfach lächeln muss. Grundlos. Einfach nur, weil du da bist.»

Milans Kiefer verspannte sich, und seine Hände ballten sich zu Fäusten. Als er wieder zu mir sah, hatte er Tränen in den Augen.

«Ich muss euch doch beschützen.»

Seine Stimme begann zu zittern, die Tränen sammelten sich immer mehr in seinen Augen und drohten überzulaufen, aber Milan drängte sie zurück. «Ich konnte sie nicht beschützen … aber euch … dich … ich muss dich beschützen.»

Wen? Wen hat Milan nicht beschützen können?

Es brauchte einen Moment, bis der Groschen fiel.

Seine Mutter natürlich.

Das mussten die Schuldgefühle sein, die Milan gerade in den Wahnsinn trieben. Er gab sich die Schuld für das, was sein Vater ihr angetan hatte.

Ich spürte das dringende Verlangen in mir, ihm ein Stück von diesem Schmerz abzunehmen. Ich war hier, ich musste ihm helfen, ihn von diesem grausamen Gedanken befreien.

Dann passierte es, einfach so. Ich hörte mal wieder auf, mich in meinen viel zu komplizierten Gedanken zu verlaufen, und tat das, was sich richtig anfühlte. Und in diesem Moment gab es nichts, was sich richtiger anfühlte, als Milan in die Arme zu nehmen.

Ich drückte ihn so nah an mich wie nur irgend möglich. Die Decke rutschte nun endgültig von meinen Schultern, aber das war egal, weil Milans Körper mich wärmte. Jeder andere mochte ihn als Schläger sehen, als brutalen Kerl, der sich nicht im Griff hatte. Aber in Wirklichkeit war Milan ein Kämpfer. Er stand ständig unter Strom, weil er nicht abschalten konnte; er war immer angespannt, weil er nichts und niemandem vertrauen konnte. Milan war immer der Starke, der alle anderen verteidigte, aber für ihn selbst stand nie jemand ein. Ich spürte die Erschöpfung, die durch seinen Körper floss, als er in meinen Armen lag.

Sein Kopf lag ruhig an meinem Hals, seine kräftigen Arme waren um meinen Oberkörper geschlungen. Ein paar stumme Tränen berührten meine Haut. Meine linke Hand strich sanft über Milans Rücken. Die Rechte hatte ich an seinen Hinterkopf gelegt, meine Finger strichen durch sein Haar.

Ich wollte Milan nicht loslassen. Warum auch?! Milan brauchte meine Nähe. Es war wie in der Nacht des Gewitters: Wir hielten uns gegenseitig. Wir trösteten uns. Er sah meine inneren Narben, während ich neben dem Scherbenpuzzle seines Lebens saß. Doch ich weigerte mich, umzudrehen und wegzugehen, so wie alle anderen es taten. Es war mir egal, ob ich mich an diesen Scherben schneiden würde.

Die Zeit schien stillzustehen. Wir waren wie zwei von der Welt Vergessene in unserer eigenen kleinen Blase, und für einen Moment war jeder Schmerz viel leichter zu ertragen.

Lange sagten wir beide kein einziges Wort, deshalb fiel es mir umso schwerer, die Stille zu durchbrechen:

«Paul hat dich an deinen Vater erinnert. *Deshalb* hast du die Fassung verloren.»

Milan drückte sich von mir weg, aber wir ließen uns nicht los. Er verschränkte seine Hände mit den meinen. «Der Kerl hat nicht gemerkt, wann genug war. Ich konnte nicht einfach so tun, als ob das in Ordnung wäre.»

Wie konnte ein Vater seinen Sohn so misshandeln, ihn so brechen, bis er nicht mehr konnte? Was musste alles passiert sein, damit aus Milan der Mensch wurde, der in meinen Armen zu weinen begann?

«Er ist nicht mehr hier, Milan. Du kannst aufhören, stark sein zu müssen. Bei mir musst du nicht dieser tapfere Kerl sein.»

Wir saßen uns etwas unschlüssig in der Mitte seines Bettes gegenüber. Milan hatte meine Hände nicht losgelassen. Nun wanderte sein Blick einmal quer über mein Gesicht und betrachtete jeden Quadratzentimeter eingehend. Seine Augen verweilten einen Moment auf meinen Lippen. Dann wieder auf meinen Augen. Meine Wangen begannen zu kribbeln.

Faszination stand in seinem Gesicht. Für einen Moment glaubte ich, dass er mich gleich küssen würde. Panik mischte sich unter die Vorfreude.

Doch dann schüttelte Milan langsam den Kopf, sah zur Seite und zog seine Hände von mir weg.

«Glaub mir, das willst du nicht. Du kennst nur diesen einen kleinen Teil von mir. In echt bin ich noch viel kaputter, als du denkst.»

Ich wollte nicht, dass er so etwas sagte, wollte ihn wieder ganz nah bei mir haben, denn er baute gerade die Mauer wieder auf und schloss mich damit aus. Und er fuhr fort:

«Du hast schon genug Scheiß in deinem eigenen Leben, da brauchst du nicht auch noch meinen. Ich habe gesagt, dass ich dich beschützen werde, also muss ich das auch tun. Und deshalb darfst du nicht hier sein», fügte er fast reumütig hinzu. Ich richtete mich auf und lehnte mich vor. Vergeblich versuchte ich, erneut Milans Hände zu fassen, aber er wollte das nicht.

«Ich möchte aber hier sein, Milan», wisperte ich. Meine Stimme war nur noch ein Hauch.

«Ich weiß.» Sanft strich er mir eine Haarsträhne aus der Stirn, bis er das Gesicht verzog und sich selbst daran erinnerte, von mir wegzurutschen. «Aber ich mache dich kaputt.»

«Drück mich nicht schon wieder von dir weg», protestierte ich trotzig und begann halb hysterisch den Kopf zu schütteln. Milan zog mich zu sich und hielt mich, bis ich mich langsam wieder beruhigte.

«Ich brauche jetzt, glaube ich, ein bisschen Zeit für mich. Ich muss erst einen Weg finden, um mich zu reparieren. Und wenn du da bist, dann … dann kann ich nicht denken.»

Ich griff nach seiner Hand, in der Hoffnung, ihn irgendwie festhalten zu können. Für einen Augenblick saßen wir einfach nur so da, unsere Finger ineinander verschlungen. Ich war unfähig, Milan loszulassen, also übernahm *er* diesen Part. Sanft löste er seine Umarmung und schob mich zur Tür. Er drückte nochmals leicht meine Hände, bevor er sie losließ.

«Gute Nacht, Fiona», sagte er dann, aber es fühlte sich eher wie ein *«Leb wohl»* an.

«Nacht», echote ich taub. Milan musste erst die Tür schließen, bis ich in der Lage war, im Dunkeln in mein Zimmer zu tapsen.

Denn wenn ihr den Menschen ihre Verfehlungen vergebt,
wird euer Vater im Himmel euch auch vergeben.

Matthäus 6,14

Kapitel 15
Aussprache

Antonia strahlte vor Begeisterung, als Milan und ich im Hause D'Amato ankamen. Sie drückte mich fest an ihre Brust, strahlte mich so lieb an wie eh und je und begann sofort loszuplaudern: «Ciao Fiona, schön, dass du mal wieder da bist. Oh, und wen hast du denn da Hübsches mitgebracht? Bellissimo, bellissimo! Vieni qui! Komm mal her, mio caro amico.»

Noch bevor ich etwas erwidern konnte, hatte Antonia Milan schon ins Visier genommen. Genau wie ich bei meinem ersten Besuch hier, wurde auch er nicht von ihr verschont. Sie drückte ihn genauso herzlich wie mich damals. Etwas geschockt sah Milan mich über Antonias Schulter hinweg an, und ich musste mich beherrschen, um nicht laut zu lachen. Vielleicht hätte ich ihn vorwarnen sollen.

Die Sache war die: Das mit dem Abstand-Halten zwischen Milan und mir war einfacher gesagt als getan. Ganze drei Wochen hatten wir nur nebeneinander her gelebt. Ich hatte mich noch nie zuvor so leer gefühlt. Mein Leben ohne Amely und ohne Milan sah mehr als nur trist aus.

Wahrscheinlich war das der Grund, dass Milan seine selbst auferlegten Abstandsregeln mir gegenüber brach und mich schließlich zum Hauskreis schleppte. Er konnte anscheinend den Trauerkloß nicht mehr aushalten, in den ich mich verwandelt hatte.

Mit Engelszungen redete er auf mich ein, dass ich zum Hauskreis gehen sollte, aber ich weigerte mich konstant. Auch Jake meldete sich öfter bei mir und fragte nach, wo ich steckte. Aber er hatte Verständnis für meine Situation. Der Hauskreis war Amelys Welt, und ich wollte sie nicht noch mehr verletzen, als ich es ohnehin schon getan hatte.

Weniger Verständnis brachte Milan auf. Er redete so lange auf mich ein, bis ich meinen faulen Hintern aus dem Bett bewegte. Meine einzige Bedingung lautete, dass er mitkommen müsse. Und so endeten wir schließlich bei den D'Amatos im Hausflur, genauer gesagt: in Antonias Armen.

Grinsend sah ich zu, wie Milan die Umarmung überrascht und stillschweigend über sich ergehen ließ. *Da muss wohl jeder durch,* schoss es mir durch den Kopf, während ich an meinen ersten Besuch bei den D'Amatos zurückdachte.

Genau in diesem Moment trat Jake in den Flur. Sein Gesicht hellte sich merklich auf, als er mich sah. Er zog mich genau wie seine Mutter eben in eine gekonnte Umarmung, erst dann wandte er sich Milan zu. Ohne weiter darüber nachzudenken, streckte er ihm die Hand entgegen.

Die beiden so nebeneinanderstehen zu sehen, war merkwürdig für mich, und auch den Jungs schien die Situation nicht ganz geheuer zu sein. Zögerlich klatschten sich die beiden ab, doch Milan verzog keine Miene; er versuchte erst gar nicht, freundlich zu wirken. Er war wieder der Eisklotz, den auch ich des Öftern zu Gesicht bekam. Meine Haut begann zu kribbeln, diese ganze Situation war mir alles andere als angenehm.

Deshalb drängte ich darauf, dass wir schnell ins Wohnzimmer zu den anderen kamen, denn Milan hörte nicht auf, Jake von oben bis unten mit skeptischem Blick zu mustern. Ich wusste nicht, welches Problem er mit Jake hatte, und mir fehlte ehrlich gesagt mittlerweile die Energie dafür, es herauszufinden. Also löste ich mein Dilemma einfach, indem ich in den nächsten Raum trat.

Mein Herz pochte leise gegen meine Brust, als ich Amely sah. Sofort hob sie den Blick, als wir eintraten, und ihre Augen entdeckten Milan, als wir zusammen die Türschwelle passierten. Ihr Gesichtsausdruck schien Bände zu sprechen, als wir uns ansahen. *«Wie hast du's denn geschafft, den hierher zu bekommen?»,* fragte sie mich stumm.

Ich antwortete ihr mit einem ganz kleinen Schulterzucken und einem leichten Grinsen, erleichtert darüber, dass unsere wortlose Kommunikation immer noch funktionierte. Aber so schnell der Moment gekommen war, so schnell war er auch vorüber, und sie schaute wieder stur an mir vorbei.

Gegen alle Erwartungen wurde der Nachmittag gar nicht so furchtbar, wie ich angenommen hatte. Zu meiner großen Überraschung schien es Milan ähnlich zu gehen. Ich würde sogar so weit gehen, zu sagen, dass er sich wohlfühlte. Er taute regelrecht auf in der Gemeinschaft meiner Freunde. Somit musste ich ihn gar nicht überreden, dass wir zum Abendessen beiben sollten, damit er die fabelhaften Kochkünste von Antonia bewundern konnte.

Was mich noch mehr verwunderte, war, dass Milan sogar beim Essen ein Gespräch mit Hedwig begann, welchem es definitiv nicht an Tiefgang fehlte. Ich lehnte mich nach hinten und sah den beiden beim Diskutieren zu. Mein Atem stockte für einen kurzen Moment, als das Thema von Familie im Allgemeinen zu Vätern im Speziellen schwappte. Denn da bewegte man sich bei Milan auf dünnem Eis, das hatte ich selbst das eine oder andere Mal schon zu spüren bekommen.

Stumm rollte ich meine Nudeln auf dem Löffel auf, während mein Blick fieberhaft zwischen Milan und Hedwig hin und her huschte.

«Meine Mutter ist echt wundervoll, und ich liebe meine Schwestern. Aber die Beziehung zu meinem Dad war immer schon belastet», schnappte ich Hedwigs Worte auf. Sie zuckte daraufhin kurz mit den Schultern, um sich im Anschluss wieder ihren Nudeln zu widmen. Sie ließ sich Zeit, bis sie weiterredete.

«Es hat für mich die Situation stark verändert, als ich ihm den ganzen Bullshit verzeihen konnte, der sich über die Jahre angestaut hatte. Und diese Entscheidung hat mein Leben um einiges einfacher und leichter gemacht.»

Milan lehnte sich interessiert vor, stützte seine Arme auf die Oberschenkel und sah Hedwig forschend an. Ganz im Gegensatz zu ihr war er alles andere als entspannt.

«Was hat er angestellt?»

«Er war nie da, bis er dann schließlich komplett weg war und meine Mum und meine beiden kleinen Schwestern alleine gelassen hat, um mit einer neuen Frau eine neue Familie zu gründen. Manchmal höre ich monatelang nichts von ihm, manchmal gibt's wenigstens 'ne Karte zum Geburtstag. Aber eigentlich hat er mit meinem Leben nicht mehr wirklich viel zu tun.»

«Was für'n Arsch», brummte Milan und schaute für einen Moment auf seine Füße. «Ich hab auch nicht gerade den Vater des Jahrzehnts gehabt. Ich weiß jedoch nicht, ob ich ihm jemals verzeihen kann. Manche Sachen kann man einfach nicht entschuldigen.»

Mein Herz verlor seinen gewohnten Rhythmus. Er hatte seinen Vater vorher noch nie freiwillig auch nur erwähnt. Augenblicklich ließ ich meine Nudeln fallen und musterte Milan, der konzentriert an Hedwigs Lippen hing.

«Alleine schaffst du das sicher nicht. Aber wir haben das Glück, dass wir durch sowas nicht alleine durchmüssen. Du hast Gott auf deiner Seite.»

Als Hedwig diese Worte aussprach, begann ihr Gesicht zu leuchten. Bei ihr konnte ich wieder diese unerklärliche Lebensfreude erkennen, die mir schon bei Amely und meinen Eltern aufgefallen war. Und ich fragte mich erneut, woher sie ihr Strahlen nahm.

«Ich weiß gar nicht, ob ich ihm vergeben *will*», gab Milan zerknirscht von sich. «Er hat's einfach nicht verdient.»

«Ja, wahrscheinlich hat er das nicht. Aber Jesus ist auch für meine Fehler gestorben, und diese Vergebung habe ich bestimmt auch kein bisschen verdient», äußerte Hedwig mit einem Schulterzucken «Da sind wir also im gleichen Boot.»

Milan sah sie etwas überrumpelt an, überlegte, was er ihr antworten sollte. Mit ihrer Antwort war er aber definitiv nicht zufrieden. Doch Hedwig war noch nicht ganz fertig:

«Letztendlich schadet man nur sich selbst. Dieser Frust und die Wut, sie haben mich jahrelang begleitet und gelähmt, so als würde ich immer einen schweren Sack mit mir rumschleppen, der mich niederdrückt und mir jede Lebensfreude nimmt. Meinem Vater zu verzeihen, nun … das hat mir ein Gewicht von den Schultern genommen und mich sprichwörtlich erleichtert.»

Milan lehnte sich zurück in seinem Stuhl und verschränkte die Arme. «Wie hast du das mit deinem Dad hinbekommen?»

«Ich habe ihm einen Brief geschrieben», Hedwig lächelte schräg. «Dabei habe ich keine Ahnung, ob er den überhaupt je gelesen hat. Aber ich bin jetzt frei von diesem ganzen Ärger, den ich davor so lange in mir rumtrug. Aber ich will dir echt nichts vormachen: Ich habe eine ganze Weile gebraucht, bis ich diesen Brief schreiben konnte.»

Hedwig stockte kurz, und ohne dass ich es verhindern konnte, warf ich einen kurzen Blick zu Amely hinüber. Unsere Augen trafen sich, und für einen kurzen Moment hielt sie meinem Blick stand.

Als ich Hedwigs Worte wieder vernahm, bewegte sich so vieles in meiner Seele. «Vergeben ist eine Entscheidung, und ich entscheide mich jeden Tag wieder dafür, meinem Vater zu vergeben, obwohl er eigentlich die Enttäuschung meines Lebens ist. Ich tue es, auch wenn er's nicht verdient hat. Und auch wenn's wahnsinnig schwer ist.»

Ich schaffte es endlich, Amely vor dem Badezimmer abzufangen, nachdem sie aufs Klo gegangen war. Ich konnte sie nicht mehr länger anschweigen, Hedwigs Worte lagen mir zu schwer auf dem Magen.

«Bitte rede endlich mit mir, Amy», bat ich sie verzweifelt. Amely zuckte leicht zusammen, sie hatte mich anscheinend weder wahrgenommen noch lauernd im Flur erwartet.

«Du liebe Güte, hast du mich erschreckt, Fiona!», quietschte sie aufgebracht, weil doch ziemlich überrumpelt. Sie nahm sich einen Moment Zeit, ihre Worte zu ordnen und sich vom ersten Schreck zu erholen.

«Willst du wirklich reden?», hakte sie nach. «So zwischen Tür und Angel?»

Ich biss mir leicht auf die Lippe und nickte. «Ich will's einfach nur verstehen.»

«Ich … okay, reden wir.» Amely stoppte kurz, doch dann purzelten die Worte nur so aus ihr heraus. «Michas Tod war beschissen, wirklich, und es hat mir den Boden unter den Füßen weggezogen. Du weißt, wie abweisend meine Eltern sind, Fiona, *ihr* seid meine Familie gewesen. Micha … ich habe ihn auch geliebt. Die ganze Zeit habe ich mir eingeredet, dass ich kein Recht habe, so traurig und sauer auf die ganze Welt zu sein, weil Micha ja nicht mein leiblicher Bruder war, aber es hat trotzdem höllisch wehgetan. In all meiner Trauer war ich dann wenigstens noch für *dich* da, und das war so tierisch anstrengend. Ich hatte das Gefühl, einen Teil meiner Familie verloren zu haben. Aber das Schlimmste war, dass ich mit keinem darüber reden konnte! Meinen Eltern war es egal, du wolltest mir nicht zuhören, und ich war die Person, die für dich da sein musste. Für mich aber war niemand da. Ich musste das alles irgendwie alleine hinbekommen. Ich habe mich so unglaublich allein gefühlt in der Zeit. Du hast es noch nicht einmal mehr gemerkt, du warst nur noch diese leere Hülle. Außen war Fiona, ja, aber innen war nichts mehr drin. So war das für mich.»

Wie ein Wasserfall sprudelten plötzlich diese vielen Worte aus Amely heraus, die sich so lange angestaut hatten. Amely stockte, überlegte kurz – und ich merkte, wie mein schlechtes Gewissen mit jeder Sekunde wuchs.

«Warum hast du mir nicht vertraut, Fiona? Warum hast du mir nicht erzählt, was bei dir in der Schule losgewesen ist? Ich wäre doch für dich dagewesen.»

Betreten sah ich auf meine Finger. «Ich wollte nicht, dass du den Fehler findest», presste ich hervor.

«Welchen Mist redest du da?», fragte Amely verdattert. «Wovon sprichst du?»

Verlegen fixierte ich das Laminat unter meinen Füßen.

«Ach, Amy, es muss doch einen Grund geben, warum die mich nicht mögen. Ich wollte nicht, dass du anfängst, meinen Fehler zu suchen, und ihn dann schließlich findest.»

Ich atmete tief ein, um die Tränen in Schach zu halten. «Du warst der Mensch, bei dem der Schmerz erträglich war und wo ich noch *ich* sein konnte. Ich durfte einfach nicht zulassen, dass ich dich verliere.»

Amely starrte mich mit ihren großen blauen Augen an, der Wind war ihr aus den Segeln genommen.

«Du weißt, dass das nicht stimmt, oder?», hakte sie nach einiger Zeit der Stille nach. «Du weißt, dass nichts falsch ist mit dir?»

«Wirklich?», hauchte ich zittrig.

«Aber ja, wirklich!», versicherte Amely mir mit Nachdruck. «Es tut mir leid, dass die Menschen das in der Schule nicht sehen können. Aber Fiona, du musst es auch zulassen, dass man dich kennenlernen darf. Du musst aufhören, Menschen aus deinem Leben auszuschließen. Denn Freundschaft besteht daraus, dass man Erlebnisse teilt. Die guten und die schlechten.»

Ich nickte und schniefte leise.

«Es tut mir leid, Amy. Es tut mir wirklich leid, dass ich so egoistisch war. Und es tut mir leid, dass ich so sehr auf mich selbst fokussiert war, dass ich deine eigene Not noch nicht einmal wahrgenommen habe. Doch ich kann's nicht mehr rückgängig machen. Du musst mir einfach glauben, dass ich's in Zukunft besser machen werde.»

«Ich ... ich hab gehört, was Hedwig eben zu Milan gesagt hat.» Amely seufzte laut. «Und Hedwig hat recht, ich brauch einfach nur noch ein wenig Zeit, um sauer auf dich zu sein.»

Ich pflichtete ein wenig allzu enthusiastisch bei. «Ja, sei sauer, ich kann's verstehen!» Allein schon nur die Tatsache, dass Amely endlich mit mir geredet hatte, machte mein Herz um einiges leichter. «An deiner Stelle wäre ich das auch. Sauer, meine ich.»

Amely legte den Kopf schief und sah mich kritisch an. «Bitte mach dich aber in der Zwischenzeit nicht selbst fertig, darin bist du ja leider ziemlich gut.»

Ich lachte zustimmend, denn Amely hatte den Nagel auf den Kopf getroffen.

«Ich gebe mein Bestes», versicherte ich ihr, während ich mir in Gedanken einen Notizzettel schrieb. Manchmal muss man nicht nur anderen verzeihen, sondern in erster Linie sich selbst.

Helen (aka «Hedwig») und ihr Brief an ihren Vater:

Hallo Papa,

nach Jahren habe ich endlich die Kraft gefunden, dir diesen Brief zu schreiben. Ich habe im Kopf mehrmals damit angefangen, doch nie konnte ich mich überwinden, die Worte auch zu Papier zu bringen.

All die Jahre, nachdem du abgehauen bist, habe ich mir selbst die Schuld gegeben. Zuerst habe ich gedacht, dass du vielleicht geblieben wärst, wenn ich eine bessere Tochter gewesen wäre. Vielleicht schlauer, vielleicht mutiger, vielleicht gehorsamer und witziger.

Irgendwann bin ich dann so wütend auf dich gewesen, dass dieser blinde Zorn mein Leben bestimmt hat. Ich war so angepisst, wenn meine Freunde von ihren heilen Familien erzählt haben, von Vätern, die ihnen bei den Hausaufgaben helfen, mit ihnen ins Kino gehen oder im Urlaub für jeden Spaß zu haben sind.

Ich war so unglücklich in dieser ganzen Zeit, und wenn ich ehrlich bin, verstehe ich bis heute nicht, warum du gegangen bist. Wie konntest du es übers Herz bringen, Mama, Sue, Maja und mich zurückzulassen? Vermisst du uns denn gar nicht?

Was auch immer deine Antwort ist, meine hängt nicht mehr davon ab. Ich versuche, dich zu lieben, Papa, auch wenn du mir schrecklich wehgetan hast. Und was noch viel wichtiger ist: Ich verzeihe dir.

Ich weiß nicht, ob du deine Sachen in Zukunft besser auf die Reihe bringen wirst, ich hoffe nur, dass du für deine neue Familie da bist und deine neuen Kinder nicht im Stich lässt. Jedes Kind braucht einen Vater, jemanden, der da ist und es in die Arme nimmt, wenn seine Welt gerade auseinanderbricht. So oft habe ich mir gewünscht, dass du da sein könntest, wenn ich wieder mal den Tränen nahe war.

Der Gedanke daran, dass du deinen neuen Kindern Halt gibst, ist ungemein tröstlich für mich.

Ich weiß noch nicht einmal, ob du diesen Brief bis hierher durchgelesen hast.

Falls du es doch getan hast und dich wunderst, warum ich das alles aufschreibe, dann hier das, was du wissen musst:

Es geht mir gut. Ich habe aufgehört, wütend auf dich zu sein. Und diese Entscheidung treffe ich jeden Tag wieder aufs Neue.

Ich erwarte keine große Antwort, ich nehme dir nicht mal übel, wenn es dir nicht leidtut.

Ich muss es schaffen, weiterzuleben, und das kann ich nicht, wenn ich immer diesen Ballast aus meiner Kindheit mit mir herumtrage.

Ich bin bereit für einen Neuanfang und würde mich freuen, wenn es dir genauso geht. Melde dich, wenn du bereit bist.

Deine Tochter Helen

Kapitel 16
Lebensfragen

Der Bürgersteig war dunkel, allein die Straßenlaternen spendeten Licht und durchbrachen die Dunkelheit. Ein eisiger Novemberwind fegte die braunen Blätter über die Straße und ließ mich frieren, als Milan und ich den Weg von der Bushaltestelle nach Hause antraten.

Die Kälte machte meinen ganzen Körper steif, aber mein Bewusstsein war hellwach, meine Gedanken kreisten immer noch um den Nachmittag und die Aussprache mit Amely.

Es überraschte mich umso mehr, dass Milan das Gespräch suchte.

«Glaubst du an Gott, Fiona?»

Verwirrt schnellte mein Blick zu ihm. Ich hatte nicht damit gerechnet, dass wir reden würden, und noch weniger, dass Milan so eine Frage stellen würde.

Auch wenn ich mir nicht ganz sicher war, was ich sagen sollte, beeilte ich mich, ihm zu antworten. Denn es war mir aus Erfahrung klar, dass Milan wieder ganz unnahbar sein würde, sobald wir über die Türschwelle des Hauses treten würden. Ich versuchte also, die Zeit mit ihm so gut es ging in mich aufzusaugen.

Ich musterte seine Mimik, aber sein Blick ging schon wieder düster in die Ferne, an dem Verlauf der Straße hinunter bis in die Dunkelheit. Ich wusste, dass auch bei ihm sich in den letzten Tagen und Wochen einiges getan hatte. Egal, was bei uns vor sich ging, ich hatte das Gefühl, wir tanzten eigentlich immer um dieses Thema herum: Gott.

«Ich weiß es nicht. Da sind noch so viele unbeantwortete Fragen», antwortete ich schließlich. «Du?»

Immer wieder erschien da dieser Name in der Dunkelheit meines Lebens.

Ich erinnerte mich an den einen Sonntagmorgen, als Milan und ich vor der Kirche gesessen hatten. Es war der Anfang unserer gemeinsamen Reise gewesen.

Da war noch so viel Wut, so viel Unverständnis. Wir waren beide unseren eigenen Weg gegangen, um zu verstehen und Antworten zu finden, und langsam, wenn auch nur ganz langsam, schien sich der Nebel ein wenig zu lichten.

«Ich hab keine Ahnung, ob man das Glauben nennen kann.» Er seufzte und kickte beherzt einen Stein vor sich her, der schließlich mit einem leisen Klacken aus dem Lichtkegel verschwand. «Ich habe in dem letzten verkackten halben Jahr so viel Gutes erlebt, so viel Gutes ist mir in meinem ganzen Leben noch nicht zugestoßen. Das ist nicht geschehen, weil ich so toll bin, sondern weil es Menschen gut mit mir gemeint haben. Leute, die an mich geglaubt haben, als ich mich wie der letzte Vollidiot benommen habe.» Er atmete tief ein. Und blieb unter einer der Laternen stehen.

Wir standen im Spotlight unserer eigenen Bühne.

Als er fortfuhr, war seine Stimme brüchig. «Deine Eltern haben mich nicht aufgegeben, weil sie an einen Gott glauben, der jeden Menschen liebt und jedem immer wieder eine neue Chance gibt. Ich habe keine Ahnung von Glauben und Religion, aber ich merke, dass es mir besser geht, je mehr ich mich diesem fremden Gott nähere. Was ist, wenn er mich zu euch geführt hat? Wenn er mich hierhergebracht hat, damit ich endlich neu anfangen kann?»

Ich schluckte. Dieser Gedanke hörte sich im ersten Moment so schön an; fast zu schön, um wahr zu sein. Doch dann realisierte ich, was dies im Umkehrschluss bedeuten musste. Ich wollte es einfach nicht wahrhaben.

Milan musste an meinem Gesichtsausdruck gesehen haben, dass mich etwas umtrieb. «Was ist los?»

«Ich will nicht, dass Michas Tod nur passieren musste, damit du hier sein kannst. Ich kann nicht an einen Gott glauben, der das zulässt», hauchte ich und wandte mich von ihm ab.

Eine leere Stille breitete sich zwischen uns aus, und ich war zu ängstlich, um Milan anzusehen. Ich fürchtete zu sehr, was ich in seinen Augen finden würde.

Wir hatten unser Haus erreicht, und plötzlich konnte ich es gar nicht mehr erwarten, ins Innere zu treten. Meine Hände und meine Nase waren schon längst durchgefroren, sodass es mir unmöglich war, den Schlüssel in die kleine Öffnung zu stecken und das Schloss zu entriegeln. Immer und immer wieder rutschten meine Hände ab. Leise begann ich zu schimpfen.

Schließlich konnte Milan meinen vergeblichen Versuchen nicht mehr zuschauen. Er trat hinter mir hervor und nahm mir den Schlüssel aus den steifgefrorenen Händen. Doch dann zögerte er einen Moment, bis er den Schlüssel endlich ins Schloss steckte. «Fiona», sagte er mit seiner rauen, tiefen Stimme und forderte mich damit auf, ihn anzusehen. Stumm hob ich meinen Blick.

«Ich kann dir auf deine Fragen keine Antwort geben, so gerne ich es auch tun würde. Ich weiß nur, dass Michas Tod dich von innen auffrisst. Lass nicht zu, dass es dich fertigmacht, und rede endlich mit jemandem darüber.» Tief blickte er in meine Augen und suchte in ihnen nach einer Bestätigung, dass ich verstanden hatte, was er gesagt hatte.

Ich schloss meine Augenlider und machte einen Schritt auf Milan zu, drückte einfach meinen Kopf gegen seine Brust und wartete darauf, dass sich seine Arme um meinen viel zu kalten Körper legten – was sie Sekunden später auch taten. Ich wollte mit niemandem reden, *das hier* war meine Problembewältigung.

Klappt prima.

Er hatte mir so gefehlt.

Doch Milan hielt die Umarmung nicht lange aufrecht. Ich merkte, wie er seine Arme hinter meinem Rücken bewegte, dann vernahm ich das leise Klicken der Tür.

«Offen», nuschelte er, ohne mich ein weiteres Mal anzusehen, und verschwand im Haus.

Komplett verwirrt trat ich ein. Zu dem Zeitpunkt, als ich meine Schuhe und Jacke beiseitegeräumt hatte, war Milan schon lange die Treppe hochgelaufen und in seinem Zimmer verschwunden.

Er blieb unberechenbar. Milan war Milan. Wer wusste schon, was in seinem Kopf vorging oder was er als Nächstes plante. Ich seufzte.

Aber wenn ich an dem Abend eins begriffen hatte, dann, dass ich diesen Berg von Steinen, den ich mit mir trug, langsam abbauen musste. Milan hatte recht. Und ich wusste genau, wer dafür mein Ansprechpartner war: mein Vater.

Also gab ich mir einen Ruck und tat das, was ich schon vor Monaten hätte tun sollen.

Licht schien unter der Schwelle von Papas Büro hervor. Leise klopfte ich gegen die Tür. Vielleicht würde er mich ja nicht hören, dann konnte ich mich einfach wieder umdrehen und gehen. Wär mir jetzt nicht mal unwillkommen gewesen. Doch da ertönte schon seine warme, gleichmäßige Stimme von innen.

«Ja, bitte?»

Also dann.

Ich überwand mich und trat über die Türschwelle. Jetzt gab es kein Zurück mehr.

«Fiona!» Die Stimme meines Vaters klang überrascht, doch definitiv erfreut. Ich konnte mich nicht daran erinnern, wann ich das letzte Mal in seinem Arbeitszimmer gestanden hatte. Aber ich hatte so viele Fragen, und sie fingen langsam an, mich von innen aufzufressen. Genau wie Milan gesagt hatte. Jetzt war ich bereit, Antworten zu bekommen.

«Hast du eine Minute?», fragte ich zaghaft.

«Aber sicher doch! Worum geht es denn?» Papa saß auf seinem großen Stuhl am Arbeitstisch. Hinter ihm war durchs Fenster der Mond zu erkennen, welcher zusammen mit ein paar Sternen den klaren Nachthimmel schmückte.

Mein Blick wanderte von den Fenstern zu meinem Vater. Vor ihm lagen viele Zettel und eine aufgeschlagene Bibel. Vermutlich bereitete er gerade die Predigt für Sonntag vor.

Die gemütliche Atmosphäre beruhigte mich. Hier war genau der richtige Ort, um zu sprechen, also sammelte ich all meine Kraft und Gedanken zusammen.

«Micha», brachte ich dann hervor. Ich war selbst überrascht, dass meine Stimme so fest blieb.

Verwunderung machte sich auf dem Gesicht meines Vaters breit, die dann einem offenen und fast besorgten Gesichtsausdruck wich.

Er setzte die Lesebrille ab und schaute zu mir, dann blies er Luft aus und nickte mir zu. «Da reicht wohl eine Minute nicht», murmelte er und stand auf.

Mit einer einladenden Handbewegung zeigte er auf die beiden Ledersessel, die weiter hinten im Raum standen.

«Was liegt dir konkret auf dem Herzen, Fiona?», erkundigte er sich, nachdem ich mich beinahe ehrfürchtig in die Polster gleiten ließ. Ich war angespannt und fror immer noch. So lange hatte ich dieses Gespräch vor mir hergeschoben, weil ich weder über meine Innenwelt reden konnte noch wollte. Doch war ich *jetzt* wirklich bereit dazu?

«Ich habe viel nachgedacht in letzter Zeit», fing ich an, unsicher, wo meine nächsten Worte mich hinführten. Ich räusperte mich, um nicht wie das kleine, instabile Mädchen zu wirken, das ich in dem Moment doch eigentlich war. Alles in mir befahl, dass ich gefälligst die große, starke Tochter spielen sollte. Ich wollte, dass mein Vater dieses intakte Bild von mir im Kopf hatte und nicht die leere Hülle wahrnahm, in die ich mich gemäß Amely im vergangenen Jahr verwandelt hatte. Doch wahrscheinlich war er die Person, die trotzdem am besten wusste, was wirklich unter der Oberfläche brodelte. Er war doch mein Vater, was wollte ich ihm vormachen?

«Ich verstehe einfach nicht, wie du wieder glücklich sein kannst und wie du immer noch Vertrauen in Gott haben kannst – ja, manchmal kommt es mir sogar so vor, als vertraust du ihm merkwürdigerweise noch mehr als vor Michas Tod. Wie kannst du deinen Glauben rechtfertigen und am Leben halten? Wir sind gute Menschen; du und Mama, ihr seid immer Vorbildchristen gewesen für uns, aber dennoch musstet ihr so viel leiden. Wie passt das zusammen? Wenn Gott doch allmächtig ist, dann hätte er Micha heilen können. Ich habe Tag und Nacht für nichts anderes gebetet. Ich war überzeugt davon, dass Gott einschreiten wird. Aber nichts ist passiert», platzte plötzlich ein ganzer Redeschwall aus mir heraus.

Mein Vater ließ meine Worte kurz sacken, schloss für einen leisen

Moment die Augen und ging in sich. Ich wusste, dass er meinen Fragen gerecht werden wollte. Denn hier ging es um Micha. Papa würde sich mit keinen halben Sachen zufriedengeben, ebenso wenig wie ich.

«Diese Welt ist alles andere als gerecht. Und wenn ich das ganze Leid sehe, möchte ich mir manchmal sämtliche Haare ausreißen», begann er. «Diese Welt ist kaputt, Fiona. Selbstsüchtige, gebrochene, uneinsichtige, sündige Menschen haben sie zerstört. Wir alle inklusive, wir gehören da auch dazu. Wir haben uns von Gott abgewandt, und immer wieder entscheiden wir uns, nicht so zu handeln, wie Gott es sich wünscht. Wir selbst haben das Leid hergebracht. Und auch ich werde nie alles erklären oder gar selbst verstehen können.»

Papa machte eine kleine Pause.

«Wir Menschen verstehen Gottes Wege nur sehr selten. Und nur allzu gut kann ich deinen Frust und deine Verzweiflung verstehen. Ich war auch schon an diesem Punkt. Doch ich weiß eins: Gott macht keine Fehler. Oft wünschen wir Menschen uns, Gott in diese kleine Kiste zu stecken und zu sagen: ‹Er soll jetzt bitte so handeln, wie ich das will, und wenn er es nicht tut, dann kündige ich ihm die Freundschaft auf – oder nehme es als Beweis, dass er gar nicht existiert!› Aber Gott schaut mit einem anderen Blick auf uns, und seine Spielregeln sind anders als die unseren.»

Wieder dachte Papa nach, ging in sich.

«Ich weiß nicht, warum Micha sterben musste – und glaub mir, ich habe oft genug mit Gott deswegen gerungen. Aber ich akzeptiere seine Wege. Denn Gott ist so viel größer und so viel weiser als ich. Und da beginnt der Glaube: in just dem Moment, in dem ein Mensch begreift, dass er fehlbar und klein ist. Glaube fängt da an, wo wir die Kontrolle abgeben. Besonders in den schweren Zeiten, in denen wir nicht nachvollziehen können, warum es so geschehen musste. Irgendwann werden wir in Gottes Herrlichkeit sein. Da wo Micha jetzt schon ist. Gott hat Micha von seinen Schmerzen erlöst, und dort bei ihm wird sein Leiden vorbei sein. Und unser Leiden auch. So steht es schon in der Offenbarung …»

Leicht zerstreut sprang er auf, zog die Bibel auf seinen Schoß und blätterte zielsicher in ihr herum, bis er die Stelle fand.

«Er wird ihnen alle Tränen abwischen. Es wird keinen Tod mehr geben. Kein Leid. Keine Klage, keine Schmerzen; denn was einmal war, ist für immer vorbei.»

Er ließ die Bibel sinken und legte sie auf den Tisch. Dann hob er den Blick und sah mir in die Augen, die bereits sehr feucht geworden waren.

«Wir hatten ein großes Glück, dass wir Micha kennenlernen durften. Und dass er bei uns sein konnte. Dafür können wir dankbar sein.»

Er schluckte für einen Augenblick, und auch er war den Tränen nahe. Für einen kurzen Moment schwiegen wir einfach, hielten uns an den Händen und dachten an Micha zurück.

«In all dem Leid habe ich entdeckt, dass es mir besser geht, je näher ich zu Gott komme», sagte Papa schließlich. «Er nimmt nicht immer den Schmerz weg, doch er kommt runter in mein Leben und macht ihn erträglich.»

Er wird ihnen alle Tränen abwischen.
Es wird keinen Tod mehr geben.
Kein Leid. Keine Klage, keine Schmerzen;
denn was einmal war, ist für immer vorbei.

Offenbarung 21,4

Kapitel 17
Schreibversuch

In dieser Nacht konnte ich nicht einschlafen. Egal, wie lange ich mich drehte und wendete. Die gewohnte Müdigkeit wollte einfach nicht über mich herfallen, obwohl der Tag mich fertiggemacht hatte. Alles, was ich wollte, waren ein paar Stunden Schlaf, in denen ich den Gedanken, die in meinem Kopf herumschwirrten, entkommen konnte.

Als ich mich dann um halb zwei immer noch hin und her wälzte, gab ich es schließlich auf und tapste leise hinunter in die Küche. Vielleicht würden ja ein Stückchen Schokolade oder ein warmer Tee helfen, um doch noch einzuschlafen.

Zu meiner Verwunderung brannte dort schon das Licht; jemand anders war bereits auf die gleiche Idee gekommen! Milan hatte an dem kleinen Tischchen in der Küche Platz genommen, vor ihm stand eine dampfende Kanne Tee. Er bemerkte mich zuerst wohl gar nicht, da er konzentriert auf einem Bleistift herumkaute und ein weißes Blatt anstarrte.

Als ich «Buh!» sagte, schreckte er hoch.

«Du bist noch wach?», fragte er irritiert und drehte möglichst beiläufig das Stückchen Papier um.

Offensichtlich wollte er nicht, dass ich erkannte, was er da draufgeschrieben hatte. Und das machte mich natürlich neugierig.

«Kann ich auch fragen!», gab ich möglichst locker zurück und zeigte dann auf die Kanne. «Darf ich?»

Milan stöhnte leise und ließ sich in den Stuhl zurückfallen. «Ja, klar», murmelte er.

Ich schenkte uns beiden Tee ein, dann setzte ich mich ihm gegenüber, zog die Knie an den Körper und nippte vorsichtig an meiner Tasse. Milan beobachtete mich mit Argwohn.

«Geh schlafen», brummte er, während er die Augen zusammengekniffen hatte und sich mit der linken Hand über die Augen strich.

Willst du mich nicht dahaben? Oder ist das deine verschrobene Art, Fürsorge zu zeigen?

«Hab ich schon versucht, hat nicht funktioniert», sagte ich trotzig. Ich wollte mich jetzt nicht schon wieder von ihm einschüchtern lassen, und erst recht wollte ich nicht aus meiner eigenen Küche geworfen werden!

Milan schien einzusehen, dass er mich nicht mehr loswurde, also gab er nach. «Bei mir funktioniert's auch nicht», brummte er dann. Sein Blick schweifte kurz über den Zettel, dann seufzte er wieder.

Stille trat ein. Aber nicht die unangenehme Stille, die entsteht, wenn man nicht weiß, worüber man reden soll, sondern eine Stille, die von Vertrauen geprägt war.

Ich hatte so viele Sachen, die ich Milan erzählen wollte, aber ich wusste nicht, ob er mich wieder wegschubsen würde. Waren wir an dem Punkt, an dem wir über unsere Gefühle sprachen, oder sollte ich Abstand halten? Ich war mir nie so ganz sicher, wo wir standen, denn Milan war in diesem Punkt nicht greifbar.

Erleichtert atmete ich auf, als er den ersten Schritt machte: «Was hält dich wach?»

«Ehrlich gesagt, eine ganze Menge Dinge. Nicht unbedingt negativ, ich bin einfach nachdenklich. Weißt du, ich habe nämlich deinen Rat befolgt.»

«Aha? Welchen denn?»

«Mich meinen Problemen zu stellen. Anfangen damit, einen Schritt nach vorne zu machen. Reden.»

Milan griff nach seinem Becher, nahm sich Zeit, schlürfte erst einen, dann noch einen zweiten Schluck. Mein Kopf ermahnte mich derweil, dass ich nicht darüber nachdenken solle, wie unglaublich süß er in dem warmen gelben Licht der Küche doch aussah. Die Haare noch zerzaust vom Bett, der Blick müde, in Gedanken versunken. Aber eben: sehr, sehr süß …

«Es ist gut, dass du das tust. Ich habe auch angefangen», mit einer Kopfbewegung wies er auf den Notizzettel.

Exakt gleichzeitig begannen wir weiterzusprechen: «Was hast du …?»

Wir stoppten beide abrupt, grinsten uns an, begannen zusammen wieder von vorne und lachten noch lauter. Milans Augen blitzten auf, während er zu mir rüberschielte.

«Du zuerst!», forderte er mich auf.

«Okay. Ich habe mit meinem Vater über Micha geredet. Das erste Mal, seit er tot ist.»

Milan hörte auf zu grinsen, nun war sein Gesichtsausdruck wieder ernst. Ja, und … war da so etwas wie Anerkennung und Respekt in seinen Augen?

Er ließ sich Zeit mit seiner Antwort. Sein Blick intensivierte sich, bevor er redete: «Das war bestimmt nicht einfach.»

Ich dachte daran, wie unsere gemeinsame Geschichte begonnen hatte. Der zerbrochene Spiegel, das zerstörte Modellflugzeug, der gemeinsame Besuch am Grab, die Nacht des Gewitters. In alldem hatte Micha immer eine große Rolle gespielt. Trauer und Wut, Angst und Misstrauen hatten mein Leben die letzten Monate über bestimmt.

Durch Michas Tod war ich ein anderer Mensch geworden, ein schlechterer, unglücklicher und verbitterter Mensch. Ich hatte mich bis zu einem Punkt hin verändert, an dem ich mich selbst nicht mehr erkannte. Die neue Version von mir war nicht mehr wirklich ich, sondern nur noch eine freudlose, grau und leer wirkende Kopie. Viel Schwarz, etwas Weiß, aber keine Farben mehr. Ein Schatten meiner selbst.

Milan hatte das gesehen, er hatte all das Leid und meine Trauer kennengelernt und mich nicht dafür verurteilt. Obwohl er genauso gebrochen war wie ich, hatte er es geschafft, die letzten Teile, die von mir noch übrig waren, zu finden und die Scherben ein wenig zusammenzukehren. Er musste ja selbst so viel durchmachen, deswegen konnte er auf etwas verworrene Weise meinen Groll gegen Gott und die Welt sogar verstehen.

Nun war ich dabei, meinen Scherbenhaufen anzugehen. Ich wusste, dass noch sehr viel vor mir lag, aber ich hatte mich auf den Weg gemacht. Ich hatte nach dem Kehrblech gegriffen und angefangen, den Unrat zusammenzufegen.

Ich musste das alles nicht aussprechen, denn ich wurde von dem tiefen Bewusstsein erfüllt, dass Milan es bereits wusste. Ich verlor mich in dem Augenblick, ich konnte einfach nicht aufhören, ihn anzusehen.

Wie kann er nur darauf bestehen, dass wir Abstand brauchen? Ich empfinde gerade anders, ganz anders …

Das Leben selbst führte uns durch die verrücktesten Zufälle immer wieder zusammen. Selbst mitten in der Nacht, wo wir doch eigentlich friedlich in unseren Betten liegen sollten.

«Du hast es … verdient, das alles … hinter dir zu lassen», sagte Milan brüchig in die Geborgenheit schaffende Stille hinein.

Mein Herz wurde warm. Ich konnte klar und deutlich in meiner Brust spüren, wie es anschwoll. Fühlte sich so Liebe an? Einfach bei einem Menschen zu sein und zu wissen, tief drin zu wissen, dass man nirgendwo anders sein will?

«Das hast du genauso», hauchte ich, aber in dieser Stille schienen meine Worte trotzdem den ganzen Raum zu füllen. Ich wollte meinerseits auch Milans gebrochene Teile wieder zusammenfügen, wollte seine Narben heilen und sie wegwischen, so als hätten sie niemals existiert. Ich wollte, dass er glücklich war und noch viel öfter dieses unglaublich süße Grinsen zeigte.

Die Menschen sollten den Milan sehen, der unter der Oberfläche des arroganten, harten und kalt wirkenden Jungen steckte. Da war so viel mehr in ihm, was ihm niemand zuzutrauen schien.

Wieder sahen wir uns einfach nur an. Spürte er, was ich dachte? Ich hatte nicht den Mut, es zu sagen – aber sobald ich Mut gesammelt hätte, würde ich es aussprechen. Für den Moment hoffte ich einfach nur, dass er es wusste.

Milan löste schließlich den Augenkontakt und griff zur Seite, drehte den Zettel um und schob ihn in die Mitte des Tischs.

Hey Dad … – das waren die ersten Worte, die Milan auf die oberste Zeile gekritzelt hatte. «Wie du siehst, ich habe auch meinen ersten Schritt gemacht», murmelte er.

«Denkst du, du kannst deinem Vater vergeben?», fragte ich. Hedwigs Worte am Nachmittag hatten mich bewegt. Ihr Vater war ein egoistischer Mensch, der sie alleingelassen hatte, aber er hatte sie nie körperlich verletzt. Bei Milan war das noch mal eine ganz andere Hausnummer.

«Ich arbeite noch daran», gestand Milan. «Wenn ich es schaffe, dann nur mithilfe von da oben.» Mit der einen Hand zeigte er zur Zimmerdecke. Wir wussten beide, wer gemeint war.

Gott.

«Und wie Hedwig selbst gesagt hat: Vergebung ist kein Gefühl, sondern eine Wahl. Und wenn ich wählen muss zwischen einem zerstörten Leben und Frieden, dann würde ich mich jedes Mal für den Frieden entscheiden.»

Ich lächelte. «Eine gute Wahl. Von uns beiden.»

«Bis jetzt stehe ich erst am Anfang. Aber alles, was zählt, ist, dass ich begriffen habe: Es muss sich etwas ändern.»

«Glaubst du, dass Gott einen Plan hat mit deinem Leben?», fragte ich.

Ich rutschte tiefer in den Stuhl und führte den Becher an meine Lippen. Der Tee hatte nun endlich die perfekte Temperatur. Nicht mehr heiß, aber noch warm.

«Ganz im Ernst? Bevor ich hierhergekommen bin, hätte ich doch jeden ausgelacht – jeden, der nur schon die *Möglichkeit* in Erwägung gezogen hätte, an einen Gott zu glauben.»

«Und jetzt?»

«Jetzt sehe ich es eher so, dass es einen Grund geben muss … einen Grund, weshalb ich hier bei euch in diesem Haus gelandet bin. Und ich glaube, dass da oben jemand seine Finger mit im Spiel hat und dass er offenbar … hm, dass er ein paar gute Gedanken und Ziele hat für mich. Und dass er mich … wie soll ich das ausdrücken? Dass er mich irgendwie auf gute Art von A nach B bringen will. Ja, das glaube ich. Oder lass es mich so sagen … ich … ich *will* daran glauben.»

«Mein Zuhause ist im Himmel.
Auf der Erde bin ich nur ein Reisender.»

Billy Graham

Kapitel 18
Aufgebot

«Okay, es reicht, Leute!» Meine Worte durchbrachen die eigenartige Stille, die uns am Sonntagnachmittag am Esstisch umgab. Meine Eltern warfen sich schon den ganzen Tag geheimnisvolle Blicke zu. Genauso war es gewesen, als sie Milans Ankunft verkündet hatten. Es machte mich ein bisschen ärgerlich, dass keiner mit mir sprach; ich spürte doch genau, dass etwas in der Luft lag.

Nur Milan schien die ganze Situation nicht im Geringsten zu stören. Er ignorierte das komische Verhalten meiner Eltern einfach und schob sich stumm eine gehäufte Gabel nach der andern in den Mund.

Meine Mutter erschrak wegen meiner lauten Worte; mit einem lauten Klappern fiel ihr das Besteck auf den Teller. David sah das als Aufforderung, es ihr gleichzutun. Er kicherte bei dem Lärm, den er erzeugt hatte, was meine Mutter dazu bewegte, geräuschvoll aufzuseufzen.

«Kann mir mal endlich jemand sagen, was hier eigentlich los ist? Ihr wollt mir doch was erzählen», doppelte ich nach, als sich immer noch keiner rührte.

«Wir haben in der Tat überlegt, ob wir dir davon erzählen sollen, Fiona», druckste mein Vater herum. «Du weißt ja schließlich, warum Milan hier ist. Und deshalb denken wir, dass es gut ist, wenn du auch weißt, was als Nächstes passieren wird», rückte mein Vater endlich raus mit der Sprache.

Wenn es nicht so ernst gewesen wäre, hätte ich die Augen gerollt. Konnte er nicht einfach zum Punkt kommen?

Mein Vater wollte schon wieder ausholen, aber jetzt schien es auch Milan allzu lange zu dauern:

«Ich muss gegen meinen Dad vor Gericht aussagen. Bekam ein Aufgebot. Nächste Woche, Mittwoch.»

Oh.

Alles, was ich noch tun konnte, war zu nicken, mehr nicht. Zu mehr war ich auch gar nicht in der Lage. Betretene Stille breitete sich wieder im Zimmer aus, meine Eltern wechselten einen schweren Blick, und ich fühlte mich wie kalt geduscht und bekam meinen Mund gar nicht mehr zu. Ich hatte mit vielem gerechnet, aber sicher nicht damit.

Milan hingegen versuchte, sich nichts anmerken zu lassen. «Ihr könnt jetzt weiteressen, okay?», forderte er uns leicht genervt auf, aber ich wusste genau, dass ihn die Sache nicht so kaltließ, wie er uns weismachen wollte.

Meine Gedanken drifteten ab. Verstohlen warf ich immer wieder Blicke zu Milan hinüber.

Stumm nahm ich seine Aufforderung an und versuchte mein Essen hinunterzuwürgen. Ich hoffte einfach nur inständig, dass Milan okay war und auch in der kommenden Woche noch okay sein würde.

In der Nacht von Dienstag auf Mittwoch war an richtig tiefen Schlaf nicht zu denken. In meinem Kopf drehte sich alles, und meine Gedanken sprangen immer wieder zurück zu Milan. Ich wälzte mich von links nach rechts, bis ein leises Schaben an der Tür mich aus meinem Halbschlaf weckte.

«Mmh», murmelte ich, während ich blinzelnd versuchte, die leicht verklebten Augenlider zu öffnen.

Ganz langsam ging die Tür auf, ein paar wenige Lichtstrahlen vom Flur fielen in mein Zimmer. Ich richtete meinen Oberkörper im Bett auf und versuchte die Person auszumachen, die im Türrahmen stand. Bevor ich realisiert hatte, wer es war, begann Milan auch schon zu sprechen:

«Kann ich reinkommen?»

Seine raue Stimme drang in mein Bewusstsein und alarmierte sofort jede Faser meines Körpers.

Rasch versuchte ich, meine Haare zu bändigen, die dazu neigten, sich über Nacht in allen möglichen Variationen zu verknoten, dann knipste ich die kleine Lampe neben meinem Bett an. Verwirrt blickte ich auf die Uhr, nur um zu erkennen, dass es ja schon kurz nach eins war.

«Milan, es ist mitten in der Nacht!», gab ich irritiert von mir, aber wem machte ich da was vor? Es war ja nicht so, dass ich mich über diesen Besuch nicht gefreut hätte! …

«Ich kann auch wieder gehen …», gab Milan sich leise geschlagen. Die Enttäuschung, die ich auf seinem Gesicht ausmachen konnte, traf mich mitten ins Herz. Auf einmal wirkte er wieder wie dieser kleine schüchterne Junge, der sich einfach nur nach Sicherheit sehnte.

«Was ist los?», fragte ich nun deutlich sanfter.

«Ich kann nicht einschlafen», brummte er kleinlaut, die Augen auf die Türschwelle gerichtet. «Ich wollte fragen, ob ich bei dir schlafen kann. Bei dir beruhige ich mich irgendwie», fuhr er fort, und es sah fast so aus, als grinse er ein kleines bisschen.

Ich schaute noch etwas tiefer in sein zerknautschtes Gesicht: Milan wirkte irgendwie verloren und, ja, einsam.

Die Tür war immer noch offen, und wenn ich ihm gesagt hätte, dass er gehen solle, dann wäre er sofort weg gewesen, das wusste ich. Aber wie konnte ich diesen Jungen wegschicken? Allerdings: So sehr ich wollte, dass er da war, so genau wusste ich auch, dass er *nicht* hier sein sollte.

Milan wollte doch Abstand. Aber warum ließ er dann nicht zu, dass ich auch Abstand zu unserer emotionalen Nähe fand? Denn ihn immer wieder bei mir zu haben, nur damit er danach wieder verschwand, ließ mich ihn immer mehr vermissen. Irgendwann würde ich nicht mehr in der Lage sein, ihn gehen zu lassen, ohne dass mein Herz genauso wie damals der Badezimmerspiegel in tausend kleine Teilchen zersplitterte.

Rational wusste ich, dass die Antwort definitiv *Nein* lauten sollte. Also legte ich mir meine Worte – leider wenig überzeugend – zurecht: «Das geht nicht, ich meine …», stammelte ich und versuchte einen Grund zu finden, der sich nicht so verzweifelt anhörte wie: *Du brichst mir das Herz, wenn du so weitermachst.*

«Wir müssen auch nicht reden. Ich möchte einfach nur hier sein.» Milan deutete auf das kleine Sofa, das schräg gegenüber von meinem Bett stand. «Ich schlafe auch weit genug weg von dir.»

Ich seufzte. Der Ausdruck in seinem Gesicht war so verzweifelt und hilflos, dass er alle meine rationalen Überlegungen außer Kraft setzte.

«Also schön, komm rein», seufzte ich, wohlwissend, dass ich gerade den schmerzlichen Untergang meines Herzens unterschrieben hatte.

Das ließ Milan sich nicht zweimal sagen. Er schloss die Tür hinter sich und ließ sich auf das Sofa fallen. Amüsiert sah ich ihm dabei zu. Seine langen Beine ragten weit über das Ende der Liegefläche hinaus.

Ich griff neben mich und warf ein Kissen durch den Raum, welches, noch bevor Milan es fangen konnte, einigermaßen weich in seinem Gesicht landete. Ich begann leise zu kichern.

«Danke für die Vorwarnung», murmelte Milan, und auch auf seinem Gesicht breitete sich ein Grinsen aus. Dabei sah er mich aber nicht an. Stattdessen griff er nach der Kuscheldecke, die gefaltet auf dem Polster lag, und wickelte sich darin ein. Er schloss müde die Augen und rollte sich wie ein kleines Baby zusammen.

Ich ermahnte mich dazu, diese Decke nach dieser Nacht fünfmal durch die Waschmaschine zu jagen oder sie vielleicht lieber noch zu verbrennen, wenn ich nicht schon bald wieder Milan-rückfällig werden wollte. Ich hoffte inständig, dass es dafür nicht schon zu spät war.

Zum Glück lagen zwei, drei Meter zwischen uns, was mich davon abhielt, mich wieder in seine Arme zu kuscheln oder ihm mit den Händen über den Rücken zu streicheln.

«Ich mache jetzt das Licht wieder aus, okay?», flüsterte ich in seine Richtung. Ich hatte doch ein wenig Angst davor, mit Milan allein in meinem dunklen Zimmer zu liegen.

Wird er mein pochendes Herz hören?

«Mach das», sagte Milan mit geschlossenen Augen. Er schien sich hier schon völlig zuhause zu fühlen. Ich knipste die Lampe aus und hörte einige Minuten lang Milan einfach nur beim Atmen zu. Dann unterbrach er überraschenderweise die Stille. Es war nicht mehr als ein Flüstern.

«Kannst du morgen da sein, Fiona?»

«Was?», krächzte ich überrumpelt.

«Ich brauch dich da morgen mit mir in diesem verdammten Gerichtssaal. Kannst du einfach hinter mir sitzen?» Er sprach so leise, dass ich ihn jetzt kaum noch hören konnte. Milan schien aufgewühlt zu sein, verunsichert, nervös.

«Ja», sagte ich schlicht in die Dunkelheit hinein, noch bevor mein Gehirn mich mit logischen Gründen davon abhalten konnte. «Ich werde da sein.»

Ein, zwei Stunden zuvor in Milans Zimmer:

Milan geht in seinem Zimmer auf und ab.
Setzt sich anschließend auf sein Bett, stützt die Unterarme auf die Knie, faltet die Hände und schließt die Augen.
Er betet leise.

«Hey Jesus,

ich kann das alles nicht mehr, und ich will es auch nicht mehr können. Mein ganzes Leben ist ein Haufen Dreck, und das weißt du. All das Leiden, all die Angst, die Schmerzen, meine Wut und noch so viel mehr. Ich hab es so satt. Ich hab keinen Bock mehr, das Tag für Tag auf meinen Schultern von einem Ort zum andern zu tragen. Aber ich hab ja auch gelernt: Das muss ich gar nicht mehr.

Also mache ich hier und jetzt meine Entscheidung: Nimm du mir alles ab. Ich glaube daran. Ich glaube, dass du für mich am Kreuz gestorben bist, also hast du ja schon für den ganzen Scheiß bezahlt, oder?

Ich glaube daran, dass es einen Weg aus meiner Dunkelheit gibt. Ich muss daran glauben, denn sonst weiß ich nicht, ob ich noch weiterleben kann.

Ich bitte dich: Mach mit der Dunkelheit Schluss. Komm in mein Leben und gib mir was von diesem Licht, der Wärme und der Freude, die Pfarrer Marcus und Anna-Lena erfüllt. Zeig mir, wie mein Leben aussehen kann, wenn du mit dabei bist. Weil ich will, dass du von jetzt an mit dabei bist.

Morgen werde ich meinen Vater wiedersehen. Ich weiß nicht, ob ich das alleine schaffe. Ich weiß nicht, ob der ganze Groll wieder hochkommen wird, aber ich bitte dich jetzt darum, dass du verhinderst, dass er mir was anhaben kann. Du hast mich bis hierher gebracht. Das hat doch alles seinen Sinn gehabt, oder?

Von diesem Moment an sollen nicht mehr der Hass und die Wut mein Leben bestimmen, sondern du. Mein ganzes Leben habe ich nur die Crap-Version von einem Vater erlebt. Aber ein echter Vater ist doch anders, oder? Ein echter Vater liebt und vergibt und beschützt. So wie du es tust. Ich will diesen guten Vater besser kennenlernen – dich. Ich will dein Kind sein.

Amen.»

Kapitel 19
Gerichtssaal

Wir haben wohl einen zwiespältigen Eindruck hinterlassen, als wir durch die Sicherheitskontrollen des Landesgerichts geschleust wurden: Vorne der Pfarrer mit dem grauen Ziegenbärtchen, der immer vornehm und zuversichtlich war, dahinter zwei noch nicht ganz erwachsene Jugendliche. Der Junge scheinbar selbstbewusst und mit einem starren Blick, der nichts verriet, das Mädchen daneben eher schüchtern und unsicher, überfordert und in sich gekehrt.

Ja, ich traute mich sogar kaum noch zu atmen.

Benimm dich ja nicht wie eine Idiotin, zischte ich mich selber an, nachdem der Kerl von der Sicherheitskontrolle drei Mal wiederholen musste, was er gesagt hatte, weil ich wegen der ganzen Aufregung und einem nervigen Rauschen und Pfeifen in meinen Ohren kaum ein Wort verstand.

Ich ließ meinem Vater und Milan den Vortritt und folgte den beiden eher wie ihr Schatten. Warum hatte Milan mich noch mal mitgenommen? Dachte er wirklich, dass ich ihm helfen könnte?

Zu dritt schlängelten wir uns durch die Gänge des Gerichtsgebäudes. Ich kannte den Weg nicht, und auch Milan schien hier reichlich verloren zu sein. Wir folgten einfach nur meinem Vater, der wie immer auf nicht nachvollziehbare Weise wusste, wo es langging.

Ein Gedanke krabbelte in meinem Kopf von links nach rechts und wieder zurück und wurde immer lauter und lauter, bis ich über fast nichts anderes mehr nachdenken konnte:

Es war mir unmöglich, mir vorzustellen, kein Vertrauen mehr in meinen Vater zu haben. Ich hatte von seiner Seite nie das Gegenteil von Liebe, Schutz und Zuneigung erlebt, empfand also auch nie Misstrauen. Bei Milan war das andersrum, seine Welt hatte anders ausgesehen. Wie musste das gewesen sein?

Mein Blick wanderte für einen kurzen Augenblick zu Milan. Ich presste die Lippen aufeinander, um bloß keinen peinlichen Laut von mir zu geben. Grimmig und mit deutlich mehr Nachdruck wiederholte sich in meinem Kopf:

Benimm dich ja nicht wie eine Idiotin, Fiona Albrecht!

Dann konzentrierte ich mich wieder auf das Hier und Jetzt. Trotzdem schoss ein letzter Gedanke durch mein Hirn, und ich hoffte sehr, dass Milan auf fast «übernatürliche» Weise verstand, was in mir vorging:

Egal, was er dir angetan hat: Es ist jetzt vorbei. Und du bist hier. Hier bei uns; bei Leuten, denen du etwas bedeutest!

Vor den Türen des Gerichtssaals wartete auf Milan bereits der Staatsanwalt, der ihn vertreten würde. Er war ein großer Mann, der kaum noch Haare auf dem Kopf hatte, dazu thronte eine schwarze Brille auf seiner breiten Nase. Die Ohren waren groß und standen einen Tick zu weit ab. Seine buschigen Augenbrauen saßen tief und betonten seinen etwas stechenden Blick.

Er begrüßte die beiden Männer neben mir knapp und sagte zu Milan gewandt noch ein paar persönliche Worte. Dieser hingegen brachte keinen Laut heraus. Während sein Anwalt mit ihm redete, nickte er lediglich, einigermaßen konzentriert den Anweisungen lauschend.

Hin und wieder warf ich einen Blick zu Milan, um zu sehen, wie er sich so über Wasser hielt, während ich still im Hintergrund abtauchte. Er sah ziemlich tapfer aus, die Schultern aufrecht, der Blick wachsam.

Wahrscheinlich bin ich die zerbrechliche Person von uns beiden, gestand ich mir selbst ein. War ja nichts Neues, eigentlich.

Als ich meinen nächsten Kontrollblick zu ihm warf, war sein ganzer Körper komplett verspannt. Da war nichts mehr sichtbar von dem zuversichtlichen Milan, der noch vor zwei Minuten an ebendieser Stelle gestanden hatte. Er erinnerte mich an ein Tier, das vor seinem Jäger in Schockstarre verfallen war. Ich folgte seinen Augen und erkannte sofort den Grund für seine Anspannung:

Sein Vater kam auf uns zu.

Ich musste meine Lungenflügel ganz genau anweisen, wann und

wie sie zu atmen hatten, denn sonst hätte ich mit großer Sicherheit angefangen zu hyperventilieren.

Milans Vater war groß, ungefähr so wie Milan selbst. Doch seine Präsenz füllte den ganzen Korridor. Wegen diesem Mann veränderte sich nun die gesamte Atmosphäre: so als wäre der Raum plötzlich ganz kalt und wären die Böden und Wände mit einer Eisschicht zugefroren.

So fühlt es sich also an, jemanden zu fürchten.

Die Schritte von Milans Dad waren ungewöhnlich laut.

Rums. Rums. Rums.

Er trug einen schwarzen Pulli, der abgewetzt aussah, dazu eine fleckige Jeans, die definitiv ihre besten Jahre schon hinter sich hatte. Auch wenn ich durchaus Ähnlichkeiten zwischen Milan und diesem Mann sehen konnte, so hätte ihre Wirkung auf mich nicht unterschiedlicher sein können.

Im Gegensatz zu Milans durchtrainiertem Körper hatte sich sein Dad gehen lassen. Er schob einen Bierbauch vor sich her, und sein Gesicht war durchzogen von Falten. Selbst von meiner Perspektive aus konnte ich die tiefen blauen Ringe unter seinen Augen ausmachen.

Vor Milan blieb er einen Moment stehen, obwohl der Polizist, der ihn begleitete, ihn weiterschieben wollte.

«Hallo, mein Junge», krächzte er mit rauer Stimme. «Erinnere dich da drin daran, wer deine wahre Familie ist. Dann ist dieses Missverständnis ganz schnell wieder beendet», fügte er dann ganz leise, fast drohend hinzu.

Milan sagte kein Wort, sein Blick ging starr durch seinen Vater hindurch, als wäre dieser unsichtbar. Er zuckte nicht einmal mit der Wimper. Angestrengt konzentrierte er sich wie ich darauf, ruhig ein- und auszuatmen.

Hätte der Polizeibeamte Milans Vater nicht weitergezogen, hätte dieser seinem Sohn sicher noch auf die Schulter geklopft oder Ähnliches. Mir wurde schlecht bei dem Gedanken. Endlich verschwand Milans Vater mit seinem Anwalt im Gerichtssaal, und ich erlaubte mir, nach Luft zu schnappen.

Wir blieben auf unseren Stühlen sitzen, bis eine weitere Person durch den Flur auf uns zukam. Die Frau trug eine weiße Bluse und einen schwarzen Bleistiftrock, ihre blonden Haare hatte sie zu einem strengen Dutt gebunden. Mir fiel sofort auf, wie unglaublich mager sie war; ich konnte gar nichts anderes mehr sehen als das. Sie sah so unendlich fragil aus, es schien nur einen Windstoß zu brauchen, um sie umzuwerfen.

Erst als Milan sie wortlos in eine Umarmung zog, fiel es mir wie Schuppen von den Augen: Bei der mageren Frau handelte es sich um Milans Mama.

Milan flüsterte ihr ein paar Worte ins Ohr, sie zog ihre Lippen zu einem schmalen Strich zusammen und nickte dann einfach nur. Wenige Augenblicke später wurde sie als erste Zeugin in den Gerichtssaal zitiert. Milan drückte sie ein letztes Mal, dann ging das Warten von Neuem los.

Als Milans Name aufgerufen wurde, zuckte ich zusammen. Zu meiner Erleichterung hatte das keiner so recht wahrgenommen. Fast mechanisch erhob sich Milan, und ich warf einen Blick zu meinem Vater, der uns mit einem Nicken zu verstehen gab, dass es Zeit war, den Gerichtssaal zu betreten. Der Kampf hatte begonnen.

Ich sah mich im Gerichtssaal um, sobald wir durch die Tür getreten waren. Den Vorsitz hatte der Richter, welcher von sogenannten Schöffen umgeben war, wie mir mein Vater im Nachhinein erklärte. Rechts und links vor ihm standen jeweils zwei Tische, an denen von ihm aus gesehen rechts der Staatsanwalt und links Milans Vater mit seinem Rechtsanwalt Platz genommen hatten. Gegenüber vom Richter war ein weiterer Tisch, an den Milan sich jetzt setzte, steif wie ein Brett.

Mein Vater und ich saßen hinter diesem ganzen «Zirkus» am Ende des Raumes. Ich hatte mich noch nie zuvor so fehl am Platz gefühlt.

Und dazu muss man anmerken, dass ich mich wirklich schon sehr oft schlecht aufgehoben gefühlt hatte in meinem Leben, Stichwort Klassenzimmer, Schulhausflur, Turnstunden! …

Ich gab mir größte Mühe, mich zusammenzureißen, doch mein Gehirn hatte sich dummerweise dazu entschieden, nicht mehr ganz so zu arbeiten, wie es sollte. Es kostete mich viel Kraftanstrengung, den Worten des Richters zu folgen.

Gerade besah er sich die Beweise, die der Staatsanwalt vor ihm ausgebreitet hatte. Er hatte die Zeugenaussagen von der Nachbarin, von Milans ehemaliger Klassenlehrerin und seiner Mutter bereits gehört und zur Kenntnis genommen.

Dazu lagen ihm Bilder vor. Bilder von Milans Verletzungen und Narben, aber auch Fotos von Hämatomen und Schnittwunden. Diesen Prozess mitzuverfolgen, zerfetzte mein Herz.

Hört alle auf! Könnt ihr nicht sehen, was diese Aussagen und Fotos mit Milan machen?

Ich konnte nur erahnen, wie Milan in diesem Moment litt. Er musste alles noch mal von vorne durchleben. All die Ereignisse, die er zum Teil vielleicht schon erfolgreich verdrängt hatte, wurden noch einmal ans Tageslicht gezerrt. Milan musste genau beschreiben, was geschehen war, wie er geschlagen und gedemütigt wurde.

Ich wollte aufspringen und schreien, dass sie endlich aufhören sollten, aber das durfte ich ja nicht.

Denn das musste alles ausgesprochen werden, damit Milans Vater hinter Gittern landen würde und dieser Spuk endlich ein Ende hatte.

Das folgende Gepöbel von Milans Dad weckte mich aus meinen trance-ähnlichen Träumereien und veranlasste mich wieder dazu, das letzte bisschen Konzentration zusammenzukratzen.

Der Richter verzog bei den Unruhen im Saal keine Miene. Er stellte taff eine Frage nach der anderen und notierte sich einige Stichpunkte. Für ihn war Milan nur *ein Fall,* ein *«casus»,* der bearbeitet werden musste. Er schien gar nicht weiter darauf einzugehen, dass Milan ein Mensch aus Fleisch und Blut war, der fühlte, litt und Schmerzen hatte.

«Milan Koopmann, beschreiben Sie mir einen gängigen Tag bei Ihnen zu Hause», ordnete er an. Ich hätte einiges dafür gegeben, um Milans Blick in diesem Augenblick sehen zu können. Ich wollte ihm Mut zusprechen, aber leider konnte ich nur seinen Hinterkopf sehen. Also blieben mir nur Hoffen und Beten, dass er das Ganze auch ohne mich schaffte.

Milan ließ sich Zeit mit seiner Antwort, sodass der Richter etwas ungeduldig wurde. «Haben Sie mich verstanden?», hakte er unbarmherzig nach.

«Ja.»

«Also bitte: Fahren Sie fort.»

«Morgens hat er zum Glück noch seinen Rausch ausgeschlafen. Das waren die guten Stunden, in denen ich meine Ruhe hatte. Somit hatte ich bis zum Nachmittag nichts zu befürchten. Oft bin ich nach der Schule nicht gleich nach Hause, dafür 'ne Runde auf den Bolzer oder ziellos durch die Stadt ziehen, was auch immer. Hauptsache, nicht zu ihm. Wenn ich dann aber nach Hause kam, war mein Vater meistens angetrunken oder auch komplett dicht, kam beides gleich oft vor.»

Milan sammelte sich kurz, dann fuhr er fort:

«Es brauchte keinen besonderen Grund, um mir eine zu verpassen. Wenn ich zu spät war, gab es Schläge; wenn das Bier aus war, wenn der Fernseher mal nicht funktioniert hat oder ich ihn falsch angeschaut habe. Ich hab versucht, mich in mein Zimmer zurückzuziehen. Aber er hat immer einen Grund gefunden, um mich zu sich zu rufen und dann vollständig die Kontrolle zu verlieren. Ab und zu ist er reingekommen und hat auf mich eingetreten, weil ich ja so faul sei und nichts aus meinem Leben mache.»

Verachtend stieß Milan einen Laut aus, der sich fast wie ein geringschätziges, erzürntes Schnauben anhörte.

«Manchmal hab ich im Keller unserer Wohnung neben den Fahrrädern geschlafen. Doch wenn er mich dann am nächsten Tag gesehen hat, hat er mich angeschrien, wo ich gewesen sei. Irgendwann hab ich es dann ganz gelassen, weil ich es meiner Mum nicht antun wollte, dass sie mit ihm allein sein musste. Er hat sie immer angebrüllt, egal, was sie gemacht hat. Wenn das Essen auch nur ein wenig zu kalt war, wenn der Kühlschrank nicht gefüllt war, wenn sie mal die falschen Kippen für ihn besorgt hat …»

«Jetzt ist aber mal gut, mein Junge!», schrie Frank Koopmann erbost auf. Er war kurz davor, sich von seinem Stuhl zu erheben und aufzuspringen, doch sein Anwalt hatte ihn gerade noch so unter Kontrolle. Er zog seinen Mandanten zu sich und zischte ihm etwas zu, das Milans Vater wieder einigermaßen zur Räson brachte. Dennoch hatte es von hier hinten den Anschein, als würde sein Kopf gleich explodieren.

Na los, mach schon. Explodier! Würde keinen stören!

«Ruhe!», polterte der Richter und wandte sich wieder Milan zu. «Wann genau haben Sie begonnen, Ihre Mutter zu schützen?»

Milan sprach weiter, seine Stimme war mechanisch, sonor und kühl, ich erkannte ihn kaum wieder. Wahrscheinlich war das seine Art, Abstand zu gewinnen von allem. Er brauchte eine Taktik, um diesen Tag hier zu überstehen. Schließlich hätte es keinem was geholfen, wenn er, wie ich es an seiner Stelle getan hätte, zu flennen begonnen hätte.

«Ich hab's lange Zeit erst gar nicht gemerkt …» Milan stoppte. Es brauchte einen Moment, bis er mit gepresster Stimme fortfuhr:. «Sie hat immer Entschuldigungen dafür gefunden, weshalb sie blaue Flecken hatte. Ich Idiot hab's auch noch geglaubt. Irgendwann hab ich ihn dann dabei erwischt, wie er ihr ein Veilchen verpasst hat. Meine Mum wollte mich beruhigen und meinte, dass es schon okay sei. Ich hab Dad angeschrien, dass er's nie wieder tun soll. Beim nächsten Mal hab ich dann zugeschlagen, bevor er ihr was antun konnte. Danach hatte er uns beide auf dem Kieker.»

«Wie oft hat er Sie geschlagen?», fragte der Richter wieder in ganz sachlicher Art, so als ginge es um die Gelegenheitsfrage, was Milan gefrühstückt hatte.

«Ist das nötig?», presste Milan scharf hervor. «Sie haben die Fotos doch da liegen …»

«Wie oft hat er Sie geschlagen?», wiederholte der Richter nun etwas lauter und nachhaltiger seine Frage. Er schien ein wenig die Geduld zu verlieren.

«Täglich. Wenn wir Glück hatten, dann war es nur eine Ohrfeige. Oder ein kurzer Schubser. Aber mindestens einmal in der Woche ist er völlig ausgetickt, hat gerne mal nach dem Messer gegriffen und dann …

na ja, die Resultate liegen ja vor Ihnen», spuckte Milan die Antwort förmlich vor die Füße des Richters.

«Undankbar!», schrie sein Vater wieder auf. «Wir wissen beide, dass es nicht so gewesen ist! Ich habe für dich gesorgt, dich beschützt und dich großgezogen! Sieht so etwa deine Dankbarkeit aus? Du …»

Weiter kam er nicht, da er wieder von seinem Anwalt zum Schweigen gebracht wurde. Die Worte: «Seien Sie endlich still!», konnte ich sogar ganz hinten noch vernehmen.

Vom Richter erfolgte dazu einzig ein bestätigendes Nicken, dann rückte er von Milan ab und ging zu dessen Vater über.

«Wenn das so ist, so legen Sie mir doch bitte Ihre Gründe dar, weshalb Sie Ihrer Frau und Ihrem Sohn gegenüber gewalttätig geworden sind.»

Frank Koopmann schnaufte viel zu laut; er musste sich noch von seiner Schrei-Attacke beruhigen, sodass es einen Moment dauerte, bis er reden konnte:

«Sie sehen meinen Sohn ja: ein Lügenbold! Ich muss doch mein eigenes Fleisch und Blut erziehen. Er hat nicht gehört. Man muss seinen Kindern Respekt beibringen! Und meine Frau …»

Milans Vater redete zu laut und zu schnell. Er musste gezwungenermaßen eine Pause einlegen, damit er sich nicht an seinen eigenen Worten verschluckte:

« … eine Frau hat sich unterzuordnen und für ihren Mann zu sorgen. Ich habe eine schwere Zeit durchgemacht, meinen Job verloren. Das ist die Last, die ich auf meinen Schultern trage. Es ist *ihre* Aufgabe, sich um mich zu kümmern und dankbar zu sein, für alles …»

Er erhob sich wieder und ließ seinen Blick über alle Anwesenden schweifen.

Der Mann ist eindeutig wahnsinnig.

« …für *alles,* was ich ihnen bereits gegeben habe!», brüllte er, wenn irgend möglich noch lauter.

«Interessant», war die einzige Reaktion des Richters, während er etwas aufschrieb.

Vollidiot, Koopmann, Vollidiot! – Mein Hirn rotierte.

«Sie bereuen Ihre Handlungen nicht?», erkundigte sich der Richter mit einem recht harten, durchdringenden Blick.

«Nein!»

Der Rechtsanwalt von Frank Koopmann stöhnte leise auf und ließ sich in seinen Sitz zurückfallen. Er legte beide Hände vors Gesicht und grummelte vor sich hin.

Der möchte jetzt sicher auch am liebsten losheulen.

Der Richter schien von Frank genug gehört zu haben, damit war Milan wieder am Zug:

«Sie haben lange gewartet, bis Sie Anzeige erstattet haben, Milan Koopmann. Warum?»

Zu meiner Überraschung wirkte der Richter in diesem Augenblick fast menschlich. Ja, sogar eine gewisse Verwunderung und – täuschte ich mich? – eine Art Solidarität war in seinen Augen zu sehen. Doch da war noch etwas: Neugier.

Meine Hände ballten sich zu Fäusten, und ich gab mir größte Mühe, meinen Ärger hinunterzuschlucken.

Stille herrschte im Saal. Für eine Weile sagte niemand auch nur eine Silbe, einen Pieps. Sogar Milans Vater hatte sich schmollend in seinem Stuhl zurückgelehnt. Leider dauerte die Stille allzu lange an, und Frank Koopmann schien es so zu deuten, als sei *er* nun wieder an der Reihe.

«Milan, mein Junge, sieh mich an!», forderte er seinen Sohn auf. Milan hingegen blickte weiterhin stur geradeaus.

«Ruhe, bitte!», bellte der Richter durch den Saal, doch Milans Vater hob einfach die Stimme und brüllte noch ein Stück lauter:

«Vergiss nicht, wer deine Familie ist, Kind! Ich hab dich großgezogen, du hast mir einiges zu verdanken!»

«Ruhe jetzt!», schrie der Richter mit Zorn in der Stimme, und danach schwiegen alle Anwesenden tatsächlich für einen kurzen Augenblick. Aber es war eine gespenstische Stille, die alle Haare auf meinen Oberarmen dazu brachte, sich aufzustellen, als seien sie elektrisch aufgeladen.

«Milan Koopmann, antworten Sie bitte.»

Milan wirkte gequält. Seine Hände schlossen sich mit solcher Kraft zu Fäusten, dass ich sogar von meinem Platz aus erkennen konnte, wie sehr sie zitterten. Das erinnerte mich an jenen Morgen, als er sich zitternd am Waschbecken festgeklammert hatte, nachdem der von ihm zertrümmerte Spiegel sich in vielen kleinen Splittern auf den Fliesen des Badezimmers verteilt hatte.

Jetzt konnte ich alles verstehen: die Wut, die Tränen, die Angst. Ich blickte zu ihm und flehte ihn stumm an, mich endlich anzuschauen.

Und tatsächlich.

Milan drehte sich um, und seine Augen suchten die meinen. Alle im Raum sahen ihn gebannt an, warteten auf seine Worte, seine Reaktion gegenüber der Aufforderung des Richters – aber seine Aufmerksamkeit galt nur noch mir. Als unsere Blicke sich trafen, war die Gefühllosigkeit aus seinen Augen gewichen. Er ließ zu, dass ich lesen konnte, was in ihm vorging. Ich antwortete ihm genauso stumm.

Ich hab dich gesehen; ich weiß wer du bist, und trotzdem bin ich hier, dachte ich und hoffte, dass er aus meinem Blick irgendwie herauslesen konnte, dass ich ihn verstand. Einen Moment lang hielt er den so intensiven Augenkontakt aufrecht und tankte Kraft.

Doch uns war beiden bewusst, dass er reden musste, egal, wie grausam das war, egal, wie sehr es ihm wehtat. Milan drehte sich wieder um.

«Man redet sich immer ein, es sei vielleicht nicht ganz so schlimm und würde bestimmt auch wieder besser werden. Dabei merkt man gar nicht, wie viel schlimmer es mit der Zeit geworden ist. Ich habe mir immer wieder gesagt: *Das ist seine letzte Chance!* Aber im Endeffekt kam immer wieder eine neue dazu. Irgendwann hab ich es dann geschafft, mich zu überwinden und meinen Abgang zu planen. Doch meine Mum war noch nicht so weit. Wegzugehen kostete sie noch zu viel Kraft, und ich konnte und wollte sie nicht allein zurücklassen. Doch immer wenn ich sie losreißen wollte, hat bei ihr die Angst gesiegt. Aber bei mir war es genauso: Da war diese Angst, wie mein Leben aussehen würde, wenn ich da rauskäme. Keine Familie, Jugendheim, fremdes Umfeld. Sollte das wirklich besser sein?»

Milan dache ein paar Sekunden nach, räusperte sich:

«Meine Mum hat sich in ihr Schicksal gefügt, und ich habe es ihr gleichgetan. Nach einer gewissen Zeit glaubt man die Lügen, die man immer wieder über sich selbst hört. Ich habe aufgehört, mich zu wehren, habe es einfach über mich ergehen lassen.»

Eine Schöffin meldete sich zu Wort. Im Vergleich zum Altersdurchschnitt in dem Raum war sie noch relativ jung. Ich schätzte sie auf Mitte dreißig. Ihre Stimme war um einiges sanfter als die des Richters. Eine Art von Mitgefühl lag auf ihrem Gesicht, als sie ihre Frage aussprach:

«Wann war der ausschlaggebende Moment für Sie, in dem Sie wussten, dass es nicht so weitergehen kann?»

«Meine Mum war in der Klinik. *‹Ich bin vom Fahrrad gestürzt›*, hatte sie erzählt.» Milan lachte bitter auf: «Ha! Vom Fahrrad gefallen! … Dabei hat *er* sie mal wieder grün und blau geschlagen. Ich war nicht dagewesen, hatte sie nicht beschützen können vor ihm. Mir ist klargeworden, dass ich es *für sie* tun muss. Meine Mum konnte nicht mehr. In hundert Jahren hätte sie niemals die Kraft gefunden, ihn anzuzeigen. Und das war die beste Weise, wie ich sie beschützen konnte. Auch wenn es mir höllische Angst bereitet hat.»

Milan sog die Luft hart ein. «Eine Nachbarin ist vorbeigekommen. Meine Mum hat ihr auch die Story mit dem Fahrrad aufgetischt, aber die hat ihr kein einziges Wort geglaubt. Schon zuvor hatte sie einen Verdacht. Sie hat so lange nachgefragt, bis ich's ihr erzählt hab. Alles. Dafür hat sie mir dann geholfen, zur Polizei zu gehen und ihn anzuzeigen. Sie hat mir noch versprochen, dass es mit mir gut weitergehen würde, ich solle mich nicht fürchten vor der Zukunft. Sie kannte einen Pfarrer, der immer mal wieder Leute bei sich aufnahm, und hat beim Jugendamt ein gutes Wort dafür eingelegt, dass ich vielleicht bei seiner Familie leben könnte.»

Erneut drehte Milan sich um. Ganz kurz zuckten seine Mundwinkel, als er zuerst meinen Vater und dann mich ansah. Dann wandte er sich wieder nach vorne, dorthin, wo der Richter saß:

«Und ja … da bin ich nun.»

Milans Perspektive – Rückblende:

Es war still, als ich die Tür zur Wohnung öffnete. Zu still. Etwas musste passiert sein. Kein einziges Licht brannte. Es war fast gespenstisch. Schnell ließ ich meine Tasche unsanft auf den Boden plumpsen – da war eh nichts Wichtiges drin.

«Mum?», schrie ich panisch, während ich die Tür von jedem Raum öffnete und hoffte, dass ich *ihn* dabei nicht finden würde.

«Ich bin hier», hörte ich nur einen Hauch, als ich meinen Blick durch die Küche schweifen ließ.

«Mum!», rief ich wieder.

Sie hatte sich in die hinterste Ecke der Küche auf den kalten Fliesen niedergelassen. Ihre Knie hatte sie an ihren schlotternden Körper gezogen und ihre Arme darumgelegt. Wie ein kleines Kind wippte sie vor und zurück. Zu den dunklen Schatten unter ihren Augen hatten sich glitzernde Tränen gelegt.

Innerhalb von Sekunden war ich bei ihr. «Mum, sieh mich an!», forderte ich sie auf. Vielleicht ein bisschen harsch, aber für mehr war keine Zeit. Ich musste sehen, was dieser Bastard ihr wieder angetan hatte.

Ich nahm das Gesicht meiner Mum zwischen meine Hände. Ihre linke Wange glühte immer noch, und Mum zuckte leicht zusammen, als ich darüberstrich.

«Geh schnell in dein Zimmer, mein Junge, bevor er zurückkommt. Er soll dir nicht auch noch was antun.»

Ungläubig schüttelte ich den Kopf. Was dachte sie eigentlich? Dass ich sie einfach hier so feige allein zurücklassen würde? Ganz bestimmt nicht!

«Das kannst du mal sofort knicken», sagte ich stur. «Wir sind ein Team, wir halten zusammen. Daran kann er nichts ändern.»

Ein der Angst abgerungenes Lächeln streifte die Lippen meiner Mum. «Du bist ein guter Junge, Milan. Du machst all das Schreckliche in meinem Leben wieder erträglich.»

Ich erwiderte gar nichts, nahm sie nur in meine Arme. Ich wusste nicht, was ich sagen sollte. Ich hatte meine Mum lieb, wie verrückt.

Was gab es da für ein besseres Zeichen, als sie einfach zu umarmen? Ich war grausam behindert, wenn es darum ging, meine Gefühle auszudrücken; eine totale Niete.

Sie schreckte zurück, als ich ihren rechten Arm streifte. Sofort nahm ich ihre verkrümmte Haltung wahr. «Sollen wir ins Krankenhaus?», hakte ich nach, als ich sie vorsichtig hochzuziehen versuchte.

Tapfer schüttelte sie den Kopf.

«Das ist sicher nur geprellt», beruhigte sie mich.

«Meinst du wirklich? Er ist nicht da; er kann uns nicht hindern! Komm, wir könnten schnell den Bus nehmen und zur Klinik fahren. Komm, Mum ...»

Mum strich mir nur mit ihrer heilen Hand über die Haare und lächelte. «Lass nur. Es ist alles okay. Nimm mich nur wieder in die Arme, dann geht es schon.»

Das tat ich dann auch. Wir saßen einfach nur auf dem kalten Boden und hielten uns fest. Ich merkte, wie meine Mum versuchte, die Tränen und das Schluchzen zu unterdrücken und die Verletzungen und Schmerzen zu kaschieren, aber es misslang ihr auf der ganzen Linie. Und wär's ihr auch gelungen – ich wusste ja, wie sehr sie körperlich und vor allem aber auch seelisch litt. Das war ja kein Leben mehr.

Trotzdem sagte ich nichts mehr. Ich hielt sie nur ruhig in meinen Armen und hoffte, dass ich ihr ein Stück von all dem Scheiß von den Schultern nehmen konnte.

Kapitel 20
Jake

Meine Eltern, David, Milan, Jake und ich saßen alle an unserem Esstisch versammelt. Wie war es nur dazu gekommen? Ich hatte absolut keine Ahnung, ich wusste nur eins: Diese Konstellation gefiel mir überhaupt nicht.

Meine Mutter hatte Jake zufällig im Supermarkt getroffen und sich gedacht, dass es eine schöne Idee wäre, wenn er mal wieder vorbeikommen würde. Und so hatte sie ihn kurzerhand eingeladen, ohne dass ich mich dagegen hätte wehren können.

Ja, ich mochte Jake, das war die eine Sache. Es war aber etwas anderes, wenn *meine Mutter* mich nicht besonders subtil mit ihm verkuppeln wollte.

Mir blieb nichts anderes übrig, als zu hoffen, dass meine Eltern nicht damit anfangen würden, einmal mehr zu erzählen, dass sie sich *ebenfalls* im Hauskreis kennengelernt hatten. Denn das würde das Thema in eine völlig falsche Richtung lenken.

Milan stocherte nach einer kargen Begrüßung lustlos in seinen Kartoffeln herum. Ab und zu blickte er genervt zu Jake, der gerade begeistert von seiner Familie in Italien erzählte. Er versuchte dabei das Temperament seiner Mutter nachzumachen, während sie sich mit seiner Oma stritt, und ich musste zugeben, die Geschichte war wirklich lustig. Besonders weil sie eins zu eins zu seiner Mutter passte.

Laut Jake hatten sie sich am Ende mit Schuhen beworfen, und er und seine Schwester hatten sich hinterm schützenden Sofa verschanzt.

Meine Mutter lachte so laut, dass sie sich an ihrem Essen verschluckte und mein Vater ihr auf den Rücken klopfen musste, damit sie wieder Luft holen konnte.

«Entschuldigung», röchelte meine Mutter und wischte sich die Tränen aus den Augen. «Sonst geht es bei uns eigentlich nicht so ungesittet zu», fügte sie halb lachend, halb ernst hinzu.

«Kein Grund, sich zu entschuldigen, ich bin von zuhause so einiges gewöhnt», antwortete Jake, womit er sich das Strahlen meiner Mutter einhandelte.

«Da habe ich keinerlei Zweifel dran – nach dem, was ich vorhin gehört habe», sagte sie, und alle am Tisch lachten wieder.

Alle bis auf Milan. Dieser warf Jake einen weiteren eiskalten Blick zu. Keiner am Tisch merkte es, denn sie achteten gar nicht richtig auf ihn, aber *ich* sah es, denn ich war mittlerweile ziemlich gut darin geworden, seine Blicke zu lesen.

Aber egal, wie oft ich ihn ansah, er blickte nicht zu mir hinüber. Er musste doch merken, dass ich ihn anschaute.

Hey du, ich sitze dir gegenüber, und ich möchte höchst dringend erfahren, was mit dir los ist!, schrie ich ihn in Gedanken an, aber es kam keine Antwort. Dabei hätte mir schon ein Blick gereicht. Am liebsten hätte ich laut und verzweifelt geseufzt, die Situation war einfach zu frustrierend.

Dabei war es im Grunde ja nicht *mein* Problem, dass Milan sich dort am Tisch keinen Spaß erlaubte und dass er Jake ohne Grund zu hassen schien. Und noch weniger war es meine Schuld, dass er mich nicht ansah. Leider machte ich es aber doch zu meinem Problem, dass Milan so grimmig seine Kartoffeln aufspießte.

Nach ein paar weiteren Minuten nutzte ich die Gelegenheit, in die Küche zu entfliehen, um einen Moment aufatmen zu können. Ich schnappte mir die leere Wasserkaraffe und sprang von meinem Stuhl auf. Vom ganzen Sprechen und Lachen war mein Mund schon ganz trocken geworden.

Ich hatte gerade die Karaffe wieder gefüllt und wollte mich zum Gehen wenden, als ich merkte, wie die Tür zufiel. Schreckhaft, wie ich nun mal bin, zuckte ich zusammen; prompt schwappte Wasser über und landete auf den Fliesen.

«Milan, was machst du hier?», japste ich verwirrt, während ich den Wasserhahn abdrehte und mir ein Handtuch schnappte, um die Nässe vom Boden zu wischen. Milan hatte mir gerade einen tüchtigen Schreck eingejagt.

Er sagte gar nichts, sondern blieb einfach stumm, während ich das kleine Malheur beseitigte. Als ich wieder aufsah, funkelte er mich sauer an.

Was ist denn jetzt schon wieder los?

Ich legte den Kopf schief und sah ihm fest in die Augen. Erst jetzt begann er zu reden.

«Was ich hier mache? Die Frage ist doch wohl eher: Was macht *er* hier?», zischte Milan, so als hätten wir den Feind höchstpersönlich hinter unsere friedlichen Mauern gelassen.

«Meine Mutter hat ihn eingeladen, und er ist ein Freund von mir. Du kennst ihn doch auch. Was hast du dagegen?»

Ich wusste nicht, warum ich das so sagte. Hoffte ich, Milan damit eifersüchtig zu machen? Vielleicht. Vielleicht fühlte es sich auch einfach nur gut an, das Wort *Freund* auszusprechen. Es kam so natürlich über meine Lippen, und ich genoss das Gefühl. Außerdem: Worauf sollte Milan eifersüchtig sein?

Wenn er mich wollte, dann war ich da. Es gab nur wenig, was ich seinen intensiven blauen Augen abschlagen konnte. *Er* war der, der mich auf Abstand hielt; er hatte also keinen Grund, hier so eine Show abzuziehen und sich in die Opferrolle zu befördern.

Da standen wir. Es gab nichts, was ich noch hätte sagen können, denn Milan sprach das echte Problem nicht an. Es war etwas los mit ihm, aber es brodelte unter der Oberfläche, und ich konnte einfach nicht recht erkennen, was diesmal in ihm vorging.

«Okay», sagte er, drehte sich abrupt weg und verließ die Küche.

Wahrscheinlich hätte ich jetzt einfach zurück ins Esszimmer gehen sollen, aber das wollte ich nicht, nein, das *konnte* ich nicht. Dieses Mal hatte ich keine Lust, Milans rätselhaftes Verhalten stundenlang zu analysieren, um es irgendwann vielleicht zu verstehen – und vielleicht auch nicht.

Also tat ich das, was ich noch nie zuvor getan hatte: Ich ließ mich von Milan nicht herunterputzen – schon gar nicht so! –, sondern lief ihm hinterher, felsenfest entschlossen, mich mit seinem blöden «Okay» diesmal nicht zufriedenzugeben.

Ich sprintete so schnell die Treppe hoch, dass ich Milan noch vor seinem Zimmer erreichte. Mit all dem Mut, den ich gesammelt hatte, schaffte ich es, die Kraft aufzubringen, ihn an der Schulter zu rütteln und zu mir zu drehen.

«Sag mir, was los ist mit dir!»

Milans Gesichtszüge waren wieder völlig ruhig, doch der Ausdruck in seinen Augen ließ meine Knie weich werden und saugte den gesamten Mut, der gerade noch in meinen Knochen gewesen war, wieder raus. Er sah verletzt aus und einsam, so als hätte er soeben etwas verloren.

Er sagte immer noch kein Wort, also wiederholte ich meine Aufforderung nochmals, dieses Mal jedoch im Flüsterton:

«Jetzt sag mir bitte, was mit dir los ist!»

Leise Gesprächsfetzen sickerten vom Esszimmer her zu uns durch, doch die vier dort unten schienen ganz weit weg zu sein. Ich war ganz fokussiert: Für mich gab es jetzt nur noch uns beide in diesem Hausflur. Milan und mich.

Wie schaffen wir es nur, all unsere bedeutsamen Gespräche immer in diesen Flur zu schieben?

Milan hüstelte ein wenig rum, blinzelte zwei, drei Mal und richtete dann seinen Blick auf einen Punkt an der Wand hinter mir. Ich hasste es, wenn er mich nicht ansehen konnte.

Hätte ich dazu den Mut gehabt, hätte ich einen Schritt auf ihn zugemacht, hätte seine Hände in die meinen genommen und ihm signalisiert, dass alles okay war und er mir vertrauen konnte. Doch meine ganze Energie war schon draufgegangen für die zwei Sätze, die ich eben von mir gegeben hatte. Also blieb ich stumm und wartete, bis Milan endlich zu sprechen begann.

«Es ist dumm … und das weiß ich auch. Aber ich bin irgendwie … ja, okay, ich bin eifersüchtig auf den Kerl … den Kerl da unten. Ich will nicht, dass er da ist oder mit dir redet. Ich will nicht, dass er dich so ansieht oder dass du … über seine Witze lachst.»

Meine Stimme war leicht piepsig, als ich wie ein kleines schmollendes Mädchen die Worte «Das ist nicht fair» herausbrachte. Milan hatte aufgehört, die Decke anzustarren, und nahm wieder mich ins Visier. Gut so. Aber … seine Augen raubten mir den Atem. Die Barriere war weg. Da stand er nun – verwundbar und verletzlich. Ich zitterte leicht, weil ich nun wusste, was ich in Milan ausgelöst hatte.

«Was genau soll da nicht fair sein?», fragte er und wirkte fast ein wenig erschöpft. Vielleicht war seine ganze Gefühlswelt auch langsam zu viel für ihn: seine Vergangenheit, seine Mum, sein Vater, all die Streitereien, der Gerichtssaal, unsere Family, meine Eltern – und nicht zu vergessen: ich …

«Du hältst mich auf Abstand, du lässt es nicht zu, dass ich da bin. Warum willst du dann nicht, dass ich mit jemand anderem Zeit verbringe? Ich bin nicht dein Besitz, Milan! Du kannst nicht entscheiden, was ich tue und lasse. Es ist nicht fair, von mir zu verlangen, dass ich mich gefälligst von dir fernhalten soll, aber im nächsten Moment doch wieder zu erwarten, dass ich immer da bin, wenn du mich in deiner Nähe haben willst.»

So viel hatte sich bei mir angestaut, und es fühlte sich gut an, endlich die Schleusen zu öffnen. Nicht ehrlich zu Milan sein zu können, war das Schwerste gewesen, was ich in all den Wochen hatte ertragen müssen. Egal, was die Wahrheit – *meine* Wahrheit – mit sich bringen würde: Es war gut, sie ausgesprochen zu haben.

Wieder herrschte Stille. Nur die Stimmen von unten und die leisen Knarzgeräusche der Dielen waren zu hören. Milan hatte seinen Blick wieder starr auf den Boden gerichtet.

«Ich weiß, dass es nicht fair ist», murmelte er dann. Seine Stimme war unglaublich rau. «Und wirklich, ich glaub echt, der Kerl passt zu dir. Er ist ’n guter Typ, und er macht die Sachen richtig. Er schlägt niemanden zusammen und hat … wahrscheinlich … auch keine vermasselte Vergangenheit, in der er noch viel schlimmere Sachen angestellt hat.»

Milan legte eine kurze Pause ein, in der er mit den Fingern nervös an seiner Jeans rumfummelte.

«Ich kann nicht zulassen, dass du bei mir bist und irgendwann aufwachst und … bereust, dass du mich gewählt hast. Denn der Zeitpunkt wird kommen, an dem du meine ganzen Narben sehen wirst … und all die Fehler an mir erkennen wirst. Dann wird dir klarwerden, dass du nicht mit mir zusammen sein willst. So ist das.»

Ich wollte protestieren und das Gegenteil behaupten, aber mir verschlug es die Sprache. Ich konnte nur mit offenem Mund dastehen und ihm zuhören.

«Das Problem ist, dass ich dich immer lieber mag, je mehr Zeit ich mit dir verbringe. Und ich merke, dass ich dich immer mehr brauche. Ich hab versucht, es zu verhindern, aber das hat irgendwie nicht so ganz geklappt.»

«Was verhindern?», krächzte ich, und ich hasste meine Stimme dafür, dass sie in den wichtigsten Momenten versagte.

«Ich konnte nicht verhindern, dass ich mich in dich verliebe.»

Das war der Moment, in dem mein ganzer Körper vergaß, was er für eine Aufgabe hatte. Ich musste mich daran erinnern, wieder ein- und auszuatmen, und meinem Mund befehlen, dass er nicht offenstehen solle. Es entzog meinem Körper unheimlich viel Kraft, dass ich nicht einfach auf der Stelle in mich zusammensackte.

«Fiona, Schatz, wo steckst du denn?», rief meine Mutter durch das Haus. «Es gibt gleich Nachtisch!» Ich zuckte heftig zusammen. *Auch das noch!* Ich hatte inzwischen völlig vergessen, dass ich unten meine Familie mit Jake alleingelassen hatte.

Mist.

«Geh schon.» Das war alles, was Milan noch sagte. Er erwartete keine Reaktion von mir, denn im nächsten Augenblick stand ich vor seiner verschlossenen Tür.

Mal wieder.

«Fiona?», hakte meine Mutter nochmals nach, und ich räusperte mich, um meine Stimme unter Kontrolle zu bekommen.

«Ja, bin gleich wieder da.»

Was genau ist da vorhin geschehen?

Dieser Abend konnte ja nur schwerlich noch verrückter werden, aber auf sonderbare Weise schaffte er es doch.

Milan hat sich in mich verliebt, dachte ich, als ich zurück ins Esszimmer kehrte. *Milan hat sich in mich verliebt,* dachte ich, als der leckere Himbeerquark in meinem Bauch landete. *Milan hat sich in mich verliebt,* dachte ich, als meine Mutter Jake offenbarte, dass ich als Zweijährige im Dänemark-Urlaub den Sand am Strand gefuttert hatte.

Es brauchte sehr viel Willenskraft, um hier sitzen zu bleiben und nicht zu Milan raufzustürmen und ihn zu fragen, was das eben gewesen sein sollte.

Aber auch nach dem Abendessen war Jake noch da und hatte ehrenhaft angeboten, das Esszimmer mit der ganzen Unordnung wieder auf Vordermann zu bringen, und so fanden wir uns irgendwie zu zweit in der Küche wieder.

«Ganz schön verrückter Abend, was?», sagte Jake mit einem kurzen Lachen.

«Ja, schon. Sorry für das ganze Chaos», entgegnete ich ebenfalls lachend, aber es hatte etwas Peinliches, Ungewohntes. Das alles passte einfach nicht. Es fühlte sich nicht richtig an, dass Jake hier in unserer Küche stand und Teller in die Spülmaschine räumte. Es war nicht fair ihm gegenüber, weil meine Mutter ihn eingeladen hatte, aber plötzlich fühlte es sich fremd an, ihn hier bei uns zu haben.

«Nein, kein Thema, ich bin ja das viele Drunter und Drüber von zuhause gewöhnt. Das hat Spaß gemacht heute Abend, auch wenn's dich vielleicht ein wenig überrumpelt hat.»

Er warf mir einen kurzen Blick zu, um zu prüfen, ob er recht hatte mit seiner Aussage. *Überrumpelt* war ein schöner Ausdruck, denn ich fühlte mich gerade *von meinem gesamten Leben ganz schön überrumpelt,* und zwar auf sämtlichen Ebenen. Und dann fehlte auch noch Amely, die immer irgendwie Ordnung in mein Wirrwarr gebracht hatte.

Es hat schließlich einen Grund, warum jedes Mädchen eine beste Freundin braucht. Wie sollte man auch sonst mit etwas so Kompliziertem wie Gefühlen umgehen? Ist doch klar, dass das niemand alleine schaffen kann.

Ich lächelte nur schwach und ließ warmes Wasser für den Abwasch der Töpfe ein, aber für Jake schien das Gespräch noch nicht beendet zu sein.

«Wir haben lange nicht mehr geredet. War schön, dich heute wieder mal zu sehen.»

Unbehagen kam in mir auf, als ich merkte, in welche Richtung er das Gespräch steuerte. Ich hatte an dem Tag ja schon eine Liebeserklärung bekommen, die ich immer noch nicht richtig verdaut hatte; da würde ich mit einer zweiten ganz sicher nicht mehr klarkommen.

«Ja, das stimmt. Es gab einfach viele Sachen, die ich erst mal für mich selbst durchdenken musste. Tut mir leid, dass ich mich nicht gemeldet habe.»

«Alles gut, ich mache dir keinen Vorwurf. Ich wollte mich einfach nur vergewissern, dass es dir gut geht. Ich bin hier, wenn du jemanden brauchst, das weißt du, oder?»

«Ja, das weiß ich. Danke», gab ich kurz angebunden zurück und ließ einen der Töpfe in das warme Schaumbecken gleiten. Dann warf ich einen Blick zu Jake – was ich im Nachhinein sehr bereute. Denn jetzt konnte ich nicht mehr weiter die Ahnungslose spielen und so tun, als würde ich gar nicht merken, worauf er hinauswollte.

Sein Blick war besorgt und liebevoll zugleich, so als würde er mich sofort in die Arme schließen, sobald ich auch nur ein Anzeichen von Verletztheit oder Schutzbedürfnis von mir gab.

Diese Küche schien irgendetwas Magisches an sich zu haben, denn zum zweiten Mal an diesem Abend schaffte ich es, den Mut aufzubringen und das auszusprechen, was *wirklich* in meinem Kopf vorging. Ich befreite meine Hände kurz vom Schaum und trat dann einen Schritt auf Jake zu. So nah, dass er wusste, dass wir reden mussten, aber nicht nah genug, dass er auf die Idee käme, irgendetwas anderes zu tun, das nicht aufs Reden hinauslief.

«Okay, hör zu, Jake: Ich hab keinen Plan, wie man so ein Gespräch anfängt, und ich hab da auch absolut keine Erfahrung drin, aber …»

Ich holte kurz Luft, da meine Worte sich überschlugen, weil ich zu schnell redete. Die Augen meines Gegenübers lagen erwartungsvoll auf mir. «Ich will einfach nur sicherstellen, dass wir dasselbe wollen, was unsere Freundschaft angeht. Das ist es nämlich: Ich will mit dir befreundet sein, aber ich werde das Gefühl nicht los, dass du das anders sehen könntest.»

Gut gemacht, Fiona! Klar und sachlich.

Innerlich klopfte ich mir auf die Schulter. Das war ein guter Anfang: offen und ehrlich heraus, damit es zu keinen weiteren Missverständnissen kommen konnte. Denn Drama gab es ja schon genug in meinem Leben.

Jake ließ die Schultern hängen und lachte unangenehm. Dann presste er seine Lippen zusammen und nickte, um mir zu bestätigen, dass er mich verstanden hatte.

«Es tut mir wirklich leid», fügte ich noch an, weil er nichts sagte und ich die peinliche Stille fast nicht ertragen konnte. Aber in Wahrheit tat es mir überhaupt nicht leid. Das Schicksal sollte sich entschuldigen. Oder Gott. Ich konnte nichts für meine bescheuerten Hormone und für die Gefühle, die sich inzwischen so stark auf Milan eingepegelt hatten. Ich konnte nichts dafür, dass mein Herz nicht schneller schlug, wenn ich Jake ansah, auch wenn ich es mir sogar wünschte. Es hätte definitiv einige Dinge einfacher gemacht.

«Nein, dir braucht nichts leidzutun», reagierte er dann nach einigen Sekunden des Zögerns doch. «Die Wahrheit ist: Ich mag dich. Und ich hatte gehofft, dass es dir genauso geht.»

Ja, gehofft, das habe ich auch. In meinem Leben läuft aber leider absolut gar nichts so, wie ich das will.

Ich lehnte mich mit dem Rücken gegen die Kücheninsel und kaute auf meiner Unterlippe herum, während ich fieberhaft überlegte, wie ich dieses Gespräch möglichst elegant beenden konnte. Aber zum Glück übernahm Jake diesen Teil für mich.

«Ich glaube, ich gehe dann mal.»

Ich nickte. «Ist wahrscheinlich besser so», bestätigte ich leise. Wir verließen die Unordnung der Küche; ich begleitete ihn noch zur Haustür und wartete geduldig, bis er sich Jacke und Schuhe angezogen hatte.

Ich wollte gerade die Tür schließen, als Jake sich noch mal zu mir umdrehte. «Ich hatte niemals eine Chance, oder?», fragte er dann. Ein Hauch von Enttäuschung lag in seiner Stimme.

«Wie?», fragte ich verdattert. Ich wusste nicht, worauf der anspielte.

«Ich hab natürlich bemerkt, wie du Milan angeschaut hast. Ich hatte nie wirklich eine Chance bei dir, weil du ihn vorher schon gemocht hast.»

«Geliebt», rutschte es mir heraus, und ich war selber überrascht. Bei Milan bekam ich so oft kein Wort heraus, und jetzt setzte ich Jake – ausgerechnet Jake – als Ersten über meine Gefühle in Kenntnis? Hallo?

Dieser Tag wird immer komischer.

Ich lachte perplex und sagte schnell noch was, bevor Jake überhaupt etwas erwidern konnte. «Ist ja auch egal, wie man es nennt. Aber du hast recht, leider.»

Vielleicht hätte aus Jake und mir wirklich etwas werden können, wenn Milan nicht in mein Leben getreten wäre. Denn Jake war nett und rücksichtsvoll. Er interessierte sich für mich, und meine Eltern mochten ihn, er hörte mir zu und half beim nervigen Abwasch – Extrapunkt!

Zusammengefasst: Jake wäre unter anderen Umständen vielleicht mein Traumprinz gewesen.

Aber die Dinge hatten sich geändert, und das Leben war nicht mehr schwarz und weiß, wie es noch vor Milan gewesen war. Eine Person war nicht mehr einfach nur gut oder böse. Milan hatte mir gezeigt, dass da noch so viel mehr in einem Menschen drin ist als das, was man auf den ersten Blick sieht. Zuerst hatte ich Milan ja auch noch fein säuberlich in einer Schublade wegsortiert.

Jetzt sah ich in ihm nicht mehr den düsteren Jungen, vor dem man sich fürchten und hüten musste. Er war Milan. Das war alles, was ich wissen musste.

Erleichterung überkam mich, als ich endlich die Tür schließen konnte. Um mich von meinem schlechten Gewissen abzulenken, ging ich nochmals zum Abwasch über. Den machte ich so ordentlich wie noch selten zuvor. Doch nach einer gewissen Zeit musste ich mir eingestehen, dass der Topf nun auch nicht mehr sauberer werden würde und es Zeit war, nach oben zu gehen.

Als ich wieder im Flur stand, direkt an der Stelle, an der mir Milan seine Gefühle gestanden hatte, fühlte sich jenes Gespräch doch schon weit weg an.

Meine Finger waren schrumpelig vom warmen Seifenwasser, meine Haare waren unordentlich hochgeknotet, und ich hatte einen roten Soßen-Fleck auf meinem weiß und blau gestreiften Shirt, und die Zähne hatte ich auch noch nicht geputzt – und überhaupt …

Und so schaffte ich es, mir einzureden, dass Milan gelogen und es gar nicht ernst gemeint hatte.

Doch anstatt in mein Zimmer zu gehen, blieb ich im Korridor stehen und holte mein Handy heraus. Wenn ich mich schon Milan nicht stellen würde, dann wenigstens Amely.

Fionas Nachricht an Amely:

Mein Leben ist ein ziemliches Chaos, und ohne dich fehlt mir der Überblick.

Es hat doch einen Grund, warum jede von uns eine beste Freundin braucht!

Ich vermisse dich.

Kapitel 21
Versöhnungsbacken

Am Sonntagnachmittag stand mir überraschenderweise ein blonder Lockenschopf gegenüber. Amely hatte es geschafft, eine rote Wollmütze über ihren Kopf zu zwängen, dazu trug sie einen beigefarbenen Anorak, in dem sie einfach wunderschön aussah. Um den Hals hatte sie einen rot und grün karierten Schal, hinter dem sie ihr halbes Gesicht versteckte. Doch ihre Augen blitzten mich an, sobald sie mich sah.

Verdattert stand ich in der Tür, während die Kälte von außen in unser warmes Haus kroch. «Fiona, es wird kalt im Haus. Wer ist es denn?», hörte ich schon meine Mutter, die sich aus dem Wohnzimmer beschwerte.

«Amely!», begrüßte ich jetzt mein Gegenüber, ungläubig, dass sie wirklich gekommen war.

«Darf ich reinkommen?», fragte sie, mit einem Fuß schon halb im Haus.

«Sowieso», murmelte ich.

«Deine Nachrichten waren schon ziemlich putzig», kommentierte sie mit einem Grinsen, während sie Schuhe und Jacke abstreifte. Sie fühlte sich wieder ganz zuhause.

«Außerdem habe ich von Lorena gehört, dass Jake hier war. Was stellst du nur mit den Kerlen an, Fiona?», redete sie einfach im Stakkato weiter, so als wäre zwischen uns nie etwas gewesen.

«Ähm ja … das ist korrekt, aber da ist noch so viel mehr, das ich dir erzählen muss …», unterbrach ich sie. «Bist du nicht mehr sauer?», piepste ich anschließend unsicher.

Amely schüttelte den Kopf, sodass ihre blonden Locken in alle Richtungen flogen. «Ich weiß, dass es dir leidtut, Fio, und ich habe einfach keine Energie mehr, um sauer auf dich zu sein.»

Erleichtert atmete ich auf. «Gut, weil ich hab dir wirklich einiges zu erzählen», platzte es aus mir heraus.

Amely betrachtete mich kritisch. «Wobei ... da ist noch *eine* Sache, die wir tun müssen, bevor das Kriegsbeil endgültig begraben werden kann.»

Das kann unmöglich wahr sein.

«Versöhnungsbacken!»

Ich war so unglaublich froh, Amely wieder zurückzuhaben, eine riesige Last war von meinen Schultern gefallen. Jetzt war wieder alles so, wie es sein sollte, einfach nur wir zwei zusammen in der Küche, mit lauter Musik und viel Gelächter.

Wir beide hatten uns Kochschürzen umgebunden, meine war rot mit weißen Punkten drauf, auf Amelys Schürze waren rosige Kirschen abgebildet. Sie passte gar nicht zu der weihnachtlichen Stimmung, die zusammen mit den Liedern durch den Raum schwebte.

«I don't want a lot for Christmas, There is just one thing I need, and I don't care about the presents underneath the Christmas tree. I don't», schmetterte Amely viel zu laut und ein wenig schrill durch die Küche. Ich konnte das Lied schon nach den ersten dreißig Sekunden nicht mehr hören, aber Amely hatte es jetzt auf Dauerschleife gestellt. Jedes Mal, wenn ich zum Handy greifen wollte, um den Song zu wechseln, schlug sie mir auf die Finger und behauptete, dass man manche Songs einfach nicht zu oft hören konnte. «Das ist ein Klassiker, der geht immer!»

Die Krönung war dann der Moment, als Amely mich an beiden Händen über den Fliesenboden wirbelte. Ich konnte einfach nur noch lachen, so lange, bis mir die Tränen über die Wangen rollten. Zwischen den ganzen Lacheinlagen versuchte ich ihr dann die Zusammenfassung der letzten Wochen zu geben, und Amely kommentierte natürlich lautstark meine Aussagen.

Genau deshalb war Amely meine beste Freundin: Egal, was los war, sie war immer die positive Seele, die mich so gut es ging aus jedem Griesgram und jeder Melancholie hinausbeförderte. Ohne sie hätte ich die letzten zwei Jahre meines Lebens bestimmt nicht verkraftet. Und die letzten paar Wochen hatten mir verdeutlicht: Auch jetzt brauchte ich sie immer noch zur Trauer- und Lebensbewältigung.

Nach unserer kleinen Tanzeinlage widmeten wir uns dann wieder dem Teig, der ausgerollt vor uns auf dem Küchentisch lag. Gerade als ich ein Tannenbaumförmchen in den Teig drückte, hörte ich, wie jemand geräuschvoll die Treppe heruntertrampelte. Wenig später klopfte es an der Küchentür und Milan streckte seinen Kopf herein.

«Fiona, kannst du endlich diese Höllenmusik ausmachen?» Als er Amely erblickte, die ihn bereits frech angrinste und sich ganz scheinheilig ein Stückchen Teig in den Mund schob, verstummte er.

«Oh. *Du* bist hier?», brachte er, fragend an Amely gewandt, etwas bedripst hervor.

«Sieht so aus. Wir sind dabei, Versöhnungsplätzchen zu backen, damit das ganze Haus was davon hat», rief Amely scherzend.

«Willst du mitmachen?», fragte ich hoffnungsvoll.

«Ich will euch wirklich nicht stören ...», antwortete Milan ausweichend, schielte aber fast ein wenig sehnsüchtig zum Teig. Amely hingegen nahm weniger Rücksicht auf Milans Zurückhaltung, und nach all dem Neuen, das sie heute über ihn erfahren hatte, wusste ich, dass sie geradezu danach dürstete, Milan besser kennenzulernen.

«Papperlapapp», sagte sie schlicht. «Wir brauchen Hilfe in der Weihnachtsbäckerei», stellte sie klar, dann schien sie für einen kurzen Augenblick in Gedanken. «Das ist ja voll die geniale Idee von mir ...»

Schnell eilte sie zu ihrem Handy und stellte *All I want for Christmas* ab. Milan murmelte leise: «Gott sei Dank», aber nur Sekunden später hatte Amely schon das Kinderlied *In der Weihnachtsbäckerei* auf volle Lautstärke aufgedreht und sang lauthals mit, was Milan dazu veranlasste, sich beide Hände vors Gesicht zu schlagen.

«In der Weihnachtsbäckerei gibt es manche Leckerei. Zwischen Mehl und Milch macht so mancher Knilch eine riesengroße Kleckerei. In der Weihnachtsbäckerei. In der Weihnachtsbäckerei ...»

Milan warf mir einen leicht verstörten Blick zu. Wahrscheinlich ging er in seinem Kopf noch mal seine Optionen durch und überlegte sich, ob er *wirklich* in diesem Raum bleiben sollte.

«Ach, das ist völlig normal», tat ich das Ganze mit einer wegwerfenden Handbewegung ab. Dabei musste ich fast schreien, damit Milan mich über Amelys nächste Strophe hinweg verstehen konnte:

«Wo ist das Rezept geblieben von den Plätzchen, die wir lieben? Wer hat das Rezept verschleppt? Na, dann müssen wir es packen, einfach frei nach Schnauze backen. Schmeißt den Ofen an …»

Erst nachdem Amely das Lied bühnenreif performt hatte, konnten wir mit Milans tatkräftiger Unterstützung mit der Plätzchenproduktion fortfahren. Ein wenig missmutig hatte er sich sogar eine Schürze umgebunden. Zu seinem Nachteil war nur noch eine mit rot-rosa-farbenem Blumen-Aufdruck übriggeblieben, und Amely wies mich strikt an, dass ich ja nicht tauschen solle: «Wer zu spät kommt, den bestraft das Leben. So sind die Regeln!»

Ich musste schon zugeben: Die süßen Blümchen standen Milan echt hervorragend, auch wenn die Schürze einige Nummern zu klein war und ihm seinen halben Brustkorb abzuquetschen schien. Dennoch hatte er je länger je mehr einen Heidenspaß bei der Plätzchenproduktion. Ich hatte ihn noch nie so sorglos gesehen.

«Ich hab als Kind mit meiner Familie nie viel Plätzchen gebacken – total schade», murmelte Amely völlig vertieft in ihre Arbeit. Sie war schon dabei, die erste Fuhre Plätzchen mit bunten Streuseln zu dekorieren.

Amely war der lustigste und lockerste Mensch, den ich kannte. Sie ließ sich meistens nichts anmerken, wenn ihr etwas wirklich unter die Haut ging. Ich wusste, wie sehr sie sich wünschte, dass ihre Eltern ein wenig mehr wie die meinen wären. Ein wenig herzlicher, ein wenig interessierter an dem Leben ihrer Tochter – und vielleicht auch noch ein wenig mehr anwesend. Aber Amelys Eltern hatten ziemlich viel Geld; der Preis, den sie dafür zahlten, war jedoch, dass sie viel Zeit in ihre Firma stecken mussten, welche sie zusammen aufgebaut hatten. Mehr als einmal hatte Amely das Gefühl gehabt, dass eher die Firma als sie selbst das geliebte Baby war.

Milan schien genauso konzentriert zu sein wie Amely, dennoch antwortete er ihr mit: «Ach, ist das so? Warum denn nicht?» Er war wie immer ziemlich direkt und redete bei solchen Gelegenheiten nicht lange um den heißen Brei herum, aber Amely machte das überhaupt nichts aus.

«Meine Eltern waren oft einfach nicht da, und dem Kindermädchen war das Ganze zu viel Arbeit. Und wenn meine Mum mal zuhause war, war sie sich auch zu fein, ihre Nägel in Teig zu stecken und sich mit Mehl die Bluse dreckig zu machen. Da war sie dann ganz die noble Dame.»

Milan musterte sie durchdringend. «Das kann ich mir, wenn ich dich so sehe, gar nicht vorstellen.»

«Vielen Dank!», rief Amely erleichtert aus. «Ich habe mir auch sehr viel Mühe gegeben, nicht so Schickimicki wie meine Eltern zu werden. Zum Glück wurde ich dann in relativ frühen Kindertagen von der Familie Albrecht sozusagen adoptiert. Und in diesem Haushalt werden jedes Jahr, pünktlich zur Winterzeit, Bleche voll mit Gebäck hergestellt.»

Sie machte eine kurze Pause, um Zuckerguss auf einen Plätzchen-Stern tropfen zu lassen. «Wie sieht das bei dir aus, mysteriöser Milan?», murmelte Amely verschwörerisch vor sich hin. Milan schien für einen Moment ein wenig überfordert mit Amelys steiler Offenheit.

Amely! Mysteriöser Milan? Noch unkreativer geht es ja gar nicht! Puh …

«Früher, als ich klein war, so sechs oder so, haben wir auch öfter gebacken, aber später dann auch nicht mehr … Wir hatten …»

Milan suchte händeringend nach den richtigen Worten, und für einen Moment wünschte ich mir, dass Amely nicht so direkt gewesen wäre. Aber als ich ihn näher betrachtete, fiel mir auf, dass es Milan trotzdem nicht unangenehm zu sein schien – eher ein wenig ungewohnt.

«Plätzchen sind ein Zeichen der Liebe, und in unserem Haus war davon fast nichts vorhanden. Bei meiner Mum schon, aber bei meinem Vater – null …»

Milan sah für einen Moment suchend zu mir hin, dann rüber zu Amely, die zur Abwechslung ein wenig ernster wirkte.

Ein Lächeln streifte ihre Lippen. Sofort lockerte sie die Stimmung wieder auf. «Dann können wir uns ja beide privilegiert nennen, jetzt bei den Albrechts zu sein», sagte sie in feierlichem Tonfall.

Amely packte ihr Handy und startete die *Weihnachtsbäckerei* von vorne. «Sehr passend zum Thema», sagte sie und sang wieder mit.

Milan lachte seine Anspannung, die wegen der Erwähnung seines Vaters aufgekommen war, einfach weg. Irgendwann konnten wir beide Amelys ansteckender guter Laune auch nicht mehr widerstehen und sangen einfach aus voller Kehle mit.

«Ich geh dann wieder nach oben, okay?», kündigte Milan an, nachdem wir das letzte Blech mit Keksen in den Ofen geschoben und er vorbildlich den Tisch abgewischt hatte. Die Schüsseln standen gestapelt in der Spüle, in die Amely gerade heißes Wasser einließ. Sie hatte ihre Ärmel hochgekrempelt und sah aus wie eine richtige Hausfrau. Ich grinste bei dem Gedanken, dass sie irgendwann mal fünf Kinder haben würde, die alle genauso aufgedreht wären wie sie.

Kein noch so aktiver Racker würde Amely je aus der Bahn werfen können, da war ich mir sicher.

Ich nickte Milan kurz zu, doch dann setzte Amely mit gespielter Empörung ein: «Das ist jetzt ja mal wieder typisch Mann! Sobald es Arbeit gibt, verdrückt er sich. Er hatte natürlich einen harten Tag, fühlt sich saumüde, will sich vertschüssen – jaja, das kennen wir. Nichts Neues unter der Sonne. Aber Entschuldigung, der Herr: Sollen wir jetzt etwa alles *alleine* aufräumen? Nur weil wir Frauen sind?!?»

Milan sah sie überrumpelt an. Amely hatte wirklich seine harte Schale gebrochen, und das in nur vierzig Minuten. Hätte ich sie mit ihrer Theater-Einlage nicht auffliegen lassen, hätte Milan hundertprozentig kleinlaut mit uns abgetrocknet.

Ich muss zu seiner Verteidigung aber auch sagen, dass es wirklich überzeugend war, wie Amely so dastand mit der Kirschen-Schürze, mit dem Mehl auf ihrem scheinbar so empörten Gesicht und mit den Armen, die sie demonstrativ in die Hüften gestemmt hatte. Und hätte ich sie nicht schon so viele Jahre gekannt, wer weiß, vielleicht wäre ich dann auf ihre imposante Performance ebenfalls reingefallen. Gedanklich machte ich mir jedenfalls eine Notiz, dass ich sie ermutigen sollte, der Theater-AG in ihrer Schule beizutreten.

Ich konnte mich nach einiger Zeit des Schweigens nicht mehr halten und brach in schallendes Gelächter aus. Jetzt war der arme Milan völlig überfordert. Ich wollte gerade etwas sagen, doch da löste Amely selber ihr Verwirrspiel auf.

«Das war doch nur 'n kleiner Spaß, Milano mio. Und jetzt hau schon ab, die beiden Frauen hier im Raum rocken den Rest schon alleine.»

Es freute mich, wie locker Amely nach allem, was ich ihr über ihn erzählt hatte, mit Milan umgehen konnte. Sie wirkten fast wie alte Freunde.

«Deine Freundin ist echt verrückt», murmelte Milan zu mir gewandt und schüttelte den Kopf. Doch ich sah, wie seine Mundwinkel nach oben schnellten, während er rasch die Küche verließ.

Oh ja, das ist sie. Aber ich bin unendlich dankbar dafür.

Milan war gerade aus dem Raum getreten, als Amely mich durchdringend anstarrte. «Na, jetzt geh endlich und sag's ihm», zischte sie mir zu, sodass ich keine andere Wahl hatte, als Milan hinterherzueilen.

«Wart noch mal», sagte ich hastig, ging noch mal zurück und schloss die Küchentür. Auch wenn ich Amely wirklich lieb hatte, sollte sie nicht jeden meiner intimen Momente mitbekommen. Das hier war zwischen Milan und mir.

«Wegen Samstagabend, ähh ...», fing ich an und wurde ein wenig rot im Gesicht, auch die Beine begannen leicht zu kribbeln.

Wie macht man dem Kerl, den man so sehr mag, eine Liebeserklärung? Vor allem, wenn man noch eine rot gepunktete Schürze trug und die Haare wahrscheinlich mit Mehl und Teig verklebt waren?

Attraktiv geht anders ...

Ich war nicht darauf vorbereitet auf das, was ich jetzt sagen wollte. Ich hätte mir Zeit lassen und vorher noch eine Liste mit Stichpunkten anfertigen sollen.

Milan deutete mein Zögern mitten im Satz aber leider völlig falsch. Er winkte ab und tat so, als wäre es ihm egal, was ich sagen wollte. War es ihm wirklich egal?

Es kann ihm doch nicht egal sein!

«Wollte dich nicht in Verlegenheit bringen. Musste einfach nur raus.» Er reckte sein Kinn in Richtung Küche. «Bin froh, dass ihr beide euch wiederhabt. Sie tut dir gut.»

Dann war er auch schon verschwunden, bevor ich mich erklären oder irgendetwas anderes sagen konnte.

Maybe it's okay if I'm not okay
'Cause the One who holds the world is holding on to me
Maybe it's allright if I'm not allright
'Cause the One who holds the stars is holding my whole life

«Maybe It's Ok» – We are Messengers

Kapitel 22
Gefängniskuss

Als ich aus dem Schulgebäude hinaustrat, blies mir ein heftiger kalter Wind entgegen, und ich vergrub meine Nase tiefer in dem weichen Schal, den ich eng um meinen Hals gewickelt hatte. Das Wetter ließ alle spüren, dass wir nun schon den zweiten Dezembertag erreicht hatten. Eine winterlich frostige Stimmung umgab mich.

Aber weder das Wetter noch mein Alltag stimmten mich auf Weihnachten ein. Neben den ganzen Tests und Arbeiten in der Schule, die ich noch hinter mich bringen musste, war da noch Milan, der für meinen seelischen Stress sorgte. Es fühlte sich an, als wären wir wieder zum Punkt «Tag 1» zurückgekehrt, seitdem er mir seine Gefühle gestanden hatte. Er konnte mich noch nicht einmal richtig ansehen. Zwischen uns immer *das* Indiz, dass uns ein seelischer Graben trennte und er mich nicht näher an sich heranlassen wollte.

Unser Gespräch vor der Küche – oder eher mein kläglicher Versuch, ihm meine Liebe zu gestehen – war jetzt schon ziemlich genau eine Woche her, und ich hatte immer noch nicht den Mund aufbekommen, um ihm die Wahrheit zu sagen. Immer wenn ich kurz davor war, überlegte ich es mir doch anders. Und je intensiver ich darüber nachdachte, desto schwieriger wurde es.

Irgendwo in meinem Kopf hatte ich abgespeichert, dass meine Liebeserklärung wie im Film sein müsste, hochdramatisch und mit emotionaler Musik, am besten mit Geigen um uns herum. Da schien es nicht so angebracht, wenn ich Milan morgens im Bad nach dem Zähneputzen ein *«Übrigens, ich liebe dich auch!»* zumurmelte.

Verloren fand ich mich im Strom der vielen Schülerinnen und Schüler wieder, die alle den Weg nach Hause unter die Füße nahmen, während ich versuchte, Milan auf dem Schulhof auszumachen. Genau in diesem Moment fand ich ihn mitten im Rummel. Er lief nicht wie alle anderen zu dem Schulbus, sondern in die entgegengesetzte Richtung.

«Milan!», rief ich und quetschte mich zu ihm durch. Gegen alle Erwartungen musste er mich gehört haben, denn er blieb stehen und sah sich suchend um, bis er mich in dem ganzen Pulk erkannte.

«Na los, geh schon, der Bus wartet nicht auf dich», wies er mich an, und es versetzte mir einen kleinen Stich ins Herz, dass er mich schon wieder loswerden wollte.

«Wohin gehst du?», fragte ich verwundert, denn seine Formulierung ließ keinen Zweifel daran, dass er nicht mitkommen würde.

Er atmete kurz durch und sah an mir vorbei, als er die Worte aussprach. Schon allein, sie zu formulieren, kostete ihn offenbar unglaublich viel Überwindung.

«Meinem Dad 'nen Besuch abstatten.»

Oh. Das ist ja mal eine Überraschung.

Milan wollte seinen Vater im Gefängnis besuchen.

Warum?

Fragen brannten mir unter den Nägeln, aber ich sprach sie nicht aus. Noch im selben Moment, in dem Milan ausgesprochen hatte, wo er hinging, war für mich alles klar. Deshalb sagte ich nur:

«Okay, dann komme ich mit.»

Mir war mulmig zumute, als wir vor dem Gefängnisgebäude standen. Ich hatte mir noch nie zuvor Gedanken darüber gemacht, wie ein Gefängnis aussah, aber sicher hatte ich nicht gedacht, dass es *so* aussah: einfach nur wie ein großer grauer Klotz, fast unscheinbar. Milan schien das alles nicht zu stören, und ich lief einfach nur stumm neben ihm her. Für einen kurzen Augenblick überlegte ich mir, ob Milan mich überhaupt dabeihaben wollte.

Hirn an Herz, Hirn an Herz: Gratulation, Fiona, da bist du jetzt aber früh draufgekommen!

Mit solchen und ähnlichen Gedanken machte sich die bewusstere Hälfte meines Seins höhnend über meine emotional-spontane Seite lustig. Aber wäre es jetzt wirklich besser gewesen, einfach umzukehren oder hier zu warten, bis er wieder draußen war?

«Sekunde noch, ich woll…», stoppte ich Milan, kurz bevor wir eintraten, mit meiner bröckelnden, fast versagenden Stimme.

Na toll, Weichei. Mal wieder.

Als Milan sich umdrehte, sah er mir endlich wieder in die Augen; nicht so oberflächlich oder kühl, wie es die letzten Tage gewesen war, sondern *richtig*. Das intensive Blau seiner Augen raubte mir für einen Moment den Atem, und ich musste mich mit ganzer Kraft daran erinnern, was ich sagen wollte.

Milan hingegen blickte mich immer noch an, kein Wort kam aus seinem Mund. Die Art, wie er dastand, seine ganze Ausstrahlung, sie erzeugten wieder ein Stückchen Nähe zwischen uns.

Ist das jetzt vielleicht der richtige Zeitpunkt, um ihm meine drei Worte zu sagen?

Schnell schüttelte ich die zweifelnden Gedanken wieder ab und hustete kurz, damit meine Stimme sich nicht in einem Krächzen verlor.

«Willst du, dass ich hier warte?»

Auch wenn ich mir große Mühe gab, meiner Stimme Stärke und Volumen zu verleihen, so war sie dennoch nur ein Flüstern.

Irritiert sah Milan mich an. «Du bist den ganzen Weg hierher mitgefahren, um jetzt vor der Tür in der Kälte zu stehen?»

Okay, wenn er es so ausdrückt, dann wirkt es tatsächlich nicht so sinnvoll.

«Hast du Schiss?», hakte er nach und machte einen Schritt auf mich zu. Lag da Besorgnis in seinen Augen? Dieser Junge schaffte es echt immer wieder aufs Neue, mich zu überraschen.

Ja, natürlich hatte ich Angst. Ich stand hier gerade vor einem Gefängnis, um den Schläger-Vater des Jungen zu besuchen, den ich liebte; den Typen, der für Milans Albträume und unzählige Narben auf seinem Rücken und auf seiner Seele verantwortlich war.

Ich hatte diesen Mann schon im Gericht gesehen, und das hatte mir bis ans Ende meiner Tage eigentlich gereicht. Nicht vorstellbar, was Milan durchmachen musste.

Milan – das war hier genau das richtige Stichwort. Egal, was *ich* fühlte, Milan musste es noch viel, viel stärker verspüren, und einmal mehr hatte ich so furchtbare Angst um ihn, dass es mir Tränen in die Augen trieb.

Heul nicht rum, du dumme Möhre, hörte ich Amelys Stimme in meinem Kopf, so als stünde sie neben mir. Ich war froh, dass diese harschen Worte mich wieder in die Realität zurückbugsierten.

«Hey, alles cool, du kannst auch draußen bleiben.» Mit einem Mal wurde Milan wieder sensibel. Er passte auf mich auf; er wollte, dass es mir gut ging, und das war mir genauso viel wert wie die drei Worte, die er zu mir im Flur gesagt hatte. Ich spürte, dass er sie ernst meinte. Wenn er jetzt nicht weitergeredet hätte, dann hätte ich sie auch zu ihm gesagt.

«Ich kläre das alleine. Du musst dich nicht gezwungen fühlen, da mitzukommen, okay?», machte er mir klar, weil ich immer noch kein einziges Wort von mir gegeben hatte. Ich riss mich zusammen und zwang mich endlich dazu, den Mund wieder aufzumachen.

«Ich habe Angst, aber am meisten um dich», stotterte ich herum. Es war furchtbar kitschig, aber im Moment war es die Wahrheit. «Ich weiß nicht, ob du mich dabeihaben willst, schließlich ist es dein Vater, und ich will euch da nicht im Weg stehen.»

Milan war ein Stück zurückgewichen und hatte die Hände von meinen Schultern genommen, als er merkte, dass ich mich wieder gefangen hatte. Und für einen kleinen Moment wünschte ich mir, ich hätte einfach angefangen zu heulen, nur um wieder von ihm umarmt zu werden.

Er musterte mich eindringlich und ließ sich Zeit, bis er mir antwortete. «Ich habe dich nicht gefragt, ob du mitkommst, weil ich dich schon beim Gerichtsprozess gefragt hatte. Ich weiß, dass es dich mitgenommen hat, und ich wollte nicht, dass du das noch mal sehen musst … dass du *ihn* noch mal sehen musst.»

Sein ganzer Körper spannte sich an, als er das sagte, und für einen Augenblick musste er den Blick von mir abwenden, um die Fassung nicht zu verlieren.

«Das hier ist meine Baustelle, die ich angehen muss, ob ich will oder nicht.»

Noch einmal machte er eine kurze Pause. «Aber wenn ich mich entscheiden muss, ob du dabei bist oder nicht, dann würde ich mich immer dafür entscheiden, dass du dabei bist. Du machst alles um einiges einfacher, ob du's glaubst oder nicht.»

Ich nickte schlicht, war viel zu gerührt, um weiterzusprechen oder mich auf irgendeine Weise zu seinen Worten zu äußern.

Damit war die Sache für ihn geklärt, und Milan wechselte wieder in den Überlebensmodus. «Also, können wir dann?»

Ich bejahte stumm, und gemeinsam traten wir in das Innere des Gefängnisses.

Und das war gar nicht so einfach. Zu meiner Überraschung gab es eine richtige Anmeldung, an der wir unsere Personalausweise zücken mussten. Als wir diesen Schritt vollzogen hatten, kamen mehrere Polizeibeamte, öffneten uns etliche schwere Türen und Tore, die hinter uns wieder geschlossen wurden. Wir befanden uns in einem Labyrinth von Korridoren, und ich hätte alleine nie wieder den Weg nach draußen gefunden, das wurde mir schon bald klar.

Meinen fetten Ranzen, den ich die ganze Zeit mit mir rumschleppte, quetschte ich in einen Spind, der dafür fast zu klein war. Es war schon ein bisschen ironisch mitanzusehen, dass Milan für den exakt gleichen Schultag mit den exakt gleichen Fächern nur einen schlaffen Turnbeutel dabeihatte.

Danach waren wir weiteren Beamten gefolgt, wurden durch schwere Gittertüren begleitet, die mit einem lauten *Rums* hinter uns zufielen. Milan schien das alles ziemlich kaltzulassen. Während ich bei jedem Knallen einer Tür, jedem Piepsen und Blinken der Zahlen-Code-Kästen und jedem Klimpern eines Schlüsselbundes zusammenfuhr, blickte er nur stur geradeaus und zuckte nicht einmal mit der Wimper. Seine Konzentration schien ganz aufs Innen gerichtet; das Außen prallte an ihm ab und war jetzt nicht wichtig für ihn.

A man on a mission …

Und da waren wir nun: Wir saßen in einem kahlen Raum, der keine Fenster hatte. Der Stuhl, auf dem ich Platz genommen hatte, war kalt und unbequem, und wenn ich mich bewegte, quietsche er unangenehm laut auf dem Linoleumboden.

Milan saß rechts neben mir. Hinter uns war die Tür, durch die gleich Frank Koopmann eintreten würde. Vor uns stand nur ein metallener Tisch, offenkundig am Boden verschraubt. Dieser Tisch würde die einzige Barriere zu Milans Vater darstellen.

Die Deckenlampe surrte leise vor sich hin und machte mich noch nervöser, als ich es ohnehin schon war.

Als die Tür aufgeschlossen wurde, begann mein Herzmuskel auf Hochtouren das Blut durch meinen Körper zu pumpen – mir wurde abwechselnd heiß und kalt. Wenn ich jetzt aufgestanden wäre, wäre ich mit meinen zitternden Beinen wie ein nasser Sack sofort auf dem Boden gelandet.

Aber zum Glück bat mich auch keiner aufzustehen, und somit blieb ich genau dort, wo ich war, und verfiel in eine Schockstarre. Genau das, was Tiere so tun, wenn ihr Feind ihnen gegenübersteht. All die Jahre meines Lebens hatte ich das bisher als Schwachsinn abgetan, aber gerade in diesem Moment konnte ich jedes noch so dämliche Kaninchen verstehen. Es gibt Momente, wo man nicht mehr davonrennen kann, weil man wie gelähmt ist; also zieht man's durch und stellt sich tot. Meerschweinchen wissen das; für mich aber war's neu.

Milans Vater betrat zusammen mit einem Wachmann den Raum, und ich zwang mich dazu, ihn zu mustern. Milan starrte unterdessen immer noch geradeaus.

«Setzen Sie sich, Herr Koopmann», sagte der Polizist ruhig, nachdem er die Handschellen entfernt hatte. Zu meiner Besorgnis bemerkte ich, dass der Beamte noch äußerst jung war.

Weiß der überhaupt, was er tut?

Ich war kurz davor aufzuspringen, in den Flur zu eilen und zu rufen: *Hallo? Könnten wir bitte einen kompetenten Polizisten haben? Dieser hier ist eindeutig zu jung, und ich habe eine Heidenangst!*

Aber beim genaueren Nachdenken schien mir das dem Polizisten gegenüber auch nicht fair. Vielleicht hatte er sich einfach nur gut gehalten oder hatte sogar viel mehr Erfahrung, als man es ihm ansah. Diese Hoffnung trug mich durch den Augenblick.

Aber es blieb mir eh keine andere Wahl mehr, denn der Wachmann verriegelte die Tür wieder ordnungsgemäß und setzte sich in geringer Entfernung auf einen weiteren Stuhl, der an der Wand lehnte.

Der Gedanke, dass er nur zwei Meter weit weg von uns saß und dank der Festnahmetechnik zu jedem Moment Milans Vater im Polizeigriff wieder zur Räson bringen konnte, besänftigte mich ein wenig und veranlasste meinen Körper dazu, ein bisschen ruhiger zu werden. Und immerhin: Mein Körper lebte wieder, ich spürte ihn wieder. Fertig mit Schockstarre.

Jetzt erlaubte ich es mir, Milans Vater noch intensiver anzuschauen. Er wirkte noch schmieriger als im Gerichtssaal. Seine Haare waren kurz und grau, nur vereinzelt konnte man noch dunkelbraune Strähnen erkennen. Sein Gesicht war von tiefen Furchen durchzogen, seine Haut uneben, dazu zog sich ein Dreitagebart über seine Wangen und ließ ihn noch ungepflegter erscheinen.

Am schlimmsten allerdings war sein überlegenes Grinsen, das den Blick freigab auf seine gelblichen schiefen Zähne.

Der Mann saß im Gefängnis, und sein Sohn hasste ihn. Wie konnte er da immer noch so siegessicher auftreten, so als hätte er immer noch Macht über Milan?

«Mein Sohn, hast du dich doch noch dazu entschieden, deinem alten Herrn die Ehre zu erweisen?», sagte er spielerisch und pseudolocker, nachdem Milan sich nicht rührte. Die Stille wurde unerträglich laut.

Frank Koopmann sagte es so, als wäre da nie etwas zwischen ihnen vorgefallen. Als wäre es normal, so mit seinem Sohn zu sprechen.

Milans Vater lachte höhnisch, so laut, dass er sich verschluckte und zu husten begann. Es war ein kratziger Raucherhusten, der mich sofort anwiderte.

Es sah so aus, als hätte jahrelanger Alkoholkonsum tiefe Spuren der Verwüstung in sein Gesicht gezeichnet. Ich hoffte fast, dass es so war. Denn dann hätte man seine Gewaltausbrüche auf das Gift in seinen

Adern zurückführen können statt auf seine kranke Psyche. Verrückt sein macht hässlich, und das eigene Kind zu misshandeln noch viel mehr. Kein Wunder, dass sich sein grausam verpfuschtes Leben auch in seinen Gesichtszügen widerspiegelte.

Wie kann ein derart hässlicher Mensch einen so hübschen Sohn haben?

«Du hast recht», sagte Milan schließlich. Er war abwartend und bedacht. Das lernt man wohl, wenn man bei jedem Wort fürchten muss, dass der eigene Vater austickt. Bloß nichts Falsches sagen, tun oder auch nur denken. Immer auf der Hut sein.

Ich warf einen meiner Kontrollblicke zu ihm hinüber, so wie ich es mir angewöhnt hatte. Aber Milan wirkte äußerst gefasst, ganz im Gegensatz zu mir. Er hatte sich in seinem Stuhl zurückgelehnt. Ich wusste, dass ihn sein Vater genauso anekelte, wie es bei mir der Fall war. Was ich jedoch noch nicht verstanden hatte: Warum wollte Milan hier sein, hier bei seinem Vater, der doch ganz offensichtlich null Einsicht oder Reue zeigte? Alles, was ich wusste, war, dass es wichtig für ihn war. Also ließ ich ihn das tun, was er jetzt brauchte.

Der Mann uns gegenüber fing erneut schallend an zu lachen. Er schlug mit einer Hand auf den Tisch, als er wie ein Wahnsinniger schrie: «Natürlich habe ich recht, ich habe *immer* recht!»

Milan zuckte leicht zusammen. Er musste unglaublich viel Energie und Selbstdisziplin aufbringen, um so ruhig zu bleiben.

Ich warf einen Blick zu dem Beamten, der nun auch nicht mehr so entspannt wirkte, sondern kurz davor war, sich zu erheben.

Jetzt tun Sie doch endlich Ihren Job!

Anscheinend hatte ich doch recht gehabt und der Polizist hatte wirklich keine Ahnung, was er tun musste. Ich hoffte nur inständig, dass alles hier nicht aus dem Ruder laufen würde.

Aber Milans Vater, der meinen Blick bemerkt haben musste, beruhigte sich wieder ein wenig und lehnte sich ganz cool in seinem Stuhl zurück.

«Tschuldige», murrte er lässig zu dem Beamten hinüber. «Was macht die Kleine hier?», fragte er Milan anschließend, mit einer Kopfbewegung zu mir, so als könne ich ihn gar nicht hören.

Milans Vater hatte sich nun wieder auf seine Unterarme gestützt und vorgebeugt. Auch wenn der Tisch noch zwischen uns stand, war der Kerl mir definitiv zu nahe. Ich hatte mich selten so gedemütigt gefühlt. Und das von einem Mann, der im Gefängnis saß und mir absolut nicht überlegen war.

Wenn hier jemand eine Demütigungs-Lektion verpasst kriegen soll, dann ist es ja wohl er!

«Das ist Fiona. Sie ist die Tochter des Pfarrers, bei dem ich wohne», antwortete Milan gewissenhaft und sachlich.

«So, so, *das* ist mein Junge! Schnappt sich sofort die Kleine vom Pfarrer, ha! Mein Blut fließt durch deine Adern, mein Sohn!», erwiderte sein Vater und grinste wieder breit. Nun betrachtete er mich mit anderen Augen, fast wie eine Trophäe.

Mir wurde schlecht. Ich fühlte mich, als würde ich ihm nackt gegenübersitzen, irgendwie ausgeliefert.

Nun kam ein bisschen Schwung in Milan und in seine Stimme. «Hör auf, so über sie zu reden», zischte er scharf.

«Warum? Ach …», er schaute zwischen uns beiden hin und her, dann schien es ihm zu dämmern. «Du magst sie …»

Zufrieden mit sich selbst ließ er sich gegen die Lehne seines Stuhls fallen. «Du bist also hergekommen, um mir deine Freundin vorzustellen.»

«Sie ist nicht meine Freundin.»

«Zu schade, sie will so einen Loser wie dich wohl nicht. Das wundert mich ehrlich gesagt nicht. Ich meine, was hast du ihr denn zu bieten? Du bist ein Nichtsnutz und ein Versager, aber das habe ich dir ja auch schon zur Genüge gesagt. Dumm, dass du daraus nichts gelernt hast.»

Milan sagte gar nichts. Seine Lippen waren zusammengezogen, sein ganzer Körper angespannt.

Warum setzt er sich nicht zur Wehr?

Dann wurde es mir bewusst. Es ging nicht mehr um mich. Mich konnte er verteidigen, aber wenn es um ihn selbst ging, dann war er machtlos. Egal, wie abscheulich dieser Mann ihm gegenüber war, er war immer noch Milans Vater. Das da drüben war der Mann, der Milan in tiefster Seele gebrochen hatte. Er hatte ihn jahrelang verprügelt und gedemütigt. Milan hatte es geschafft, seine Mutter zu verteidigen, aber gegen seinen Vater konnte er einfach nichts ausrichten. Das musste jemand anders tun.

Also war das jetzt wohl *mein* Job.

«Jetzt hören Sie mir mal zu, Sie aufgeblasener Sack», begann ich voller Selbstvertrauen meine Ansprache. Egal, wie viel Angst ich vor Milans Vater hatte, meine Wut siegte.

Seine Augen öffneten sich ein Stück mehr, und er blinzelte anschließend ein paar Mal. Er war offenkundig überrascht über das Temperament, das ich auf einmal an den Tag legte. Verdattert hielt er den Mund.

«*Sie* sind hier der größte Loser, falls Sie das noch nicht gemerkt haben. Sie sitzen im Knast, und Ihr Sohn ist nicht gerade begeistert von Ihnen. Und auch Ihre Frau ist froh, dass sie Sie los ist. Also, was haben Sie noch? Sie sind ein arbeitsloser Trinker, der sogar seine Familie verloren hat und die nächsten Jahre hier im Gefängnis sehr allein sein wird. Und jetzt vergraulen Sie sogar noch Ihren Sohn. Der letzte Mensch, der sich überhaupt noch mit Ihnen beschäftigt und an Sie denkt. Also passen Sie auf, wen Sie hier demütigen wollen. Denn wenn Milan es wollte, dann hätte er es schon längst mit Ihnen tun können. Nur weil Sie ihm jahrelang überlegen waren, heißt das nicht, dass er sich das weiterhin gefallen lassen wird!»

Ich musste tief Luft holen, als ich fertig war. Ich hatte viel zu schnell und viel zu laut geredet, aber es tat gut, das alles gesagt zu haben und für Milan eingestanden zu sein.

Sein Vater hatte die ganze Zeit geschwiegen, jetzt zogen sich seine Augen zu schmalen Schlitzen zusammen.

«Sag deiner kleinen Schlampe, dass sie ihr Maul halten soll», wies er Milan drohend an, und es lief mir kalt den Rücken runter. Mit einem schnellen Blick schielte ich zu dem Wachmann, der sich auch langsam in Position gebracht hatte, noch ein wenig unsicher, ob er eingreifen sollte oder ob wir die Situation noch unter Kontrolle hatten.

«Nein», sagte Milan schlicht. Seinem Vater fielen fast die Augen aus dem Kopf. «Das werde ich *nicht* tun. Weil sie recht hat.»

Das veranlasste Milans Dad dazu, sich wieder zornig über den Tisch zu beugen.

«Wenn Sie sich nicht beruhigen, muss ich Sie in Ihre Zelle zurückbringen, Herr Koopmann», schaltete sich der Polizist endlich ein, doch seine Autorität hielt sich mit seiner fast zögerlichen, flüchtigen Stimme in Grenzen.

Das hätte ja sogar ich überzeugender sagen können!

Trotzdem hielt er so den bevorstehenden Wutausbruch in Schach.

«Alles, was sie über dich gesagt hat, stimmt. Du bist ein Mistkerl und ein schrecklicher Mensch, und dazu warst du ein grottiger Vater. Ich bin froh, endlich von dir wegzukommen.»

«Jetzt ist aber mal gut!», zischte Milans Vater, dieses Mal aber um einiges leiser, damit der Wachmann nicht noch einmal eingreifen musste.

Milan schloss für einen winzigen Moment die Augen und zog scharf die Luft ein. Er versuchte, sich nicht von den Worten seines Vaters aus der Bahn werfen zu lassen. Mit ruhiger Stimme fuhr er fort:

«Durch diese Familie – *ihre Familie*», Milan deutete auf mich, «habe ich gelernt, was Liebe ist. Echte Liebe. Wie ein Vater seinen Sohn lieben sollte, zum Beispiel. Oder was es heißt, einander innerhalb der Familie vertrauen zu können, und was es heißt, im eigenen Zuhause sicher zu sein. Du hast mir nichts, rein gar nichts davon geben können. Also hör auf, dich so verdammt toll zu fühlen.»

Milans Stimme blieb ruhig. Sie war nicht so aufgebracht wie meine, auch stand keine Wut in seinen Augen. Da war was anderes zu sehen: Mitleid.

Milan schob etwas über den Tisch, und für einen kurzen Moment wunderte ich mich. Eigentlich hatten wir nichts mit in den Innenraum nehmen dürfen, aber das mussten die Wachen erlaubt oder übersehen haben.

Es war eine kleine Bibel.

«Was soll ich mit dem Mist?», fragte sein Vater enerviert, aber nicht mehr so herablassend. Wahrscheinlich war ihm gerade die Stellung bewusst geworden, die er hier einnahm. Unschwer zu erkennen: Sie gefiel ihm ganz und gar nicht.

Milan nahm einen weiteren Anlauf: «Ich habe Gott kennengelernt. Auch wenn ich das ganze Kirchending am Anfang echt idiotisch fand, habe ich ihn gespürt in meinem Leben. Ich habe Gottes Liebe handeln sehen, in diesen Menschen. Welche Geborgenheit und Sicherheit sie in all den schwierigen Situationen ihres Lebens hatten. Mein ganzes Leben lang habe ich mich nach dieser Zuverlässigkeit gesehnt, nach einem Fixpunkt, an dem ich mich hätte festhalten können und der einen dann nicht enttäuscht.»

Frank Koopmanns Gesicht verzog sich angewidert. Voller Abscheu sah er mich an, dann wanderte sein Blick wieder zu Milan. Aber Frank blieb gar keine Zeit, um hier einzuhaken, denn Milan redete schon weiter.

«Dieser Gott hat mein Leben gerettet. All das, was du in mir zerstört hast, hat er wieder zusammengefügt, und plötzlich habe ich eine Perspektive in meinem Leben. Und eine Hoffnung. Aber noch viel besser: Mir ist vergeben worden. Fiona kann's bezeugen. Ich habe Mist gebaut, ich war ein Arsch. Ich hab all ihre Bemühungen anfangs mit Füßen getreten. Aber immer wieder bin ich mit offenen Armen empfangen und nicht wie Abfall behandelt worden. Sie haben mich nicht geschlagen und gedemütigt für den Kram, den ich gemacht habe, sondern sie haben versucht, mir zu helfen – obwohl ich es absolut nicht verdient hatte, kein Stück …»

Hier machte Milan eine kurze Pause, dachte nach.

«Dann hab ich's wirklich geschafft: Ich habe Ruhe gefunden in meinem Herzen, und plötzlich konnte ich ankommen in meinem Leben. Und musste nicht mehr alles und jeden um mich herum hassen, nur weil ich …. nur weil ich mein Leben so beschissen fand. Ich wünsche dir von ganzem Herzen, Dad, dass du das auch schaffen wirst. Ich wünsche mir so sehr, dass Gott dir die Augen öffnet. Und dass du endlich … ja, umkehrst und dich deinen Fehlern stellst, anstatt dich dafür zu feiern.»

Ich staunte nur noch.

Aber Milan war noch lange nicht fertig.

«Dieser Gott, den ich kennenlernen durfte, kann dein Leben verändern, Dad, und sogar *deine* Fehler vergeben. Wir wissen beide, wie sehr du diese Vergebung nötig hast. Denn dein Anteil an unserer Familie war, na, große Kacke. – Weil dieser Gott mir vergeben hat, will ich, obwohl's mir vielleicht nicht zusteht, das auch dir vermitteln: Gott kommt auch mit so schweren Kalibern wie uns zurecht! Frank Koopmann, Milan Koopmann – solche Typen überfordern ihn nicht. Ich hab's erlebt. Außerdem hast du schon genug von unserem Leben ruiniert, und das muss ein Ende haben. Es wäre so schön gewesen, einmal, ein einziges Mal, ein wenig stolz sein zu können auf unsere Familie. Ich habe dieses Gefühl noch nie gehabt. Mit Mum, ja. Aber mit dir? Noch nie.»

Milans Vater war stumm geworden. Es folgte auch kein dummer Spruch, als Milan wieder eine kurze Pause machte, um Luft zu holen und seine Worte sacken zu lassen. Er sah seinem Vater fest in die Augen, als er das Unerwartete aussprach:

«Auch wenn du uns noch nie um Vergebung gebeten hast: Ich vergebe dir, Dad.»

Dann schob er einen Umschlag über den Tisch.

«Was ist das?», fragte sein Vater heiser. Die Worte seines Sohnes schienen ihn bewegt zu haben.

Irre ich mich, oder sind seine Augen feucht?

«Das ist ein Brief. Von mir an dich. Damit du, wenn du morgen aufwachst, sicher sein kannst, dass ich es ernst gemeint habe.»

Mit zittrigen Fingern nahm der Vater das Papier entgegen. Aber Milan reichte es. Er war komplett ausgepowert und wollte nur noch weg.

«Leb wohl, Dad» – das waren seine letzten Worte.

Ohne seinen Vater noch einmal anzusehen, stand er auf, griff nach meiner Hand und wandte sich zum Gehen. Er nickte dem Wachbeamten zu, der von diesem Gespräch auch reichlich mitgenommen schien. Ohne ein weiteres Wort öffnete dieser die Tür und ließ uns hinaus. Milan blickte stur nach vorne, aber ich drehte mich noch einmal um.

Milans Dad las die ersten Zeilen des Briefes, und wenn mich nicht alles täuschte, vibrierten seine Hände geradezu, als er diesen hielt. Außerdem war ich mir sicher, dass auf seiner Wange ein, zwei Tränen hinunterkullerten. Ich sah sie im hellen Licht der Neonröhre glitzern.

Wir wurden den ganzen Weg wieder zurückgeführt, und Milan ließ nicht einen einzigen Augenblick meine Hand los. Erst als wir wieder vor den Spinden standen, in denen unsere Sachen eingeschlossen waren, hatten wir wieder einen Moment alleine.

Tränen schimmerten in seinen Augen, und ich konnte nicht anders: Ich schlang meine Arme um ihn und drückte ihn fest am mich.

Es dauerte einen Moment, bis Milan die Umarmung erwiderte. Erst legte er ganz sachte seine Arme um mich, bis er mich immer enger zu sich zog. Dann erlaubte er es sich selber endlich, den Gefühlen ihren Lauf zu lassen: Er drückte seinen Kopf gegen meine Wange und schluchzte drauflos. Seine Tränen liefen über mein Gesicht und meinen Hals, und ich spürte das heftige Zucken seines Körpers.

Ich konnte mir ja gar nicht vorstellen, welch große Überwindung ihn dieser ganze Tag gekostet hatte: seinen Vater zu sehen, mit ihm zu sprechen, ihm die Stirn zu bieten und ihm zu guter Letzt zu vergeben.

Milan hatte mal wieder bewiesen, wie unendlich charakterstark er war. Daran hatte ich nicht einen Moment gezweifelt. Alles, was ich wollte, war, ihm jetzt Sicherheit zu geben. Egal, was gerade in ihm vorging, er sollte sich bewusst sein, dass er bei mir einen Schutzraum vorfand, einen geschützten Rahmen. Bei mir brauchte er nicht stark zu sein. Bei mir durfte er fragil, verletzlich und schwach sein.

Und ich liebte ihn dafür …

… weil er es in diesem Moment war.

Ich wartete einige Minuten, bis Milans Körper wieder ruhiger wurde, dann hatte ich mich entschieden. Ich hatte endlich den Mut gefasst. Schließlich hatte ich an diesem Tag Milans unheimlichem Vater die Meinung gegeigt, da konnte ich doch auch Milan, den ich kannte und dem ich vertraute, ganz offen sagen, was wirklich in mir vorging, oder nicht?

Sanft schob ich ihn von mir weg, sodass er mich anschauen musste. Ich nahm sein Gesicht in meine Hände. Seine blauen Augen schimmerten, sie waren noch nass von den Tränen. Vorsichtig wischte ich über seine feuchten Wangen, dann über seine Lippen. Für einen Moment war ich dermaßen eingenommen von seiner Schönheit, dass ich fast vergessen hatte, was ich ihm sagen wollte. Mein Blick wanderte wieder hoch zu seinen Augen, und für einen Moment verlor ich mich in ihnen.

«Ich liebe dich», flüsterte ich.

Milan starte mich einen Moment lang nur regungslos an, nicht sicher, was er mit dieser Information anstellen sollte.

«Du musst nicht … aus Mitleid …», krächzte er brüchig und schaute betreten zu seinen Schuhen hinunter. Ich verstand nur die Hälfte von dem, was er sonst noch sagte. Sanft hob ich seinen Kopf, streichelte vorsichtig über seine Haare und Wangen.

«Ich sage das nicht aus Mitleid, sondern weil ich es ernst meine. Ich glaube, ich hab noch nie etwas so ernst gemeint in meinem Leben.»

Und dann sagte ich es noch einmal.

Zweimal kann ja nicht schaden!

«Ich liebe dich, Milan.»

Danach brauchten wir keine Worte mehr. Ohne auch nur eine weitere Sekunde zu zögern, zog Milan mich wieder eng an seinen Körper und küsste mich.

Endlich.

Ich hatte dem Jungen, in den ich verliebt war, meine Gefühle gestanden und meinen ersten Kuss bekommen. In einem Gefängnis. Wer hätte das wohl gedacht?

Milans Brief an seinen Vater:

Hey Dad,

ich weiß gar nicht, wie ich das hier anfangen soll. Ich weiß nicht, wie ich mit dir reden kann. Wir haben nie viel miteinander gesprochen. Irgendwie hab ich das in den letzten Jahren immer weiter verlernt.

Aber ich will's versuchen. Genauso wie ich das ganze Ding mit dem Vergeben versuchen möchte. Auch wenn du es mir echt nicht einfach machst. Aber ich hab verstanden, dass Verzeihen nicht an dir liegt, sondern an Gott und an meiner Entscheidung.

Ich hab mich entschieden: Ich vergebe dir.

Für all den Scheiß, den du angestellt hast. Und für all das, was du in meiner Vergangenheit zerstört hast.

Ich vergebe dir, auch wenn dir alles kein Stück leidtut.

Denn ich muss weiterleben, und ich bin so am Anschlag damit, dein verkorkstes Leben weiterhin mit mir herumzuschleppen. Ich hab mein eigenes Päckchen zu tragen.

Gott vergibt.

Und er vergibt auch dir. Wenn du das willst. Ich hoffe, dass du es irgendwann willst und eine Sehnsucht danach entwickelst.

Ich durfte verstehen: Dein verkacktes Leben ist dein ganz großes Problem, das du immer wieder an mir ausgelassen hast. Ich kann aber nichts für deine Fehler und deine kaputten Gedanken, kann auch nichts für das viele Schlechte, das dir womöglich widerfahren ist. Vielleicht bist ja auch du früher geschlagen worden von Menschen, deren Liebe dir wichtig gewesen wäre, ich weiß es nicht. Aber wie gesagt, ich kann nichts dafür. Mum auch nicht. Wobei Mum dich ja zehntausendmal in Schutz genommen hat.

Hiermit lasse ich das hinter mir. Denn das ist das Schöne bei Gott: Er gibt einen Neuanfang. Jederzeit. Und er nimmt einem die Lasten der Vergangenheit von den Schultern. Hab ich so erfahren dürfen.

Du bist mein Vater. Daran kann ich nichts ändern. Du hast getan, was du getan hast, das wird auch keiner mehr rückgängig machen können.

Aber ich lebe ab jetzt damit. Denn das heißt ja nicht, dass es für mich nicht trotzdem vorwärtsgehen kann. Ich habe mich entschieden, in eine andere Richtung zu laufen:

Raus aus deinen Fehlern und den Fehltritten der letzten Jahre – und auf zu neuen Ufern, um mein eigenes Leben zu schreiben und meine eigenen Fußabdrücke zu setzen. Und das kannst du auch. Irgendwann. Wenn du es willst.

Denn ich bin durch mit dir, Dad.

Ab jetzt sind deine Fehler nicht mehr meine Aufgabe, sondern deine eigene.

Dein Sohn

Milan

Kapitel 23
Sturmstiller

Es war ein Freitagabend, und ich fand mich in einem Gottesdienstraum wieder, obwohl ich mir fest vorgenommen hatte, einen Serienmarathon zu starten, während der Inhalt einer Chips-Tüte ihren Weg in meinen Magen finden sollte.

Leider hatte Amely fantastische Überredungskünste, sodass mir gar keine andere Wahl blieb. Sie hatte von *«diesem ultrakrassen Jugendgottesdienst»* erzählt, zu dem ich einfach mitkommen müsse. Da ich noch nie sonderlich gut darin war, Amely einen Wunsch abzuschlagen, hatte ich klein beigegeben. Dafür hatte mich aber Milan begleitet, der ohne weitere Widerrede mitgekommen war, als er erfahren hatte, dass Jake auch da sein würde.

Und so kam es, dass Amely, Benny, Luis, Lorena, Jake, Milan und ich umringt von weiteren Jugendlichen in diesem Raum standen und gespannt auf den Prediger warteten. Milan warf hin und wieder finstere Blicke zu Jake, und ich knuffte ihn dafür spielerisch genervt in die Seite.

Amely quatschte mir von der Seite ins Ohr, aber ich hörte nur halb zu und nickte zustimmend. Ihr Gerede ging im Zupfen einer Gitarre unter, welches ankündigte, dass wir uns zum Singen bereit machen sollten – und dann genoss ich jede Sekunde von den Klängen. Und die Lyrics machten sich heilsam breit in meinem Herzen.

Als der letzte Ton noch in meinen Ohren nachhallte, hopste ein schmächtiger Mann auf die Bühne.

«Hey Leute, schön, dass ihr es heute Abend alle hierher geschafft habt. Mein Name ist Timo, und ich werde euch heute ein paar Dinge erzählen.»

Er hatte lange dunkle Haare, die er sich tief zu einem Dutt zusammengebunden hatte. Dazu zierte ein schwarzer Rauschebart sein Gesicht. Er sah überhaupt nicht so aus, wie man sich einen Prediger vorstellt. Er strotzte nur so vor Energie und Begeisterung, man wurde automatisch in seinen Bann gezogen. Ich konnte gar nicht anders, als an seinen Lippen zu hängen.

«Aber ich hab euch was ziemlich Cooles mitgebracht. Und zwar einen Bibeltext. Und Stopp! Bevor du jetzt anfängst zu gähnen, kann ich dir versichern, dass dieser alte Text einiges mit dir zu tun hat. Also spitz die Ohren, wenn ich jetzt lese!»

Ein Kichern huschte durch die Reihen; ich vernahm auch Amely neben mir, die leise lachte. Doch dann ertönten wieder Timos Worte: «Ich lese euch eine Stelle aus Markus vor. Da geht es um die Stillung des Sturmes. *Am Abend dieses Tages sagte Jesus zu seinen Jüngern: ‹Lasst uns über den See ans andere Ufer fahren!› Sie schickten die Menschen nach Hause und fuhren mit dem Boot, in dem Jesus saß, auf den See hinaus.*

Einige andere Boote folgten ihnen. Da brach ein gewaltiger Sturm los. Hohe Wellen schlugen ins Boot, es lief voll Wasser und drohte zu sinken. Jesus aber schlief hinten im Boot auf einem Kissen. Da weckten ihn die Jünger und riefen: ‹Lehrer, wir gehen unter! Kümmert dich das denn gar nicht?›

Jesus stand auf, gebot dem Wind Einhalt und befahl dem See: ‹Sei still! Schweig!› Sofort legte sich der Sturm, und es wurde ganz still. ‹Warum habt ihr Angst?›, fragte Jesus seine Jünger. ‹Habt ihr denn noch immer kein Vertrauen zu mir?›

Voller Entsetzen sagten sie zueinander: ‹Was ist das für ein Mensch? Selbst Wind und Wellen gehorchen ihm!›»

Timo machte eine kurze Pause, um die Worte auf sein Publikum wirken zu lassen, dann begann er wieder zu reden.

«Was haben wir hier gerade gehört? Jesus war mal wieder mit seinen Jüngern unterwegs. Wie ihr wahrscheinlich schon wisst: Es ist der Start ins erste Jahrhundert, Jesus ist ziemlich bekannt und somit heiß gefragt. Aber auch *er* ist irgendwann mal fertig mit den Nerven, also schickt er seine ganzen Fans weg und fährt mit seinen Jüngern auf den See. Und er schläft ein. Er schläft sogar, als die Wellen das Boot fast zum Sinken bringen. Die Jünger rasten – verständlicherweise – fast aus.

Dazu muss man anmerken, dass viele der Jünger vorher Fischer gewesen waren. Sie haben also eigentlich keine Angst vor dem Wasser und den Wellen, aber hier steht ihnen der blanke Tod bevor. Und Jesus? Der wird kurzerhand wachgerüttelt, stillt mal eben so den Sturm und meckert seine Freunde an, warum sie ihm nicht vertraut haben.»

Timo lief lässig einmal über die Bühne, legte das Mikro von der linken in die rechte Hand, bevor er es wieder an den Mund hielt und weiterredete.

«Ich mag diese Geschichte. Und zwar, weil man aus ihr so unendlich viel lernen kann. Oft finde ich mich in den ängstlichen Jüngern wieder, und wie ich dir versprochen habe: Auch auf dich trifft sie zu. Lass mich dir erzählen, warum:

Wir sind alle auf einer Reise. Wir sitzen alle in unseren kleinen süßen Booten, auch Leben genannt. Manche von euch befinden sich vielleicht gerade in einem genauso gewaltigen Sturm wie die Jünger. Denn – ganz wichtig: Gott hat nicht versprochen, dass wir niemals in Schwierigkeiten geraten, sondern dass wir sicher die andere Seite des Ufers erreichen werden. Ein ganz gewichtiger Unterschied!

Also, wie könnte so ein Sturm in deinem Leben aussehen? Bei manchen ist der Druck in der Schule vielleicht gerade riesig. Oder eure Eltern haben sich getrennt, und ihr steckt so richtig schön dazwischen. Vielleicht habt ihr euch auch mit einem guten Freund oder einer Freundin gefetzt. Es kann aber auch sein, dass jemand, der euch supernahe stand, sehr krank oder womöglich sogar gestorben ist. Was immer es auch ist: Es ist kacke. Und es tut weh.

Euer zuvor wolkenlos blauer Himmel verändert sich jetzt massiv, Wolken türmen sich auf, Gewitterfronten formieren sich, und das kleine Schiffchen eures Lebens befindet sich gerade in diesen riesigen Wellen des Sturms. Ihr habt einfach nur Angst, im nächsten Moment unterzugehen und zu ertrinken, und da bleibt nur noch eines: ‹Mayday, Mayday!› Das Notsignal – höchster Ausdruck der Seenot.

Was können wir von diesem Chaos lernen?

Was können wir tun, um trotz diesem Sturm ans rettende Ufer zu gelangen?

Was muss ich – was musst du – tun, wenn einen das Gefühl übermannt, dass man sinkt?

In diesen Momenten, wenn das Chaos über Gott zu siegen scheint und Angst und Sorgen in meinem Leben überhandgenommen haben, was soll ich dann tun?»

Ein Kloß machte sich in meiner Kehle breit. Sah dieser Kerl mir direkt in die Seele, oder was? Ich fühlte mich unheimlich ertappt in diesem Raum voller Menschen, und hoffentlich kaum merklich für die andern machte ich mich ein wenig kleiner auf meinem Sitz.

Gleichzeitig brannte ich darauf, seine Antwort zu hören, denn ich fühlte mich kurz vor dem Ertrinken. Mein Lebensboot war schon mit Wasser vollgelaufen, und ich hatte definitiv keine Ahnung, was zu tun war.

«Zuerst ist es mir extrem wichtig, dass ihr eins von diesem Abend mitnehmt: Dieses Chaos bedeutet nicht, dass etwas falsch ist mit dir. Dieses Chaos bedeutet *nicht,* dass Gott böse ist mit dir. Oder dass er dich nicht liebt oder dich zurückgestoßen hat.

Dieses Chaos ist keine Strafe. Es bedeutet nicht, dass du außerhalb von diesem Sturm wärst, wenn du bloß perfekt Gottes Plan befolgt hättest. Versteht das ja nicht falsch! Denn dieses Chaos gehört zu dieser Welt, zu diesem Leben.

So hart es klingt: Wir brauchen diese Stürme in unserem Leben. Sie lassen uns wachsen und machen uns stärker. An Gott zu glauben, wenn alles nach Plan läuft und dein Leben super ist, ist nicht gerade schwer, oder? Aber in diesen harten Zeiten kann dein Glaube sich bewähren und gedeihen; das sind die Momente, in denen wir zeigen können, dass wir Gottes Führung vertrauen.

Und nur wenn wir immer wieder vom Bösen versucht werden, können wir diese Charakterstärke zeigen und entwickeln.

In diesem Sturm kann Gott sich dir mit all seiner Kraft und Macht zeigen.

Ist es hart, auf Gott zu vertrauen, wenn ich vor den Scherben meines Lebens stehe? Ist es hart, an Gott festzuhalten, wenn gerade ein Angehöriger gestorben ist? Ist es hart, an einen liebenden Vater zu glauben, wenn ich nur Schmerzen und Verlassenheit spüre?

Ja. Ja! Hundertmal Ja! Natürlich ist es das!

Aber das ist nicht das, wonach Gott uns fragt. Er hat nicht zu den Jüngern gesagt: ‹Folgt mir nach, und euer Leben wird ein Kinderspiel sein.› Er hat uns nirgendwo in der Bibel versprochen, dass wir keine Schmerzen mehr haben werden und Christen nur über bunte Blumenwiesen hopsen werden. Eher das Gegenteil ist der Fall.

Aber er hat was anderes versprochen: Er wird da sein, wenn es stürmt.

Gott hat uns in der Bibel versprochen, dass er immer bei uns sein wird, egal, was passiert. Das kannst du zum Beispiel in Matthäus 28, Vers 20 nachlesen. Er lässt uns nicht allein in diesen Zeiten, und er will, dass wir uns ihm genau in diesen Augenblicken zuwenden. Denn er wird da sein.

Es sind die *schweren* Zeiten, in denen wir Gott um Hilfe anflehen. Und was macht er dann?»

Er machte wieder eine Pause und überließ mich meinen Gedanken. Mein Mund war trocken, während sich meine Gedanken wie wild im Kreis drehten.

Ich hatte nicht damit gerechnet, dass mich seine Predigt so mitnehmen würde. Aber er sprach mich an, und seine Worte trafen mitten ins Herz.

Ich hatte in letzter Zeit so viele Stürme gehabt. Ich hatte mich so furchtbar hilflos gefühlt. Mein Leben war von dem Gefühl der Verlassenheit von Gott und der Welt geprägt gewesen. Wo war Gott in den vergangenen zwei Jahren gewesen? Hatte er mich warten lassen, und ich hatte seine Antwort nur nicht gesehen?

Der Typ da vorne hat recht.

Ich war wie einer der Jünger, die ungeduldig zu Jesus rannten, ihn wachrüttelten und anschrien: *Warum tust du denn nichts, Himmel noch mal?* Aber konnte es womöglich sein, dass er die ganze Zeit über alles unter Kontrolle gehabt hatte?

«Er wird da sein. Und dir da durchhelfen», fuhr Timo fort. «Das ist es, worum es in unserem Leben geht: Es geht darum, zu kämpfen und nicht aufzugeben. Und Gott wird uns die Kraft geben, die wir dafür brauchen. Es traut uns nicht etwas zu, von dem er weiß, dass wir es nicht schaffen können.

Nein, an so einen Gott glaube ich nicht.

Sondern an einen, der uns nur das zumutet, was wir aushalten können, auch wenn es kacke zu sein scheint und wir lieber den einfachen, sonnigen Weg gehen würden.

Durch alles, was du in deinem Leben bewältigen musst, wirst du stärker, und er will dich stark machen und will, dass du auf ihn vertrauen kannst. Nur weil er nicht immer gleich sofort antwortet, heißt das nicht, dass er überhaupt nicht mehr antworten wird. Gott hat seinen eigenen genialen Pan für dich, und er antwortet zur perfekten Zeit.

Wie es so schön in dem Lied *Stars* von *Skillet* heißt:

If you can calm the raging sea you can calm the storm in me. You're never too far away, you never show up too late.

Wenn du die tobenden Wellen um mich herum stillen kannst, dann kannst du auch den Sturm in mir drin bändigen. Du bist nie zu weit weg, du tauchst nie zu spät auf.

Gott kann die stürmische See bändigen, so wie wir es vorhin bei den Jüngern gelesen haben. Er war nicht zu weit weg, auch wenn seine Jünger dachten: ‹Ey, Jesus, warum greifst du nicht ein?›

Er war die ganze Zeit da.

Er hat nur auf den richtigen Moment gewartet. Und dann hat er das Entscheidende getan und das Entscheidende gesagt.

Nochmals: Jesus ist da, und er hilft uns, immer zur richtigen Zeit. Und der Gott, der mich und dich und jeden in diesem Raum hier geschaffen hat, der Schöpfer, der dich designt hat, weiß doch am besten, was du brauchst und *wann* du es brauchst.

Genau das haben wir doch gerade gehört: Leute, wir glauben an einen Gott, dem Wind und Wellen gehorchen! An einen Gott, der jeden einzelnen Stern an seinen Platz gestellt hat! Dieser Gott kann doch gar nicht zu schwach oder zu klein sein für irgendeins unserer Probleme.

Und egal, wo du in deinem Leben gerade stehst: Ich kann dir versichern, es wird immer wieder Stürme geben. Noch sind wir auf dieser Welt, noch sind wir nicht bei Gott, wo alles perfekt sein wird. Hier ist die Welt kaputt, hier ist vieles zerrissen und zerbrochen, und hier werden wir Schmerzen erleiden.

Aber was ich dir mit noch größerer Sicherheit sagen kann, ist, dass Gott dich da durchtragen wird. Gott ist kein alter Mann, der oben im Himmel steht, mit dem Finger auf dich zeigt und lacht, während du dich zu Tode plagst.

Nein!

Gott ist zu uns in unseren Dreck gestiegen und sagt zu jedem hier heute Abend: ‹Hey, nimm meine Hand, wir laufen diesen Weg zusammen. Und wenn du nicht mehr kannst, dann nehme ich dich auf meine Schultern und trage dich ein Stück!›

Aber egal, wie: Du wirst in Stürme kommen. Jede und jeder von uns. Die Frage ist jetzt: Worauf konzentrierst du dich?

Konzentrierst du dich auf die hohen Wellen und das Brausen und Toben des Windes, so wie die Jünger es taten? Schaust du einfach nur auf deine Angst und die Panik, die dich zu überrollen scheinen? Dann kann ich dir jetzt schon prophezeien, was du erleben wirst:

Du wirst in deinem Leben viel Angst spüren und dich von ihr bestimmen lassen. So wie es bei den Jüngern war, die nur ihre blanke Furcht im Blick hatten. Es gibt aber noch eine zweite, so viel coolere Option.»

Nun legte er wieder eine Pause ein, und seine Gesichtszüge wurden ganz ruhig und weich. Der ganze Raum war still, und alle warteten nur darauf, dass er weiterredete.

Timo ließ diese Ruhe zu und sprach erst nach einer Weile ganz leise und bedacht weiter.

«Schau auf Jesus.»

Wieder Ruhe. Dieser einfache Satz schien in der ganzen Halle nachzuklingen.

«Denn dann ist das, was du siehst, Vertrauen und Zuversicht, Liebe und Schutzburg, Halt und Zuspruch. Und dann kannst du die Wellen um dich herum ausblenden und im Glauben weitergehen.

Und damit will ich euch ermutigen. Hört auf, auf eure Umstände zu blicken! Das mag sich jetzt echt hart anhören, aber ich weiß, dass es einem sowieso nur Kraft raubt. Ich kann mir vor Augen führen, wie schlecht es mir doch geht, oder ich kann nach oben blicken und fragen: ‹Gut, hier stehen wir – wie geht es nun weiter?›

Fang an zu erkennen, was du tun kannst. Es muss kein riesiger Schritt sein. Es reichen viele kleine Schritte. Immer wieder nach Gott zu fragen und weiterzugehen, auch wenn du eigentlich denkst, dass du längst nicht mehr kannst.

Menschen werden dich verletzen, und sie werden dich enttäuschen. Das kann ich dir mit hundertprozentiger Treffsicherheit sagen, weil es Menschen sind. Weil wir alle in diesem Raum alles andere als vollkommen sind. Und weil wir selber manchmal andere verletzen und enttäuschen.

Deshalb ist es so wichtig, dass dein Vertrauen nicht bei Menschen liegt, sondern in erster Linie bei Gott.

Wo ist Gott, wenn die Wellen über dir zusammenschlagen? Wo bist du, Herr, wenn alles in meinem Leben schiefgeht? Was bist du für ein Gott, wenn du das zulässt?

Was ich euch mit Gewissheit sagen kann, ist, dass er jede Wunde heilen wird. Der Sturm wird nachlassen, und die Sonne wird wieder scheinen. Und wenn du denkst, da ist keine Antwort für mich, dann kann ich dir sagen: Gott hat Hunderte von Antworten, an die du vorher noch nicht einmal gedacht hast.

Also, wo gehst du hin, wenn die Stürme des Lebens viel größer zu werden scheinen als das, was du aushalten kannst? Wenn die Wellen zu hoch und der Wind zu stark werden: Wo gehst du hin?

Ich gehe zu dem, dem der Wind und die Wellen gehorchen. Sein Name ist Jesus Christus. Er ist mein Fels in der Brandung. Er ist mein Erlöser, mein persönlicher Held. Und egal, was dann kommen mag: Nichts ist zu groß und zu unmöglich für diesen Gott.

Ich möchte mir nicht anmaßen, alles zu verstehen, was jeder Einzelne von euch durchmacht. Und ich kann es auch gar nicht.

Aber Jesus kann es und tut es. Wenn ihr es zulasst. Wenn du Gott die

Tür öffnest und ihm das Eintreten in dein Leben erlaubst, dann wird er dich heilen, Stück für Stück. Und dann wird er dir immer wieder neue Elemente seines großartigen Plans für dein Leben zeigen. Dafür musst du nur eins tun: ihm vertrauen. Und sagen: ‹Hey, Gott, ich will, dass du in mein Leben kommst. Lass uns zusammen diese unheimlichen Wellen bekämpfen.›

Kommt, lasst uns zusammen beten.»

Timo senkte den Kopf, schloss seine Augen, faltete seine Hände. Er betete keine unpersönlichen, vagen Worte zu jemandem, den er nicht kannte. Er sprach wie zu einem Freund, einem Vater, dem er vertraute. Jedes Wort, das er sagte, schien so echt. Und genau in diesem Augenblick wurde mir bewusst: Ich wollte diesem Gott wieder vertrauen. Ich wollte ihn dabeihaben, wenn mein Boot kurz davor war, unterzugehen. Ich wollte wieder anfangen, auf Gott zu schauen und ihm zu vertrauen.

Timos Worte brannten sich in meine Seele ein:

«Gott im Himmel, großartiger, liebender Vater, du weißt, an welcher Stelle in seinem Leben jeder von uns hier steht. Du weißt, ob bei ihnen der Wellengang ruhig ist. Oder ob sie sich in einem mittleren Sturm befinden. Oder ob bald ein gewaltiges Unwetter auf sie zukommt. Sei bei ihnen allen dabei, in jeder Minute ihres Lebens, ihres Ringens, ihres Liebens und Kämpfens. Ich bitte dich, dass diese vielen jungen Menschen dir die Möglichkeit geben, dass du in ihrem Leben wirken darfst und ihnen deine Macht und Liebe zeigen kannst. Heile du ihre gebrochenen und verletzten Stellen und gib ihnen in genau diesem Moment diese Sicherheit, die wir uns selbst nicht geben können – dass du ihnen ganz, ganz nahe bist. Wir beten in deinem Namen, Jesus Christus. Amen.»

Und ich überlegte kurz, dann sagte auch ich ganz still in mich hinein, aber gleichzeitig ganz zu diesem Gott gewandt, von dem ich jetzt einfach wusste und deutlich spürte, dass er da war, über mir war, unter mir war, neben mir war, mit mir war und in mir war: *Ja, Herr: Amen. So soll es geschehen, genau so.*

Jahre zuvor in Fionas Kindheit – der Vater erzählt das Gleichnis vom verlorenen Sohn:

«Hey, Micha, du ziehst mir die Decke weg!», rief ich genervt aus, als meine nackten Füße unter der Bettdecke hervorlugten. Grummelnd gab mein kleiner Bruder wieder ein Stückchen frei.

«Ich kann die Gutenacht-Geschichte erst erzählen, wenn ihr beiden euch nicht mehr zankt», ordnete mein Vater schmunzelnd an.

Es dauerte noch eine Weile, bis wir beide eine gemütliche Position gefunden hatten, anschließend spitzten wir die Ohren.

«Ich möchte euch heute das Gleichnis vom verlorenen Sohn erzählen.» Micha und ich nickten synchron. Wenn mein Vater erzählte, dann waren wir still, keiner von uns traute sich, jetzt noch Blödsinn zu machen.

«Ein Vater hatte zwei Söhne», begann er mit seiner besten Erzähler-Stimme. «Wie wollt ihr die beiden nennen?»

«Kai!», rief Micha. «Felix!», warf ich ein.

«Nun gut, Kai und Felix», murmelte mein Vater und fuhr mit der Geschichte fort.

«Kai, der jüngere Sohn, wollte sein Erbe schon frühzeitig ausbezahlt bekommen. Denn er hatte vor, von zuhause auszuwandern, um sein Glück im Ausland zu suchen. Der Vater gewährte ihm seinen Wunsch, und Kai setzte sein Vorhaben in die Tat um. Felix hingegen blieb daheim bei seinem Vater.»

Wieder unterbrach er seine Erzählung, um uns eine weitere Frage zu stellen. «Was denkt ihr, was Kai getan hat?»

Hm, was würde ich wohl mit so viel Geld anstellen?

Während ich noch überlegte, hatte Micha schon eine genaue Vorstellung. «Er hat sich ein eigenes Flugzeug gekauft, damit er die ganze Welt bereisen kann und alles von oben sehen kann!»

Vater schüttelte den Kopf. «Leider hat Kai nicht so gute Ideen gehabt wie du, Micha. Er hat sein ganzes Vermögen ausgegeben, verschleudert für Partys, Essen und Luxus. Als dann eine Hungersnot ausbrach, hatte er gar nichts mehr und musste nun bei einem Schweinehirten aushelfen. Kai war so hungrig, dass er sogar das Futter der Tiere gegessen hätte, aber noch nicht einmal das durfte er tun.»

Micha hatte die Luft angehalten, ein mitleidiger Ausdruck huschte über sein Gesicht: «Aber Papa, was hat Kai denn dann gegessen?»

Vater lächelte sanft. «Genau in diesem Augenblick ist ihm eingefallen, wie gut es ihm doch zuhause gegangen ist. Keiner, der bei seinem Vater wohnte, nicht einmal die Knechte, musste Hunger leiden, niemals. Kai hat sich also auf den Heimweg gemacht und sich fest vorgenommen, bei seinem Vater als Bediensteter zu arbeiten.

Als sein Vater sah, dass sein jüngster Sohn wieder nach Hause kam, hat er ihn fest in seine Arme geschlossen und ihn wieder als sein Kind aufgenommen.»

Michas Aufmerksamkeit ließ jetzt nach. Er wälzte sich unruhig auf der Matratze herum, wollte wieder über Flugzeuge reden, wollte mich necken und wieder an der Bettdecke ziehen. *Mach nur, kleiner Mann!* Es war mir egal; ich war viel zu gespannt, was mein Vater als Nächstes sagen würde.

«So ist das auch bei Gott. Egal, wie viel Mist ihr anstellt, am Ende des Tages freut er sich, wenn wir zu ihm zurückkommen und wieder seine Kinder sein wollen. So ist das bei ihm.»

Kapitel 24
Vaterarme

Kaum hatte der Gottesdienstleiter die Lobpreis-Band wieder auf die Bühne gebeten, war ich aus der Halle an die frische Luft geflüchtet. Meine Wangen glühten, trotzdem fror ich leicht und zog meine Jacke enger um mich, als ich die kalte Abendluft einatmete. Ich setzte mich auf die Steintreppen vor der Kirche, äußerst dankbar dafür, dass ich mich an dem Tag für den langen Mantel entschieden hatte.

«Hey, hier steckst du also», gab Milan überrascht von sich, als er hinter mir ins Freie trat, offensichtlich erleichtert, mich endlich gefunden zu haben. Ich drehte meinen Kopf, als ich ihn bemerkte, und nickte leicht, mit einem schwachen Lächeln auf den Lippen.

In meinem Kopf herrschte sowieso schon eine riesige Baustelle, doch als Milan sich nun zu mir gesellte, machte er damit das Chaos in meinem Kopf perfekt.

«Ist alles in Ordnung mit dir?», fragte er, leichte Besorgnis lag in seinem Blick.

«Mhm …»

Milan trat ein paar Schritte an mich heran, und als ich nicht protestierte, setzte er sich neben mich auf die kalten Steinstufen. Ich saß vorne auf der Kante und spielte nervös an meinen Fingern herum.

«Die Predigt hatte es in sich, was?», murmelte er und gab sich größte Mühe, sanft zu klingen und mich nicht zu einer Antwort zu drängen. Und das passte zu uns.

Denn Milan und ich schwiegen oft zusammen. Ich war es gewöhnt, dass er häufig nicht mit mir sprach, sondern nur einfach da war. Das funktionierte genauso in die andere Richtung, also ließ er mir die Zeit, bis ich meine Stimme wiedergefunden hatte.

«Ich hatte das Gefühl, dieser Kerl spricht mich ganz persönlich an», bestätigte ich sein Empfinden. «Und dann kam plötzlich alles wieder hoch wegen Micha, und ich habe mich an meine Stürme erinnert und all das, was mich so fertiggemacht hat, und das …»

Ich suchte nach den richtigen Worten, die beschreiben konnten, was ich fühlte. Meine Hände verharrten starr in der Luft, so als könne ich so den Ausdruck herausfischen. Dann fand ich endlich, was ich zu ihm sagen wollte.

«Es hat mir einfach die Luft abgeschnürt», vollendete ich flüsternd meinen Satz.

Ich war so froh, dass Milan gerade hier war und nicht jemand anders, denn er wusste genau, was ich meinte, wenn ich von den Stürmen des Lebens sprach.

«Erst dachte ich: Was für ein Idiot, dieser Prediger, aber jetzt … er hat so recht.»

Milan lächelte, als ich das aussprach.

«So ging's *mir* am Anfang, als ich zu euch gekommen bin. Dein Dad ist echt 'n super Kerl. Ich hab ihm sofort vertraut, er war anders als die anderen. Er hat mich nicht mit diesem Blick angesehen, der nur so vor Mitleid trieft. Früher wusste ich nicht, was der Ausdruck in seinen Augen bedeutete. Jetzt weiß ich, dass es Liebe ist. Und sogar als ich das Flugzeug seines toten Sohnes, das Flugzeug deines Bruders Micha, zertrümmerte, selbst da hat … hat dieser Ausdruck in seinen Augen sich nicht verändert.»

Er schüttelte den Kopf, und ich umklammerte automatisch Milans Kette, die ich, seit ich sie bekommen hatte, wie eine Trophäe um den Hals trug.

«Dein Dad und ich haben echt viel geredet. Ich hab mit niemandem so viel geredet wie mit ihm. Besonders in der Zeit, nachdem … du weißt schon. Und irgendwann hat er dann angefangen, mit mir über Jesus zu quatschen. Ich wollte eigentlich gar nichts von Gott oder vom Glauben wissen. Der einzige Grund, warum ich trotzdem zugehört habe, war, dass ich so gerne bei deinem Dad war. Wenn er mir Geschichten aus der Bibel vorgelesen und mit seiner angenehmen Stimme geredet hat, dann hab ich mich sicher gefühlt. Irgendwie … geborgen.»

Milan beugte sich nach vorne, seine Unterarme hatte er auf seine Oberschenkel gestützt, die Hände gefaltet.

«An einem gewissen Punkt hat dein Dad begonnen, von Gott als einem liebenden Vater zu fabulieren, und da bin ich sauer geworden. Ich hab's einfach nicht gerafft. Ich hatte nie diesen liebenden Vater. Ich fand diesen Vergleich völlig daneben. Da hast du so einen Schlägertypen zum Vater, und dein Dad erzählt mir von einem netten, freundlichen Papa im Himmel. Schrecklich! Ich hätt' schreien können! …»

Milan brauchte einen Moment, um weiterreden zu können: «Dein Dad war total geduldig und hat mir langsam gezeigt, wie Gott ist und was ein liebender Vater tut. Er passt auf seine Kinder auf und beschützt sie, ganz anders, als meiner es immer getan hat. Nach einiger Zeit hat's dann Klick gemacht. Ich konnte anfangen, den ganzen Dreck abzulegen, den ich so mit mir rumgeschleppt habe.»

Eine Zeitlang war es still. Ich war nicht fähig, etwas zu sagen. Zu gerührt war ich von Milans Worten und dem Umstand, dass er den Mut gefasst hatte, mir das zu erzählen.

«Wie auch immer. Ich meine, ich habe auch 'nen Moment gebraucht, um einen Schritt voranzukommen und aus meiner Situation zu entfliehen. Ich hätte weiterhin in meinem Boot sitzen, den dramatischen Wellen zusehen und in Panik verfallen können, hätte tausendmal kentern und versinken können, aber stattdessen habe ich Jesus in mein Boot gelassen und ihm das Steuer überlassen. Und schau mich an: Mir geht's besser», griff Milan wieder die Metapher aus der Predigt auf.

«Danke», murmelte ich.

«Für was jetzt?», fragte Milan verdutzt und wohl überrascht, dass ich überhaupt wieder redete.

«Dass du hier bist und mir vertraust. Das ist nicht einfach, wenn man schon so oft verarscht wurde.»

Für einen Moment sahen wir uns an, und ich begann warm zu lächeln. Milan erwiderte mein Grinsen. «Wollen wir wieder reingehen?», quengelte er anschließend etwas ungeduldig. Eine gedämpfte Melodie drang aus der Kirche hinter uns nach draußen, dazu die sanften Stimmen der Sängerinnen und Sänger.

Langsam schüttelte ich den Kopf. «Nein, ich glaub, ich brauch noch ’nen Moment für mich allein. Ein paar Sachen müssen noch in meinem Kopf ankommen.»

Milan runzelte die Stirn. Aber schon im nächsten Satz erfuhr ich, dass es dabei weniger um mich als um ihn selbst ging.

«Du lässt mich jetzt echt mit diesem Jake allein? Warum tust du mir das an?», scherzte er gespielt gekränkt, und ich lachte erneut.

«Das schaffst du schon», versicherte ich ihm zuversichtlich und knuffte ihn spielerisch in die Seite.

Dann wurden wir beide wieder ernst.

«Sicher, dass du okay bist?», hakte er nochmals nach. Ich bejahte lächelnd. Dann schickte ich ihn los. «Jetzt geh schon, ich weiß doch, dass du wieder reinwillst.»

Milan haderte noch einen Moment mit der Situation, doch eine auffordernde Bewegung von mir reichte, damit er nachgab.

«Okay, ich gehe jetzt», gab er sich geschlagen.

Doch bevor Milan sich endgültig zur Tür wandte, drückte er mir einen zarten Kuss auf die Lippen. Einfach so, ohne lange zu zögern.

Dieser Kuss war etwas so Schönes, so Natürliches, dass mir flau wurde im Magen und die Schmetterlinge dort mal wieder durchdrehten.

Verträumt starrte ich ihm nach, bis er wieder in der Kirche verschwand, erst dann ließ ich meinen Blick wieder in die Ferne gleiten. Dabei blieben meine Augen an einem der beleuchteten Werbekästen hängen. Ich fixierte dessen Inhalt kurz von meiner Position aus. Die Neugier siegte schließlich, und so entschied ich mich, den Kasten aus nächster Nähe zu inspizieren.

Das Licht blendete mich leicht, als ich aus meinem eher dürftig beleuchteten Platz in den Lichtpegel der Neonlampe über dem Schaukasten trat.

Ich erkannte eine kunstvoll gestaltete Zeichnung, auf der ein Haus dargestellt war, davor ein weiter, kurviger Weg. Das Haus war groß und erinnerte mich ein wenig an einen Bauernhof: Da war ganz viel Leben, unzählige Menschen und Tiere tummelten sich rundherum.

Vor dem Haus erstreckten sich grüne saftige Wiesen, und die Sonne ließ ihre Strahlen auf die Szene hinabscheinen. Es war fast so, als könnte ich ihre Wärme selbst auf meinen eigenen Armen spüren.

Der Weg führte hinunter in ein Tal, und zwei Gestalten liefen auf ihm. Nein, falsch, sie liefen sich entgegen. Der eine Mann kam gerade von dem Haus her; er war mit langem grauem Bart abgebildet, und seine Arme waren weit ausgebreitet. Er sah aus wie ein Vater. *Unendlich liebevoll und gut!*, schoss es mir durch den Kopf, ohne dass ich weiter darüber nachdenken musste.

Die andere Person schätzte ich deutlich jünger ein, fast noch jugendlich. Sie kämpfte sich den Weg hoch, den Blick stetig auf das schöne Haus gerichtet.

Die Idylle und die ganze Atmosphäre, die von dem Gemälde ausstrahlte, überwältigte mich. Sofort dachte ich an den liebenden Vater, von dem Milan noch vor Minuten geredet hatte.

Ich lächelte bei dem Gedanken, wie er neben meinem Vater in den großen gemütlichen Sesseln saß und den Geschichten aus der Bibel lauschte.

Die Bibel.

Erst jetzt fiel mir siedend heiß die Geschichte hinter dem Bild wieder ein. Mein Vater hatte sie mir früher in allen möglichen Variationen zigmal erzählt, weil ich sie so geliebt hatte. Es musste sich bei diesem Bild um das Gleichnis vom verlorenen Sohn handeln.

Ohne lange in den Tiefen meines Gehirns suchen zu müssen, fiel mir das Gleichnis wieder ein, und ich hörte die Stimme meines Vaters im Ohr.

Meine Finger legten sich sachte auf die Scheibe des Glaskastens, mit der rechten Hand fuhr ich den Weg nach, welcher unter meiner tränenverschleierten Sicht langsam verschwamm.

Ich war dieses Kind. *Ich* war weggelaufen. *Ich* hatte Gott die Schuld gegeben für meine Schmerzen. Nur um jetzt wieder hier zu stehen, genau vor Gott, dem liebenden Vater, der sich nichts sehnlicher wünschte, als dass ich einfach nach Hause käme.

Ich ließ mich auf der Stelle, wo ich gerade noch stand, auf die Knie sinken, schloss die Augen und begann zu beten.

«Papa, ich will wieder zu dir zurückkommen. Ich war so lange weg, ich bin abgehauen von zuhause, aber das ist jetzt vorbei. Ich möchte, dass du mich wieder in deine weiten Arme schließen kannst und wir die Stürme zusammen bewältigen. Ich kann einfach nicht mehr allein kämpfen. Ich brauche dich mit im Boot.»

Als ich die Augen wieder öffnete, zitterten meine Hände, aber das Gefühl, das jetzt meinen ganzen Körper durchströmte, war neu. Es war wie ein neuer Schwung von Hoffnung. Und von Frieden.

Endlich.

Endlich war ich innerlich nach Hause zurückgekommen.

Ich hatte eine Reise hinter mir. Ich hatte geweint und gelitten, hatte mit den Geschehnissen gehadert und hatte mich gegen Gott gesträubt, nur um ihm jetzt wieder die Kontrolle zu überlassen.

Und wenn ich eins begriffen hatte, dann, dass ich Gott nicht in eine kleine Box stecken und erwarten durfte, jemals all sein Handeln begreifen zu können. Er ist so viel größer als alles, was war und ist und sein wird; viel größer als meine eigene kleine begriffsstutzige Welt, aber auch größer als das gesamte Universum und als alles Sichtbare und Unsichtbare, und so manches würde ich folglich nie verstehen.

Immerhin, das Wichtigste hatte ich kapiert: Ich werde unendlich geliebt von einem Gott, der es gut meint mit mir. Einem Gott, der mich in den schweren Zeiten tragen wird, der aber auch die guten Tage mit mir zusammen verbringen will. Ich würde von diesem Tag an das Leben mit ihm zusammen angehen – an seiner Hand. Und nicht mehr weglaufen.

Diesen Gedanken wollte ich festhalten. Wollte das aufschreiben, woran ich ganz neu glaubte. Ich durchsuchte meine Jackentaschen, in denen sich tatsächlich ein Kugelschreiber und eine zerknitterte Serviette finden ließen.

Ich zückte den Kuli, die Worte sprudelten nur so aus mir heraus. Ich schrieb alles bis ins kleinste Detail auf, damit ich es ja nie wieder vergessen werde.

Fionas Glaubensbekenntnis:

Ich glaube an Gott – meinen Vater –, der über mich wacht und einen Plan mit mir und meinem Leben hat. An Gott, der unsere Erde mit allem, was darauf ist und lebt, geschaffen hat und jeden auf ihr sieht und wahrnimmt.

Ich glaube an Gottes Sohn – Jesus Christus –, der mich so sehr geliebt hat, dass er in diese kaputte Welt gekommen ist, um für mich und meine Fehler zu sterben. Einen Gott, der sich so klein gemacht hat, damit ich leben kann.

Ich glaube an einen Gott, der sich mir nicht aufzwingt, sondern die Arme offenhält, damit ich mich darin in Sicherheit bringen kann – der aber akzeptiert, wenn ich mein Leben ohne ihn bestreiten will.

Ich glaube daran, dass Gott mir seinen Geist geschickt hat, damit ich in meinem Leben hier auf der Erde nicht allein sein muss. Ich glaube daran, dass dieser Gott an meiner Seite ist und weiß, was ich fühle.

Ich glaube daran, dass Gott das Beste für mich will, auch wenn ich seine Wege nie ganz erfassen kann.

Ich glaube daran, dass mein Gott so viel höher und mächtiger ist als alles andere und dass ich irgendwann das Privileg haben werde, ihm gegenüberzustehen, ihn zu loben und ihm die Ehre zu geben.

Ich glaube, dass ich nach meinem Leben hier auf der Erde bei ihm sein werde und dass all das Leid und all die Schmerzen vorbei sein werden und ich dann Gottes Wege aus völlig anderer Perspektive sehen – und endlich begreifen werde. Das wird ein unfassbar schöner und beglückender Moment sein – eben: Himmel!

Ich glaube daran, dass wir von da an nie wieder von Gott getrennt sein werden und dass alles Schlechte dann der Vergangenheit angehören und keine Wirkung und Kraft mehr haben wird. Wir werden Freie sein.

Ich glaube daran, dass es sich lohnt, an diesem Gott festzuhalten, und dass jede Kreatur auf dieser Erde ihm die Ehre geben sollte. Weil ein Vater, der mit derart weit ausgebreiteten Armen und mit derart viel Liebe und Barmherzigkeit auf unsere Rückkehr wartet, jede Liebe und Dankbarkeit von uns verdient hat. Von mir zuerst.

Kapitel 25
Bettkantengespräche

Als ich aufwachte, nahm ich zuerst die warme Decke wahr, die sich um meinen Körper schmiegte. Ich drehte mich noch ein paar Mal im Bett von rechts nach links und genoss die Ruhe des Hauses. Ganz langsam sickerte ein Gedanke durch meinen Kopf, bis er endlich mein Bewusstsein erreichte:

Heute ist Heiligabend.

Ich lächelte in mein Kissen hinein, während ich mich langsam dazu aufforderte, der Matratze Adieu zu sagen. Dieses Jahr freute ich mich auf Weihnachten, denn plötzlich hatte das Fest eine völlig neue Bedeutung für mich. Heute würde mein Neustart sein.

An Weihnachten war Gott auf die Welt gekommen. Für *mich,* um mein kaputtes Leben zu retten – das hatte ich nun endlich begriffen. Deshalb nahm ich mir vor, mich an diesem Tag zu konzentrieren und nicht nur einfach über die Geschenke oder das leckere Essen herzufallen.

Dieses Jahr wollte ich feiern – nicht, weil Micha nicht da war, sondern *gerade* für ihn. Der Winter war seine liebste Jahreszeit gewesen. Er liebte den Duft von Keksen im Haus, den Schnee, der wie eine weiße Decke unsere Nachbarschaft schmückte, den hellen Schein der Kerzen, die die Dunkelheit erhellten, besonders aber hat ihn die Liebe begeistert, die an diesen Feiertagen geteilt wurde und im ganzen Haus spürbar war.

Dieses Jahr sollte nun die Trauer vorbei sein. Stattdessen wollte ich anfangen, Liebe weiterzugeben, und das nicht nur an Weihnachten.

Ich streckte also langsam meine nackten Zehen unter der Decke hervor. Die Luft in meinem Zimmer war frisch, und besonders im Flur zog die Kälte durch unser dürftig gedämmtes Haus. Ich machte noch mal einen kurzen Abstecher ins Bad und putzte meine Zähne, bevor mich meine Füße schnell durch den Flur bis hin zu Milans Zimmer trugen.

Ich klopfte erst gar nicht an, sondern öffnete sofort die Tür und huschte wieder unter eine warme Decke.

Meine kalt gewordenen Füße presste ich gegen Milans warme Beine, was ihn zum Grummeln brachte. Er blinzelte mir kurz entgegen, nur um dann wieder die Augen zu schließen. Er hatte sich auf den Rücken gedreht und den Arm über seine Augen gelegt.

«Wie spät ist es denn?», murmelte er leise.

Ich zuckte mit den Schultern, während ich ihn weiterhin einfach nur ansah. Ich würde nie genug davon bekommen, ihn einfach nur zu beobachten.

«Fiona?», hakte Milan verschlafen nach.

«Es ist Weihnachten!», quietschte ich fröhlich, so als wäre das eine Antwort auf seine Frage. «Wer verschwendet denn da bitte seine Zeit mit Schlafen?»

Milan stieß einen leicht verzweifelten Seufzer aus, nachdem er verstanden hatte, dass er aus mir wohl keine Antwort herausbekommen würde, und drehte sich nun selbst zum Wecker hin.

«Es ist erst kurz nach sieben», stieß Milan stöhnend aus und ließ sich dann wieder in sein Kissen sinken. Ich ließ ihn keinen Augenblick aus den Augen. Milan blinzelte erneut und erwischte mich dabei, wie ich ihn anstarrte.

«Warum guckst du so?», fragte er mit einem halben Grinsen im Mundwinkel. Auch wenn er es nicht zugab: Es machte ihn glücklich, dass ich ihn so ins Visier nahm. Ich zuckte wieder mit den Schultern und grinste glücklich zurück. Jetzt wusste ich wirklich, was Menschen damit meinen, wenn sie sagen, dass Liebe blöd macht.

«Ich weiß nicht. Ich kann einfach nicht wegsehen.»

Milan erwiderte mein Grinsen mit halb geöffneten Augen, dann brummte er irgendetwas, das ich nicht verstand. Er drehte sich wieder auf die Seite und zog mich dabei in seine Arme. Ich spürte seine Brust an meinem Rücken, fühlte, wie sein Brustkorb sich hob und senkte und wie sein Herz stark und gleichmäßig schlug.

Ich genoss jede Sekunde dieses Morgens. Ich genoss die Ruhe und die Vertrautheit, die in der Luft hing, genoss die stillen Minuten, in denen Milan wieder wegdämmerte und ich ihn gleichmäßig atmen hörte. Noch nie war ein Mensch mir so nahe gewesen – weder körperlich noch seelisch. Und obwohl er mich so gut kannte, wandte Milan sich nicht ab, nicht mehr!, sondern wollte ganz nahe neben mir liegen.

Ich speicherte diesen Moment ganz detailliert in meinem Kopf ab. Denn ich wollte ihn konservieren für die Ewigkeit und immer wieder an den Morgen von Heiligabend zurückdenken, wenn ich mich nach dieser Art von Geborgenheit sehnen würde.

Nach einigen Minuten drehte ich mich in Milans Armen, sodass ich sein Gesicht sehen konnte. Ich war hellwach, während Milan bestimmt noch stundenlang hätte weiterschlafen können.

Mit meinen Händen umfasste ich sein Gesicht und streichelte langsam über seine Wangen, die schon wieder von vielen hellen Bartstoppeln übersät waren. Behutsam beugte ich mich vor und küsste ihn auf die Nasenspitze.

Milan kräuselte daraufhin seine Nase, und ich kicherte leise vor mich hin. «Meine Ruhe ist jetzt vorbei, schätze ich», sagte er mit seiner tiefen Stimme. So kurz nach dem Aufwachen hörte sie sich sogar noch tiefer und noch brummeliger an als sonst schon.

«Damit hast du wohl recht», entgegnete ich, wobei ich auch schon wieder zu lachen begann.

Nun öffnete Milan richtig die Augen und gab sich größte Mühe, seine Lider nicht wieder zuklappen zu lassen. Er ließ seinen Blick über mein Gesicht wandern. Augen, Nase, Lippen, Wangen, nichts ließ er aus.

«Mann …», murmelte er verträumt. «Du bist so schön.»

Seine Worte raubten mir den Atem.

Milan fand mich also schön, nachdem er mich verschlafen und ungeschminkt gesehen hatte, ja, sogar nachdem er mich minutenlang angeschaut hatte, war ich immer noch schön in seinen Augen – wow!

Diese Erkenntnis und Milans eindringlicher Blick ließen mein Herz höher schlagen. Ich schmiegte mich in seine Arme und begann ihn zu küssen. Und es fühlte sich so an, als wäre das exakt der richtige Ort, an den meine Lippen hingehörten.

Ich richtete mich auf und legte mich auf Milans Oberkörper, dann intensivierte ich unsere Küsse. Ich hatte keine wirkliche Kontrolle über das, was ich da gerade tat, es gab keine Überlegungen dazu, keinen Plan. Aber es fühlte sich gut an, das stand außer Frage, also machte ich einfach weiter.

Wir lachten beide leise auf, als meine Haare in Milans Gesicht fielen und ihn an den Wangen kitzelten, dann küssten wir uns weiter. Langsam, gefühlvoll und intensiv. Seine Lippen fühlten sich weich an auf den meinen.

Milans Hände hatten meine Taille umfasst, und sie hielten mich fest und sicher, meine Finger ließen nicht ab von seinen Wangen und seinem Nacken. Ich hätte noch für Stunden so weitermachen können, aber nach einigen Minuten drückte Milan mich von sich weg – wenn auch widerwillig.

«Stopp», flüsterte er leise.

Er sah zu mir hoch, mitten in die Augen. In ihnen lag so viel Sehnsucht, dass ich meine Lippen am liebsten wieder auf die seinen gepresst hätte.

«Was ist?», stammelte ich leise. «Hab ich was falsch gemacht?» Ich rückte ein Stückchen von ihm weg und setzte mich auf die Bettkante.

«Nein!», stieß Milan hervor und richtete rasch seinen Oberkörper auf. «Auf keinen Fall, du hast nichts falsch gemacht», legte er dann etwas sanfter nach.

Er beugte sich so weit vor, dass er seine Hand auf meinen Oberarm legen konnte. «Es ist nur … ich will dieses Mal alles richtig machen.»

Plötzlich war die Stille in seinem Zimmer ohrenbetäubend, und unser Gespräch hatte sich innerhalb von Sekunden zu etwas Ernstem entwickelt.

Milan stöhnte leise auf, als er meinen verwirrten und abwartenden Gesichtsausdruck wahrnahm. Er fuhr sich mit der rechten Hand über das Gesicht und atmete einmal tief durch.

Ich schwieg, ließ Milan die Zeit, die er brauchte, um die Gedanken zu sammeln, die in seinem Kopf herumschwirrten.

«Ich …», fing er dann nach einiger Zeit wieder an. «Ich will das hier nicht kaputtmachen.» Er blickte zu mir auf und stellte sicher, dass ich ihn ansah, während er die nächsten Worte sagte. «Dafür ist mir das hier zu wichtig – *du* bist mir zu wichtig, und das will ich nicht verlieren.»

Milan atmete wieder tief ein, dann lachte er leise auf, als er weiterfuhr. «Ich habe dich so was von absolut nicht verdient. Aber irgendwie habe ich es verrückterweise geschafft, dass du bei mir bist und dass du mich liebst, und das will ich nicht zerstören. Du hast so viel durchgemacht, und ich will, dass du bei mir sicher bist – und ich will dich so behandeln, wie ein Freund seine Freundin behandeln sollte. Und deshalb müssen wir das langsamer angehen, sonst drehe ich durch. Denn wenn wir jetzt weitermachen, habe ich mich nicht mehr im Griff, verstehst du?»

Milan atmete erneut tief ein und prüfte mich mit forschendem Blick. Er sah wieder so verwundbar aus. Ich war geplättet von seinem Geständnis. Wer konnte denn ahnen, dass in einem Kerl so viele Emotionen steckten? Und, ja, auch so viel Größe?

«Bin ich deine Freundin?», waren die einzigen dummen Worte, die es aus meinem Mund schafften.

Superdoof.

Milan blickte mich für einen Moment einfach nur ungläubig an, so als habe ich meinen Verstand verloren. Dann lachte er ein wenig hysterisch auf. «Ja, natürlich bist du das!», stieß er dann hervor.

Es dauerte eine Weile, bis diese Information zu meinem Kopf vorgedrungen war. Als ich das Ausmaß von dem verstand, was Milan gerade gesagt hatte, zogen sich meine Mundwinkel immer weiter nach oben, bis ich schließlich vom einen bis zum anderen Ohr strahlte.

«Ich bin deine Freundin!», lachte ich auf, was auch Milan zum Lachen brachte. Und für eine Zeit sahen wir uns einfach nur lachend an.

Nun rutschte auch Milan vor und setzte sich neben mich auf die Bettkante. Er schloss seine Hand um die meine und sah mir wieder so tief in die Augen, dass ich das Gefühl hatte, meine Beine würden sich zu Brei verwandeln. «Und jetzt geh bitte, bevor dein Vater hier reinschneit und mich fragt, was ich hier verdammt noch mal mit seiner Tochter anstelle.»

Der Gedanke daran, dass mein Vater uns erwischte, wie wir, nur in unsere Schlafanzüge gekleidet, aneinander geschmiegt dasaßen, ließ auch mir einen kalten Schauer den Rücken hinunterlaufen.

«Es wäre wirklich besser, wenn er es nicht so erfährt», stimmte ich ihm zu. «Aber wir sagen es ihm doch bald, oder?»

Milan nickte und kaute auf seiner Unterlippe herum.

«Heute Abend.»

«Was, heute Abend schon?», fragte ich verblüfft.

«Yeah», sagte Milan. «Meine Mum kommt.»

Mein Herz rutschte mir für einen Moment in die Hose, und ich fragte mich mal wieder, warum mir niemand in diesem Haus etwas erzählte.

«O-kay», antwortete ich gedehnt, meine Nervosität war wohl deutlich hörbar.

Milan scannte mein verspanntes Gesicht von oben bis unten, von links nach rechts.

«Mach dir keine Sorgen, sie wird dich lieben», sagte er in beruhigendem Ton, doch seine Augen wanderten aufgeregt zwischen mir und der Tür hin und her. «Und jetzt geh bitte!»

Ich lachte leise, dann stand ich auf, küsste ihn ein letztes Mal für diesen Morgen, verließ sein Zimmer und eilte mit klopfendem Herzen durch den eiskalten zugigen Flur, bis ich wieder in meinen eigenen vier Wänden angekommen war.

Ich zog die Vorhänge beiseite und beobachtete die Schneeflocken, die vom heftigen Wind fast aus ihrer Bahn geblasen und rumgewirbelt wurden, bis sie am Ende dennoch in einem wilden Tanz ihren Weg Richtung Boden fanden, um schließlich Straßen, Häuser und Autos mit einer weißen Schicht zu überziehen.

Meine Füße wurden allmählich zu Eisklötzen, aber dennoch konnte ich meinen Blick nicht abwenden.

Heute ist Weihnachten.

Milans Gespräch mit seiner Therapeutin:

Therapeutin: «Du redest oft über sie. Sie ist dir wichtig, oder?»
Milan: «Ja, ich liebe sie.»
Therapeutin: «Wie fühlst du dich damit? Hast du Angst, dass Fiona von dir weggehen wird und dich nicht zurücklieben kann?»
Milan: «Nein.»

Pause

Milan: «Ich bin einer der wohl schwierigsten und kaputtesten Menschen, die man finden kann. Ich kenne jedenfalls niemanden, den man jetzt mit mir vergleichen könnte. Sie vielleicht? … Egal, Tatsache ist: Es ist manchmal hart, um mich herum zu sein. Aber wenn jemand bleibt, dann weiß ich, dass die Person wirklich da sein möchte.»

Pause

Milan: «Fiona ist so. Fiona ist geblieben; sie war da, als ich an meinem Tiefpunkt war. Sie mochte mich sogar in Momenten, in denen ich mich selber … mich selber beschissen fand, mich selber – ja, hasste. Und sie ging nicht weg. Das hätte ich niemals erwartet. Es hat mich … überrascht. Oder sagen wir so: Es hat was gemacht mit mir.»

Kapitel 26
Besuch

«Na? Du strahlst ja breit!», stellte meine Mutter fest, die mit dem Staubsauger in mein Zimmer einzog. Sie wollte das ganze Haus blitzblank putzen, bevor Milans Mutter am Abend ihren Fuß in dieses Haus setzte, das uns schon immer Unterschlupf und Heimat gewesen war.

«Es ist ja auch Weihnachten», grinste ich ihr entgegen.

Und den Rest erfährst du heute Abend, dachte ich für mich selbst.

Für einen Moment war meine Mutter verloren in der Erinnerung an letztes Jahr. An das Weihnachten, an dem es draußen geschüttet hatte und ich das Wetter, meine Eltern, die Welt als Ganzes und Gott im Speziellen gehasst hatte.

Das Wetter, weil es an Michas Lieblingstag im Jahr geregnet und nicht geschneit hatte, obwohl doch Micha Schnee so sehr geliebt hatte. Gerade das Weihnachtsfest nach seinem Tod musste jetzt also derart trostlos sein ... Irgendwie fand ich, dass dieses Datum uns noch ein paar Schneeflocken schuldig war, Micha zu Ehren. Doch es goss aus Strömen, und das erinnerte mich ohne Unterbruch daran, wie sehr ich meinen kleinen Bruder doch vermisste.

Ich hatte meine Eltern gehasst, weil sie scheinbar so fröhlich waren und lachten und die Geburt von einem Kind feierten, während ihr eigenes Kind doch ein paar Monate zuvor gestorben war. Sie sollten gefälligst traurig sein und nicht das Fest der Liebe feiern, wenn doch Micha gerade mal ein paar Monate tot war.

Ich hatte die Welt verurteilt, weil sie unfair und grausam war. Wie konnte es ein so schönes, herzerwärmendes Fest geben, während es doch gleichzeitig so viel Leid auf der Welt gab? Ein absolutes No-Go, meiner Meinung nach.

Und ich hatte Gott mehr als alles andere auf dem Kieker, weil *er* es war, der das alles zuließ: den scheußlichen Regen, die unfassbar gute Laune meiner Eltern, meine eigene Quadrat-Depression, mein Außenseiter-Dasein in der Schule, meine verknorzte Gefühlswelt, die ganzen Ungerechtigkeiten, wo man auf diesem Planeten auch nur hinschaute, und das Schlimmste von allem: Er hatte Michas Tod zugelassen. So etwas war nicht zu vergeben, oder?!

Ich schluckte, als ich an das vergangene Jahr zurückdachte. Was sich doch alles geändert hatte …

Ich stand auf und drückte meiner Mutter einen Kuss auf die Wange. «Ich bin dankbar für Weihnachten», sagte ich leise, dann verschwand ich mitsamt der Kleider, die ich mir für den Abend herausgesucht hatte, im Badezimmer.

Nachdem ich mich geduscht und umgezogen hatte, öffnete ich die Tür, damit der Wasserdampf rausziehen konnte. Dabei merkte ich im ersten Moment gar nicht, dass Milan mir nach einiger Zeit Gesellschaft leistete. Ich war zu vertieft darin gewesen, den Puderpinsel über mein Gesicht fliegen zu lassen. Erst als er zu sprechen begann, nahm ich meinen Besucher wahr, der gegen den Türrahmen lehnte und mich betrachtete.

«Wow. Du siehst toll aus!», sagte Milan.

Leicht unsicher checkte ich mein Spiegelbild, um seine Aussage zu überprüfen. Ich trug eine schwarze Strumpfhose und einen schwarzen Rock, dazu hatte ich eine hellblaue Bluse an, und die Flugzeugkette von Milan baumelte stolz an meinem Hals.

Gerade war ich dabei, meinem Make-up den letzten Feinschliff zu verpassen. Dabei hatte ich nicht viel Übung oder Ahnung, aber letztendlich war ich dann mit dem Ergebnis doch ganz zufrieden. Mit Concealer hatte ich meiner Haut ein gleichmäßiges Erscheinungsbild verliehen, meine Wimpern getuscht und dazu an den Rändern meiner Augenlider ein wenig blauen Lidschatten aufgetragen, der zu meiner Bluse passte. Gemäß Milans Reaktion konnte das Ergebnis also nicht allzu schlecht sein.

«Danke», erwiderte ich strahlend. Ich würde wahrscheinlich nie müde werden, Komplimente von ihm entgegenzunehmen.

Er beobachtete mich mit einem spitzbübischen Grinsen, ohne ein weiteres Wort zu sagen. Mir gefiel, dass er glücklich war, aber gleichzeitig machte es mich misstrauisch.

«Was?», fragte ich verwirrt.

«Ich kann's gar nicht abwarten, bis du meine Mum kennenlernst.»

«Wirklich?», fragte ich überrascht und betrachtete mit einem plötzlichen Schwung von Unsicherheit mein Spiegelbild.

Schon war das ganze schöne Selbstvertrauen dahin.

Ehrlich gesagt hatte ich tierische Angst davor, dass die ganze Sache gewaltig schieflaufen würde.

«Sie wird dich lieben», sagte Milan überzeugt, ohne seinen Blick auch nur einmal von mir abzuwenden.

«Was macht dich da so sicher?», wollte ich wissen.

«Ich weiß es einfach.» Doch nachdem er meine Skepsis bemerkt hatte, wusste er, dass er mich mit dieser Antwort nicht abspeisen konnte. Er zuckte kurz mit den Schultern und ließ sich einen Augenblick Zeit.

«Sie mag gute Menschen; Menschen, die freundlich sind und Rücksicht nehmen. Sie wollte immer ein liebes Mädchen für mich – hm, wie soll ich sagen? Eines mit Anstand, mit Ausstrahlung. Eines mit Charakter. Und das hast du. Du bist ein guter Mensch. Ein Mensch, der fühlt und der andere aus vollem Herzen lieben kann. Das ist alles, was sie wissen muss.»

Eine erste kleine Tränen-Welle wollte sich in meinen Augen bemerkbar machen. Schnell blinzelte ich sie weg, bevor noch weitere Wellen anrollen konnten.

Nicht jetzt! Nicht heute! Ein anderes Mal vielleicht.

Natürlich wollte seine Mutter so jemanden für Milan haben, weil sie ja das komplette Gegenteil geheiratet hatte. Ich wusste nicht, was sie alles durchgemacht haben musste, aber ich hatte Milans Narben auf seinem Rücken gesehen. Solche Malträtierungen hatte Milans Vater bestimmt auch seiner Frau zugemutet, wenn nicht sogar noch was Schlimmeres.

Ich kannte diese Frau noch nicht einmal, und trotzdem bewunderte ich sie schon. Eine Sache hatten sie und Milan gemeinsam: Sie waren beide unglaublich stark, fand ich.

Die Stimme meiner Mutter ertönte am Ende des Ganges; ein Zeichen für Milan, dass er sich schnell aus dem Staub machen sollte.

Bevor er ging, sah er mich nochmals eindringlich an, dieses Mal war jegliches Grinsen aus seinem Gesicht verschwunden. «Mach dir keine Sorgen, Fiona, alles wird gut werden.»

Ich spürte, wie seine Worte meinen Körper entspannten und ich ausatmen konnte.

Mach dir keine Sorgen.

Als es an der Tür klingelte, war ich gerade damit fertig geworden, mich für den Abend schick zu machen und anschließend das kleine Chaos, welches ich im Bad und in meinem Zimmer veranstaltet hatte, zu beseitigen. Nach außen musste und wollte ich einen geordneten Eindruck machen, aber in meinem Kopf sprangen die Gedanken gegen die Wände.

Egal, wie oft ich mir einredete, dass Milans Mutter mich bestimmt mögen werde und ich – wie Milan mir versichert hatte – großartig aussah, konnte ich die Aufregung, die mir den Magen zuschnürte, einfach nicht abschütteln.

Alles an dieser ganzen Situation war neu für mich. Erstens, dass ich einen Freund hatte. Zweitens, dass ich mit diesem unter einem Dach wohnte. Drittens, dass ich es noch meinen völlig ahnungslosen Eltern sagen musste. Viertens, dass ich nicht voraussehen konnte, wie sie auf diese Neuigkeit reagieren würden. Fünftens, dass Milans Mutter gleich unten in unseren Hausflur treten würde und ich sie beeindrucken musste. Und sechst…

Hätte ich länger Zeit gehabt, wären mir sicher noch mehr Punkte eingefallen, die mich verrückt machten, aber das Klingeln ließ mich innehalten und erinnerte mich daran, dass ich mich allmählich auf den Weg nach unten machen sollte.

Ich hörte schon Gesprächsfetzen, als ich die Treppe hinunterlief. Milan, der seine Mutter vom Bahnhof abgeholt hatte, war gerade dabei, ihr den Mantel abzunehmen und ordnungsgemäß über einen Kleiderhaken zu hängen. Ich stockte. Das hatte er bei seinen eigenen Jacken noch nie getan!

Milans Mutter sprach so leise, dass ich sie aus ein paar Metern Entfernung gar nicht verstand. Aber sie musste geredet haben – ich hatte genau gesehen, wie sich ihre Lippen bewegt hatten.

Mein ganzer Körper begann zu kribbeln, und ich hoffte inständig, dass ich einen kompletten Satz formen konnte, sobald ich den Mund öffnete.

Benimm dich ja nicht wie der größte Trottel, Fiona!

Man konnte es ja schließlich nicht oft genug sagen.

Erst jetzt, nachdem ich die Treppe erfolgreich hinter mir gelassen hatte, erlaubte ich meinem Hirn, sich wieder auf die Stimmen zu konzentrieren. « ... und das ist unsere Tochter Fiona. Sie geht mit Milan in eine Klasse», nahm ich die Worte meiner Mutter wahr.

«Hallo», sagte ich wenig einfallsreich und überlegte, ob ich ihr die Hand geben sollte. Aber sie rührte sich nicht, und ihre Haltung schien eher abweisend. Aber ein sanftes, fast nicht zu erkennendes Lächeln streifte über ihre Lippen, und ich fragte mich, ob Milan ihr vielleicht schon von mir erzählt hatte. Ich lächelte steif zurück und blieb hölzern an meinem Platz stehen.

Dafür nutzte ich die Gelegenheit, sie aus nächster Nähe zu betrachten. Im Gericht war sie kurz an mir vorbeigehuscht, aber die Aufregung hatte dort gar keinen Raum gelassen, um Milans Mum genauer unter die Lupe zu nehmen. Ich hatte nur noch eine äußerst schwache Erinnerung an sie gehabt, denn jener ereignisreiche Tag hatte alle anderen Eindrücke weit überschattet.

Ich wusste nur noch, wie dünn und schmal sie dort auf mich gewirkt hatte, und auch jetzt sah ihr Körper unglaublich zerbrechlich und kraftlos aus. Die Arme hingen schlaff nach unten, und auch ihr Mund wirkte fast ein wenig angestrengt und verkniffen. Da war nicht einmal das kleinste Lächeln zu sehen. Keine Regung, keine Emotion, nichts.

Von ihr musste Milan seine blonden Haare bekommen haben. Auch wenn sich unter die seiner Mutter schon graue Strähnen gemischt hatten, konnte man erahnen, was für fantastisches Haar sie einmal gehabt haben musste. Obwohl sie ungefähr gleich alt war wie meine Mutter, zogen sich über ihr Gesicht deutlich mehr Falten und ließen sie so bestimmt älter aussehen, als sie eigentlich war.

«Hallo, ich bin Astrid Koopmann», antwortete unser Gast nun ganz leise und zaghaft auf meine Begrüßung. Ich hatte mich nicht geirrt: Ihre Stimme war so leise, dass ich sie selbst dann kaum hören konnte, als ich direkt vor ihr stand. Fast wirkte es nur wie ein Wispern.

Kein Wunder, Frank Koopmann, dieser fürchterliche Unmensch, hat dafür ja das Stimmvolumen von mindestens drei Personen auf Lager! Die arme Frau …

In diesem Moment wurde mir klar, wie dämlich meine ganze Aufregung war. Natürlich wollte ich, dass Milans Mutter mich mochte, aber warum sollte sie das *nicht* tun?

Sie war mit Milan durch die Hölle gegangen. Ich würde – zum Glück! – niemals die körperlichen und seelischen Schmerzen aus eigenem trostlosem Erleben nachvollziehen müssen, die sie durchlitten hatte. Alles, was unter diesen Umständen für Astrid Koopmann zählte, war, dass ihr Sohn in Sicherheit war und geliebt wurde. Und das konnte ich definitiv bieten.

Ich warf einen kurzen Blick zu Milan, der aber immer noch auf seine Mutter konzentriert war. Er schien jede ihrer Bewegungen genau zu beobachten, um zu wissen, ob er einschreiten sollte.

Neben den Haaren hatte Milan definitiv auch die Augen seiner Mum geerbt. Bei beiden waren sie tiefblau und unergründlich. Der sorgenvolle Blick, mit dem Milan sie gerade anschaute, passte auf jeden Fall haargenau zu dem ihren. Seit ich ihn kannte, war dieser so besorgte Blick bei Milan eigentlich immer seltener geworden, und ich hoffte, dass seine Mum das auch irgendwann schaffen könnte.

«Wo ist der Pfarrer? Ich habe nur Gutes von ihm gehört», sagte Astrid sachte. Sie wirkte wie eine verschreckte, schüchterne Katze, die von zu vielen fremden Menschen auf einmal gestreichelt werden sollte und damit völlig überfordert war. In diesem Moment tat sie mir schrecklich leid.

Meine Mutter übernahm fürsorglich das weitere Gespräch. Sie hatte immer schon ein gutes Händchen für alle Arten von Menschen gehabt und schien in diesem Moment genau zu wissen, wie es Astrid ging.

«Er ist schon in der Kirche und bereitet sich auf den Abend vor. Feiertage wie Weihnachten und Ostern, wo alle anderen frei haben und die Füße hochlegen können, sind für ihn immer die stressigsten Tage.»

Sie werden sich mögen!, schoss es mir durch den Kopf.

Die sanfte Stimme meiner Mutter beruhigte Astrid sofort. Sie war sichtlich froh, dass wir sie nicht mit Fragen löcherten. Sie wirkte sehr defensiv und fragil auf mich.

Astrid lächelte schwach und nickte dann höflich.

«Was haltet ihr alle davon, wenn wir noch einen Tee trinken und uns dann auf den Weg in die Kirche machen?», schlug meine Mutter mit einem sonnigen Lächeln vor.

David, der sich zuvor etwas abwartend am Hosenbein meiner Mutter festgeklammert hatte, sprang nun auf und rief laut: «Jaaaa!»

Milans Mutter zuckte daraufhin heftig zusammen. Sie zog scharf die Luft ein und hatte ihre Arme schützend vor ihrem Körper aufgebaut. Milan legte ihr sofort eine Hand auf den Rücken, was Astrids Atmung augenblicklich wieder etwas ruhiger werden ließ.

«Was hältst du von Tee, Mum?», fragte er sie noch einmal, sehr leise und mit seiner tiefen melodischen Stimme.

«Ich ...ich ... ich will wirklich keine Umstände machen», stammelte sie und sah dabei panisch meine Mutter an. Was hatte Milans Vater nur mit ihr angestellt, dass diese kleine Bewegung und der Freudenschrei von David schon solche Angst in ihr auslösten?

Zig wüste Szenen liefen jetzt wie kurze Filme in mir ab. Kopfkino der unschönen Art. *Stopp! Stopp!* Schnell wischte ich diese Bilder wieder aus meiner Gedankenwelt. Egal, was passiert war: Solche grässlichen Situationen gehörten jetzt der Vergangenheit an. Für alle Beteiligten. Ich hatte Milans Vater im Gefängnis besucht, hatte in Begleitung von Milan und dem Wachmann die vielen verschlossenen Türen und dicken Mauern passieren können. Frank Koopmann aber ... war auf der anderen Seite. Es gab kein Entkommen mehr für ihn.

«Absolut nicht, der Tee ist schon fertig und wartet nur darauf, von uns getrunken zu werden», sagte meine Mutter geduldig und beruhigte die ganze Situation weiterhin mit diesem warmen und so gastfreundlichen Lächeln, das sie einfach draufhatte wie niemand sonst.

Man konnte förmlich sehen, wie die Worte bei Milans Mum ankamen und sie diese einen Moment lang in ihrem Kopf hin und her bewegte. Wahrscheinlich ging sie gerade alle möglichen Optionen durch, ganz so, wie ich es ja auch immer mit meinen eigenen Check-Listen tat. Wie in Zeitlupe antwortete sie dann: «Ja, eine Tasse Tee hört sich gut an», dann verzogen sich ihre Mundwinkel zaghaft zu etwas, das man mit viel Goodwill als ein Lächeln deuten konnte.

Milan, die Hand immer noch auf dem Rücken seiner Mum, schob sie nun vorsichtig aus unserem zugigen Flur hinaus in die Wärme des Wohnzimmers.

Als er an mir vorüberging, lächelte er mir kurz entgegen. Ich erwiderte die Geste. Doch bevor ich den anderen folgte, beugte ich mich zu David hinunter.

Ein wenig schuldbeladen schaute mein kleiner Bruder auf zu mir. «Wollte keine Angst machen», brummelte er niedergeschlagen. So komplett gebügelt und gestriegelt für den Kirchgang, mit einem blauen Hemd und dem kuscheligen Pollunder darüber, sah er unendlich süß aus. Bei diesem Anblick musste ja jedermann klar sein, dass David nicht mal einer Fliege was zuleide tun konnte!

«Alles in Ordnung, Großer. Vielleicht versuchst du es das nächste Mal mit ein bisschen weniger Schwung und Lautstärke!» Dann drückte ich ihm einen Kuss auf die Wange. «Aber mach dir keine Gedanken und auch kein schlechtes Gewissen. Milans Mum ist sehr sensibel und schreckhaft, weißt du. Und sie hat gute Gründe dafür. Aber das hat nichts mit dir zu tun. Okay?»

«Ja, okay. Aber schreckhaft ist nicht gut! Ich bin nicht schreckhaft, ich nicht!»

Zusammen folgten wir danach den anderen in unser wohlig warmes Wohnzimmer.

Wie die Hühner auf der Stange hatte der Mix aus Familie Albrecht und den beiden Koopmanns in der dritten Reihe der Kirche Platz genommen. Ich inhalierte die festliche Stimmung geradezu: die vielen schick gekleideten Besucher, die sich an Weihnachten zu dem Gottesdienst eingefunden hatten, das warme Kerzenlicht und den großen geschmückten Tannenbaum, der stolz und erhöht vorne neben der Kanzel thronte.

Ich spähte nochmals zu Amely rüber, die mit ihren Eltern – welche konsequent nur an Weihnachten und Ostern einen Fuß in die Kirche setzten – etwas weiter hinten in den gegenüberliegenden Sitzreihen passende Plätze gefunden hatte. Sie grinste mir schief zu, als sich unsere Blicke trafen.

Zuvor hatte sie mich, als wir uns begrüßten, mit folgenden Worten aufgemuntert:

«Na, sag schon: Wie war das erste Treffen mit Mama Koopmann? Warst du aufgeregt? Findet sie dich zum Kotzen?»

Haha! Ich musste zurückgrinsen, als ich an diesen Moment zurückdachte. Meine beste Freundin würde wohl immer eine aus der Abteilung «Unmöglich!» bleiben.

Das Orgelspiel, begleitet von feierlichen Posaunenklängen, setzte ein und begann *«O du fröhliche»* zu intonieren. Die Musik verwandelte die ganzen Gespräche der Leute um mich her in ein leises Murmeln, bis sie schließlich ganz verstummten. David wippte auf meinem Schoß hin und her und zog somit die Aufmerksamkeit wieder auf sich. Er gab sich gar keine Mühe, die Aufregung zu verstecken, die durch seine Adern floss. Für ihn stand der allererste Auftritt im Krippenspiel bevor, das die Kindergottesdienstleiter vorbereitet hatten. Wochenlang hatte ich mit ihm seine Zeilen geübt, damit er sie auch ja klar und deutlich aussprechen würde.

Aber der kleine Mann brauchte anscheinend noch ein bisschen mehr Unterstützung und war deshalb von seinem eigenen Stuhl auf meinen Schoß geklettert.

Möglichst unauffällig versuchte ich über die Köpfe und Liederblätter hinweg zu Milan und seiner Mum rüberzuschielen. Ich war froh, dass Astrid Koopmann hier war. So hatte an Weihnachten auch Milan ein Stückchen Familie um sich. *Selten genug!*

Ich musste leise in mich hineinlächeln, als ich das Mutter-Sohn-Duo betrachtete. Astrid war offensichtlich ein wenig geplättet von all den

Menschen um sie herum. Ich meine, wer war das nicht? An Weihnachten war unsere Kirche rappelvoll, beinahe jeder Sitz war gefüllt.

Leider saßen meine beiden Eltern zwischen Milan und mir, was es mir unmöglich machte, nach seiner Hand zu greifen. Gerade in diesem Augenblick schaute Milan hoch und erwischte mich beim Rüberstarren. Ein leises Schmunzeln machte sich auf seinem Gesicht bemerkbar, und für einen Augenblick war ich allzu sehr gefesselt, um meinen Blick wieder wegzuwenden. Ich hatte das Gefühl zu schweben. Meine Wangen begannen von dem ganzen Glück und der Wärme im Raum zu glühen. Für diese paar Sekunden schienen nur Milan und ich zu existieren …

… bis David wieder auf sich aufmerksam machte und mich mit seinen Worten zusammenzucken ließ.

«Du magst Milan», stellte David trocken fest, der meinem Blick gefolgt war.

Geschockt löste ich meinen Blick und starrte ihn an. Ich drehte seinen Oberkörper leicht zu mir, sodass er mich anschauen musste.

«Was?», zischte ich leise. Ich war geschockt, keine Frage. Schnell warf ich einen Blick nach links, doch meine Eltern schienen David nicht gehört zu haben. Zum Glück übertönte die Musik Davids leise Worte. Ich räusperte mich, dann wiederholte ich mich ein wenig klarer: «Was hast du gesagt, David?»

Ein glucksendes Lachen entfuhr seiner Kehle. «Du magst Milan, und David mag ihn auch. Bin froh, dass wir neuen Bruder haben.»

Mein Herz zog sich schmerzlich zusammen. «Oh ja», flüsterte ich. Vor lauter Rührung bekam ich kein weiteres Wort mehr raus.

So kompliziert die Beziehung zwischen Milan und mir auch verlaufen war, ich würde keine einzige Sekunde davon ändern oder anders gestalten wollen. Der ganze Herzschmerz, all die vergossenen Tränen, die Unklarheiten, die offenen Fragen, die seelischen Troubles, sie waren es wert gewesen.

David sprang von meinem Schoß. Es war Zeit für seinen großen Auftritt. Mein Herz schien zu zerspringen, als er nach vorne wankte, und wieder einmal merkte ich, wie viel ich doch von David lernen konnte. Es fühlte sich an, als hätte ich an diesem Abend zum ersten Mal den Grund von Weihnachten verstanden.

Liebe.

Die Liebe, die Gott zu mir hatte. Die Liebe, die ich meinen Mitmenschen schenken sollte.

Weihnachten war die Geburtstagsparty von Jesus, und jeder war eingeladen. Diesmal würde ich diese Einladung annehmen. Endlich!

Heute wird gefeiert!

Fionas Erinnerung an Micha:

«Jetzt komm doch endlich raus!», meckerte Micha, der bereits mit dicker Schneemütze, Handschuhen und kuscheliger Wollmütze über seinen Wuschel-Haaren im Flur stand.

Ich dagegen hatte es nicht ganz so eilig, nach draußen zu gelangen.

«Wenn du jetzt nicht noch 'nen Gang höher schaltest, dann schmelze ich auch. So wie Hugo, Hilde und Lisbeth letztes Jahr!», quengelte er weiter, während ich ihn nur provozierend ansah und in aller Seelenruhe in meine Jacke schlüpfte.

Die drei bescheuerten Namen, die er gerade aufgezählt hatte, waren unsere drei Schneemänner gewesen, die in jenem Winter unseren Garten mit ihrer Anwesenheit beehrt hatten. Wie man an der Namensgebung unschwer erkennen kann, hatte auch Amely ihre Finger maßgeblich mit im Spiel gehabt.

«Ich würde mal ganz riskant behaupten, dass du nicht aus Eis bist, aber da könnte ich mich auch täuschen. Vielleicht sollte ich mal deine Nase abbeißen und schauen, ob die nach Karotte schmeckt!», neckte ich ihn und wickelte mir als Letztes meinen Schal um den Hals, dann löste ich mich aus meiner gespielt entschleunigten Trägheit und jagte hinter Micha her aus dem Haus.

Mein kleiner Bruder schrie und kreischte, als ich ihm über die Stufen folgte und ihn einmal ums ganze Haus verfolgte. Bevor ich die Tür zuzog, hörte ich noch die Stimme meiner Mutter: «Bitte seid schön vorsichtig!» Aber keiner von uns beiden antwortete darauf. Wir waren schon viel zu sehr vertieft in unsere Schneegetümmel-Games!

Ich konnte mich wirklich nicht beschweren: Die Weihnachtsferien hatten zwei Tage zuvor begonnen, und am Tag darauf war Heiligabend. Dazu hatte es über Nacht sage und schreibe siebenundzwanzig Zentimeter Neuschnee gegeben, die ganze Landschaft war mit einer weißen Decke eingepackt. Natürlich blieb Micha da nicht im Haus. Er hatte mich aus meinen lieblichen Träumen gerissen und schon vor dem Frühstück in die Kälte des Schneegestöbers gelockt.

Es war Weihnachten. Einfach alles brachte zum Ausdruck und jubelte: *Schaut, euer König kommt zu euch!* Es war ruhig, die Menschen hatten endlich die Hektik des Alltags abgelegt. Weihnachten war neu in ihren Herzen angekommen.

Als ich Micha endlich erreicht hatte, schubste ich ihn um, und zusammen kullerten wir dann im Schnee herum. Micha kicherte und jauchzte die ganze Zeit, dass nun wirklich jeder Mensch unserer Nachbarschaft im Umkreis von fünf Kilometern wachgeworden sein musste.

Wie Micha zu sagen pflegte: «Man kann doch einen so wunderschönen Tag nicht verschlafen!»

Ja, da unterschieden wir uns wohl ein wenig. Ich schlafe gerne. Und gerne lang! Aber seine Begeisterung hatte auch mich dazu gebracht, nach draußen zu stürmen, und auch wenn die kalte Luft meine Nase einfrieren ließ, genoss ich die eisige Luft, die sich in meinen Lungen ansammelte.

«Guck mal, ich kann Rauchzeichen machen», meinte Micha fasziniert und blies seinen warmen Atem immer wieder aus, sodass ich fast schon Angst bekam, dass er hyperventilierte. «Dann gib Hugo, Hilde und Lisbeth doch mal ein paar Rauchzeichen, dass sie jetzt bitte in unseren Garten reintanzen können», wies ich ihn an und gab mir größte Mühe, nicht lauthals loszuglucksen.

Micha drehte sich vom Rücken auf den Bauch, dann sah er mich ernst und fast schon ein wenig böse an. «Du weißt genau, dass sie tot sind und sich nicht bewegen können, Fio!», grummelte er, und das war der Startschuss, dass ich endgültig losprusten musste.

Micha bewarf mich daraufhin bestimmt eine halbe Minute lang mit Tonnen von Schnee, der mir dann trotz meines Schals und der hochgeschlossenen Winterjacke in den Kragen reinrutschte und unter den Kleidern eine eisige Nässe bis hinunter zum Bauchnabel hervorrief. *Brrrh!*

«Du blöde Socke!», rief ich, während ich aufsprang und versuchte, den Schnee zu entfernen, der sich auch in meiner Kapuze angesammelt hatte. Das wurde zum Beginn einer erbarmungslosen und geradezu epochalen Schneeballschlacht, die erst wieder endete, als mein Vater die Tür öffnete, seinen Kopf herausstreckte – wenn auch nur ganz vorsichtig – und uns zum Frühstück rief.

Völlig durchnässt, ziemlich durchfroren und natürlich mit eiskalten roten Wangen legten wir unsere Waffen nieder – beide hatten wir uns je ein schönes Arsenal an Schneebällen aufgebaut, um aus allen Rohren ballern zu können. Aber jetzt war Ende Feuer. Jetzt wärmten wir uns beim Frühstückstisch mit heißem Kakao auf. Eine Stärkung in Form von frischen Brötchen hatten wir uns ebenso verdient.

Unsere Eltern waren noch im Schlafanzug, als wir uns zu ihnen an den Tisch setzten. David saß bei meiner Mutter auf dem Schoß und ließ sich mit Baby-Brei füttern. Er futterte schon in jungen Jahren meinen Eltern die Haare vom Kopf.

«Nach dem Frühstück gehen wir wieder raus. Wir brauchen eine neue Schneemann-Familie», verkündete Micha, ohne dass ein Widerspruch geduldet war.

«Bin dabei», meldete sich unser Papa zum Dienst.

Ich legte den Kopf schief und tat so, als müsse ich ernsthaft über dieses Angebot nachdenken. «Okay», presste ich schließlich hervor. «Aber nur, wenn wir ihnen dieses Mal vernünftige Namen geben dürfen.»

Micha nickte verständnisvoll. «Ist akzeptiert.»

Dann reichte er mir über den Tisch hinweg seine Hand. Der Deal war fix, und so eröffnete sich vor uns ein gesamter Nachmittag im Schnee – und das auch schon bald in der wunderbaren Gesellschaft von einer neuen Schneemann-Familie, bestehend aus Papa Philipp, Mutter Monika und den vier Kindern Elias, Jonas, Mia und Sophie.

Als ich Micha fragte, wie die denn zum Nachnamen heißen, hatte er eine klare Meinung:

«Schmelzikovsky», sagte er. «Familie Schmelzikovsky!»

Kapitel 27
Einverstanden

Es war schon halb eins, als ich noch mal die knarzenden Treppen runter in den Flur lief – betend, dass keiner von dem Lärm, den ich verursachte, aufwachen würde.

Wir hatten den Weihnachtsabend nach dem Gottesdienst und dem anschließenden Festessen gemütlich neben dem mit Kerzen und Kugeln geschmückten Tannenbaum ausklingen lassen. Für Milans fröstelnde Mutter hatte ich meine Kuscheldecke bereitgestellt, und genau diese brauchte ich jetzt, denn ich schaffte es einfach nicht, ohne die Wärme von weichem Stoff einzuschlafen.

Als ich ins Wohnzimmer eintrat, entdeckte ich noch ein weiteres nachtaktives Mitglied meiner Familie. Ich fand meine Mutter, die gerade dabei war, die fast heruntergebrannten Kerzen des Weihnachtsbaums zu löschen und in einen mit Wasser gefüllten Kessel zu werfen. Sicher ist sicher, zumal in so einem alten Haus mit viel Holz.

Erst schreckte sie überrascht hoch, als sie mich sah, und unterbrach ihre Arbeit. Sobald sie sich von ihrer ersten Überraschung erholt hatte, begann sie zu reden:

«Na, meine Große, warum denn noch wach?»

Ich griff nach der Decke, die über der Sofalehne lag, und hielt sie in die Höhe. «Hab noch was gesucht.»

Meine Mutter schüttelte warm lächelnd den Kopf, dann ließ sie sich auf das Polster des Sofas fallen und klopfte auf die Sitzfläche neben sich.

«Was hältst du von ein bisschen Gesellschaft?»

Ich legte die Decke um meine Schultern, da ich nur meinen dünnen Schlafanzug anhatte und die Kälte langsam anfing, meinen Rücken hochzukriechen. Anschließend setzte ich mich zu meiner Mutter auf die Couch. Augenblicklich war mir nicht mehr nach Schlafen zumute.

«Eigentlich hätte mir schon an dem Abend, als Jake zu Besuch war, auffallen sollen, dass du Milan magst», gab sie schmunzelnd von sich.

Ich merkte, wie meine Wangen zu glühen begannen, aber zum Glück konnte das meine Mutter in dem spärlich beleuchteten Wohnzimmer nicht erkennen. Dachte ich jedenfalls.

Jetzt, wo Milan und ich am Abend unsere Beziehung bekanntgegeben hatten, würden meine Mama und ich wohl des Öfteren solche Mutter-Tochter-Gespräche haben.

Yippie.

«Hätte es?», fragte ich mich piepsiger Stimme, immer noch nicht ganz sicher, was sie von mir und Milan als Paar hielt.

Meine Mutter nickte bestimmt. «Die Art, wie du ihn angesehen hast … da war etwas anders.»

Misstrauisch beäugte ich sie. Am erwähnten Abend hatte ich noch das Gefühl, dass sie mich auf der Stelle mit Jake verkuppeln wollte. Auch wenn das, objektiv betrachtet, ja nicht mal die schlechteste Idee gewesen wäre. Jake war der Traum einer jeden Mutter, und Milan … Milan war es nun mal nicht. Eher war er genau das Gegenteil von dem, was eine Mutter ihrer kleinen, unsicheren Tochter wünschte.

«Du bist also …», ja wie sollte man das denn am besten ausdrücken? «Du bist also damit einverstanden? Mit ihm und mir?»

Meine Mutter holte zu einer Erklärung aus. «Ich weiß, dass Milan eine längere sehr komplizierte und unschöne Vergangenheit hat. Aber wenn ich ehrlich bin, dann ist sie mir egal. Denn Jesus hat ihm bereits vergeben, also kann ich das auch. Jeder Mensch macht Fehler, Fiona, und das ist okay, denn genau deswegen ist Jesus an Weihnachten doch auf diese Erde gekommen.»

Sie machte eine kurze Pause, um Luft zu holen und nach den richtigen Worten zu suchen.

«Ich habe gesehen, wie Gottes Liebe Milan in der Zeit, in der er bei uns war, verändert hat. Und ich sehe auch, wie sie dich verändert hat. Ihr seid füreinander da, ihr konntet euch gegenseitig helfen. Milan konnte das auf eine Art tun, wie dein Vater und ich es niemals konnten. In deinem Alter teilt man sein Leid und seine intimsten Dinge oft lieber mit einem Freund, einer Freundin, als mit den Eltern. Das war schon zu meiner Zeit nicht anders, als ich siebzehn war. Ihr habt euren Schmerz und euer Leid gegenseitig verstehen können, und ihr habt einander gestützt.»

Nun standen ihr Tränen in den Augen, doch sie gab sich größte Mühe, diese sofort wieder wegzublinzeln. Sie war für mich immer stark gewesen. Bestimmt war ihr oft zum Weinen zumute, doch sie hat einfach immer die Zähne zusammengebissen. Das beherrschte sie inzwischen meisterlich, denn manchmal muss man als Mutter einfach funktionieren, egal, wie's um die Gefühlslage gerade bestellt ist.

«Ich weiß noch ganz genau, wie es dir letztes Jahr ging. Ich habe gesehen, wie sehr dich Michas Tod mitgenommen hat. Das zu sehen und doch nichts tun zu können, hat mir fast das Herz gebrochen.»

Sie machte eine weitere Pause, um zu schlucken und die Tränen endgültig zu besiegen.

«Und ich bin Milan unglaublich dankbar dafür, dass er in dein Leben gekommen ist und dir geholfen hat, wieder auf die Beine zu kommen. Ich bin so unendlich dankbar, dass du wieder deinen Weg zu Jesus gefunden hast.»

Stille trat im Wohnzimmer ein, und man hörte lediglich die Zeiger der Uhr an der Wand ruhig und gleichmäßig weiterticken. Erleichterung machte sich in meinem ganzen Körper breit, welche nur Sekunden später von einem sehnsüchtigen Ziehen in meiner Brust überlagert wurde.

«Mama, ich vermisse Micha», schluchzte ich wie aus dem Nichts, und die Tränen rollten nur so über meine Wangen. So plötzlich waren sie da, ich war unfähig, sie zu stoppen. Aber zum ersten Mal seit langem wollte ich sie auch gar nicht mehr zurückhalten. Ich ließ zu, dass meine Mutter meine Tränen sah; es war kein Zeichen der Schwäche mehr für mich, sondern es bezeugte nur, wie stark ich gewesen war und was ich – nein, was wir alle – durchgestanden hatten.

«Fiona, Schatz», murmelte meine Mutter nur, als sie mich in ihre Arme zog und liebevoll auf den Haaransatz küsste. «Das tue ich auch», flüsterte sie, als ich mich ein wenig beruhigt hatte und mein Körper aufgehört hatte, derart zu beben. «Dass ich seinen Tod akzeptiert habe, heißt nicht, dass Micha mir weniger wichtig ist oder es weniger weh tut, wenn ich an ihn denke. Ich bin seine Mutter – in meinem Herzen wird immer ein Stück fehlen. Doch ich habe Gott mein Vertrauen geschenkt, und ich weiß, dass seine Wege so viel größer sind als meine eigenen Gedanken.»

Ein paar weitere Kerzen gingen mit einem kleinen Zischen aus, während ich nickte und die Worte meiner Mutter langsam zu verstehen begann. Ich drückte mich immer tiefer in ihre Arme.

Ich war nicht mehr sauer darüber, dass sie Gott vertraute und Michas Tod offenkundig akzeptiert hatte. Denn das ist ja das Schwerste, was ein Mensch überhaupt nur tun kann: die Kontrolle abzugeben und zu vertrauen. So ein Verhalten zeugt von Stärke. Und ich musste in diesem Moment sagen: *Ich kenne keine stärkere Person als meine Mama.*

Der Tod ist vernichtet! Der Sieg ist vollkommen!
Tod, wo ist dein Sieg? Tod, wo ist deine Macht?

1. Korinther 15,54–55

Kapitel 28
Mitschuld

Sogar jetzt lächelte ich noch bei dem Gedanken an das letzte Weihnachtsfest, obwohl schon Monate verstrichen waren. Sechseinhalb, um genau zu sein, ein ganzes halbes Jahr – und ein bisschen mehr.

Es waren schon sechseinhalb Monate vergangen, seitdem ich Milan offiziell meinen Freund nennen durfte. Mein Bauch war immer noch gefüllt mit vielen bunten Schmetterlingen, die darin in immer neuen Reigen fröhlich umhertanzten.

Trotzdem wäre es gelogen, wenn ich behauptete, dass diese Tatsache alle Tage, an denen mir zum Heulen zumute war, weggenommen hätte. Es gab immer noch unzählige Momente, in denen Trauer, Angst und Schmerzen über mich zu siegen schienen.

Aber ich hatte endlich akzeptiert, dass das okay war so. Ich wusste inzwischen, dass ich nicht mehr allein damit klarkommen musste. Es war okay, mich so zu fühlen. Diese Erkenntnis nahm mir eine unbegreiflich große Last von den Schultern. Zwei Jahre zuvor hätte ich das niemals für möglich gehalten.

«Fiona, kommst du endlich? Dein Date wartet ungeduldig», rief mein Vater aus dem Flur hoch, dicht gefolgt vom Kichern meiner Mutter.

Lachend verdrehte ich die Augen. «Gleich da!», rief ich zurück und checkte zum fünften Mal mein Erscheinungsbild im Spiegel. Aber alles stimmte: Meine Haare fielen in leichten Locken über meine Schultern – dafür hatte Amely gesorgt –, und auch der dezente blassrosa Lippenstift war nicht über meine ganzen Zähne verschmiert, sondern saß noch da, wo er hingehörte. Zum ersten Mal seit langen fühlte ich mich richtig wohl in meiner Haut.

Ich hatte ein sommerlich gelbes Kleid an, welches kurz über meinen Knien endete und verspielt um meine Beine tanzte. Dazu lief es dank eines feinen Gürtels an der Taille zusammen und betonte so meine Hüften. Verträumt strich ich über den Stoff, auf den kleine weiße Punkte gestickt waren.

Alles in allem fühlte ich mich gewappnet, an dem Tag ein letztes Mal das Schulgebäude zu betreten, mein Zeugnis in die Hand zu nehmen und mit meinem Abschluss in der Hand so schnell wie nur irgend möglich wieder zu verschwinden.

«Fiona!», meldete meine Mutter sich nun zu Wort, jetzt ein wenig drängender.

Schluss mit den Träumereien!

Ich machte rasch einen Abstecher in mein Zimmer, schnappte mir meine winzige Handtasche, in die nur eine kleine Wasserflasche, Schlüssel und Lippenstift hineinpassten, rannte schnittig durch den Flur – nur um mich vor dem Treppenabsatz selbst nochmals zu stoppen.

Ich wollte möglichst langsam und würdevoll die Treppen hinuntersteigen. Außerdem ließen meine hohen Schuhe auch nichts anderes zu, ohne dass ich wie ein Sack Kartoffeln die Stufen runterpurzelte.

Die Absätze klackerten leise auf dem Holz, und mit jedem Schritt wurde mein Lächeln breiter. Ich fühlte mich wie die Hauptprotagonistin eines viel zu kitschigen Liebesfilms, als ich durch den unteren Flur schritt, meinem gutaussehenden Date entgegen – Milan.

Dem Weg in die Freiheit stand nur noch die akademische Abschlussfeier im Weg. Ungeduldig lauschte ich den Reden, die sich in die Länge zogen wie Kaugummi. Wenn es nach mir gegangen wäre, hätte ich meinen Ellenbogen auf die Stuhllehne gestützt, den Kopf auf die Hand gelegt und die Augen für ein paar Momente geschlossen. Aber ich wollte mir unter keinen Umständen den strafenden Blick meiner Mutter einhandeln, also riss ich mich zusammen und ließ Wort für Wort über mich ergehen.

Die Schulleiterin fand ein paar für meine Ohren nichtssagende Ausdrücke für unsere Schulzeit, und auch Luna wurde als Klassensprecherin die Ehre zuteil, sich zu unserer Klasse zu äußern.

Sie stand vorne auf der Bühne mit ihrem perfekt gezogenen Lidstrich, den aufwendig geflochtenen dunkelblonden Haaren und dem zartrosa Kleid, das ihr echt hervorragend stand. Als ich sie so betrachtete, wurde mir klar, dass ich keine Eifersucht verspürte. Es störte mich nicht, zuzugeben, wie hübsch sie doch aussah.

Nicht mehr.

Ich sah sie auf der Bühne stehen und spürte keinen Neid, keine Verunsicherung. Alles, was ich brauchte, war bereits da. Zufrieden schielte ich auf Milans Hand, die ganz selbstverständlich die meine hielt.

Denn das hatte ich gelernt:

Ich mochte es, ich selbst zu sein.

Also gönnte ich Luna ohne böse Hintergedanken die Aufmerksamkeit des Saalpublikums und die fast ehrfürchtigen Blicke, die auf sie gerichtet waren.

«Hallo, alle miteinander! Ich bin froh, euch heute Morgen hier zusammen zu sehen, und trotzdem macht es mein Herz schwer. Sechs wundervolle Jahre durften wir miteinander verbringen und gemeinsam Erinnerungen schaffen, die uns ein Leben lang im Gedächtnis bleiben werden.»

Kurze Kunstpause, dann fuhr sie fort, unsere Luna:

«Zusammen haben wir gelacht, haben auch mal über die eine oder andere Sache geweint oder gestritten. Aber trotzdem bleibt diese Zeit für immer mit einem sehr freudigen, sehr positiven Grundton in meinem Herzen. Wir haben all die Jahre einen tollen Klassenzusammenhalt aufgebaut, und ich weiß, dass wir – auch wenn wir heute Nachmittag dieses Gebäude verlassen und nie mehr als Klasse hier zusammenkommen werden – weiterhin Freunde bleiben werden. Ab jetzt stehen uns neue Wege bevor, neue Möglichkeiten, neue Optionen, die unser Leben mit sich bringt, und ich bin gespannt auf diese Zukunft. Ich hoffe für uns alle, dass sie genauso erfüllt und mit Freude bereichert sein wird wie unsere letzten gemeinsamen Jahre.»

«Bitte nicht», murmelte ich leise vor mich hin und sah zu Milan rüber, der mit einem Grinsen auf seinen Lippen die Augen rollte. Ich erwiderte das Augenrollen, wackelte ein wenig mit dem Kopf, schnitt eine Grimasse und schob ein freches Lachen hinterher.

Unter zustimmenden Rufen und Applaus wurde Luna von der

Bühne entlassen, und auch Milan und ich klatschten brav in die Hände. Im Anschluss wurden endlich alle Schüler klassenweise geordnet und nach vorne gerufen, um ihr Zeugnis abzuholen.

Das Ganze lief aber nur halb so feierlich ab, wie es sich vielleicht anhören mag. Ein kleines Geschwisterchen schrie die ganze Zeit, scheinbar ohne auch nur eine Pause zum Ein- und Ausatmen einzulegen, Paul wurde das falsche Zeugnis ausgehändigt, Milans Name wurde falsch vorgelesen – «Goldmann» –, und Ellen stolperte über ihr Kleid.

Irgendwann wurde auch David hummelig und tummelig, brabbelte auf dem Schoß meiner Mutter vor sich hin und machte so auf seine ganz eigene Art und Weise die Unruhe perfekt. Aber mich störte nichts davon. Diese teilweise chaotische Feier spiegelte die Zeit, die ich an dieser Schule gehabt hatte, perfekt wider.

Schließlich fand die Zeremonie ihr Ende, und der Rest der Schülerschaft machte sich auf, um den Nachmittag noch in vollen Zügen abzufeiern. Vermutlich gingen meine Eltern davon aus, dass Milan und ich uns den Schulkameraden anschließen würden, denn meine Mutter wünschte «Viel Spaß!» und nahm unsere Zeugnisse in Gewahrsam. Sie erinnerte uns lediglich daran, dass wir abends pünktlich zum Grillen mit Milans Mutter wieder zuhause sein sollten. Mein Vater scherzte, dass wir nicht zu viel trinken sollten, und David klammerte sich an mein Bein und quengelte, dass er unbedingt mitkommen wolle.

Die einzige Person, die sich normal verhielt, war Milans Mum. Sie lächelte uns aufrichtig zu und wünschte uns eine schöne Zeit.

Nachdem meine Eltern das Wunder vollbracht hatten, David durch die Tür zu schleifen, hatten wir es endlich geschafft: Milan und ich standen in der Aula, umringt von einem Haufen von Menschen, mit denen ich garantiert nicht meine nächsten Stunden verbringen wollte.

«Wohin gehen wir jetzt?», fragte ich gespannt und gleichzeitig ungeduldig. Schließlich hatten wir eine wunderbare Zeit nur für uns zwei von uns, und ich freute mich darauf, meine ganz private Feier mit Milan zu veranstalten.

Doch als ich Milan genauer betrachtete, merkte ich, dass er sich noch suchend im Raum umsah, definitiv noch nicht bereit, diesen Ort zu verlassen.

Was führt er im Schilde?

«Hey Paul!», rief Milan, als er die gesuchte Person ausfindig gemacht hatte. Schon lief er auf ihn zu und zog mich einfach hinter sich her. Ich war ziemlich verdattert, das muss ich sagen.

Paul war gerade dabei, sich mit einer Gruppe von Kumpels aus dem Staub zu machen; seine verblüffte Reaktion zeigte deutlich, dass er nicht mit Milan gerechnet hatte. Er gab seinen Freunden kurz ein Zeichen, dass sie auf ihn warten sollten, dann wandte er sich Milan zu.

«Hi», brummelte er abwartend.

Paul hatte die Hände in die Taschen seiner Hose gesteckt und versuchte, möglichst lässig zu wirken. Sein Nasenrücken war immer noch ein wenig schief von dem Bruch damals, als sie miteinander gekämpft hatten.

«Was gibt's, Milan?», hakte Paul nach, die Stirn in Falten gelegt. Die beiden hatten seit der Prügelei kein Wort mehr als nötig miteinander gesprochen, jetzt standen sie sich hier fast wie alte Kumpels gegenüber.

«Ich muss da noch was loswerden …», suchte Milan nach den richtigen Worten, als sich die beiden Jungs gegenüberstanden. Milan ließ seine Fassade fallen, der grimmige Gesichtsausdruck war weg, fast sah er ein bisschen ratlos aus. Gebannt musterte ich ihn von der Seite.

Was soll das, Milan? Wo wird das enden?

«Letztes Jahr ist so einiges schiefgegangen zwischen uns, und das wollte ich einfach noch mal angesprochen haben, bevor ich dich dann nicht mehr sehe», sagte er, und sogar ich war verwundert.

Will er sich etwa gerade entschuldigen?

«Also, sorry für die Nase. War nicht gerade die coolste Reaktion von mir.»

Augenblicklich schien eine Anspannung von Paul abzufallen. «Ähm ja … danke … äh, kein Ding», gab er stockend von sich.

Er brauchte auch einen Moment, bis die Nachricht bei ihm angekommen war. Wahrscheinlich hatte er mit einem letzten Wortgefecht oder womöglich einem Kampf gerechnet, aber auf keinen Fall mit einem Friedensangebot. Ich war hautnah dabei, wie zwischen den Rivalen so etwas wie ein Waffenstillstand ausgerufen wurde.

An der Art, wie Paul auf Milan reagierte, wurde mir bewusst, dass er von Milans Vergangenheit wusste. Er wusste von Milans Vater, denn auf seinen Zügen mischten sich jetzt eine Art Mitleid und auch eine Form von Weichheit, wie ich sie bei Paul zuvor noch nicht gesehen hatte.

Paul sah etwas betreten auf seine Füße, sein Kiefer verspannte sich, bis er dann ein paar gepresste Worte hervorbrachte:

«Ich glaub, da trage ich gewissermaßen eine Mitschuld», redete er nicht mehr lange um den heißen Brei herum.

Wow!

Paul hatte also wirklich ein Gewissen. Nie in hundert Jahren hätte ich mit solchen Worten aus seinem Mund gerechnet.

«Also dann», sagte Milan schlicht.

In stummem Einverständnis nickten sie sich zu.

Danach warf Paul mir einen unsicheren Blick zu.

«Ich war 'n ziemlicher Arsch zu dir, Fiona. Hat 'ne Weile gebraucht, bis ich das gerafft habe.» Kurz wanderte sein Blick zu Milan, bevor er sich wieder auf mich fokussierte. «Das hattest du nicht verdient. Es war falsch von mir, mich über dich lustig zu machen, dich … quasi vorzuführen und … bei den andern schlecht über dich zu reden. Auch was ich über deinen Vater gesagt habe, war … totaler Schrott … Ich kann's nicht mehr rückgängig machen. Aber ich will, dass du weißt, dass es mir leidtut. Das ist alles.»

Total perplex stand ich vor ihm; unfähig, einen klaren zusammenhängenden Gedanken zu schaffen.

Bevor ich mich dagegen wehren konnte, überflutete mich ein tiefes, tiefes Seufzen; es kam von weit unten. Etwas in meiner Brust bewegte mich extrem, ich spürte geradezu, wo meine Seele ihren Sitz hat. Ich spürte nochmals diese äußerst harte, extrem empfindliche Stelle: den Schmerz, den sie wegen Pauls Angriffen und seinem Mobbing über ein Jahr lang in sich getragen hatte. Und gleichzeitig merkte ich auch, wie dieser Schmerz sich von meiner Seele löste, wie er sie verließ – alles in ganz wenigen Augenblicken.

Dieses Geschehen zauberte ein ehrliches Lächeln auf meine Lippen – anders kann ich das gar nicht benennen. All das fiel mir ja zu, es geschah einfach mit mir; und ich war selbst überrascht davon.

Noch ein halbes Jahr zuvor wäre es für mich absolut unmöglich und undenkbar gewesen, Paul zu vergeben. Aber in diesem Moment schien es die einzig richtige Sache, die jetzt noch zu tun war.

«Ich verzeihe dir», sagte ich schlicht, wartete auf einen inneren Widerstand, etwa, dass die Worte sich fremd anfühlen würden in meinem Mund – aber er kam nicht.

Paul nickte mir stumm zu, aber ich konnte an seinen Augen erkennen, dass ihm meine Worte etwas bedeutet hatten.

«Danke dir, Paul ...», rief ich ihm noch zu.

Dass ich das so sagen konnte – Wahnsinn!

Milan wandte sich zu mir und drückte sachte meine Hand, die er keinen Moment losgelassen hatte. «Jetzt können wir gehen», sagte er leise und verabschiedete sich mit einem letzten wortlosen Gruß von unserem Gegenüber.

Zielstrebig führte er mich aus der Aula, aber ich konnte nicht anders, als mich noch einmal umzudrehen und zu Paul zurückzuschauen. Ein wenig verwirrt und einsam sah er aus, aber die Überheblichkeit, die ich immer mit ihm verbunden hatte und die zu meinem Leidwesen einfach zu ihm gehörte, war verschwunden.

Jetzt sah ich ihn mit anderen Augen. Er war ein Mensch, der Fehler gemacht hatte und hoffentlich daraus lernte. So wie Milan. So wie ich selbst.

Mein Herz fühlte sich unbeschwert an, im wahrsten Sinne des Wortes «er-leichtert». Über Milans Schulter hinweg lächelte ich Paul zaghaft zu, bevor ich meine Augen wieder nach vorne richtete.

Ich drehte mich zu Milan und sagte möglichst herb und bedeutungsvoll: «Also hast du in Zukunft nicht mehr vor, dich für mich zu prügeln?» Dieser Scherz musste einfach noch sein, um der ernsten Situation einen fröhlicheren Unterton zu verpassen. Denn: Ich war in Feier-Laune!

Ein verschmitztes Grinsen umspielte Milans Mundwinkel, als er versuchte, möglichst ernst «Ja, meine Schöne, darauf wirst du in Zukunft wohl verzichten müssen» zu sagen.

Auf dem Weg zur Tür begegneten uns Luna und Ellen. Sie standen mit den andern zusammen in kleinen Grüppchen herum, unterhielten sich lautstark. Durch Milans gutes Vorbild motiviert, schaffte ich es doch tatsächlich, ihnen freundlich zuzulächeln und ein «Macht's gut!» zuzurufen. Verwundert blickten sie zu uns, wohl überrascht, meine Stimme zu hören.

«Tschau», hörte ich Ellen etwas verdutzt sagen. Luna hingegen bekam kein Wort über die Lippen. Steif schaute sie mir hinterher. Ihre Körperhaltung war ein einziges Fragezeichen.

«Ich bin beeindruckt, Herr Goldmann … äh, Herr Koopmann natürlich!», lobte ich Milan; eine plötzliche Leichtigkeit durchströmte meine ganze Innenwelt. «Ich wusste ja gar nicht, dass Vergebung sich so gut anfühlt.»

Milan zuckte auf meine Worte hin nur mit den Schultern und brummte, fast so, als wäre es bedeutungslos: «Macht das Leben um einiges einfacher, und wenn ich's bei meinem Dad geschafft habe, dann sicherlich auch bei so jemandem wie Paul.»

Ich hatte den versöhnlichen Schulabschluss gefunden, den ich brauchte, ohne dass ich zuvor überhaupt gewusst hatte, wie nötig das für mich war. Ich hatte es geschafft, Frieden mit diesen Mauern und den Erinnerungen hier zu schließen, ich war bereit zu gehen.

«Und jetzt komm», hörte ich Milans leise Worte an meinem Ohr. «Lass uns endlich abhauen.»

Nur sehr selten habe ich jemandem in meinem Leben mehr zugestimmt als ihm in diesem Moment:

Gehen wir!

Ich wusste nicht, wohin Milans bestimmte Schritte uns führten, als wir der Schule den Rücken kehrten. Er schien genau zu wissen, wo er hinwollte. Nach einer Weile dämmerte es mir, was er vorhatte. Wir waren auf dem Weg zum Friedhof.

Andere Teenager feierten gerade ausgelassen ihren Mittelstufenabschluss mit lauter Musik und wahrscheinlich einer Menge Alkohol, aber ich stand jetzt auf einem Friedhof und genoss die Ruhe mehr denn je. Weder Milan noch ich sagten ein einziges Wort. Seine Hand, die mich keinen Moment losließ, in meiner zu spüren, reichte mir.

Wie bei unserem letzten Besuch, der nun schon fast ein Jahr in der Vergangenheit lag, hielten wir kurz inne.

Milan kratzte sich schließlich am Hinterkopf und wirkte sogar ein bisschen verlegen, als er mit seinen Worten die Stille durchbrach. «Das ist vielleicht nicht der stimmungsvollste Ort, um den Schulabschluss zu feiern, aber ich dachte, er ist trotzdem passend. Hier hat irgendwie unsere Geschichte begonnen. Hier habe ich angefangen, dich zu verstehen», gestand Milan.

Mein helles und freudiges Sommerkleid passte auf sonderbare Weise wunderbar in die Farbkulisse des Friedhofs, aber auch zu der Stimmung, die mich umgab. Dieser Ort strahlte einen so tiefen Frieden aus, der mich immer mehr ergriff.

«Es ist perfekt», entgegnete ich flüsternd.

Von alleine fanden meine Füße den Weg zu Michas Grab. Schweigend ging ich davor in die Knie.

Ich spürte, wie Milan es neben mir gleichtat.

Er hatte es geschafft, Frieden mit seinem Dad zu machen, das war *seine* Baustelle gewesen. Meine war der graue Grabstein direkt vor mir. Mein Auftrag bestand darin, Frieden mit Michas Tod zu finden. Ich las die Inschrift, die in den Stein gemeißelt war, und mir kam es vor, als könne ich sie erst in diesem Augenblick richtig begreifen.

Micha Gabriel Albrecht.
Zehn wunderbare Jahre und fast zwei Monate, so lange durften wir Dich unter uns haben …
«Ich gebe ihnen das ewige Leben,
und sie werden nimmermehr umkommen,
und niemand wird sie aus meiner Hand reißen.»
Johannes 10,28

Ich wandte mich zu Milan: «Mein Vater hat diesen Bibelvers aufgesagt, als ich ihm gesteckt habe, dass ich wieder zu Gott zurückgefunden habe. Wir Menschen sind wie blinde, unwissende Schafe, hat er gemeint. Wenn wir auf unseren Hirten hören, dann wird dieser uns führen und beschützen.»

Mein Blick glitt glasig in die Ferne. Die nächsten Worte sprach ich nur für mich selbst aus: «Jesus ist dieser Hirte.»

Milan nickte. «Und Micha hat zu seiner Herde gehört», fügte er hinzu.

«Ich war echt ein furchtbar dämliches Schaf», stieß ich hervor. Ich konnte gar nicht anders, als zu lachen. Milan stimmte mit ein. «Ich denke, das haben Schafe leider manchmal so an sich.»

Wie wahr! Aber mein Lachen verstummte sogleich, und ich wurde wieder ernster. «Micha war fest in Gottes Hand, die gesamte Zeit über. Du hast recht, er hat zu seiner Herde gehört. Sein Leben auf der Erde ist vorbei, aber das im Himmel hat gerade erst begonnen.»

Mein Blick schweifte wieder zu dem grauen Stein vor uns, aber nun sah ich ihn mit anderen Augen an. Nicht mehr voller Angst oder Wut, sondern mit Hoffnung.

«Ich kann's gar nicht abwarten, bis ich Micha wiedersehe. Und wenn es dann so weit ist, dann ist er längst frei von all den Schmerzen.»

Meine Augen waren bei diesem Gedanken feucht geworden, und eine kleine Träne kämpfte sich den Weg über meine Wange, doch ich wischte sie sogleich weg. Innerlich war ich mit tiefer Freude erfüllt. Micha hatte es geschafft, für ihn war das Leiden vorbei. Ich würde wahrscheinlich niemals aufhören, ihn zu vermissen, aber ich konnte ihn in Sicherheit wissen und endlich Ruhe in meinem Herzen finden.

«Trotz der beschissenen Krankheit hatte Micha ziemlich viel Glück bei euch. Er wurde geliebt, und selbst als es kacke lief, ist er nicht alleingelassen worden. Ich wette mit dir, dass Micha in seinem kurzen Leben mehr Glück und Erfüllung erlebt hat als manch anderer.»

Wie recht er damit doch hatte.

Gott hatte Micha schon heimgeholt, aber ich war noch hier. Immer mehr wurde mir bewusst, dass ich in meinem Leben noch eine Aufgabe hatte, und die lautete ganz sicher nicht, bis ans Ende meiner Tage noch möglichst viel Trübsal zu blasen.

Gott ist kein Gott der Toten, sondern der Lebenden, rief ich mir die Worte meines Vaters wieder ins Bewusstsein. Er will sein Leben mit uns zusammen verbringen und uns auch in den schweren Zeiten hindurchhelfen. Das durfte ich besonders in den Monaten erfahren, als es mir so richtig dreckig ging und ich kein Interesse mehr hatte, mich überhaupt nur mit ihm zu beschäftigen, denn für mich stand ja fest: Diesen Gott gibt's gar nicht.

Dafür musste ich aber irgendwann wie ein verlorenes hilfloses Schaf umkehren, auf die Stimme meines Hirten hören und ihm vertrauen. Offensichtlich war ich zu Beginn meines «Trips auf eigene Faust» ganz schön in die falsche Richtung gerannt.

«Ich danke dir, dass du da bist, Milan. Und dass du da warst. Ehrlich: Ohne dich hätte ich bestimmt noch Jahre in meinem Selbstmitleid verbracht.»

Ich war Milan so dankbar dafür, dass er mit seiner brutalen Ehrlichkeit so an mir und meinen Vorwürfen gegenüber Gott und dem Leben und überhaupt an allem und jedem gerüttelt und geschüttelt hat, dass ich mein Leben doch wieder in seine richtige Bahn zurückführen konnte.

Ich hatte Milan am Anfang gehasst dafür, dass er in mein Leben eingedrungen war; speziell auch dafür, dass er mir Michas Zimmer, meinen Ort der Trauer, weggenommen hatte. Aber wie sich herausstellte, hatte es das Zerschmettern des Modellflugzeuges gebraucht: Ich musste die Narben auf Milans Rücken entdecken, damit ich in der Lage war, meine eigenen anzusehen.

Wenn ich jetzt auf die verstrichenen Monate zurückblickte, dann ergab alles einen Sinn. Das eine hatte zum anderen geführt. Alles hatte sich perfekt zusammengefügt wie ein Puzzle, bis zu diesem Augenblick.

Ich hatte Gott gehasst für alles, was er mir genommen hatte, und für die Schmerzen, die ich erleiden musste, aber ohne diese hätte ich

Milan nie verstanden. Es war genau so, wie mein Vater es gesagt hatte: Leid in tausenderlei Form gehört leider unausweichlich zum Leben dazu, aber Gott hat uns einen Weg gezeigt, wie wir damit umgehen können.

Er schickte Milan und mir genau die richtigen Personen zur genau richtigen Zeit, die uns in der eigenen Dunkelheit helfen konnten.

Menschen haben Narben. Aber Gott hat versprochen, diese Schmerzen zu sehen, mehr noch: *uns* zu sehen. Und uns zu heilen. Nicht umsonst wird Jesus «Heiland» genannt.

Ich ließ meinen Kopf auf Milans Schulter sinken, und er legte einen Arm um mich. Wir hielten uns, so wie es auch schon bei unserem letzten Friedhofsbesuch gewesen war. Doch meine Reaktion im Angesicht des Grabes hätte veränderter nicht sein können: Diesmal trug ich ein Lächeln in meinem Gesicht. Wer hätte so etwas je voraussagen oder erwarten können?

Diese innere Zuversicht, die es auf einmal in meine Blutbahn geschafft hatte, brachte mir einen ungeahnten neuen Frieden und nahm ein großes Stück meiner unzähligen Anfragen an den Himmel in feiner Art von mir weg. So vieles, was mich monatelang umgetrieben und bis ins Tiefste beschäftigt hatte, war mir beantwortet worden. Und das, was jetzt noch offen war, konnte warten. Ich würde meine Antworten schon noch kriegen, in diesem oder in dem anderen Leben. Und wer weiß: Wenn ich einst bei Micha im Himmel wäre, würden all diese Fragen im Angesicht Gottes wahrscheinlich sowieso völlig hinfällig sein.

Der Himmel leuchtete warm – von Rot über Orange bis hin zu gelben Tönen. Es war wunderschön.

Innerlich schrie ich dem Grab entgegen:

Der Tod ist vernichtet! Der Sieg ist vollkommen! Tod, wo ist dein Sieg? Tod, wo ist deine Macht, wo dein Stachel?

Ein paar Monate zuvor:

Milan wählt die Nummer seiner Mum. Wartet ein paar Sekunden, bis sie den Hörer abnimmt.

Milan: Mum?
Astrid Koopmann: Hallo, mein Schatz. Es tut so gut, deine Stimme zu hören.
Milan: Wie geht es dir?
Astrid Koopmann: Es ist okay… ich nehme einen Tag nach dem anderen … Aber lass uns nicht über mich reden. Ich komme schon klar, mein Großer. Erzähl mir lieber von dir!

Milan zögert.

Milan: Ooo-kay, Fiona hatte vor zwei Tagen Geburtstag
Astrid Koopmann: Die Tochter des Pfarrers?
Milan: Mmh … Ich habe mit ihrer besten Freundin die Feier organisiert. Fiona hat sich wirklich gefreut … glaub ich zumindest.

Astrid schmunzelt.

Astrid Koopmann: Ihren Namen habe ich in den letzten Wochen schon öfters gehört …

Milan stöhnt auf.

Milan: Mum!
Astrid Koopmann: Willst du mir etwas erzählen?
Milan: Nein!
Astrid Koopmann: Komm schon, du musst deiner Mama doch erzählen, wenn du dich verliebt hast! Das ist so spannend.
Milan: Scheiße, Mum, ich kann das nicht! Ich kann sie nicht mögen …

Ich kann sie nicht lieben … was auch immer. Ich will das nicht! Du kannst mich doch verstehen, oder? Ich habe doch recht!

Astrid überlegt.

Astrid Koopmann: Nein.
Milan: Das kann nicht dein Ernst sein!? Du hast das Gleiche erlebt wie ich, du hast gesehen wie … und … du …

Astrid unterbricht Milan.

Astrid Koopmann: Nein, Milan, ich kann dir nicht zustimmen. Ich liebe dich. Du bist mein Ein und Alles. Du bist alles, was mir noch geblieben ist. Ich muss einfach daran glauben, dass es ein Licht am Ende des Tunnels gibt; ich muss daran glauben, dass nicht jeder Mensch so abscheulich ist wie dein Vater, weil sonst … sonst gibt es keine Hoffnung mehr auf dieser Welt. Sonst hält mich nichts davon ab, hier und jetzt aufzugeben.

Stille.

Milan: Sie zu lieben, bedeutet, mich verwundbar machen. So als würde ich ihr eine Knarre in die Hand drücken, mit der sie jederzeit ihre Schüsse abfeuern kann. Das ist das reinste Selbstmordkommando! Ich wäre abhängig! Ausgeliefert!
Astrid Koopmann: Willst du das dein ganzes Leben als Ausrede nehmen?
Milan: Was?!
Astrid Koopmann: Mach dir nichts vor, du bist bereits völlig abhängig. Wir beide sind es. Gefangen in diesem Käfig unserer Erinnerungen und all dem, was *er* uns angetan hat. Willst du immer ein Sklave deiner eigenen Vergangenheit sein? Willst du wirklich zulassen, dass dein Vater dein ganzes Leben bestimmt?
Milan: Mum …

Astrid schluchzt.

Astrid Koopmann: Wir haben es da rausgeschafft, Milan. Und du allein bist der Grund dafür. Wir haben eine neue Chance geschenkt bekommen. Verschwende sie nicht! Lass nicht zu, dass du mit deinen Gedanken immer an ihn angekettet bleibst.

Stille.

Milan: Was ist, wenn sie mich verletzt?

Astrid lächelt durch die Tränen.

Astrid Koopmann: Und was ist, wenn sie's nicht tut?

Kapitel 29
Rettung

David johlte Milan und mir heiter entgegen, sobald wir Hand in Hand das weiße Gartentor unseres Hauses passierten. Ohne auch nur eine Sekunde zu zögern, sprang David aus dem Sandkasten auf, ließ Eimer und Förmchen rechts und links liegen und rannte auf uns zu. Dabei verteilte er eine gehörige Ladung Sand auf dem ordentlich gemähten Rasen.

«Da! Endlich!», rief er und warf sich ohne jegliche Vorwarnung in Milans Arme. Unter gespielter Anstrengung hievte Milan den kleinen Wonnebrocken in die Höhe und drehte sich derart schnell im Kreis, dass einem schon beim Zuschauen ganz schlecht wurde.

Mir entwich ein theatralischer Seufzer.

So schnell wird man also uninteressant für seinen kleinen Bruder!

«Da seid ihr ja endlich. Na los, setzt euch, alles ist schon fertig», quengelte meine Mutter, die durch Davids Geschrei auf uns aufmerksam geworden war. Kaum hatte sie es ausgesprochen, wehte der köstliche Geruch von gegrilltem Fleisch vermischt mit dem Duft von frischen Baguettes in meine Nase. Und auch mein Magen gab mit einem intensiven Knurren zu verstehen, dass er nicht mehr länger warten wollte.

Ist ja schon gut!

Brav folgten wir der Anweisung meiner Mutter und nahmen am Tisch Platz, an dem Milans Mum Astrid Koopmann bereits mit einem Schmunzeln wartete. Ich bewunderte sie dafür, wie viel Geduld sie für das Chaos meiner Familie in den letzten Monaten aufgebracht hatte. Und ich war froh, sehen zu können, dass sie von Davids aufgewecktem Wesen nicht mehr so leicht aus der Fassung gebracht wurde. Nun schien das Gegenteil der Fall zu sein. Allem Anschein nach fühlte sie sich pudelwohl in unserer Mitte.

Ich ließ mich rechts von ihr in das Polster des Gartenstuhls fallen. Für Milan hingegen war es ein etwas komplizierteres Unterfangen, weil David wie ein Klammeraffe um seinen Hals hing und keinerlei Anstalten machte, den großen Bruder jemals aus dem gespielten Würgegriff zu entlassen.

Erst nachdem Mama ein mahnendes Wort sprach, konnten wir David überreden, sich auf den Stuhl neben Milan zu setzen.

«Es freut mich, dass ihr jetzt alle da seid!», meldete sich mein Papa zu Wort, sobald alle ihren Platz gefunden hatten. Voller Tatendrang stand er uns gegenüber, die Grillzange in den Händen. «Was darf ich euch denn servieren?»

Es dauerte nicht lange, bis die Dämmerung einsetzte. Die Luft war immer noch angenehm lau, wie sich das eben für einen klassischen Sommerabend gehörte. Dennoch hatte Milan mir seine Jeans-Jacke über die Schultern gelegt. (Mit dem Ausdruck: «Für meine kleine Frostbeule», hatte er den Akt seiner Freundlichkeit kommentiert.)

Die Kerzen, die in der Mitte des Tisches standen, spendeten bereitwillig ihr warmes Licht. Unruhig tanzten die Schatten über die Oberflächen, während im Hintergrund die Grillen um die Wette zirpten.

Leider veranlasste die gemütliche Stimmung meine Eltern dazu, ganz tief in die Trickkiste zu greifen und eine peinliche Geschichte nach der anderen ans Licht zu kramen. Bis hin zu dem Punkt, wo ihre Erzählungen nicht mehr so weit in die Vergangenheit zurückreichten, sondern um die letzten Monate kreisten.

Grinsend hob mein Vater sein Weinglas an die Lippen und schmunzelte leise vor sich hin. «Ich bin froh, dass wir es alle bis hierher geschafft haben. Als neue Familie sozusagen. Am Anfang dachten wir ja, dass Milan und Fiona sich die Köpfe abreißen würden.»

Alle am Tisch lachten, auch Astrid stimmte mit ein. Liebevoll tätschelte sie die Hand ihres Sohnes.

Nun wurde der Gesichtsausdruck meines Vaters ernster, im sanften Schein der Kerzen konnte ich seine Züge ausmachen. «Aber Spaß beiseite. Mit der Zeit hat sich etwas geändert …Es hat eine Weile gedauert, bis ich verstanden habe, was vor sich geht. Bei Anna-Lena ist der Groschen ein wenig früher gefallen: Unsere beiden Streithähne haben sich ineinander verliebt.»

Ich lief rot an. Ohne meinen Blick zu heben, zersägte ich voller Konzentration mein Steak.

Ich hatte noch nie mit meinem Vater darüber gesprochen, ob er bezüglich tieferer Gefühle zwischen mir und Milan etwas vermutet hatte. Ich war einfach davon ausgegangen, dass es *nicht* der Fall war. Immerhin hatte ich mir doch größte Mühe gegeben, damit meine Eltern nichts mitbekamen von dem, was sich zwischen Milan und mir entwickelte.

Anscheinend war ich dabei kolossal gescheitert.

Glucksend entschied sich meine Mutter dazu, auch noch ihren Senf beizugeben. Mit einem Blitzen in den Augen richtete sie sich an Milan und mich:

«Seid froh, dass ich ihn noch davon abhalten konnte, ein ernstes Gespräch mit euch zu führen. Er war schon kurz davor, doch ich habe gemeint, dass Gott schon einen Plan mit euch beiden hat und dass Marcus unserem himmlischen Vater, aber auch euch beiden, ein wenig Vertrauen schenken soll.»

Ich wurde augenblicklich ein wenig kleiner auf meinem Gartenstuhl, und auch Milan hatte seinen Kopf in den Händen vergraben und stöhnte leise vor sich hin. Uns beiden war diese Situation mehr als unangenehm. Diese Tatsache brachte unsere Eltern noch mehr zum Lachen.

Gut zu wissen, dass mein Liebesleben für so viel Erheiterung und Unterhaltung am Esstisch sorgen kann! Ha-ha …

«Ich habe auch etwas gemerkt», klinkte Astrid sich in das Gespräch mit ein, was Milan noch unruhiger machte. Nach seinem Geschmack waren hier schon genug pikante Fakten unserer Geschichte breitgetreten worden, und bei dieser Einschätzung stimmte ich ihm hundertprozentig zu.

Dennoch spitzte ich meine Ohren. Ich hatte Milan bis dahin noch nie gefragt, ob er seine Mum eigentlich eingeweiht hatte.

Ich neigte meinen Kopf zur Seite und musterte Milan, der mir gegenübersaß, mit stummer Frage: *«Hast du?»* Verlegen erwiderte er meinen Blick.

«Immer wieder hat er von Fiona erzählt, als wir telefoniert haben. Irgendwann konnte er es nicht mehr abstreiten. Richtig verzweifelt war er, mein großer Milan. Ich hatte ihn bis zu diesem Zeitpunkt nie für den ganz großen Romantiker gehalten.»

Scherzend zog Astrid ihren Sohn zu sich und wuschelte ihm anschließend durchs blonde Haar. Milan verzog dabei das Gesicht, ließ die Kuscheleinheiten seiner Mum aber stillschweigend über sich ergehen.

Während die Eltern sich einen Scherz aus unserer Romanze machten, spürte ich klar und deutlich das Herz in meiner Brust pochen. Fast ein wenig stolz musterte ich den Kerl mir gegenüber, dem ich mein Herz geschenkt hatte. Milan hatte tatsächlich mit seiner Mutter über mich gesprochen. Es war ja kaum zu glauben, dass ich vorher davon noch nichts gewusst hatte!

Mein Vater konnte es sich nicht nehmen lassen, zur großen Belustigung aller Anwesenden noch einen letzten Spruch zum Besten zu geben:

«Es war gar nicht so einfach, als Elternteil einfach mal die Klappe zu halten und sich zurückzunehmen. Aber das Warten hat sich gelohnt. Ihr habt das wunderbar alleine hinbekommen. Oft gehen solche Liebeleien ja nicht gut aus, aber bei euch … ja, bei euch hat sich Gott ganz offensichtlich mal wieder eine richtig gute Geschichte einfallen lassen.»

David, dem das ganze Gespräch über Milan und mich allmählich ein wenig zu langweilig wurde, begann sich nörgelnd aus seinem Stuhl zu erheben. Seine Füße hatte er auf der Sitzfläche platziert, und mit den Ellenbogen stützte er sich auf dem Tisch ab, sodass sein dicker Hintern in die Luft ragte.

«Nachtisch! Nachtisch! Nachtisch! …», stimmte er einen Sprechgesang an. Milan löste sich blitzschnell aus dem Klammergriff seiner Mutter, schnappte sich David kurzerhand bei der Hüfte und hob ihn aus seinem Stuhl. «Nachtisch! Nachtisch! Nachtisch!», tat er es David gleich.

«Du lenkst aber nicht gerade subtil vom Thema ab!», lachte meine Mutter auf, aber es war deutlich geworden, dass Milan wieder aus dem Zentrum der Gesprächsinhalte verschwinden wollte.

Unter lautem Protest verschwand das Duo im Haus, um Mamas heißbegehrtes Tiramisu aus dem Kühlschrank zu befreien.

Man musste das Geschrei der beiden Jungs, welches sich mit dem Gelächter unserer Eltern vermischte, noch kilometerweit in unserer Nachbarschaft hören.

Erst gegen halb zwölf konnten wir uns dazu aufraffen, die Runde zu beenden und die Unordnung zu beheben. Für einen früheren Aufbruch waren die Gemeinschaft und das Essen einfach zu köstlich gewesen.

Brav machte ich mich dabei nützlich, das schmutzige Geschirr ins Haus zu verfrachten. Ich griff gerade nach den verbliebenen Tellern, als Astrid ihre Hand sachte auf meinen Oberarm legte. Es war nur ein ganz kleiner, fast unmerklicher Kontakt, denn kaum hatten ihre Finger meine Haut berührt, zuckte ihre Hand schon wieder zurück.

Augenblicklich stellte ich meine Ladung wieder auf dem Tisch ab und schenkte ihr meine volle Aufmerksamkeit.

Mit einer schlichten Kopfbewegung gab sie mir zu verstehen, dass ich mich setzen solle, aber anstatt mich richtig anzusehen, schaute sie über meine rechte Schulter hinweg. Ich drehte meinen Oberkörper und folgte stillschweigend ihrem Blick. Ein Lächeln machte sich auf meinem Gesicht breit.

Milan und David – der heute wegen des besonderen Anlasses länger aufbleiben durfte – kickten voller Elan einen Ball durch die Gegend. Die beiden wirkten wie ein Herz und eine Seele, so als wäre Milan schon immer ein Teil der Familie gewesen.

Dramatisch ließ Milan sich zu Boden plumpsen, als ihn Davids Fuß am Schienbein traf. Aber dieser quittierte Milans Schauspielleistung nur mit einem Kichern. Nicht für eine Sekunde zeigte er auch nur ein bisschen Mitleid.

Ich drehte den Kopf wieder zu Milans Mum. Nur ganz langsam konnte Astrid ihren Blick von dem dynamischen Duo losreißen.

Gespannt betrachtete ich mein Gegenüber, bis Astrid sich schließlich einen Ruck gab und milde aufseufzte. Verlegen spielte sie mit ihren Händen.

Mit der Zeit hatte ich immer mehr Einblicke in Milans Vergangenheit erhaschen können. Seine inneren Narben, seine Baustellen, seine

Schmerzen. Ich wusste – wenn auch nur ansatzweise –, was er durchgemacht und gefühlt hatte. Doch bei seiner Mutter tappte ich noch immer im Dunkeln. Sie war höflich und nett, sie hatte Stil, und über die letzten Monate waren wir auch immer mehr warm geworden miteinander, aber in einigen Punkten war sie Milan etwas gar ähnlich. Beispielsweise konnte sie ihre Gefühle nach außen hin nicht preisgeben, so als wäre es ein Verbrechen, irgendetwas zu fühlen und zu empfinden.

Doch genau das sollte sich jetzt ändern.

Es dauerte einen Moment, bis Astrid den Mut gefasst hatte, ihre Worte über die Lippen zu bringen:

«Ich bin ganz furchtbar schwach, wenn's darum geht, meine Gefühle zum Ausdruck zu bringen», begann sie bereits mit einer Entschuldigung, bevor ich überhaupt wusste, was sie mir sagen wollte. «Ich habe mich längst bei deinen Eltern bedankt für alles, was sie für Milan getan haben. Dir hingegen habe ich nie ein Dankeschön entgegengebracht. Dabei hast du es verdient.»

Sie machte eine kurze Pause und fixierte Milan, dann richtete sie ihre Aufmerksamkeit wieder auf mich. Ich konnte es in dem schummrigen Licht kaum erkennen, aber ihre Augen waren eindeutig feucht geworden.

«Du hast ihn gerettet», wisperte sie mit bebender Stimme. Dann schloss sie die Augen und presste die Lippen zusammen. Ihre nächsten Worte gingen im Schluchzen beinahe unter.

«Da war so viel Hass und Dunkelheit in seinem Herzen, aber jetzt … Schau ihn dir an …», wieder zuckten ihre Augen zu diesem Jungen rüber, den wir beide aus tiefstem Herzen so sehr liebten.

«Nie hätte ich gedacht, dass er nach all dem, was passiert ist, je wieder lächeln kann …, dass *ich* je wieder lächeln kann.» Nun brach ihre Stimme vollständig. Ganz vorsichtig streckte ich meine Hand aus. Zu meiner Überraschung zog Astrid ihre Hände nicht weg, sondern ließ die Berührung zu.

«Er hat mich gerettet», sprach ich die Wahrheit aus. «Und ich habe ihn gerettet. Aber ganz im Allgemeinen sind wir beide gerettet *worden.* Bei Gottes fantastischem Rettungsplan hatte ich wohl kaum die Finger im

Spiel. Denn meine Eltern haben recht: Am Anfang war ich kurz davor, Milan wieder aus dem Haus zu jagen», schmunzelte ich vor mich hin.

Ein zaghaftes Lächeln kämpfte sich seinen Weg durch Astrids Tränen. Doch bevor eine von uns beiden noch ein weiteres Wort sagen konnte, hatte sich eine weitere Gestalt zu uns hinzugesellt und machte den andächtigen Augenblick energisch zunichte.

«Fiooooo, musst auch kommen!», versuchte David mich von meiner Gesprächspartnerin loszueisen. «Müssen Milan besiegen. Brauche dich», quengelte er immer weiter.

«Ich rede gerade noch mit Astrid. Außerdem muss ich danach noch helfen, hier wieder klar Schiff zu machen», erklärte ich meinem kleinen Bruder, der mir keine Ruhe lassen wollte.

«Komm, wir lassen die beiden Frauen noch einen Moment alleine», versuchte Milan David zu beschwichtigen. Wie schon zuvor schnappte er sich den kleinen Mann vom Rasen und zog ihn in seine Arme. David begann zu kichern, als Milan ihn ohne Gnade kitzelte.

Astrid drückte vertraut meine Hand, dann schob sie mit einem Quietschen den Gartenstuhl zurück. Sie hatte sich wieder im Griff; da waren kein Anzeichen mehr von den Tränen, die noch vor wenigen Sekunden in ihren Augen geschillert hatten. Sie beugte sich vor und drückte Milan einen kurzen Kuss auf die Wange, dann wandte sie sich wieder zu mir.

«Geh nur, ich kann das auch übernehmen.»

Ich war überrascht, doch ihr Blick ließ keine Widerrede zu. «Na los. Ich weiß doch, wie gern du bei deinen Jungs bist», flüsterte sie mir ins Ohr und nickte in Richtung meiner beiden Verehrer, die erwartungsvoll zu uns herüberschauten.

Ich lächelte ihr zu und formte auf meinen Lippen stumm die Worte *«Danke, Astrid!»,* dann hatte mich Davids Euphorie gepackt. «Komm, wir machen Milan fertig!», rief ich. Keine Sekunde später hopste David auf den Boden. Denn das musste ich ihm nicht zweimal sagen. Zu dritt rannten wir los, der flüchtende und theatralisch um Hilfe schreiende Milan voran, David und ich als Verfolger-Duo hinterher, kreischend und gackernd vor Lachen.

Narben zeigen keine Schwäche,
sondern nur, dass du immer noch stehst.

Kontra K – Kampfgeist 3

Kapitel 30
Umschlungen

«Hier drüben, Fiona!», schrie Theo mir zu, und ich feuerte den Ball schnell in seine Richtung, bevor Lorena, die in der Mitte unseres Kreises hin und her hechtete, ihn mir abluchsen konnte.

«Mann, das war echt knapp», meckerte sie mit einem leicht verzweifelten Unterton in ihrem Lachen. «Dann streng dich mal ein bisschen mehr an, Loro», stichelte Theo und beförderte den Ball weiter zu Hedwig.

Es war ein wundervoller, doch für mein Empfinden viel zu warmer Sommertag. Die Sonne schickte ihre Strahlen erbarmungslos zu uns herunter und sorgte für tropische Temperaturen von fast vierzig Grad. Amely hatte den Hauskreis zusammengetrommelt, und gemeinsam waren wir schon am Morgen zum See gefahren, welcher sich immer mehr mit Menschen füllte, die eine Abkühlung nötig hatten.

Lachend spielten wir mit dem Wasserball *«Schweinchen in der Mitte»*. Gerade war Lorena am Zug, die bestimmt schon seit zehn Minuten dabei war, hin und her zu schwimmen, leider ohne Erfolg.

Wir johlten alle und klatschten lautstark Beifall, als es ihr endlich gelang, sich den Wasserball vor Benny zu schnappen. Sie führte im Wasser einen Freudentanz auf, so gut das eben ging, bevor Benny sich auf den Weg in die Mitte des Kreises machte.

Ich hätte mir keinen besseren Start in die langersehnten Sommerferien wünschen können. Ein Gefühl von Freiheit nahm meinen ganzen Körper in Beschlag, wie ich das schon so lange nicht mehr gespürt hatte.

Ich hatte es endlich geschafft, dass ich lachen konnte, ohne Schuldgefühle zu haben. Ich vermisste Micha, ja, und mir war bewusst, dass mich dieses Gefühl mein ganzes Leben nicht verlassen würde, aber ich ließ endlich auch noch etwas anderes zu als meine Trauer. Ich ließ die Lebensfreude zu, die Micha stets begleitet hatte.

Ich hielt mir eine Hand über die Augen und schielte gegen die Sonnenstrahlen meinen Freunden entgegen. So lieb ich sie auch hatte, ich merkte, wie meine achterbahnfahrenden Gedanken mich langsam überrollten. Also kündigte ich an, dass ich eine kurze Auszeit brauchte.

Auf dem Weg zu unseren Sachen versuchte ich, meine Gedanken in eine meiner berühmten Listen zu ordnen. Das letzte Jahr hatte so einige Veränderungen mit sich gebracht, und nach den Ferien würde ein kompletter Neustart vor mir liegen.

Die Tatsache, dass Milan schon vor drei Monaten ausgezogen und mit seiner Mum eine neue Wohnung bezogen hatte, kam noch zu all den Umstellungen hinzu, die ich zu bewältigen hatte.

Es fühlte sich komisch an, dass uns nun mehr als nur ein Flur trennte, aber auf eine ganz eigene Art war es schön, ihn vermissen zu können.

Ich ließ mich auf unserer Picknick-Decke in den Schatten fallen und sah zu meinen im Wasser planschenden Freunden hinüber. Mittendrin musste auch Milan sein – es dauerte ein paar Sekunden, bis meine Augen ihn im Pulk erblickten.

Ein angenehmer Windstoß trug für einen Augenblick ein bisschen von der Hitze fort, und ich genoss die kühle Brise, die auf meinem Körper Gänsehaut auslöste.

Sogar von hier aus konnte ich Amely noch laut grölen hören, als sie den Wasserball fing. Ich grinste leise in mich hinein, als ich ihr zusah. Sie war so aufgeweckt, so stark; ich beneidete sie dafür, dass scheinbar nichts sie aus den Socken hauen konnte. Die Freude, die sie versprühte, war einfach nur ansteckend.

Als nun Milan in Ballbesitz kam, schmetterte er diesen weit an seinem Zielpunkt vorbei. Einsam schaukelte der blaugelbe Ball auf dem Wasser hin und her. Amely sagte zu Milan gewandt etwas, wovon ich nur die Worte «Mister Sprachlos» und «schwache Leistung» verstand, die sie mit sichtlich gespielter Empörung von sich gab.

Ich kicherte leise von meiner Beobachterposition aus. Die beiden waren eine Kombination, die unterschiedlicher nicht sein konnte, und trotzdem kamen sie gut miteinander aus.

Oder gerade deshalb.

Milan lachte nach Amelys Worten und tunkte sie anschließend spielerisch unter Wasser.

Verträumt beobachtete ich die beiden. Milan schaffte es immer wieder, mich von neuem zu überraschen. Ich hatte nicht damit gerechnet, dass er mit an den See kommen würde. Denn nur mit Badehose bekleidet, konnten ja alle die Narben sehen, die sich über seinen Rücken zogen. Aber nicht nur ich war charakterlich gewachsen, sondern auch Milan.

Ein Stück seiner Dunkelheit, die zu Beginn noch in finsteren Bahnen um ihn gezogen war, war verschwunden.

Milan warf einen kurzen Blick zu mir rüber und gönnte Amely ein wenig Ruhe, damit sie frische Luft schnappen konnte, nachdem sie sich laut keuchend entschuldigt hatte. Dann folgte ein zweiter Blick, doch ich schaute noch immer nicht weg. Ich lächelte so kräftig zurück, wie ich nur konnte, trotzdem breitete sich auf seinen Zügen so etwas wie Besorgnis aus.

Ohne weiteres Zögern bewegte Milan sich aus dem Wasser und steuerte zielstrebig auf unser Picknick-Lager zu. Die dunkelblonden Haare hingen platt und nass auf seiner Stirn und tropften die ganze schöne Decke voll, sobald er mich erreicht hatte.

Seine Haare waren mittlerweile eindeutig zu lang geworden. Ich musste ihn unbedingt daran erinnern, dass er dem Friseur mal wieder einen Besuch abstatten sollte – oder ich würde einfach selbst mein Glück versuchen und die Schere in die Hand nehmen.

Ich reichte Milan ein Handtuch und stellte die Kekse, die meine Mutter uns als Verpflegung mitgegeben hatte, vor ihn hin.

«Pass auf, du tropfst alles voll!», kicherte ich und strubbelte ihm mit dem Handtuch die Haare trocken. Erst jetzt nahm ich die immer noch präsente Besorgnis in seinen Augen wahr.

Die Augenbrauen waren dicht zusammengezogen, sein Blick schien direkt in meine Seele zu dringen.

«Bist du okay?», fragte er, ohne auf meinen Vorwurf wegen des Nassspritzens einzugehen. Es war ein wunderbarer Tag, meine Freunde waren beisammen, und ich hatte einen Moment zum Verschnaufen gefunden. Zusammengefasst: Mein Tag hätte nicht besser sein können. Trotzdem war ich gerührt von seiner Anteilnahme.

Ich nutzte diesen Moment, in dem wir endlich mal wieder allein waren, und lehnte mich gegen seine noch feuchte Schulter.

«Ja, alles bestens.»

Milan schien nicht ausreichend überzeugt. Er drückte mich ein Stück weg von sich, um mit einem Blick in meine Augen zu kontrollieren, ob ich die Wahrheit sagte. Ich antwortete ihm mit einem schnellen Kuss. Seine Lippen schmeckten nach dem süßen Seewasser – und nach Sommer. Ich hätte ihm am liebsten noch einen Kuss aufgedrückt, aber da war immer noch dieser Blick, der eine Erklärung forderte. Also riss ich mich zusammen und ließ ihn reden.

«Es ist okay, wenn du dir Gedanken machst. Ich meine: Es wird sich einiges ändern», sagte Milan ernst und deutete damit meinen Schulwechsel an, der so einige Umstellungen mit sich bringen würde.

Ich strich ihm erneut durch die Haare und verlor mich einen Augenblick in seinen Augen, bis ich zu sprechen begann. «Ja, es wird sich vieles ändern. Aber zum ersten Mal in meinem Leben habe ich keine Angst mehr, was das nächste Kapitel in dem Buch meines Lebens bringen wird.»

«Ach ja?», hakte Milan wenig überzeugt nach.

Ich nickte fest. «Ja! Ich kenne den Autor. Wovor sollte ich mich da noch fürchten?»

Damit schien er sich zufriedenzugeben. Im nächsten Moment wurde ich in Milans Arme gezogen, und zusammen ließen wir uns auf den Rücken fallen. Mein Blick war nach oben in die Baumkronen gerichtet; sie raschelten leise vor sich hin und ließen nur ganz feine, dünne Sonnenstrahlen durch die dichten Blätter zu uns heruntersickern.

«Dann gib mir was von dieser Entspannung ab, ich könnte was davon gebrauchen. Ich bin noch nicht bereit für Veränderungen. Ich habe es doch gerade erst geschafft, dass mein Leben sich beruhigt.»

Ich konnte Milans Sorgen nur zu gut verstehen. Aber ich hatte dazugelernt und wusste, dass es idiotisch war, sich ständig über die Zukunft den Kopf zu zerbrechen. Manche Sachen hatten wir einfach nicht in der Hand, egal, wie konkret und strukturiert man sich seine Pläne zurechtlegte.

«All das Gute, das mir das letzte Jahr über zugestoßen ist, konnte ich weder vorhersehen noch beeinflussen. Ich konnte nicht wissen, dass du auf einmal da bist, ich konnte nicht ahnen, dass ich dich lieben werde, und ich hätte niemals gedacht, dass mein Leben nach Micha wieder schön sein kann. Aber es ist passiert. Hätte ich es in der Hand gehabt, wäre alles völlig anders verlaufen, und wir hätten uns niemals getroffen», entgegnete ich.

Während ich mich auf den Bauch rollte, beobachtete ich gebannt, welche Wirkung meine Worte auf ihn hatten. Er rührte sich im Gegensatz zu mir nicht; noch immer blickte er hoch und fixierte die Baumkronen über uns.

«Ich bin mir sicher, dass das, was Gott sich für dich ausgedacht hat, so viel besser ist als alles, was wir uns vorstellen können», schob ich hinterher und spürte, dass sich Milans Starre ein wenig löste.

«Irgendwie hast du recht», murmelte er nach einer Weile. «Schau doch nur, wo wir angefangen haben – und was wir alles durchgemacht haben. Alles hatte seinen Sinn. Der da oben hatte einen Plan, als ich bei euch landete. Schon verrückt.»

Ich nickte und ließ das Schweigen zwischen uns auf mich wirken, während ich mich in meinen eigenen Gedanken verlor.

Menschen müssen durch schwere Zeiten gehen. Das gehört zum Leben dazu. Aber wenn ich eins gelernt hatte, dann, dass Gott sogar in den scheinbar ausweglosesten Situationen mittendrin ist und die Hand über einen hält. Selbst wenn man das im ersten Moment gar nicht wahrnimmt. Dieser Gedanke ist unendlich tröstend.

«Und egal, was passiert, du hast *mich.* Und ich gebe dich garantiert nicht mehr so schnell her, da kannst du dir sicher sein!», sagte ich bestimmt und meinte jedes Wort davon ernst. Mit diesem Satz bediente ich zwar einen ganzen Haufen Klischees, aber es war die Wahrheit: Ich konnte mir mein Leben ohne Milan gar nicht mehr vorstellen.

Endlich huschte wieder ein Grinsen über sein Gesicht. Amely hatte neulich zu mir gesagt, dass Milan bei niemandem so viel lachte wie bei mir. *Mister Sprachlos* oder *Mysterious Milan,* wie sie ihn zuweilen neckisch nannte – bei mir taute er auf. Ausgerechnet bei mir!

Es war auf eine ganz eigene Weise verrückt. Schließlich hatte ich am Anfang, als Milan in unser Haus hereinspaziert kam, nicht im Entferntesten gedacht, dass er überhaupt je fähig wäre, überhaupt mal zu lachen. Kaum zu glauben, dass jetzt ausgerechnet *ich* die Person war, die dieses spitzbübische Grinsen auf seinen Lippen erzeugen konnte!

«Was denn?», murmelte ich misstrauisch, als Milan keine Anstalten machte, sich zu äußern.

«Nichts. Nichts! Alles gut. Ich mag nur die Kämpfer-Fiona um einiges mehr als das kraftlose Trauer-Paket, das ich anfangs kennengelernt habe.»

Ich schlug ihn leicht gegen die Brust, aber Milan sagte nichts mehr, sondern zog mich einfach nur ganz nah zu sich heran.

Und das war es dann.

Wir beide, eng umschlungen und verliebt. Wir wussten nicht, was die Zukunft mit sich bringen würde. Aber ich hatte keine Angst mehr.

Ich hörte Milans Herzschlag, spürte den leichten Wind, der um unsere Körper wehte, roch den Sommer in der Luft, schmeckte das Seewasser auf meiner Zunge und fühlte die Wasserperlen, die auf meiner Haut runterliefen, bis sie schließlich auf die Decke tropften.

Ich genoss den Augenblick und versuchte, mir den Moment so genau und detailgetreu wie möglich einzuprägen. Denn gerade hier und jetzt schien mein Leben perfekt zu sein.

Ich wollte diesen Moment konservieren für die kommenden Zeiten, in denen ich mich vielleicht meilenweit von «perfekt» entfernt fühlen würde. Wer wusste das schon?

Aber egal, wie schwer es womöglich nochmals werden könnte: Ich war bereit zu kämpfen. Denn genau das hatte ich im Verlauf des vergangenen Jahres gelernt.

Ich habe Gott kennengelernt und angefangen, seine Wege ein klein wenig zu verstehen. Auch wenn sie, ich muss es zugeben, manchmal wie meilenweite Umwege aussehen: irrational, unlogisch, merkwürdig. Aber er hat eine andere Agenda als wir, das habe ich kapiert.

Wenn ich eins begreifen durfte, dann das: Man muss sich auf die Suche machen, um Gott zu finden. Man darf sein Herz öffnen und sich darauf einlassen, von ihm gefunden zu werden.

Und wenn du dich dafür bereitmachst, wird er dein Herz berühren. So wie er es bei mir und bei Milan gemacht hat. Und er wird dein Leben verändern.

Bist du bereit dafür?

Mitte Sommer – Fionas Brief:

Ich schreibe diesen Brief an mich selbst. Vielleicht sehe ich ihn in fünf Jahren und muss über das schmunzeln, was ich so gedacht habe; oder ich erinnere mich an das, was ich schon alles überlebt habe und wie gut es sich anfühlt, nicht aufzugeben.

Wie auch immer: Ich schreibe das hier auf, damit ich es nicht vergesse und damit ich irgendwie abschließen kann mit der Flut meiner vielen wilden Gedanken.

Es ist nun schon zwei Jahre her, dass Micha tot ist. Und es tut weh, aber gleichzeitig tut es auch gut zu wissen, dass es weh tut.

Ergibt das Sinn?

Es ist nur richtig, dass ich ihn immer noch vermisse. Ich will, dass es immer, jedes Jahr an diesem Datum, weh tut, damit ich ihn nicht vergesse. Aber es fühlt sich gleichzeitig besser an als noch vor einem Jahr, weil ich jetzt die Gewissheit habe, dass es Micha gut geht und dass er einen himmlischen Vater hat, zu dem er nach Hause kommen konnte.

Etwas ist mir in den zwei Jahren klargeworden: Trauer hört niemals auf, aber sie verändert sich. Trauer ist kein Ort, an dem man verweilt, sondern eine Wegstrecke, auf der man sich befindet.

Trauer ist kein Zeichen der Schwäche und kein Anzeichen dafür, dass man nicht genug Glauben hat. Es ist ganz einfach der Preis für Liebe. Und ich bin froh, dass ich Micha vermisse, denn das zeigt, dass ich ihn wirklich liebe.

Micha, ich werde deine Leichtigkeit und dein glucksendes Lachen immer vermissen. Ich will jeden Moment, den wir zusammen verbracht haben, in meinem Herzen bewahren und niemals vergessen. Du hast so viel Licht in mein Leben gebracht.

Dein Tod hat so unfassbar weh getan, aber schau nur: Am Ende hat er mich zu Gott zurückgeführt. Ich habe mit Gott gerungen und ihn angeklagt, aber er hat mir die Chance gegeben, zu ihm zurückzufinden.

Micha, ich bin so stolz, deine große Schwester sein zu dürfen. Eines Tages, wenn auch *meine* Zeit gekommen sein wird, werden wir uns wiedersehen in Gottes großem Palast, den er im Himmel für uns bereitet hat. So wie unser kleiner David es gesagt hat: Wir werden alle da sein. Du neben mir, auf der anderen Seite David; Mama und Papa werden gegenüber wohnen, und auch Milan darf nicht fehlen. Dann kannst du ihn endlich mal kennenlernen.

Bis dahin werden wohl noch ein paar Jahre oder Jahrzehnte vergehen. Aber der Moment wird kommen, ganz sicher, und ich freue mich darauf.

Ich liebe dich, danke für alles!

Fiona

Danksagungen

Jetzt, wo endlich der letzte Satz geschrieben, jede Seite lektoriert und korrigiert und Kapitel für Kapitel gesetzt und gedruckt worden ist, gibt es noch ein paar Menschen, die es verdienen, hier erwähnt zu werden. Denn ohne ihre Hilfe wäre ich niemals so weit gekommen.

Ich danke meiner lieben Freundin Barbara Thurnay. Ohne deine Motivation hätte ich mich wahrscheinlich nie dazu durchringen können, diese Geschichte zu Papier zu bringen. Wie schade wäre das denn gewesen?!!

Ebenfalls danke ich meinen treuen Freunden Justus Hori und Maren Küst. Justus, ohne dich hätte ich niemals die juristischen Szenen so detailgetreu aufschreiben können. Maren, mir werden unsere beratenden Gespräche über dampfenden Tee ganz sicher lange im Gedächtnis bleiben.

Einen riesigen Schmatzer bekommt meine beste Freundin Theresa Bölz. Wenn ich aufschreiben würde, was du alles für mich getan hast, dann würde es garantiert den Rahmen sprengen. Ich danke dir so sehr, dass du immer mein größter Fan bist und hinter mir stehst. Ebenfalls warst du mit deiner aufgedrehten und lustigen Art eine wunderbare Inspiration für Amely. Ich bin froh, dich in meinem Leben zu haben.

Natürlich darf auch meine Familie hier nicht fehlen. Dankeschön, dass ihr mir immer den Rücken stärkt. Danke an meine verrückten Brüder Hendrik und Frederik. Ihr pflanzt mit euren wahnsinnigen Einfällen immer wieder neue Ideen in meinen Kopf.

Danke an meine wundervollen Eltern Sabine und Peter Nestvogel. Ihr habt mich beim Träumen unterstützt. Aber noch viel wichtiger: Ihr habt mir geholfen, Jesus kennenzulernen, und das ist das wertvollste Geschenk, das ich jemals erhalten werde.

Mein Lektor Christian Meyer hat auch einen großen Teil bis zur Vollendung dieses Werkes beigetragen. Danke für jedes aufbauende Wort und die künstlerisch geschriebenen Mails, die hin und her geschickt wurden. Ich habe mich zu jeder Zeit zuhause gefühlt im Fontis-Verlag.

Zu guter Letzt danke ich all meinen Leserinnen und Lesern, die mein Buch in die Hand genommen, es sich gekauft oder ausgeliehen haben und dann auch dreißig Kapitel lang bis zum Schluss dieser Story dran und drin geblieben sind. Ihr habt meinen Traum wahr gemacht. Tausend Dank!

Die Autorin

Sophia Nestvogel wurde 2001 in der Nähe von Frankfurt geboren und wuchs mit zwei Brüdern im hessischen Taunus auf, wo sie 2021 auch ihr Abitur absolvierte. Jetzt lebt sie in Birmingham (England) und ist dort mit OM (Operation Mobilization) im Einsatz. Die hochtalentierte Vielschreiberin war schon früh begeistert von Büchern und Comic-Heften. So dauerte es nicht lange, bis sie selbst anfing, ihre eigenen Geschichten zu Papier zu bringen. Mit «Scherben» feiert die Newcomerin ihr eindrückliches Debüt als Buchautorin.

Sollte jemand der Autorin schreiben wollen, kann man das unter der folgenden Adresse tun – alle Zusendungen werden vertraulich behandelt und nur von der Autorin gelesen:

autor@fontis-verlag.ch